二零一五年作品集

作家之家

The Writers' Garden By NACWALA

2015 Collection

NACWALA
北美洛杉磯華文作家協會　編著

www.nachinesewriters.com

衷心感謝

這是本會每年必繳的一份成績單，謹以本書向所有

關心本會、支持本會的社會賢達與會員、理監事、顧問們

致以衷心的感謝！

北美洛杉磯華文作家協會

第十二屆會長：彭南林

副會長：周玉華、岑霞

理事會成員：楊強、谷蘭溪夢、何念丹、蕭萍、董國仁

張五星、朱凱湘、張德匡、慈林、羅興華、凌莉玫

林東、葉宗貞、段金平、張炯烈、趙玉蓮

榮譽理事：何森、華之鷹、郎太碧

監事：蓬丹、周愚、文驪、古冬、陳十美

顧問：游芳憫、鄭惠芝、紀剛、黎錦揚、星雲大師

瘂弦、劉鍾毅、林元清、酈鉅鈿、廖聰明、張儒和

陳文元、高立人、盧其宇、朱永寬

序：攜手耕耘，共創文壇榮景

現任會長 彭南林

日出日落，轉眼間，二零一五年就將成為過去。在這個羊年的春天，北美洛杉磯華文作家協會順利完成了改選，組成了第十二屆新任理事會。本會成立二十五年以來，秉承世界華文作家協會及北美華文作家協會之宗旨：增加華文作家之聯繫，交換寫作經驗，提昇文學創作水準，推廣中華文化，促進文化交流，不涉及政治、種族、宗教，同心協力推動會務。新一屆理事會堅持帶領會員以寫作為主，讓作品去展現存在與能力；以文會友，舉辦會員新書發表會和各項活動；參與社區舉辦的有關活動；組織會員郊遊，增進會員文友之間的交流，結識新朋友；吸收新的寫作愛好者加入本會。計劃於二零一六年出版《北美洛杉磯華文作家協會作家傳記》，收錄本會會員的人生簡歷、寫作心得、勵志故事、代表作品和個人照片。

更讓我們感到欣慰的是，北美洛杉磯華文作家協會2015年《作家之家》以電子書和紙版書的形式呈現給會員和喜歡文學的文友們。這是會員們辛苦勞作的成果。本會的會員有的已是耄耋之年，身體不好、視力不佳、不會用電腦，全憑著一支筆一張紙仍在奮力筆耕。有的老人家邊寫邊休息，寫得累了就打個盹，醒來了又接著寫；有的會員早已功成名就，退休養老，不愁吃穿，但仍在默默耕耘。至於中青代會員，有的是朝九晚五的上班族，有的是白日黑夜在管理自己的生意，他們人到中年，上有老下有小，身負照顧家庭的重擔。青年作家們則學業繁忙，課餘還要打工為生活奔波。然而他們依然把僅有的一點應該休息的時間也用來在電腦上鍵入寫作。會員的作品時常發表在《世界日報》、《世界週刊》和其他報紙雜誌平面媒體及網絡上，也有不少會員出版了自己的專著。

2015年《作家之家》展現欣欣向榮的主題，它包括《花園》、《講壇》、《國殤》三輯共十八萬字。《花園》一輯中有本會全年會務報告及照片集錦，並收錄會員創作的詩歌、小說、散文、評論，人物、報導等文章；《講壇》收錄名家撰寫的文字；《國殤》是為紀念抗戰勝利七十週年而設的專輯，收錄了本會會員為紀念抗戰而創作的多篇文章。

今年的文集由本會資深理事凌莉玫擔任主編，編輯小組成員有慈林理事、蔡季男和梁佩鳳兩位會員。樊亞東會員擔任封面和裝幀設計。他（她）們義務為會員服務，為文集的編輯出版付出了辛勤的努力。當我們手捧著這本精美的文集時，我們可以體會到會員們在燈下思考寫作及校對的情景，我們發自內心地感激那些為此而付出辛勞的人們。文集是我們會員作品的結晶，我們為此而感到驕傲，我們要以此激勵更多會員文友來關心、參與《作家之家》這片園地的耕耘，我們也期待著文友們寫出更多與時俱進、膾炙人口的佳作。

2015年10月8日 於美國洛杉磯

編者感言：欣欣向榮

凌莉玫

從今年五月份開始徵稿，至明年二月份《作家之家》問世，編輯部經過初審、校對、相片編輯、排版、美編、估價、合同商議、印製、再校對等多項步驟，近十個月的彙編與期待，不禁讓我聯想到「十月懷胎」這四個字。雖然現在我只能憧憬著數月後才會呱呱落地的嬰兒的模樣，但我與他之間已經滋生了深厚的情感。在這段不算短的時日裡，我有幸能透過文字，對作者們——不論是在紙上初識或舊識——有更多的瞭解與景仰；而和慈林、佩鳳、蔡季男老師三位合作無間，能達到最佳拍檔，使我再次體驗到編輯同仁經過挑燈夜戰，同甘苦，齊共事，衍生出惺惺相惜、互相體貼的淳厚友情。這個感覺是幸福的。

九月二十日於中秋聯歡會結束後，我與南林會長留在前會長古冬家，和設計家樊亞東會晤。他很快就問道：「我在開始設計之前，需要知道您想要讀者對此書有什麼樣的感覺？比如說，當客人進入您屋子的大廳，您想要他們對您的住屋有何印象？」啊！這可是個難題。多日埋首於文章之中，頻繁地遊走於文字標點之間，若把文章比作花園裡的草木花卉，我祇用心地將它們善加修剪，卻未曾思考過當這個花園呈現在觀賞者的眼前時，我要給予他們何種的整體印象。靈機一動，「欣欣向榮」這個辭彙立即浮現在腦際中。

由於今年文集收錄的文章具多樣性，本人特別把它分成《花園》、《講壇》及《國殤》三輯。《花園》一輯的內容如其名：花團錦簇，五彩繽紛；以蜚聲國際的黎錦揚先生所撰寫的小說〈好來塢的遠客〉，來迎客進入花園。黎老今年適逢百齡嵩慶，而依舊筆耕不輟，現為自己作傳。他自稱：寫作讓他感到愉快。他的「愉快」也感染了讀者，難怪我在多次閱讀此篇小說後，每次讀完，都是帶著微笑闔頁。緊跟而來的六十六篇作品，作者們各展其風華，他們不但顯露出一片對寫作的真誠，也展現了他們對寫作的熱愛與堅持。

這個園地是公開的，大家播種，一齊耕耘。新進者，有的還在發芽長出幼苗的階段。已耕種數年的勞作者，我欣然見到他們在寫作道路上的成長，他們的作品已然從羞澀的花苞蛻變成迷人的花朵。而我們有幸看見不少資深作家仍在這個園子裡工作；他們身作典範，勤於寫作，成績斐然。他們猶如枝葉繁茂的大樹，給後進者遮蔭，慷慨地和大家分享他們的創作果實與多年經營的人脈。

《講壇》一輯呈現了三位名家的作品。廖輝英的〈女性，綻放動人的生命光影〉，帶我們踏上了回溯之徑，從而瞭解到臺灣社會為何與如何從「重男輕女」的社會逐漸走入「男女平等」的時代。施叔青的〈放下反而獲得〉一文，將「放下」這原本是一個難做的功課，演繹成一個美麗的承諾——在寫作的道路上，作者如能適時「放下」，脫離煩緒，亦能破繭而出，重見天日，讓清明思潮再現，以成就一份優秀作品。〈鐵絲網的這邊和那邊〉堪稱是我們敬愛的周愚大哥的代表作。每回讀他的文章，就如同見到他的身影和講話的姿態與聲調：高挺、包容與寬厚。〈文壇周氏三「人」VS三「之」〉一篇出於丁麗華理事之手。她把文壇上相隔數十載的兩家周氏三兄弟作了非常精闢的比較與分析，並對本會於去年十一月主辦的首屆《名家講壇》的三位主講人——周平之、周匀之、周明之——作了詳盡的介紹。她畢竟不愧是一位漢語言文學專業畢業生。

我於去年年底觀賞由陳君天導演的《國殤》這部紀錄片時，在四十集中看到千千萬萬的國人，前仆後繼地與日軍搏鬥，捍衛國土。多少的英魂消失在戰場上的硝煙中，其中許多是比我們的孩兒還要年輕的生命。每集的結尾，均列有陣亡將軍的姓名、官階、殉國年月（日）及所帶領的部隊番號。在這長達數分鐘的播放中，我每每呆坐在電腦前，眼睛溼潤，默默無語地膜拜他們。「不信青春喚不回，不怕青史盡成灰。」但我回天乏術，祇能號召以筆紀實的方式來慰問他們的在天之靈；《國殤》一輯於焉誕生。

我以〈從「九一八事變」到「七七抗戰」〉一文打頭戰，此乃游芳憫顧問的經典之作。試問有多少人能寫出這樣極具史觀的論述？能有這樣的學者列隊，作協何其有幸？文馨大姐的〈歷史傷痕豈能抹去〉的一首長詩，概述了八年抗戰歷史的艱辛和悲慟，它足以引領年輕的一代由此詩開始去觀看這一段史實，瞭解到民族繼絕的關鍵歷史。這一輯的開闢，亦開啟了一些作者的記憶之窗，讓他們回想到童年或青少年時的逃難經驗，或者是一些克難時期的喜悅之事。他們敘述了父親、自我、老師、家人、保姆，鄰居……，及整個村子與抗戰的淵源。

朝思暮想，幾乎睜眼之時，我的腦子便圍繞著文集轉的緊迫日子，即將慢慢舒緩下來；而編撰過程中的點點滴滴，卻會成為我的終身記憶。

目次

報導

漫談

詩篇

抒感

緬懷

人物

足印

附錄

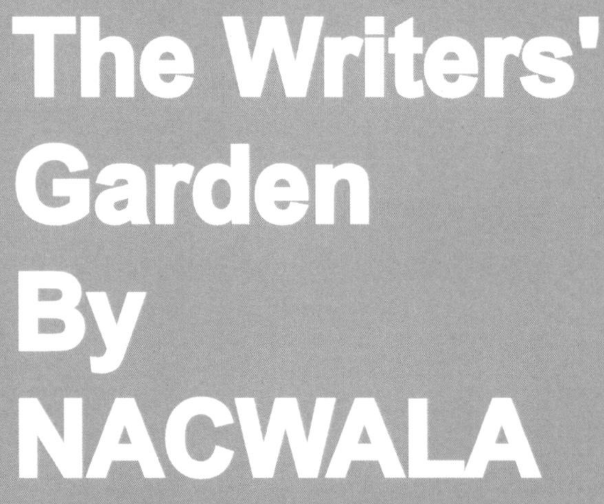

二零一五年作品集之輯一

花園

小說
論述
報導
漫談
詩篇
抒感
緬懷
人物
足印
兒童文學
會務報導

小說

好萊塢的遠客

黎錦揚

中國開放了，內地鄉下人想往城市跑，城市裡的人想往外國跑。范金和太太范月娥在湖南養豬賺了些錢，將新蓋的房子租了出去，居然跑到美國來觀光了。兩人都是四十多歲，中學畢業，做了湖南的百萬戶以後，最大的願望就是想看世界，尤其是好萊塢。

他們到了洛杉磯，決定不去中國城和小臺北。在長沙時，兩人入了兩次英文速成班，拿著字典天天讀英文說英文，又細讀了《英文百日通》，《西餐吃法》，美國日常禮節》等書。

旅行社替他們訂的旅館叫「日落大廈」，是好萊塢的一個舊旅館，曾一度為電影明星常住的地方。抵美後的第二日，二人戴上黑眼鏡，一早就步出旅館，在日落大道逛街，深深地呼吸著黃黃的空氣。他們想，空氣雖然黃，還是比北京上海的黑空氣要衛生。日落大道的行人不多，也看不見一個中國臉，正符合他們僅看「西洋景」的原則。

他們學者老外夫婦，妻子把手放在丈夫的手臂上，二人挺著腰，抬著頭在街邊漫步。丈夫握著一本中英文字典，妻子拿著已經翻得陳舊了的《美國日常禮節》。在中國，這類書是《毛主席語錄》出版以後最暢銷的書。

在溫暖的陽光下，他們談著當日的遊覽節目。妻子要看一個西方牧童的電影，范金，經旅館服務員的介紹，決定去看場裸體表演。有人說過，這是美國文化之一，他覺得應當先睹為快。「好，」他向月娥說：「你去看電影，我去看時裝表演。」

二人同意各看各的，看完了還可以做個比較。他們又談了談在美國「不能做的」和「應該做的」事。《日常禮節》書中說過，在餐館裡不能拒絕冰水，因為美國人對他們的冰水特別驕傲，所以一進餐館，櫃臺馬上先奉上冰水一杯。他們昨夜在旅館餐館進食時，以證明此說無錯。

關於在餐桌上的禮節，他們也切記了幾項：第一，美國喝湯是吃湯：吃湯時絕不能有喝湯的聲音。第二，如果感冒流鼻涕，絕不能用餐巾擦鼻子。第三，在餐館裡用牙籤不禮貌，就是用手蓋著嘴巴也不能登大雅之堂。第四，吃飽了千萬不要當眾打嗝。

「這個你一定要記住，」太太說：「在湖南打嗝是表示你欣賞菜好，吃的飽滿，老外可不欣賞這套！」

范金認為太太說這些話是多餘的，但他也不計較：「嗯」了一聲了事。他想的是裸體表演，不知是什麼時候開戲，至於到哪裡去看他不愁，服務員寫了地址，還畫了圖。

他們在一家速食館吃中飯時，太太說：「在美國吃飯不能用手拿食物，但是也有例外，如吃麥當勞肉餅可以用手……。」

「吃烤雞也可以用手。」范金插了一句，學著旁邊的老外舔了舔手指。餐後，他們走了一條街沒有說話，好像各有各的心事。不一刻，月娥又想起了幾條不能做的事：如外國人握手時握的很緊，緊得發痛時不能皺眉：老外喜歡拍人的肩或背，拍得太重時不能生氣，還要做欣賞的微笑，因為越是拍得重越是表示親熱……。

「愛人，」范金又插嘴說：「這些人人都知道。有一條我們要記住，在美國，到香港或臺灣人家裡去拜訪，在門口要先脫鞋。到美國人家裡去，絕對不能脫鞋，襪子有洞的人尤其要注意！」「這條我已經背熟了，不用再提。」他太太說：「而且，我們沒有工夫去拜訪臺灣或香港來的人。還有，你不要再叫我做「愛人」，這是毛澤東時代的稱呼，現在聽了好肉麻！」

不久他們看見一家電影院，外面的廣告是西方牧童片，圖片上有一個彪形大漢，騎著駿馬，手持雙槍飛馳過河，與人槍戰。月娥鼓著手，說運氣奇好，出門不久就遇到她要看的戲。范金趕緊給她買了一張票，答應兩小時後在影院前和她見面。

離開老婆後，他把地址取出，按圖去找裸體戲院。他向北轉一個彎，走了幾條街，又右轉一次，果然找到了好萊塢大道。他查清方向，不遠就看見了一個小戲院，外面掛滿了裸體舞女的照片，售票處已經有人購票，他一看，便知是東方人，他有些難為情，但聽他們講話才知是日本人。他聽說日本人男女常在一起洗澡看裸體戲很自然，連小姐太太都去看，他希望有一天月娥也有這種前進的精神。

戲院裡很黑，他把黑眼鏡取下來還是一片黑，好不容易東摸西摸摸到了座位。他坐定後，銀幕上的色情片剛好演完，忽然燈光大亮，發現觀眾寥寥無幾。在他左邊有條長橋，旅館的服務員曾說過，要看好戲要靠近舞臺或表演橋。他馬上換座，五元入場券不便宜，要看就要看得一清二楚。一位穿銀色小三角褲的女招待走過來賣酒，他花了三元半買了一瓶啤酒，他希望有一包瓜子，但瓜子是飲茶閒談的食品，看裸體戲可能很緊張，吃瓜子不會適宜。

如雷似的音樂開始了，燈光也暗了，一個滿身豔服的金髮女郎從一黑幕後步入，在舞臺上扭著腰，走了幾圈，走完後又在舞臺中間扭了幾分鐘。

范金有些失望，如果真是服裝表演，也該換人換服裝了，他是不是上了當？他正在懷疑，這位金髮女郎開始脫衣了，先將白手套慢慢取下，然後解帶脫袍，露出乳罩和小三角褲。她一邊搖擺一邊先把乳罩解開，露出豐滿的兩個白玉乳房。她扔掉乳罩後又在臺上徘徊幾次，摸著自己的乳和腿，有時笑有時皺眉，拋吻，前後彎腰，模仿了一些做愛動作。

范金看得漸漸出神，心想這五元入場卷真值得。不一刻，金髮女郎解開了小三角褲，觀眾中有人鼓掌尖叫，這個全裸的女郎，手舞著三角褲，徐徐走上舞橋，在觀眾的頭上開始狂扭。當她在范金頭上表演時，他除出汗之外，還覺得啼笑皆非，又喜又怕。怕的是不吉利。在中國鄉村，在女人曬的褲下走過都要倒楣，現在一個洋女人的下部在他臉前搖來搖去，轉過身來，打開雙腿，又在他的頭上挺來挺去，他不知會帶來什麼禍。她跳得一身是汗，每人都給小費一元，他掏了五元，買個吉利。跳舞小姐離臺前特別向他拋了一個吻，他不免連聲自嘆值得值得。

舞女的香氣撲鼻，他離座時還不斷地打了幾個噴嚏。

時間還早，他在好萊塢大道上散步時，好像劉姥姥逛大觀園，東看西看，處處都覺得新奇，尤其是遊人，有男扮女裝的，有長髮披肩的，有奇裝異服的，有畫臉的，有鼻上戴環的，有光頭而滿臉是黑鬍的，有打赤腳的...，來回汽車中的人多半是些惡少，亂叫亂嗅，搖滾樂震天，使人生畏。聽說美國青年匪黨很多，常常向人開槍，他漸漸有些不安，好像走進了一個虎狼出沒的森林。他看清方向，急急地回到了日落大道。走到電影院時，太太已經在門口等他了。

「電影真好看！」她高興地說：「時裝表演好不好？」

「不錯。」

「明天我同你去看時裝表演，後天我們再去看個電影。」

「不用不用，」他急急說：「明天去迪士尼遊樂園，坐車都要做大半天。我們只有一週的時間，看的地方太多。」

月娥堅持還要看一個西方牧童電影：「你知道我看的這個電影的主角是誰嗎？」她問。

「外面的廣告上有照片，名字記不起來了。」

「他是鼎鼎大名的江萬。」

「啊，john wayne。」

「天下姓江的只有一家，我娘家也姓江。」

在回旅館的途中，月娥說不完她看的電影和英雄江萬。他想解釋john不是姓，是名字，譯成中文的約翰。後來一想，不必多費口舌，凡是可能引起爭吵的小事，最好是「嗯」一聲了事。這個政策，維持他們夫妻間的和平，已經有好幾年了。

「我把我看的電影都告訴你了，」他太太又說：「關於你的時裝表演，你一字不提，為什麼？」

「月娥，時裝表演沒有故事，有什麼可報告的？模特兒脫衣換衣，你要不要聽？」

「嗯。」她也哼了一聲了事。

他們一進旅館的門，他就拉著她的臂向酒吧走去：「我們去喝杯洋酒，看看酒吧的西洋景。」她不想去，他又加了一句：「聽說好萊塢許多明星都是在酒吧被大導演發現的。」聽了這句話，她自動地進去了。

他叫了兩杯紅葡萄酒，一喝酒就想起了那場脫衣舞。月娥撫摸著她的酒杯，眼睛半張半開地望著空間微笑。他想只有兩個可能，她不是在希望有好萊塢大導演來發現她，就是在想她的電影英雄江萬。各有各的祕密，他放心了。他飲了一大口酒，輕輕歎了一聲氣。那位金髮女郎又在他的腦海裡出現了，在他的頭上左右搖，前後挺，動作激烈，喘著氣，嘴在哼，他的心也在加強地跳。他很想知道同那樣的女人做愛有些什麼感覺……。

黎錦揚，湖南湘潭人，1941年畢業於西南聯大，1945年在紐約哥倫比亞大學修比較文學，後轉至耶魯大學攻讀戲劇，1947年取得碩士學位。第一部英文小說《花鼓歌》一出版即榮登《紐約時報》暢銷書排行榜，並於1957年被改編為舞臺劇在百老匯上演。1977年又被環球電影公司搬上銀幕。後來，又發表《天之一角》、《紐約客》等十幾部小說。黎錦揚先生是二次大戰後最早一位以英語寫中國人題材、享譽西方文壇的華人作家先驅，並成功地打入歐美社會。

醉賊

南林

週六晚上十二點左右，陳總參加完社團活動，酒足飯飽，正悠閒地驅車開往家的方向。一路上嘴裡還哼著「美酒加咖啡我只要喝一杯」。再過一個街區就是自己公司的辦公室。陳總想，剛吃完飯回家就睡對身體也不好，乾脆回公司把白天未完成的文件做完，電郵回國內去，否則又要拖到下週一了。

從高速公路下來，七彎八拐來到公司大樓的停車場，只有屋簷下的路燈發出淡黃的光。美國的居住區、商業區和工業區是截然分開的。陳總的公司就是位於所謂的Industrial Zone，是由四個units組成的集合辦公樓。陳總的公司是第二間。因是週末無人上班，從外面看各家公司都門窗緊閉，黑燈瞎火。陳總車子剛進停車場，車燈就直射到一臺黑色的舊式寶馬車，停在緊靠他公司大門的車位上。下了車，走過去，陳總發現這臺車以前沒見過。車內駕駛一側的燈還開著。車內很亂，大包小包的放著些東西。再看看四周也沒人，奇怪！陳總確認鎖了自己的車，用鑰匙打開公司大門，順手摔亮前廳的燈，剛準備關門，陳總看到衛生間的燈亮著，門也虛掩著。陳總還以為是助理小輝回來加班，還輕喊了兩聲「小輝，小輝！」沒人答應。納悶！再看會客室，天哪！茶几上的茶具已經打包，櫥櫃裡的各種茗茶也打包了，連冰箱裡的可樂飲料都整齊地放在一個塑膠袋裡。地下四周都是零亂的雜物。這時陳總開始毛起來，頭皮發麻，頭髮豎直，腿也有點軟了。

陳總看到助理小輝的辦公室開著門，就直接走向自己的辦公室，這下陳總嚇慘了。藉著會客廳的燈光，陳總看到一個人戴著鴨舌帽，四仰八叉一動不動地坐在他總裁的大位上。而鴨舌帽是小輝白天忘在他辦公桌上的。辦公桌上放著一大瓶可樂，一半不見了。還有前天王總來送的那瓶法國葡萄酒也快見底了。陳總眼睛一花，以為是小輝，又喊了兩聲「小輝」。那人沒有反應。什麼小輝！？陳總定睛一看，我的媽呀！那人根本不是東方人。

陳總愣在門口看他兩手下垂在辦公椅子外，辦公桌擋住也看不見他手裡是否有槍或刀什麼的。又不敢走過去，在這攜槍自由的國度，隨時得小心！心裡好害怕，又擔心這人是不是死了。媽的！陳總撒腿就往外跑。按照美國法律，好像小偷到你家偷東西受了傷，你都有法律責任。還別說死了。陳總十分緊張！眨眼的功夫就跑到公司大門外，也沒來得及關門。

陳總眼睛盯住大門，看有沒人出來，哆哆嗦嗦掏出手機，打911報了警。

員警也夠利索的，大約三分鐘後，兩臺警車便呼嘯而到，第三臺警車還有救護車、救火車在後也緊跟過來。陳總見員警下車掏出手槍，便結結巴巴地說：「There, over there, inside room.」幾個員警瞬間就把整個辦公樓包圍了。像演好萊塢電影警匪槍戰似的，兩個員警躲在陳總公司大門兩旁，手握手槍，對著辦公室裡喊話。還是無人回應，也沒人出來，等了片刻，一先一後，兩個員警就躡手躡腳進了公司的門。這時接應的員警也衝到門前把門守住了。

也就三分鐘不到的功夫，那兩個年輕帥氣的員警就左邊一個右邊一個連抬帶拖地架著那個醉賊出現在門口；醉賊的兩手銬在後面。警車的大燈照著他們，比舞臺上的追燈還亮。那醉賊皮膚很白，留著黃色的山羊胡，手背上有刺青，倒是沒戴耳環鼻環，頭像瘟雞一樣向下耷拉著，酒還沒醒，人還在睡。他依然還戴著小輝的鴨舌帽。快走到陳總跟前時，陳總說：「The cap is mine, can I take it?」那右邊的小員警二話沒說，立刻將鴨舌帽脫下來遞給陳總。是個光頭，或許是有前科，剛從監獄放出來的，還屢教不改。醉賊還在做夢呢！員警直接把他扔在一臺警車後座，醉賊像一堆爛泥倒在警車裡。

救護車、救火機、還有載有醉賊的警車都陸續開走了，還剩下兩臺警車。一個員警把陳總叫到那臺黑色的寶馬前，辨認車裡的東西是否屬於陳總，好像沒有陳總的東西。可車裡大包小包什麼東西都有，看起來這醉賊在之前已經做過一單，要不就是一個邋遢賊。一個員警在打電話叫拖車。另外兩個員警和陳總一起進辦公室查點東西和做筆錄。

員警陪陳總到各個房間查看了一遍，又做了筆錄，陳總把報警之前發生的事用不太靈光的英語又講了一遍。這個醉賊還是個現實主義者。他不只是要錢和貴重物品。陳總看到能打包帶走的東西都打包了，包括辦公桌抽屜裡的文具，電腦也準備打包，因為電線已經拔了。醉賊其實很聰明，他選的時間（週末）和地點（別的公司有警鈴的標誌）都是對的。醉賊是酒色之徒，人們說醉酒駕車害人害已，在這種時候還喝酒，那絕對害的是自己。話又說回來，要不是陳總突然回公司，這醉賊肯定大功告成，酒醒後裝滿車就逃之夭夭！這本就是醉賊的計劃，打包完，休息一下，喝兩口，裝車走人。這大週末的，在工業區，神出鬼沒，有的是時間，這恐怕已經不知道是多少回的經驗了。

員警做完筆錄後，建議陳總裝設安全警鈴系統，這樣竊賊入屋就會自動報警，以保障個人財產和生命安全。員警告訴陳總以後遇到這樣的情形，千萬不要自己貿然進入屋子，因為員警在醉賊的褲包裡摸出了黑布做的面具和一把上了膛的手槍。這醉賊又再次把陳總嚇出一身冷汗。

彭南林（Arthur Peng），中國出生長大，大學畢業後從事文博編輯翻譯工作。美國加州伯克萊大學博士，華裔人類學者。著有《英漢人類學辭典》（繁體、簡體版）、《東南亞九國考古》及小說、詩歌，散文等。現任洛杉磯某國際貿易公司總經理，旅館小老闆並任大洛杉磯旅館協會副會長。夢想當作家，現為北美洛杉磯華文作家協會會長。

論述

聆白先勇演講

張純瑛

近日閱報，得知白先勇出版新書，談他尊翁白崇禧將軍當年赴臺處理二二八事件始末。

現年七十七歲的白先勇，近十多年將精力放在推廣崑曲與為父親作傳上。2013年初我去北加州探親，幸運趕上白先勇的兩場演講：一談崑曲，一談白崇禧將軍。

談崑曲那場在一位文友的豪宅舉行，不對外公開。白先勇膚色白皙，說話沉穩流暢，始終面帶微笑，不時穿插笑話，言及振興崑曲的良苦用心，和其間經歷的酸甜苦辣，平實中自有一份教人肅然起敬的力道。

白先勇以青春俊男美女演員出任《牡丹亭》的柳夢梅與杜麗娘，並到各地大學演出，藉以培養年輕族群對傳統劇藝的興趣，固然收到一時之效，但當白先勇不再陪伴青春版《牡丹亭》劇組四處演出後，崑曲的聲勢復歸沉寂。

身為崑曲的愛好者，我認為崑曲沒落有諸多因素，如：現代人緊湊的生活步調、眼花繚亂的多元娛樂等等，都讓年輕人〈甚至多數中、老年人〉不耐崑曲細膩精緻的鋪陳；然而最關鍵的一點，就是崑曲經常演出的劇本只有那幾套，且不合時宜。《牡丹亭》勾畫養在深閨人未識的杜麗娘，僅因夢中邂逅素昧平生的柳夢梅，竟然相思致死，這樣的劇本在如今男女自由戀愛，甚至亂愛的年代，豈能吸引人們一再觀賞？另一齣常演的《長生殿》，演唐明皇與楊貴妃的愛情故事，同樣予人老掉牙的感覺。

我認為作家白先勇，更應將文學天賦放在創作崑曲劇本上，以耳目一新的新崑劇吸引觀眾。我曾看過上海戲劇學院與浙江京戲團共同創作演出的實驗京戲《王者俄狄》，改編自希臘三大悲劇作家之一索孚寇里斯的經典悲劇《伊狄帕斯國王》（*Oedipus Rex*），雖然故事古老且不盡合理，亦與現代生活脫節，但刻劃人性極其深刻，舞臺效果適度創新，演出震撼全場中外觀眾，起立喝彩久久不衰。

編劇之一的孫惠柱教授，涉獵中外戲劇，致力「西劇中演」，《王者俄狄》只是其中一齣。可貴的是，改編自希臘悲劇的《王者俄狄》，並不予人不中不西的怪異感覺，它仍然呈現京戲傳統的唱腔與身段，且發揚光大。

早在臺大外文系就讀期間，白先勇就創辦《現代文學》，引進西方文學風潮；若要進行孫惠柱教授等人的「西劇中演」，他絕對有其深厚功力，而且創作的劇本可以不朽於後世，比陪青春版《牡丹亭》的演員風塵僕僕四處巡演，更具長遠的功效。當然，從中國豐富的歷史與典籍中尋找靈感編出新崑劇，同樣可行。編崑劇，應是白先勇更可以縱橫才情的領域。

第二場演講對外公開，白先勇談其書《父親與民國》。階梯式的演講廳滿坑滿谷擠進五百以上的聽眾。他談白崇禧將軍的豐功偉業和愛國熱血，也談國共的聲勢消長，更不能不提白將軍晚年在臺受到蔣介石派人跟監的種種委屈，聽來真為一代名將叫屈。

然而，天下沒有無緣無故的愛與恨，蔣與白一路北伐、抗日、勦共，時而結盟為友，時而對立互鬥，不應歸諸單方面的對錯。說到蔣白恩怨是非之錯綜複雜，白先勇的一句話洩露了玄機：「可以專寫一本書。」既然如此，白先勇何時會寫這本書呢？恐怕不易下筆吧！

因為，他能說父親在蔣白關係惡化上絕對沒錯嗎？他在演講中只提及李宗仁不顧蔣反對，執意要選副總統時，與李宗仁同進退的白崇禧勸退李不成，反公然替李助選。他沒有提的是，白崇禧三度逼蔣下臺。1927年寧漢分裂時，首度呼應汪精衛逼蔣下野；1931年，桂系和廣東的汪精衛、孫科結盟，逼蔣二度下臺；1948年白拒絕指揮徐蚌會戰，因為他評估形勢不會贏；國軍敗於徐蚌會戰後，白在1949年又逼蔣下臺；更不提中原大戰時與閻錫山、馮玉祥組反蔣聯盟。

蔣與白在諸多爭論議題上各有立場，白覺得自己逼蔣反蔣有理，蔣何嘗沒有他的考量與感受？就像凱撒在元老院被眾人包圍刺殺時，驚見摯友布魯特斯也赫然在列，痛心問道：「連你也？…」怪異的是，白與蔣一再撕破臉後復合，舊創未癒，新傷又起，1949年白居然選擇與蔣東渡臺灣。

關鍵時刻一再傷蔣，卻企盼蔣盡釋前嫌。用兵精準的白崇禧素有「小諸葛」美譽，人情世故竟如此稚験，日後在臺灣受到的待遇自己何嘗沒有責任？毋庸置疑的是，無論留在大陸，或與李宗仁同往美國，都絕對不會培育出一個在文學史上佔有一席之地，又將父親生平著書立傳，傳揚四方的好兒子。

張純瑛，臺大外文系學士，美國Villanova大學電腦碩士，目前為軟體工程師。2001年以散文集《情悟，天地寬》榮獲華文著述獎散文類第一名。也曾得到首居東方文學獎、第一居長榮寰宇旅遊文學獎；1998至2000年，連續三年贏得北美世界日報極短篇小說獎與旅遊文學獎。另著有散文集《那一夜，與文學巨人對話》，散文與短篇小說集《天涯何處無芳菲》，為莫札特、莎士比亞、雨果作傳，翻譯泰戈爾的《漂鳥集》，新作《古月今塵萬里路》即將付梓。現任海外華文女作家協會會長。

談「夯」與「冏」

岱江

最近幾年網路興起，出現了許多火星文，也出現了一些舊字新用，歧生新意的情況。就中讓我印象較深的是：「夯」與「冏」這兩個字。

按「夯」是個會意字，從大從力。人大力舉物砸下為夯，其本義作大用力以肩舉物解，也就是以肩負荷重物的意思。此外它還有幾個別義，如用木、石製的砸地器具，如：打夯、砸夯；它還有愚笨、笨拙的意思，如：夯嘴、夯舌、夯漢……等等。

在《紅樓夢》第三十回，就有這樣一段話：黛玉向寶玉道：「……，誰都像我心拙口夯的，由著人說呢！」又如《儒林外史》第一回：「只見遠遠的一個夯漢，挑了一擔食盒來。」等等均是。

但是這夯字到了網路時代，不知何故，卻產生了基因突變似的，它的意義全變了，例如我們常可在報章雜誌上，看到這樣的標題：「中國市場夯，床墊公司搶食」，「巴市老城添農夫市場夯」，「老外學中文夯」……。

從這些標題來看，夯字已變成：流行、熱烈、很紅火.....等的同義字了。再引申為一種超有特色、很有想法、引領風騷、走在流行尖端、很不一樣、前所未見、令人側目、振奮人心、心生嚮往等等新意。甚至出現「夯不郎當」這種調皮，語義含糊的詞句來。

「冏」字是一個古老的象形字，也有人把它列為指事字。在甲骨文裡，它有幾種形狀，有些和金文、小篆略同。大多數的人都認為「冏」是窗牖。這種窗形，像早期鄉僻地方，茅草屋或窯洞的窗子，土牆上挖個圓形或方形的洞，中間有幾塊泥磚或破陶片插著。

小篆的冏，《說文解字》上說：象麗廔——即窗的欄干，闓明之形，指光可由此射入。本義作「大明」解（見倉頡篇），是說窗牖因通光而明亮的意思。

「冏」這個字大量的出現在網路，很有意思！2012年年底，大陸有家影業公司推出了一部喜劇片——《人在冏途》，簡稱「泰冏」（*Lost in Thailand*）。這部小成本的電影，百分之九十在泰國拍攝，取這片名原是諧音「太冏了」。太與泰同音，泰又是Thailand的中文譯名，又寓有「否極泰來」的意函。冏字的字音與「窘」字相同，只是聲調一個第一聲，一個第三聲。這片子在當年賀歲檔市場推出時，一炮而紅，僅大陸一地的票房收入，竟高達12.64億人民幣，是中國電影票房史上收入最高的華語電影。

「泰冏」——神祕而詼諧的電影片名。尤其這「冏」字，音、義都十分迷人。網路火星文大量的使用，甚至利用現代電腦造字軟體，把冏字造得像美國流行卡通玩偶Sponge Bob的外形，裡面的兩撇像倒垂的眉毛，下邊配著一張歪嘴，像一個無言無奈、張嘴皺眉、表情「窘迫」的小人物。至於把冏字底下再加一橫，成「囧」字，大家已不再對「現代倉頡」求全了。

冏字的流行，與夯字相同。許多現代的正經媒體、報章雜誌也跟隨使用，好追上潮流，跟緊腳步。例如臺灣公共電視節目「爸媽冏很大」就是一個顯例。

任何語言文字，是隨時間、地點，經常在改變的。但從另外一個角度來看，任何語言、文字的形成，要經由一群人長時間的使用，約定俗成，最後才定案形成的。再把語言與文字分開來看，應該先有語言後有文字。中文漢字，是一種世界獨一無二的表形義寓音聲的文字，這與其他的表音文字，截然不同。中文漢字乍看之下複雜，難學、難寫。表音文字看來相對簡單，易學、易寫。但從長遠來看，中文漢字，相對穩定、持久，予學習者訴諸「視覺」；表音文字則訴諸「聽覺」。須知：人類的任何學習，百分之八、九十是經由視覺而來的。

中文漢字，幾千年來，基本上沒有太大的改變，並且它至今依舊生機盎然，可以應付科技一日千里的現代社會生活。反觀拼音文字（且以英文為例），請問除了專家、學者，有幾人讀得懂、讀得通才幾百年前的作品？這就是現今華人，學會了三、四千個正體字，即可以應付日常生活，甚至閱讀數千年前的經典古籍，而現今一本最最起碼、最簡易的英文字典，非三、四萬字莫辦的原因。

提出了上面的論述，我們並不否認中文漢字被創造出來以後，有時候也會夭折的。就如本文所討論的夯、冏二字，就文字學而言，應屬於「接近死亡」的文字，因為幾千年來，人們越來越少使用它，因此許多人對這兩個字，並不是很熟悉。可是為什麼在接近死亡之時，又返魂重生，而且風風火火地重生了呢？

需知在訊息極度流通，無遠弗屆的現代，人們心中想要表達的意念、思想，肯定比往昔更多，更複雜。心中既有了某個意念要表達，首先得在已形諸文字之中去尋覓對應字，尋覓不得，找個音近的來替代，音近的也找不到，找個字形接近的充當.....。這就是我對晚近網路上出現「夯」、「冏」這兩個字原因的個人看法。

從夯、冏兩個古字，被借屍還魂，賦予嶄新的意義，必然會引起正反兩派的辯駁。我認為這是正常的現象，不值得掛慮。正如本文前面所言：語言文字是隨時間、地點經常在改變的。這種改變需時較長，且要經過眾人自然的約定俗成發展，使用久遠，才算成功。在文字學史上，我們把這種現象叫做：「久借不歸」。如果這種現象只風火流行一時，最後再也無人踵繼，煙消雲散，失敗以終，也不是不可能的。讓我們以毫無成見，以平常心來看待這兩個字的再生、成長吧！

岱江，原名蔡季男，臺灣嘉義布袋鎮人。先後畢業於嘉義師範、臺中師專及淡江大學中國文學系，教書二十九年後退休。1990年移民美國，工作之餘曾擔任喜瑞都中文學校副校長之職，並在謝雪辰老師門下習畫。曾隨安文煥先生學習書法十六年，遍臨正篆草隸各體；目前仍教授書法。著作：兒童文學《誰請來了春天》、《蟬兒吹牛的季節》、《秋葉的舞會》；自傳《走出布袋》；對聯、古詩、現代詩《洛城賦》；歌詞集《洛城曲》；散文《最鹹故鄉水》等書。

天才與瘋狂

劉鍾毅

2015年5月25日世界日報消息報導稱，美國科學家納許（John Nash）於早兩天在從挪威領獎後回家途中，遇車禍去世，時八十六歲。他在美國可以說是家喻戶曉，因為他的實際生活、工作和家庭等經歷曾在2001年被拍成電影，在美國和全球上映。電影名為*A Beautiful Mind*（美麗心靈）。它所反映出以下所述納許的真實人生烙入了觀眾的腦海中。首先，他是一位傑出的數學家，在二十七歲時出現妄想、幻覺和一些抑鬱等精神症狀，被診斷為精神分裂症。此後，他多次住入精神病院，服用專門治療精神病的藥物。症狀時好時壞波動起伏達十年之久，他終於在1970年四十一歲以後逐漸恢復正常，重新回到作為數學家的科研和教學的崗位上，並取得突出的成就。納許在六十五歲時獲得1994諾貝爾經濟科學獎。

這一則有關納許車禍去世的消息，於早兩個星期傳來，留存於電腦中，與今天6月9日讀到的有關冰島居民遺傳DNA普查的消息，碰撞出耀眼的火花，引起了我的注意。這個消息是指，2015年6月8日英國《自然神經科學》雜誌冰島著名的神經遺傳學家Kari Stefansson[1]發表的多達十五萬居民參與的大型科學研究，揭露天才與瘋狂二者竟然相同的內在導因。那就是他們的研究團隊所辨識出來的一套特異的DNA組合，叫做Polygenic risk scores（多基因危險因素），本文稱為「瘋狂基因」。這一驚人的結論是從多達十五萬冰島居民的官方健康紀錄，結合DNA的普查所獲得的。它一發表，立即獲得世界各國的專家和廣大媒體的注

[1] Kari Stefansson：Nature-Neuroscience, July 8, 2015

意。因為它使精神醫學中一個古老的觀察——天才與瘋狂密切相關——第一次得到科學的證明。

一個是從群體調查的宏觀角度，如冰島居民的普查，另一個則是從個案分析的微觀角度，如納許生平分析。個案和普查，各自對於精神醫學早先看到的二者相互關聯的信念提出了支援，彼此相得益彰。天才與瘋狂只有一板之隔，這概念早已在很多人的看法中成為一個有趣的問題。因此，從DNA的普查所獲得的新發現，值得在此稍加介紹，並一併對納許個案的回顧，稍加討論。

基因檢查入手 發現關聯線索

冰島大學以斯蒂芬森（Kari Stefansson）為首的研究團隊，使用了超過十五萬人的大型遺傳資料來進行分析。其中包括健康的及確診為精神分裂症和躁鬱症的患者。為了研究的需要，作者把具有藝術創造力的個體納入統計，並將此個體定義為「有藝術創意者」。它是指由國家藝術團體正式聘用的演藝人員、音樂家、畫家、編劇，導演，指揮等等專業人員。他們研究的的結論如下：

在他們的基因中，發現有一類基因的組成具有一種特徵[2]，其代表精神分裂症和躁狂症。本文把這種特徵稱為瘋狂特徵。它的出現表明這個人患精神病的機會增加。意思就是說，這個人不一定患精神病，但100個這樣的人，患精神病的人有30個，而100個完全沒有瘋狂特徵的人，只有3人患精神病。這裡的30與3不是他們在普查中得到的實際數字，而是我在解釋所謂患病機會的意思時，為了表示這兩組人（各100個）之間的差別而所舉的例子。舉30與3之比，而不舉7與5之比為例，是表明研究團隊實際普查中所發現的差別，其在統計學上是有意義的，不是偶然的因素造成的。他們在由冰島組成的86,292一群人中檢查基因，核查其中的瘋狂特徵。結果表明他們患精神病的機會，與實際家族

[2] 本文沒有轉述其特徵，因為過於專業，一般人不易看懂，但原始文獻有詳細描述。

中所發現的精神病人數，竟然相同或接近。冰島所有的居民都在官方的人口登記中存留其病史資料；因此，只要調出那個資料，就知道這群人患精神病的機會是多少。此外，他們特別對沒有患過任何精神病的居民進行基因檢查，核查其瘋狂特徵。結果，有瘋狂特徵的居民，其家族成員中有藝術創意者的機會較大；無瘋狂特徵者，機會較小。二者對比的差異，具有統計學的意義，說明造成這麼大的差別，不是由於偶然的機會。

換句話說，一個冰島居民到有關機構作了本項科研所作的基因檢查後，就可以大體知道在他的家族有血緣的成員中，從事有藝術創意者（冰島各類國家藝術團體的演員、舞蹈家、音樂家、視覺演出者和作家）的機會多大。如果認為機會很大，認真一查，果然（舉例）有七人，如果機會小，查來查去，（舉例）一個也沒有。

學理深奧難懂 深入淺出較易

還需要說明一點。冰島和北歐的國家居民到了成年選擇職業時，一般而言，常常能夠憑興趣為主，較少受到非興趣因素，例如貧富程度、政治或文化方面等因素的干擾〈如臺灣的父母對子女學醫情有獨鍾而力加主導）。在中國大陸，高中畢業生選擇專業有些人明明喜歡舞蹈，國家需要地質人才，就可能將他硬分配到地質學院學習。這樣的就業情況與自然的性格傾向就離譜而失真。

冰島大學研究團隊的發現最重要的一點可以這樣概括。他們在精神病人中發現了特有的瘋狂基因；也在藝術性氣質很強的正常人中發現了藝術基因。這兩種基因其實是一回事。有了這種基因在身體中，有些人在某些環境因素的配合下，遲早會「發神經」（患精神病），有些人在某些環境因素的配合下（例如音樂世家）很早就表現了特別的音樂才能。年紀如此幼嫩，又那麼突出，人們就把這個孩子稱作天才。如果具有這種異於常人的基因的孩子，出生在數學家的世家中，他也許在三、四歲的時候，就展現了驚人的計算能力，超過幼稚園的的阿姨，他不就成為數學天才了嗎？如果他出身在一個經常酗酒的父親的身邊，從小就總是接收矛盾無理讓人無所適從的資訊，生活在朝秦暮楚、暴戾多變的氣氛下，恐怕不出弱冠之年就要患精神分裂症了。這樣的假設和推論，不僅完全符合精神醫學長期以來的「環境外因與遺傳內因相互作用」的病因論，也使上一世紀六十年代美國神經病學泰斗希思氏（Robert Heath）提出的「狂亂素」（Taraxein）學說[3]，重新恢復活力。

嘖嘖稱奇納許 天才瘋狂並立

普查已經充分說明，瘋狂和天才的內因出自於同一遺傳因素的的冷酷事實。現在回頭來看納許個案，可以存在於同一個頭腦中。只是由於環境的變動（包括內環境和外環境），天才和瘋狂二者可以相互地換過來，又換過去。這是醫學界從來沒有見過的千古第一例。難怪人們嘖嘖稱奇。

這個案例之奇，還可以從兩方面來看。一方面，它是一個十分罕見的精神分裂症。我從事精神病的臨床工作，縱貫六十年，橫跨兩大洲，從來沒有看見或聽說過，精神分裂症的患者，在確診並住院治療若干時日後，竟然恢復病前建設性的社會地位，走向痊癒。不僅恢復了職業能力，而且屢創佳績，在停止精神病的藥物治療後二十五年的六十五歲時，力取1994年度諾貝爾獎金。納許對美滿的婚姻也失而復得。他在二十七歲時起病後與妻子離婚，四十歲時病癒與前妻重新結褵，直到這次車禍，兩人共赴黃泉。

如果生前納許有機會接受冰島居民的DNA普查，我們相信其DNA中一定會顯示瘋狂因素，因為不僅他本人患精神分裂症長達十三年，而且他的兒子也患有多年的精神分裂症。另一方面令人稱奇的是，讓納許患精神分裂症多年的瘋狂因素，竟然停止了有害的致病作用，以至病癒。不僅如此，它居然搖身一變（其作用機制或原因也不清楚），轉而

[3] 此學說曾經在1970年代受到國際精神醫學界注意。後來因未能由另外的研究團隊複證而得到承認。

成為藝術因素，促使他在從事多年的數學這一門奇妙的藝術中開出奇花異葩。可是，也正由於冰島普查的啟示，我們才得以理解，為什麼一個不折不扣的精神分裂症患者回到原有人生的道路上，重操舊業後表現出天才的業績。原來都是同一組特殊的DNA在主掌乾坤。在一定的條件下，它是一身鬼影憧憧的惡魔，而在另一條件下，它卻是滿臉笑靨如花的天使。

啊……！如果我們能夠發掘出這「一定的條件」轉向「另一條件」的誘因，那麼我們不是便可能把人世間無數的精神分裂症患者，轉換為正常人中的天才嗎？天才其實並沒有定義，能夠轉換為正常人中的一員就行。這種成就可值得頒發多少個諾貝爾桂冠呢？這不會是海裡撈月，因為納許已經用他的生平向我們呼喊：「Here I am！」

劉鍾毅，Zhong Y. Liu M.D.，UCLA/VCMC醫學中心榮譽主治醫師、美國精神和神經學病專家委員會有證專家（Board Certified）、*Genetics & Epigenomics* 國際醫學雜誌（WWW.ASPBS.COM/GEG）編委、北美洛杉磯華文作家協會顧問。

人體經絡：是由「固態水粒子」組成的

盧遂顯

水，是天地萬物維繫生機最重要的物質。不論動物、植物，沒有一天可以沒有它。以我們人類來說，不分男女、貧賤、尊貴，從出生的一刻起，直至生命終結，無時無刻都不能離開水，甚至生命終結之後，仍還需要水來處理後事。

從遠古時起，直至人類科學倡明之前的億萬年間，水，原是取之不盡，用之不竭，隨意可以取得，不需任何代價，上天賜給我們的禮物。那時的人們，只是不知不覺，懵懵然地知道：口渴了要飲水，烹煮食物要用水，洗滌、灌溉、畜牧、飼養家禽……都需要用水，但不會有人對水有任何概念，更遑論加以研究。自近代科學倡明以後之數百年來，雖然人類已開始對水有科學上的瞭解，但世上絕大多數的人類，也只是知道水是由二氫一氧所形成，化學程式寫作H_2O而已。

水是所有物質中，唯一擁有固體、液體、氣體三態的物質，它遇冷凝結為冰成固體，遇熱蒸發為氣成氣體，這也是人人都知道的事。同樣地，也是絕大多數的人們，對這三態的變化，也只是知其然而不知其所以然，更不會有人會對這三態與人類的關係和影響加以關注。

人們一定會問，冰不就是水的固態嗎？為什麼我需要花二十多年來研究？它與經絡又有什麼關係？要回答這一連串的問題，不是三言兩語就能說得清楚的一件易事，但我可先舉一個簡單的例子，來說明我經過二十多年的研究所創造的固態水與冰的不同。

「煤」和「鑽石」是人人都知道的兩樣東西，但很少人會把它們聯想在一起，因為兩者的外觀、用途風馬牛不相及。重量上前者以噸計，後者則以克拉為單位，兩者的價格更是天淵之別。但是很少有人會去想到，煤與鑽石，它們都是礦物，也都屬「炭」原子。所不同的，是煤燃燒會成為灰塵，鑽石則不會。以這個例子來區別冰與固態水也是一樣，冰在攝氏零度以上會溶化，固態水則不會。

現在說到本文最重要的主題，究竟什麼是「固態水粒子」。就是在常溫常壓下，仍然是呈現「固體」狀態的一種水粒子，也就我所說的，冰在攝氏零度以上會溶化，固態水粒子不會溶化的那種水。前文我也曾以同是礦物的煤和鑽石舉過例子，同理，固態水粒子也就是水中之鑽石，是特別深具值價，有益人體健康的水。

在此同時，我也花了許多時間精研中醫，並且依據傳統的「中醫學」的理論推演，認為生命就是從固態水粒子所產生的。

我同時也用「固態水粒子」的物理基礎，相對地解釋印證了中醫經絡學的推理與存在。為此，以簡報的方式，特別設計了一張簡明扼要的掛圖，名為「經絡的科學解釋」，加上中、英文的說明出版。該掛圖除了以物理學語言解釋針灸治病的過程基本理論外，其中更含有非常珍貴的「經絡顯像」，供中醫師與中外研究經絡的學者及求診的病患參考。一張簡單的圖表，卻能幫助世人徹底理解經絡與針灸治療的真像及相互關係。這應是為推動中醫學進一步邁向現代化、科學化與國際認證過程中，所作的一個彌足珍貴的供獻。

「固態水粒子」就是由水分子排列有序所組合而成。

眾所周知，水是生命的泉源，早在五十年前，就有著名的諾貝爾獎得主詹姆士華生（James D. Watson）及弗蘭西斯克瑞克博士（Francis H.C. Crick）提出DNA分子的雙螺旋結構，所有的生物都有DNA，而DNA是很複雜的分子，要怎樣才能從普通水變成DNA？就是要經過雙螺旋結構的固態水粒子。因此我認為固態水粒子就是生命的發展。一旦生命開始，就有固態水粒子的存在。細胞與細胞之間的交往和資訊傳達，就是通過無數固態水粒子形成而結集的一股一股經絡，在人體中通行導電（氣），以維持生命。

因此在中醫學中有說明，從生命的誕生以來，不論是普通的植物、動物，甚至高等生物如我們人類，經絡就一直存在，它是由固態水粒子組成的。如果經絡被堵塞，就會產生疾病，因此補充固態水粒子，就可以疏通經絡，使血氣暢通，預防疾病，延緩衰退。如已有疾病，可以減輕，甚至康復。

固態水粒子的作用，可以說是類似針灸。中醫說「一根針能治百病」，但針不是藥，針灸其實是一種物理反應。針刺進皮膚後，皮膚收縮，使堵塞紊亂的經絡被振動而重新排列有序，氣在其間變得暢通，就不會產生病痛，或使病痛消失。而當人們飲用帶有正負電排列有序的固態水粒子，也就是在堵塞的經絡附近，補充修建一條條整齊的通道，輔助血氣恢復流暢，以啟動免疫力與人體天生俱有的自癒力，從而克服自體病痛，兩者原理相同。而且固態水粒子若採取飲用方式，則得以更易於通體運行，達到更加全面有效的保健功能。2013年，我和加州大學洛杉磯分校（UCLA）免疫系教授班傑明朋拉維達（Prof. Benjamin Bonavida）再度合作，在加州理工學院組織了第二屆國際「水和健康」研討會。除了加州理工學院外，尚有南加州大學、加州大學洛杉磯分校、華盛頓大學，與來自紐約、舊金山、加拿大、巴拿馬等醫學與學術界學者專家二十餘人與會。在會上，我再度詳細報告了固態水粒子的物理、化學和生物的特性，與會各教授和醫師們也分別闡述使用固態水粒子後，在醫學方面的實驗效果，並和朋拉維達教授等數人，將會議論文編輯成《國際水和健康的研討專論》一書發行。

在這次會議中，朋拉維達教授提出的固態水粒子對癌症的作用特別引人注意。癌症是人體局部組織的細胞，在基因水準上，失去對其生長的正常調控，導致異常增生與分化。而他在實驗中，證明固態水粒子可以產生更多的免疫力因素？究其原因，是因固態水粒子可以修正缺陷基因。

實驗還顯示了固態水粒子對癌細胞產生了以下三個明顯的作用：

一、停止癌細胞的繁殖；

二、引發癌細胞的死亡；

三、令已對化療有抗拒作用的癌細胞更易接受藥物而死亡。由此實驗可證明並看出，固態水粒子可以增強免疫修復的能力。

除了癌症外，固態水粒子還對自閉症有顯著的功效。自閉症是當代中西醫都沒有明確說法、束手無策的一種病症，因此我花了五年時間，潛心研究固態水粒子對自閉症的作用。並選定洛杉磯、南京、深圳和巴拿馬的首都巴拿馬城四地作為嘗試地，先後在這四個地區進行自閉症的研究試驗。結果證明70%以上自閉症兒童在飲用固態水粒子十二個星期（或更短）後，症狀都有顯著的改善。其間我所領導的量子健康研究所，也同時出版了《自閉症與穩定水團的關係》和《經絡與穩定水團的關係》兩本以豐富圖像舉例論證的專書。今年（2015）七、八月間，我再次前往中國大陸訪問，與有關單位交流，期待對這個世界上，由於環境汙染而日益增加的自閉症防治研究工作，或老人癡呆症等多種慢性病作出貢獻。

盧遂顯，全方位生技科研中心創辦人、北美洛杉磯華文作家協會會員。

基因與人性

孔憲詔

二千多年前中國先賢對人性曾有極為深刻的陳述。

孔子說：性相近也，習相遠也。

中庸第一章說：天命之謂性，率性之謂道，修道之謂教。說明人性是上天給予的，我們應當去發揮，去發揚人性，對科學與人文、各種教化，要博學，深思，明辨，篤行之。要生生不息，創新而又創新之。

孟子說：人性之中有善端，經過擴充後可以實現。又說：惻隱之心人皆有之，羞惡之心人皆有之，辭讓之心人皆有之，是非之心人皆有之。又再說動物與人之相異者幾希，庶民去之，君子存之。

荀子說：人性本惡，其善者偽也。

告子說：食色性也，人性沒有善，也沒有不善。

1953年美國物理學家J. Watson及英國生物學家F. Click共同提出了「DNA雙螺旋結構」。其後Watson在1962年獲得了諾貝爾獎。DNA雙螺旋結構是遺傳學上最重要的發現，這一發現奠定了生化學與遺傳學的基礎，也是現代「遺傳工程」的原動力。

人體大約含有六十兆個細胞，DNA藏在細胞核內。人類的細胞核內含有二十三對四十六條染色體，所帶的遺傳基因共有三萬二千個。

DNA是二條長的索狀物互相纏繞成螺旋狀，外表像一個扭曲的樓梯，樓梯的支柱是由磷酸根和去氧核醣（Deoxyribose）所構成，樓梯的橫桿部分是由腺嘌呤（Adenine 簡稱為A），鳥糞嘌呤（Guanidine 簡稱為G），細胞嘧啶（Cytosine 簡稱為C）和胸腺嘧啶（Thymine 簡稱為T）四種氮基（Purine & Pyrimidine）所組成。每個DNA含有三十億個氮基配對，構成基因的氮基約佔3-5%，其餘的意義不明。所以一個DNA

上面只有一部分含有遺傳基因。

氮基的配對是固定的。A配T，G配C。每三個配對組成一個遺傳密碼。父母的特質，如膚色、頭髮的顏色，就由這些遺傳密碼傳給孩子。這就是龍生龍，鳳生鳳，虎父無犬子的原因。

DNA的些微不同，就會導致生物的大差距。所有生物當中，和人類最接近的是黑猩猩。黑猩猩的DNA和人類的DNA只有1%的不同。因為這1%的不同，就造成了人與猩猩截然不同的命運。而我們人類，彼此之間，DNA只有千分之一的不同。微少的差異造成巨大的差距，主要是由於一個氮基的不同排列，就會產生氨基酸的不同，而一個氨基酸的不同，就會導致蛋白質的不同，如此一來，生物就會產生突變。

DNA的功能為傳遞遺傳資訊，經由複製、轉錄和轉譯的三個步驟，便可製成蛋白質。而蛋白質是人體最重要的成分，構成我們身體的細胞大部分是蛋白質，而蛋白質是由幾個氨基酸連結在一起所組成，DNA的氨基酸的排列順序決定了製造何種蛋白質。DNA所含的遺傳訊息是透過DNA的複製及蛋白質的合成傳到新細胞。人類大致由十萬種蛋白質所構成。可以這樣說，遺傳最根本的現像是細胞分裂前DNA的複製。

一、DNA的複製：

複製時DNA的雙螺旋會首先分解開來，氮基之間的結合會中斷。之後配合已經成為單體的氮基的排列順序：糖、磷酸根、合成核甘酸（Nucleotide）。核甘酸繼續結合，雙螺旋的修復便可完成，變成了兩個帶有相同氮基排列順序的DNA。

二、轉錄的機轉：

DNA在合成蛋白質時，首先，DNA的雙螺旋會解開，每個氮基的結合會分開，核甘酸再依照成為單體的氮基的排列來結合，製造RNA（核糖核酸）。RNA的氮基有腺嘌呤（Adenine）、鳥糞嘌呤（Guanidine）、細胞嘧啶（Cytosine）及尿嘧啶（Uracil 簡稱為U）四種。製造出來的RNA帶有合成蛋白質的氮基之排列訊息，所以稱之為傳訊RNA（Messenger RNA）。傳訊RNA所帶的遺傳信息，以三個氮基為一組，稱為密碼子（Coden）。一個密碼子帶一個特定的氨基酸。由DNA合成傳訊RNA的過程稱為轉錄。

三、轉譯的機轉：

細胞核中所製造的訊息RNA（Messenger RNA）從核膜孔跑到細胞質，在合成蛋白質的核醣體（Ribosome）內和氨基酸結合的轉運RNA（Transfer RNA）結合，氨基酸根據傳訊RNA氮基的序列，一個又一個接著結合，合成了蛋白質。此根據傳訊RNA的訊息合成蛋白質的過程稱之為轉譯。

基因利用人及所有生物作為它的載體，由父傳子，子傳孫，一代一代的傳下去。就算父親死了，只要有後代，基因便會永不滅絕，經由這個過程，基因便能生生不息。基因看來很自私，但人也因而能夠生存，種族繁衍，永不滅絕。所以基因的自私，對人而言，不只不壞，且有貢獻。另一方面DNA由複製，經由蛋白質產生細胞，多個同功能的細胞合成組織，再由多個同功能的組織合成為器官，最後，到各種生物的生成，經過數十億年的悠長歲月，基因經過連綿不斷的突變、天擇與演化，終於由單細胞演化成各種生命，演化成萬物。

目前，多數對地球最古老生命研究的科學家認為在三十八億年前，地球已經有生命存在。在三十八億年漫長的歲月當中，各種生物經歷了多少生死存亡、種族滅絕、無法說出的經歷和故事。所以三十八億年的歲月當中，基因在複製和死亡之間，經歷了重重的天擇、演化和突變，已經遺傳了無數的經驗，這些都是生死存亡的經驗。它應當有好的一面，也有壞的一面。亦即善的一面和惡的一面。所以人類由一個受精卵到初生嬰兒，應該含有億萬年的動物性和五百萬年的人性。

五百萬年前，人和大猩猩分道揚鑣後，一方面保持動物性的食和色：食是為了個人生存，色是為了種族繁衍；另一方面，由生死存亡經歷中所生的智慧，產生了種種文化：如餓則求食，渴則求飲，凍則求暖，倦則求息。這種種智慧，文化的產生，都是為了生存，也可說是為了食和色。後天的智慧和文化愈進步，走得愈深愈遠，先天性的動物性就會離開人愈遠。

在人性論中，雖然孔子只說了「性相近也，習相遠也」，它卻是千古不易之理，道出了人性的平等。不論是公卿庶民，都同樣具有動物性，惟有經過文化性的陶冶和洗鍊，才能減少動物性而提高人性。

孟子的人性論，通過了人性之辯、人禽之辯、心性性命之辯，及仁義禮智四端而建立。由人禽之辯，孟子當然瞭解人禽同具動物性，但是人卻有而動物所缺的文化性，但是孟子卻是高舉人的文化性，努力於仁義禮智的追求。不斷向善，以至於善。

荀子認為人性本惡，人性的情和慾，與生俱來，是不學而能。人性之好、惡、喜、哀、樂謂之情。慾則包括一、生存慾——好生惡死。二、耳目口鼻諸感官之慾望——飲食男女和人生基本需求。三、好利。四、嫉妒心。五、權力慾。人之性情是好榮惡辱、好利惡害、好生惡死、好逸惡勞。在情性慾而言，人生而平等，情性慾的追求不是惡，只是在過多或不足時才成為惡。荀子的論述，緊盯著人的動物性。既然人性是惡，就應當進行教化，制禮，立法，使之「化性起偽」，以臻於善。

孔憲詔，廣東省海南人，孔子第七十二代孫，台灣大學醫學院醫學博士，現任美國孔孟學會會長。

水荒談水源

張德匡

最近幾年全球的氣候大變，頻繁破紀錄地造成了許多巨大無比的自然災難。有些地方颶風暴雨大雪成災，造成漫天洪水一片；相反地，另些區域卻反常地長久缺雨少雪，乾旱缺水得令人跳腳。美國近年正是如此，東北和中西部降水量，反常地暴增成洪澇，而西南部各州，卻經年長久乾旱少雨雪，頻臨於嚴峻的災旱。加州又因其人口特別眾多，農工業極端發達，因乾旱而造成的災害也非常鉅大。

北美洲西部太平洋濱的地理很奇特呈長條形，有幾千哩長，南北氣候有極明顯的差異。其北部常年多雨多森林和有多條水量充沛的大河流；而其南端則正好相反，少雨少水近沙漠，幾乎沒有任何可用且水量夠「大」的河流。加州正好處於其分界處，北加雨和水的量較多，而南加的雨水皆較少。過去南加的用水大都是從北加和外地供給，已常很拮据，現整個加州的人口及農工業都增加得太多太快，再加生態環境的保護，南北和全州水的供應和分配就成了天大的問題了。於是最近就有州長「限水」的方案出爐了，要全州人民節省用水以共度難關，希望來年多降些甘霖瑞雪。

但筆者以為加州要解決這「水荒」的方法，長遠看應是不在「節流」而在「開源」。而且這源頭也不應在加州（加州山上的積雪不夠也不可靠），而在它北面的兩個州和加拿大的西海岸（美東或中西部的河和水雖多，但要翻山又太遠）的大河上。

筆者曾去觀察過北方的幾條大河，其大部分的水量都是任其流入了太平洋，真是太可惜了！設想只要把其中一條的水引到加州來，那我們的問題不是全都解決了嗎？！若是怕影響了鮭魚的繁殖或航行的問題等，可把輸水管道埋在海邊過百呎深處，稍加些壓力即可運行，不用翻山繞道，也不會有土地爭議，經費和時間上一定都可省很多。

早在五十年前加州即有多個「北水南調」的方案，計劃把阿拉斯加或華盛頓州大量的多條河水（水量大於密西西比河），甚至中西部的水用陸上水渠或海底水管長程運送到加州來（約增10%或更多全州水量），但因考慮的因素太多（如資金太大約需三百至一千一百億美元難以湊集、經過大地震帶、環保破壞、徵地困難、多項替代選擇等），而難以推動。民主制度人多口雜，最後居然敗陣於造價近七百億元、迫切度遠遜於水荒的高速鐵路。因而一再耽擱始終未能實施，終於成了廢案。

加州是美國的天府之國，地處北緯三十度北溫帶，有著無嚴寒酷暑的地中海型氣候；土地肥沃人口眾多（美國第一近四千萬），工商農業均極發達（全球第七大經濟體）；人文薈萃，山川壯麗，是理想的居住地。加州每年都吸引了大量的移民資金，一直在持續蓬勃的發展中。唯一美中不足的是河水供應不太充分，尤其南加州是半沙漠性氣侯，近二千萬人口，用水幾乎全靠外地輸入，「靠天吃飯」的情況嚴重，尋求可靠的「水源」便成了天大的問題。

州政府雖早就很緊張，但調水的構想責任和資金都實在太大，躊躇不前中失去了寶貴的五十年。更沒想到近年全球氣侯驟變，美西一連五年缺雨少雪，碰上了百年大旱，受災嚴重，全州用水因此拉起了警報。

無奈之下，改出雙重策略，一為準備在沿海地帶廣建非常費電的海水淡化廠（每座約需十億元，每天出水約五千萬加侖，可供城市近7%用水。計建十五座，建廠需時較短，每戶水費約增5-7元）。但因各地反應複雜，全部限期建齊絕非易事。另多方面增加水的利用，如廢水回收，農業滴灌等；並勵行都市節約用水，如減少廚廁草地用水，違者重罰。

海水淡化雖較廉價，且可民間投資，但出水量遠低於渠管調水（不到20%）。現雖可救都市用水一時之急，但於農業（用水量比都市大四倍）的補助甚微，長遠效果尚待觀察。

相比而言，中國的「南水北調」工程中、東兩線，卻在各種反對聲浪中順利完成，北京天津三千萬人都喝上了長江水，「水荒」的隱憂，似已成了歷史。

其實美國長程調水的條件比中國要優越很多，水質優良幾乎不需再處理，沿途又有充分的水電動力可供應，只要能解決過份環保等的干擾，比對南加現在幾條輸水線的輝煌成果（註），長久看應是更佳的選擇。

否則今後旱情若持續或經常發生，那後果真是不堪設想！

原載《世界日報》讀者論壇5.24.2015

註：現在南加的用水主要是由三條水渠（aqueducts）：北加、Owen Lake和Colorado River輸水加地下水供水；前二者貢獻較大，後者較小。南加有近二千萬人口，三十年來工商農各方面突飛猛進，已成美國最大的經濟中心，故說它們「輝煌成果」。

張德匡，1944年生，讀大學時，甲、乙、丙組都唸過，對自然科學、心理學、文藝等較有興趣，也喜歡參與美術、音樂和各種健身活動。長期的心理建設為自己創造了一個愉悅的人生和美滿的家庭。近期推動的英語「新音標」運動，獲得了社會廣大支持；多年來除了受邀到各地學校及圖書館等教學外，並獲得了洛杉磯縣2010年「最佳義工獎」。2011年YouTube給予多個窗戶刊登本人的免費DVD教學及《南加華人三十年史話》的兩個專訪，另有十多個國家的網站給予肯定和轉播。

婚姻的藍圖

汪淑貞

我們一起去，在每個飛翔的夢中，共創彩色的人生！每一個人都希望擁有個幸福的生活、美滿的家庭。家是一個溫馨舒適寧靜的港灣。夫妻關係是家庭關係的基礎。夫妻之間相處需要藝術、用心去呵護，要彼此信任與尊重，互相依靠，相敬如賓，千萬不可以熟不拘禮、抹殺了情趣、損傷了感情。建立夫妻的關係沒有比彼此忍讓來得更重要的了，難免會因為雙方的家庭背景不同、看法不同、意見不同、習慣不同、愛好不同，而引起衝突，加上人性的弱點、自我的脾氣、推卸責任、挑剔對方的毛病，都可以成為夫妻爭吵的導火線。夫妻生活朝夕在一起不是一件容易的事，不該說的說了，該說的不說，再加上情緒失控，真可以從天堂一下子就掉到地獄來形容。

美好的婚姻，都有個共通點，就是夫妻彼此學習，多多互動影響對方，不是改變對方。以溫柔謙卑的態度相待，不是批評或指責。對婚姻的誓言，起初的愛要堅持到底，勇敢負責面對挑戰，一切自會雨過天晴，走過陰霾，柳暗花明又一村。在人海茫茫千萬人中，挑選了彼此相識相知的伴侶，至終成為夫妻，一生相守白頭到老，天作之合永結同心。

當決定談婚嫁時，因來自原生家庭各自不同的背景，即刻面臨許多問題，妻子要冠夫姓嗎？對於婚禮收禮金的問題，是男女雙方各自收嗎？還是男方獨自負擔婚宴費用？結婚之後，彼此瞭解的程度、經濟上的觀點、信仰的見解、生活方式和言語的溝通等等，都有待協商、妥善處理解決。經細想後，我的婚姻觀有四點，現闡述如下：

一、為何要結婚：男人獨居不好，要造一個配偶來幫助他。要一輩子互相幫助，要超過想像的豐盛，1+1=3，大於二，擁有更高的祝福。擇偶要用心謹慎，找對另一半，幸福無限量！沒有一百分的另一半，只有五十分的兩口子。愛情的結晶，懷孕生子，讓生命得以延續，傳宗接代。

二、親密而非疏離關係：人要離開父母獨立自主，要彼此將信任、盼望和愛轉移給對方，二人成為一體，妻子是丈夫的骨中骨和肉中肉，不容任何第三者入侵，這關係是狹義的如同三角形的頂尖。父母親的理智、具佔有權的慾望要放下。交友戀愛成為好伴侶，這好朋友關係要持續到婚後。人生，有時候順境，有時候逆境，難免經歷風雨苦難，家庭生活受到波及和考驗，應當拾起最初的愛心和熱情，遵守那曾經立下的婚姻誓言，永不放棄彼此的決心。建立家庭的首要條件是愛，而不是理，愛是凡事相信、彼此信任，在愛情裡努力保持忠誠，竭力瞭解配偶的思想、抱負、工作與喜好；夫妻彼此取悅，相互寬恕，這樣家必定經常是四季如春、陽光燦爛的晴天。俗話說：公說公有理，婆說婆有理。爭執來吵過去，但是到了晚上入睡前，結個賬，實在沒必要把怨氣帶入夢鄉成為隔日仇，所謂床頭吵床尾和。

三、要快活非受苦：用心經營婚姻，享受在地如在天的生活，彼此成為對方的貼心小棉襖。當另一半在趕工作熬夜時，送上一杯茶或點心；或者說些趣味的話：我喜歡看你說話的模樣、你走路的姿態……。患難見真情，逆境見真愛，同甘共苦才會苦盡甘來。有位年長有三十五年婚齡的女士，她語意深長地告訴我：「婚姻要百分之一百的付出，只期待配偶百分之十的回報；要心甘情願地付出，如果存著對方會回報你，就註定要失望。」

四、珍惜與學習：夫妻關係是一生的珍惜，生活是一生的學習。要懂得為對方著想，同事容易共事難，相愛容易相處難。不要找藉口說工作太忙，再過十年，或者是退休後，才去環遊世界；人有旦夕禍福，不幸配偶離開世界，即使萬分悲慟，痛苦後悔也為時太晚。美化婚姻生活不是高境界遙不可及，或是標準太高，在婚前開始做好教育相處之道準備，預防永遠甚於治療。根據統計數字：離婚率是60%，火深火熱同床異夢的婚姻佔40%，食之無味棄之可惜者佔35%。

選你所愛，愛你所選，這一步走好了，就會婚姻幸福家庭美滿，生活平順前途似錦。願天下眷屬都是有情人，有情人終成眷屬！

汪淑貞，從商多年，辭工隱退後，作了生涯規劃，重新拾起書本，每天七小時上課勤學不斷，完成了一年有餘的神學課程，經常在教會服事和做社區義工，朋友們稱她為義工達人。

失去玉的社會

居曉玉

上次德航空難，全機二百五十人無一倖免，令人嘆惜。其原因在於駕駛員，人為過失自己尋死，致使全機乘客陪葬。臺北捷運站槍手濫殺無辜，聖塔巴巴拉學校研究生槍殺同學，科羅拉多州戲院濫殺案，亞洲、美洲、歐洲都有。很多暴力案件，犯案者都是受過高等教育的青年。他們應是未來的社會菁英，卻成為暴力兇手。這使我們想到，是不是現在的教育系統出問題了？因為他們與被害者並無直接或間接仇恨，這不是報仇。

雖然案子細節不一樣，但有一共同點：主犯心有怨氣，心理失去了平衡，心中的淨土沒有了。這心中淨土，就是一塊玉，失玉之後，無法做決定，活不下去。有的人就殺自己，有的人就殺一群不相關的人以求了結。問題尚不嚴重的人，表示此塊玉尚未失去，然而始終心存惶恐定力不堅人云亦云，無法自己作決定。

東西方文化雖然不同，但高級知識份子失玉的現象卻是一致。

解決之道，是要去掉這一股怨氣。如何去掉呢？個人覺得是要在腦中充進其他思想。忘記，並不能解決問題，但裝進去的其他思想卻能將原來問題沖淡。

那上哪兒去找這其他思想呢？我認為該去看小說或連續劇，或去從事一項活動。我曾在最憂愁的時候，修了一幢百年老屋。那時每天在有漂亮老房子的市區走來走去，觀察別人是怎麼做的，以別人的成功作為參考，並且常思索如何以最少的投資達到最美的效果。雖然當初的目標只不過是賺個小錢，而我卻在不知不覺當中，將這修房子的思想裝入腦中，將原來的憂愁沖淡。

若是看引人入勝的小說或連續劇，我們就進入劇中人的世界了。每日的現實生活就不是那麼重要，這也是沖淡。

還有，換個環境，跟一批新人去從事一個活動。可以是旅行團，也可以去打一份工，或去做臨時看護、臨時園丁等等。總之跳出這現有的人與事，心境會大不同。

再有，看著報紙或網路，有那麼多不幸的人和事，能夠活著，已是幸運。那不是幸災樂禍，而是感恩。若是更進一步，去參與、去幫忙那就更好了。去年我在報上讀到，有位作家每日全時工作，卻仍然日寫數千字，某日在公路邊心臟病發過世。我就去參加追思葬禮，也買他的書看。因為寫文章乃是風雨名山之業，在逆境當中仍堅持寫作的人，值得我們大家敬佩。

不要只是跟同事或家人作朋友，要跳出這小圈子，也要交些幹普通活的朋友，連阿基米德也是在路上碰到不相干的人，才悟出阿基米德原理的，何況我們？

在明州我從事公寓管理工作，雖說是為了生活，我卻因此瞭解一般民眾，尤其是勞工階級的生老病死、歡樂和憂愁。若是我一直在實驗室工作，就不會知道和體會這些事。

不必去學忘記，但要學會沖淡。再倒楣的事，也是我們個人歷史的一部分。只要沖淡，就能過有玉的日子。我最喜歡王維的詩，因為他喪妻又無子，卻能在青山綠水中，找到他的玉，也留給我們美麗的詩篇。

原載《世界日報》週刊5.31.15

居曉玉，真名是居維豫。出版過二本書；英文小說*Lotusville*及中文短篇小說集《危城的故事》，也曾為古詩詞譜曲五十餘首。現在加州從事教學工作。

閒談國畫與其配件

華之鷹

上世紀三、四十年代，中國人將水墨畫稱作國畫，而把國外的畫一律叫西洋畫，現在大家都將西洋畫俗稱油畫了。兩種畫面，中國畫是畫在宣紙上的多，僅少數用絹作畫，而外國大都應用油畫布或木板作畫，這是很大的不同。其實真正的不同表現在畫面上。以油畫畫面細賞，除了所畫的內容之外祗有作者的簽名而已，但中國畫的畫面上卻是包羅萬象，通常所見的六樣附加物是題跋、字號、印章、閒章、年齡、畫室名。這是西畫裡所沒有的。不知大家注意到了沒有。

首先看到的是國畫上有題跋，內容豐富多彩，除了說明畫中的畫意之外，有的說明作畫時的情況，如張大千在一幅畫上的題字：「甲戌八月九日叟闌，蕭靜亭，曾伯舫，趙盤甫，杜少亭諸公同某槐東寓廬，談笑不離藝事，少亭兄出便丐索恭甫作畫，畫成以示大千，大千以為柳下可一漁舟，恭甫頷首，大千遂著糞其上，少亭視之亦大笑不止，笑大千不自知醜也，爰記。」在這題字中，可以看到一群畫家，談論技藝時，也隨時作畫、商討畫面布局等等，並隨意寫入個人的性情，這是在畫面上的特色之一。

其二，是名、字、號、外號齊用。如清代畫家王翬常用石谷、耕煙散人、劍門樵客、烏目山人等同時一起用。又如溥儒常常心畬、明夷並題。再如張大千也常用大千居士爰等等。如齊白石常用白石老人璜等等。

其三，印章多多。如齊白石常常用齊大、借山翁、白石、三百石印富翁、人長壽等石章用在同一幅畫面上。又如吳昌碩用吳俊之印，倉碩、吳倉石印、一孤之白、古桃州等等用在一幅屏條上。再如李苦禪，用李氏苦禪、李英之印、勵公、苦禪。

其四，趣味的閒章。張大千的哥哥張善孖善畫虎而出名，而他的太太戲言：「一錢不值」。他刻了一枚閒章「一錢不值萬錢不賣」，常把它印在畫上。清代畫家鄭板橋，常用「七品官耳」。明代畫家唐寅常用「江南第一風流才子」。徐悲鴻用的是：「大塊假我以文章」。

其五，畫上多表明年齡。如蘇局仙畫上表明「百歲老人蘇局仙」、孫墨佛寫上「百零肆老人」、林散之寫上「九十老人」、郎靜山寫上「百零四叟」、黎雄才寫的「時年九十九曲歲」、齊白石在一幅畫上寫有「九十五白石老人」、張大千有一幅畫上題上「八十一叟爰」。很多很多畫家上了六十歲，都會把作畫時的年齡題在畫上。

其六，多數畫家有一間畫室，但取名各異，有的叫堂，有的稱軒，有的呼樓，有的叫館，也有叫廬、叫舍的等等，豐富多彩。如吳湖帆稱梅景書屋，任伯年的稱大足齋，朱屺瞻的叫望雲樓，溥儒的叫種墨草廬，齊白石的叫寄萍堂，張大千的叫大風堂大硯齋，張石園的叫硯雲山館，劉大為的叫竹軒精舍等等。總觀水墨國畫，除了所作畫中情趣之外，可以欣賞多姿多彩的題識和印章藝術，又可瞭解到作者的方方面面，真可說美不勝收。

華之鷹，本名鄺掃疾，在中國曾服務麗雲師管處司令部，浙江省政府社會局。正一晨光通訊社記者，採訪主任及多家報刊美編兼編輯。移民美國後已發表十五萬字作品，出版《彌勒佛下海》等書。現任本會榮譽理事。

報導

孤兒列車
——記美國十九世紀歐洲移民孤兒和貧窮子女西遷的故事

黃肇鑣

最近讀紐約時報暢銷書《孤兒列車》（*Orphan Train*）深受感動，才知道十九世紀歐洲移民美國到達東岸時，在安置過程中有許多淒慘的故事。其中有許多孤兒及貧窮子女不得不西遷。他們要前往一個未知的地方，無從選擇，只能靜靜地坐在硬梆梆的座位上，讓火車帶領著到中西部讓人收養，作苦工以求溫保。書中女主角即被明尼蘇達州鄉下人收養，她的一生充滿艱辛和無奈。本文將介紹那個時代歐洲貧窮移民的遭遇和簡介此暢銷書。

《孤兒列車》作者為克莉絲汀娜克蘭（Christina Baker Kline）。她出生英國，在英國及美國南方及緬因州成長，畢業於耶魯英文系，並獲劍橋大學英國文學碩士，現任教於Virginia大學。克蘭雖然很早便開始出版著作，但並非每部作品都暢銷。在《孤兒列車》出版之前，她的前一本小說銷量還不到一萬本，出版社對《孤兒列車》的期望是：「若能賣破5.5萬本就能分紅了！」想不到這本小說在2013年底出版，迅速累積口碑，據統計至2014年底的銷售量已突破150萬冊，大大超過原先的期待，而這本書至今已登上《紐約時報》、《今日美國》、《獨立書店協會》、《亞馬遜網路書店》暢銷排行榜。它的中文繁體版由沈耿立翻譯，於2015年4月1日由臺灣遠流出版社出版，簡體版由胡緋翻譯，於2015年4月26日由湖南文藝出版社出版。

歷史背景

1845-1852愛爾蘭大饑荒，人口減少了20%到25%，約一百萬人死亡，一百萬人移民美國，其中65萬人來到紐約，同時期尚有許多歐洲移民，譬如1849那一年愛爾蘭有53,000人移入紐約，同年有52,000德國人移入紐約，使美國東岸人口擁擠，又受到經濟困難的影響，工作不易得，許多小孩子或因父母在渡海中病歿，或因父母無力撫養，流落街頭，每天成千小孩上街乞討或偷竊，造成社會問題。

兩個慈善組織——兒童援助協會（Children's Aid Society）和紐約天主教基金（Catholic New York Founding Hospital）——合辦一兒童西遷計劃，將大批孤兒用火車載往人口稀少而急需勞動力的中西部。這種「孤兒列車」運動從1853到1929年間共遷移了約25萬名孤兒和棄子。一部列車約乘三十到四十名孩子，年紀從四歲到十八歲，由兩三位成人領隊。早期的火車設備甚差，比運牲畜的好些，後期的運輸火車設備略有改善。

接受此類孤兒者大多為中西部農家，他們在一張印好的檔上簽名收養，只要答應提供就學和供應三餐，就可領走孩子。最受歡迎的是大男孩（因為可以幫忙耕種）和較易教養的四、五歲小孩，而年紀較大的女孩子則要多經波折才被領養。收養最多的州是印地安納州、明尼蘇達州和肯薩斯州。肯薩斯州的Concordia仍有「孤兒列車紀念館」（National Orphan Train Complex）。

2013年10月明州首府St. Paul Union Depot有一「孤兒列車」多媒體展覽，當年尚存有五位孤兒在明州。在訪問一位九十八歲老太太（Sophia Hillesheim-Kral）時，她回憶當年小時在紐約，貧窮的父母放棄生病的她，讓她自紐約乘孤兒列車來到明州，由一位獨居的德裔寡婦領養。養母不會英語，脾氣不好，經常打罵她。但Sophia仍然感謝孤兒列車，使她有了新生命。孤兒列車有許多成功的故事，其中最著名的兩個男孩後來成為州長：Alaska州長John Green Brady和North Dakota州長Andrew Burke。

但此項目也受到批評，有人認為它像奴隸制度，也有人說「孤兒列車」提供了當時極為需要的中西部勞動力，才致使那區域沒有奴隸。到了1920年代後期，美國成立了孤兒院和寄養家庭制度（Foster Family），「孤兒列車」就沒有必要存在了。

《孤兒列車》內容簡介

1854到1929年間，自美國東部出發的孤兒列車承載著25萬名無家可歸的孩童前往中西部地區。他們在沿途各站任人挑選，未來命運如何全憑運氣決定；小姑娘薇薇安（Vivian）就是其中之一。九歲的小女孩跟著家人從愛爾蘭遠渡重洋到美國紐約，以為從此就要展開新生活，一場大火卻奪走了她的家人，只剩下孤苦無依的她無法選擇自己該何去何從，薇薇安只能搭上孤兒列車，從擁擠的東岸到廣大的西部，以尋找一個棲身之所。登上孤兒列車是她命運悲歡的啟幕。

但這些寄養家庭缺少的往往不是孩子，而是能夠幫忙的人手。這個家庭養不起她了，就把她丟給下一個；下一個家庭她待不下去了，就再找另一個。擁有、失去、然後再重新尋覓，也許她這一生就是充滿逆境，也許她就是要一而再、再而三體會失去所有的感受。

往西行的首站為芝加哥，接著來到明尼蘇達州，薇薇安首先被一車衣廠主人領走。按照領養同意書，養父母應該提供就學和三餐，但此車衣廠主人將薇薇安當童工裁縫；沒多久車衣廠破產，薇薇安被明州鄉下一農夫領養。此農夫家境清寒，靠打獵為生，已有多名子女，其中一女孩名薇薇安因腦膜炎剛過世，就將新領養女孩改名薇薇安。此時養母又懷孕了，薇薇安就被當「丫頭」使喚，但讓她上學。當薇薇安約十二歲時有一天養父要強姦她，薇薇安大叫，就被養母趕出家中。她提著小皮箱在冰天雪地中步行了二十分鐘，於深夜到達學校，躲進柴房裏取暖，後來由學校老師安排住進老師寄宿處。寄宿處房東照顧她的腦膜炎，使她康復並推薦給一對慈愛夫婦領養。此後她才有了一段好日子。

數年後、有一天她到明尼阿波里市偶遇當年在「孤兒列車」上認識的一位男生，以後結婚育有一女。不久丈夫從軍陣亡（第一次世界大戰），她受不了刺激，便將女兒送出讓人領養。第二次結婚的丈夫來自緬因州，兩人就搬去東北。就這樣，九歲的小女孩長成為九十一歲的老太太，漫長的人生讓她失去了太多的東西，多到不敢回憶。

一次偶然的善心之舉讓薇薇安結識了孤兒莫莉（Molly），往事如潮水般湧來，再次將她淹沒。然而，這次生命帶出了應有的答案。她們發現兩人竟然有著相似的身世，莫莉也漸漸發現自己有能力幫助薇薇安解開一些她終其一生都執著不放的心結。這段攜手尋覓的過程，讓兩人都得到一種新的自由……。

書評摘要

「故事主角面對無比困境和強烈孤寂感時，卻能展現韌性的一面。這本小說經過一絲不苟的研究，卻又保有豐厚的生命力，帶我們回到過去，看到主角為了生存挺直身軀，卻又保有寬宏大度。」——紐約時報暢銷書《美麗人生》（*This Beautiful Life*）作者史沃曼（Helen Schulman）。

「作者將兩個南轅北轍的人巧妙地拼在一起，一個是九十一歲的愛爾蘭人，從困苦的鄉村生活移民到紐約，然後又流落到美國中西部。另一位則是寄養家庭系統下的受害者。兩人都從過往的孤寂和艱辛中掙脫出來。《孤兒列車》這迷人的故事一展開就扣人心弦。」——紐約時報暢銷書《畫中的女孩》（*The Painted Girls*）作者邦奇南（Cathy Buchanan）

「故事主角離家的漫長旅程和對家鄉的掙扎想望，交織出這本動人的小說。年輕女孩茉莉是一個被收養的小孩，她現在為社區裡的老寡婦薇薇安做勞動服務。有一天，他倆走進薇薇安雜亂的閣樓，發現他們竟然有相似的人生。在薇薇安還是小女孩的時候，她搭上一班孤兒列車，展開新生活。從19世紀中葉到20世紀經濟大蕭條的75年間，孤兒列車載著一個個失去父母的孩子到美國中西部尋找棲身之所。在克蘭的筆下，薇薇安困頓的生活是一場豐富的人生。相形之下，茉莉的故事似乎沒那麼精采，但是當我們聽兩位主角對話時，卻都可以在他們看似絕望的生命裡發現優雅與力量。這本書描繪兩位堅強少女的成長歷程，同時揭露美國一段不為人知的歷史。」——書單雜誌（*Booklist*）

原載《明州時報》5.22.15

黃肇鑣，筆名朝雨。祖籍福建福州，出生廈門，在臺灣成長就學，畢業於臺灣大學、獲美國華州大工程博士，史丹福大學高階經理班受訓。曾任職於明尼蘇達州跨國企業多年，現已退休。多年來發表約百篇文章於海內外華文刊物：如臺灣《遠見》、上海《東方企業家》及美國《世界日報週刊》、《華興報》、《明州時報》等。曾出版《青山憶舊、歲月如歌》，2015年出版《萬湖州》，該書精選五十餘編散文和專欄，內有：美國中西部——地大、富饒、敬業；科技和環保；巴菲特股東會和美國現象及矽谷傳真等。

水癡：盧遂顯博士
——揭開經絡神祕的面紗

常柏

世上的人，雖然無時無刻都需要水，都在用水，但實際上百分之九十九點九九九九的人，都是「水盲」。而本文所要報導的這位盧遂顯教授，我則可以把他稱作為「水癡」。

盧遂顯是一位高能物理學博士，也是位教授，花了二十多年的時間來研究水，結果他發現並創造出了一種「固態水」，肯定了人體經絡就是由這種水組成。並通過逾萬張的紅外線掃描圖片的紀錄證明，也因此揭開了人類經絡的神祕面紗。

在我繼續解說固態水和它與經絡的關係之前，我先介紹一下盧遂顯的生平、簡歷，和他的求學與工作背景，可能會使讀者更易於瞭解到，為什麼這位擁有物理學博士學位的教授，會花二十幾年的時間癡迷於對「水」的研究。

盧遂顯原籍廣東省，出生在廣州市，父親盧朗天服務於金融界，為中央銀行廣州分行會計科主任。八歲時，他隨家人移居香港，先後就讀於香江首屈一指的培正小學及中學。培正是一所教會學校，但盧遂顯卻對代表中華文化的儒家思想更感興趣。且因他天資聰穎，又得到當時頂尖的師資指導，加上培正優良學風的潛移默化，領受到了當代最有名的哲學家、文學家如錢穆、唐君毅等精闢的哲學思想，選了許多他們的課。但是在此同時，他也意識到西方尖端科學，尤其是物理的重要性。在他少年時期的日記中，已經深具眼光地記載著，日後的志向，是要結合中、西方文化的精華，為中國演進為現代化國家竭盡心力，要讓全世界的人們都能領略到我中華民族的崇高文化。

培正畢業後，盧遂顯就計劃來美升學，而且衷心於攻讀物理。對於美國的名校，他早就瞭如指掌。他心目中的大學，以物理系稱著的，如普林斯頓大學、加州理工學院、芝加哥大學等，但都學費昂貴，是可望不可及的。後來，他終於得到了俄亥俄大學的全額獎學金，不久又轉學伊利諾大學。在這兩所大學裡，是他生平最初接觸到了許多位真正的物理學家。經過四年的名師指導，加上自己的發憤苦讀，1962年，他獲得了該校罕有的最高榮譽學士學位獎。

大學畢業入研究院，他終於進入了夢寐以求的芝加哥大學。那所大學是二次世界大戰後物理學家產生的搖籃，孕育出的知名學者包括了李政道、楊振寧和他的學長崔琦等三位諾貝爾物理獎的得獎人物。盧遂顯在芝加哥大學裡，可謂大開眼界。學校除了有第一流的物理學師資外，芝加哥大學也是出了最多諾貝爾經濟獎得主的大學，可說臥虎藏龍。學校裡尚有許多來自各方其他科系成績優異的研究生，與他們認識，經常有交談、切磋的機會。也因此，他除了主修的物理，也對人文、哲學、社會、經濟各方面增進了許多智識，因而他對於整個世界的總體科學有了更深的認識，這對他日後的工作產生了極大的助益。

1966年，盧遂顯的學業告一段落，他從芝加哥大學畢業，取得了在諾貝爾物理學獎得主南布（Lamb）教授領導的理論物理組博士學位。他並是該校歷年來極少數直攻博士，最快拿到博士學位者之一，時年二十五歲。

拿到博士學位時，正好在英國牛津大學附近，有一個英國國立名叫Rutherford的高能物理研究所招聘研究員，該研究所是英國最大的加速器研究所（至今仍是），能產生最大的沒有帶電的核中子。盧遂顯便成為他們向全世界徵聘優秀學員的第一期研究員。

在那裡服務三年後，他發覺他最大的志趣還是教書，於是辭去了被一般人認為是金飯碗的工作，轉往當地的Glasgow大學任物理系教授。三年之後，他又被澳洲的國立墨爾本大學以極為優渥的條件挖角過去。任教三年後，該校還授予他終身教職的榮譽，因此他在那裡任教長達十五年。

盧遂顯回憶：在墨爾本大學的十五年裡，他曾經督導過六位物理博士生畢業，自己還完成了多篇論文著作，其中《強子散射的幾何模型》一書最受科學界重視。此外，他除了在學校帶研究生，每年的寒暑假，學校都允許他到世界各國去講學，包括多次到中國大陸的多所科學單位作研究，與中國最大的學術研究機構——北京科學院高能所——共同研究高能電子加速器和它產生的基本粒子，並和北京的科學家們合作，發表專題研究報告。

期間，他還曾於1980年和李政道、楊振寧等兩位諾貝爾物理學獎得獎人，及其他多位物理學者，應當時的中國大陸國家領導人鄧小平之邀，以「第一屆海外華裔物理學家」的身分到中國大陸訪問；並於1986年，應北京的中國科學院理論物理所之邀，多次利用寒暑假擔任訪問學者，有時甚至達半年之久。

在墨爾本正是他在學術事業上達到顛峰的時候，卻不料發生了一件重大的意外事件，這個事件也導致他離開了澳洲。事情發生在1987年，他為學校寫了一個核能波色子（Boson）的專利，學校認為茲事體大，不敢接受，就把專利退還給他。他當時也沒有想到事情的嚴重性，就自己直接向政府申請專利，沒想到竟因此驚動了國防單位，並下令封口。後在律師的斡旋下，政府允許他放棄在澳洲的終身教職，讓他返回美國發展。但是一頭埋進研究室的他，終因不諳商場狡詐，在公司借殼上市獲利了結的短視下扼腕。

盧遂顯現在想起這件事情，仍是惋惜不已。他說，這件事在當時還聘任許多權威科學家重複演算他理論的正確。而以他對核聚變的新思維，不但能滿足世界的能源需求，近程可解決地球暖化，遠程還可以對殖民月球，甚至火星或更遠的星球有所助益。盧遂顯仍希望有朝一日，能見到有識者或後繼者完成他的這一心願，創造人類無遠弗屆的福祉。

盧遂顯的學術生涯，以客座教授、學術演講及論文寫作為主。客座教授方面，任教之處包括臺灣的中山大學、上海復旦大學、英國牛津大學、美國史丹福大學和加州理工學院，以及德、法、丹麥、加拿大、新加坡等國多所著名大學。論文寫作方面，他的足跡幾乎遍布全世界，包括臺灣大學、文化大學、臺灣中央研究院應用物理所及原子物理所、北京中醫大學、上海暨南大學、香港中文大學中醫學院、新加坡南洋大學、美國南加州大學、加拿大滑鐵盧大學、俄羅斯的聖彼得堡大學，並又回到澳洲，應邀至墨爾本理工大學演講（不同於他任教的國立墨爾本大學）。他曾在國際認可的物理與醫學專刊上發表了專業論文百餘篇，擁有三十多個專利項目。他也曾和加州理工學院合作，組成一個團隊，探索了一個革命性的多種通訊和能量應用的高能玻色子束的概念。

盧遂顯研究「固態水」，則是從1993年就開始的。至於他為什麼會產生研究固態水的念頭，就是他感覺到，水不但已不再是取之不盡、用之不竭，而且污染日益嚴重，如果他能把水提煉成礦物中的鑽石，豈不是大大有益於人類；於是他開始研究「固態水粒子」。固態水粒子當時的科學學名叫「穩定水團」。從1993年起的四年時間裡，他和世界各國一流大學，包括加州大學洛杉磯分校（UCLA）在內的科學家們合作，期間並召集了一個為期兩天的第一屆有關固態水的國際學術會議，有中外學者百餘人出席，他們專門研究「固態水粒子」的物理、化學和生物的特性。1997年，他和時任加州大學洛杉磯分校（UCLA）的免疫系主任，美國著名的癌症腫瘤專家班傑明朋拉維達教授（Prof. Benjamin Bonavida, 現仍執教於該校）將會議結果合著成一本科學性的教材，名為《穩定水團的物理、化學、生物特性》一書發行，公諸於世。此後，盧遂顯即一頭埋入水與水的基本構成相關的工作，「水」幾乎佔去了他全部的工作時間，他醉心於水，甚至說他是個「水癡」，一點也不為過。

常柏，本名陳十美，陽光中文學校校長，北美洛杉磯華文作家協會第十、十一屆會長。

北城藝之旅

張翠姝

2014夏，我的臺北之行充滿濃鬱的藝術氣息，特藉《作家之家》文集，以拙作〈北城藝之旅〉短文一篇，與眾位讀者分享此行的收穫及個中點滴。

第一章：音樂之旅（Jun 17 - June 30, 2014）中研苑內琴音至四分溪畔雅樂揚。

2014年初，接獲中央研究院院長夫人劉映理女士來電，邀我在第三十一屆院士會議「仲夏夜音樂會」中擔任女高音獨唱，2006我曾在第二十七屆院士會議開幕音樂會中獨唱十分鐘，此次再度受邀，倍感榮幸。首先決定了曲目，分別是黃友棣的〈鵲橋仙〉、阿鎧的〈輕笑〉及Puccini Opera *Madame Butterfly*（蝴蝶夫人）中的詠嘆調*Un bel di vedremo*（美好的一日）。幸好，平日跟隨Lenita McCallum的聲樂課從未間斷，來回演練此三曲亦頗為順利，倒是與合唱指揮任樂懿女士研究〈鵲橋仙〉的前奏部分如何出場，花了些工夫，更在舞蹈老師柯麗紅女士的指導下，為此曲加入多個小節的舞蹈，在此特向任、柯兩位老師致謝。行前，我更特地至柯老師舞蹈教室的大鏡子前預習多回。抵臺後，與伴奏林佩諭老師共排練過三次，正式演出於六月三十日登場，除將個人數年所學與諸位來賓分享外，李遠川院士及夫人高阪玲子博士、留歐音樂家劉姝嬋及劉姝嫥教授擔綱的弦樂四重奏，以及中研院李尚凡、徐松錕二位博士研究員聯合推出的長笛二重奏，著實為書香鼎盛的院士會議，帶來一闋樂音悅心且別具特色的序曲。

此次音樂會的重頭戲是中央研究院合唱團的演出，該團成立於2011

年，2012院士會議Opening Concert中我就聆賞過他們的優異演出，當時雖成立不足一年，但在指揮許世青女士及伴奏林佩諭老師精心指導下，和聲優美，深獲好評。更難能可貴者，全體團員以義、英、中、臺多等種語言，背譜演出整場音樂會，著實令人欽羨。此次演出，該團合唱技巧則更為精進，相信在瞿海源團長、許世青指揮、林佩諭伴奏與聲樂指導張廣慧及所有團員的共同努力下，中央研究院合唱團定能聲冠寶島，再上層樓。

值得一提者，吾友林琛女士，特別在預演時刻趕來相挺，深暖我心。音樂會後，遇見該團蔡宛玲、張七鳳兩位中山學妹，三人相談甚歡，並合影留念。音樂會圓滿落幕，也為我〈北城藝之旅〉的第一篇章，劃下難忘的休止符。

第二章：書道巡禮（July 1 - July 17, 2014）書到用時方恨少，筆墨生涯功夫多。

自曾祖父起，祖父、先父均雅善書法，我五歲啟蒙，由家父指導顏體書法，及長，並師事師範大學書法教授譚淑女士，專攻顏字，亦兼習篆、隸、行、草，曾先後獲得北二女及臺大書法比賽冠軍，並曾於省際書法比賽中獲得大專組第二名。客居美國的四十五年間，雖未習成專業書法家，但我依然盡可能一年數次至美國高中的中文班指導書法，春節來臨時，更不忘自編自寫幾幅春聯，一則宣揚文化，二則回饋社區。但多年下來，端正厚重的顏體字已不再能滿足我的求知慾，我急著想要求突破。因此，尚未啟程回臺前，已與「蕙風堂」的楊湘蓁小姐約好，希能藉July 5及July 12兩堂書法課，再度開始修習隸書。

我參加的週末班，由蔡明讚老師指導，學生均有根基，甫辦完書法展。感謝蔡老師對我挺有信心，稍稍暖手後，立即要我以站姿懸腕揮毫。前數分鐘還有些緊張，但三個字以後，我的「顏隸體」越來越順手，內心的驚喜非筆墨所能形容。同學們誇我挺鎮靜，我則歸功於多年來練就出的現場演出經驗。蔡老師鼓勵我繼續勤練隸書，希望不久可達書法展的水準，但落款部分的行書，從顏體轉形為行草，還需多下工夫。總之，書法與聲樂藝術其實是相通的，聲樂慣採的腹式呼吸及丹田運作與手腕勁道之間不無關聯。我十分幸運，幼時勤學書法，如今以聲樂為主，書法為輔，既養性又娛情，這是多麼愜意的藝文生涯啊！

返美前，有幸參觀了名書法家陳維德教授的書法展覽，陳教授作品渾厚有力，氣勢磅礡，書壇翹楚的功力，果真是名不虛傳。而後，我又重回「蕙風堂」購買了許多書法用品。此次「書道巡禮」雖暫告一段落，但我的書法生涯仍將在練習、再練習聲中，繼續不斷地向前邁進。

編者按：「北二女」是「中山女高」的前身。

張翠姝，現任托倫斯紀念醫學中心社區顧問，洛加大教職員婦女會理事及南灣松柏社社長。張女士業餘習聲樂，曾五度推出個人慈善獨唱會，並雅善書法，北二女及臺大就學時代，屢屢獲獎，目前仍抽空至Palos Verdes半島高中為中文班學子指導書法。

我住過被查的月子中心

林良姿

坐月子是華人的一種傳統習俗，自從莊淑旗女士的《坐月子的方法》一書上市後，更引起了很多婦女對坐月子的重視。常聽人家說，月子沒坐好，將來會落下病根；如果月子坐得好，身體則會更健康。

生頭胎時，母親千里迢迢地從臺灣來幫我坐月子，但她攜來的一些生化湯，四物等中藥材，卻在進關時，被查扣丟棄。雖然她曾生養過四個子女，但多年之後，再次面對稚嫩軟綿的新生兒，仍是手忙腳亂。偏偏女兒又很難帶，有時一哭就是一小時，必需抱著她邊走邊搖四十分鐘才能入睡，但一放到床上，又醒來繼續哭，必需由另一人接手繼續抱著她搖。新手爸媽加上外婆，三個大人被一個小娃折騰得勞累不堪。在這種情況下，產後尚未復原的我，根本不能好好休息。三年後懷了第二胎時，我便決定不再麻煩年事已高的母親，寧可花些錢到月子中心坐月子。

那時洛杉磯聖谷西區有數家月子中心，散落在聖蓋博、聖瑪利諾、阿凱迪亞、愛爾曼堤等華人聚集的城市。多是在私人的住宅中，並沒有對外營業的招牌。其中有一家還有卡拉OK的設備，但我認為坐月子就是要靜養，不想有任何喧嘩，並不需要卡拉OK。經過實地探訪，試吃月子餐，我選擇了離家較近，價錢適中，當時位於聖蓋博市的一家月子中心。

剖腹產完在醫院住了四天，出院後便直接住到月子中心。業者將原來的房子，改建成許多房間，一樓有客廳、餐廳、育嬰房及兩間房間，其他房則在二樓。有一位上海來的阿姨負責燒菜煮飯，打掃清潔洗衣，照料產婦的生活起居。育嬰房由輪班的保姆照料嬰兒，主理的女士，是老闆的姐姐，原是中國的小兒科醫生，雖然在美國沒有醫生執照，但俱備育兒的知識和經驗，有她坐鎮幫忙照料嬰兒，令人安心不少。育嬰房中還有個儀器為有黃膽症的嬰兒，進行光療照射。

每天的生活就是吃吃睡睡，儘量臥床休息，孩子有專人照料，我只要負責擠母乳就好了。其實擠奶是件很累人的事，不分晝夜每隔三小時就得擠一次。由於我的乳水不是很充沛，租了一臺馬力較強的擠奶器，每次要擠四十分鐘才有一小瓶。擠好後已沒什麼睡意了，好不容易才又入睡，但很快時間到了又得再次醒來擠奶，一天到晚周而復始，相當忙碌，但為了孩子的健康也無怨無悔。我因剛剖腹產後難以上下樓梯，擠好奶後得撥電話內線請育嬰房的保姆來拿給孩子喝。但那個保姆常常講電話聊天，很多時候電話都是佔線，難以傳喚，這是我較不滿意之處。

該中心一天提供五頓月子餐，除了平常的三餐外，還加上下午及宵夜時的燉湯。食物有蔴油豬肝，蔴油雞，鱸魚等，有時早餐吃酒釀湯圓，一碗就有十粒；這家老闆在食物上並不小氣。藥餚燉湯或許是為了適合眾人口味，藥材放的不多，味道清淡，只好由我先生另外為我熬些中藥補品帶給我喝。

先生帶著大女兒每天下班後來探望我，有時也留下用餐，一人只收五元餐費，週末時留下過夜，該中心也只是酌收水電費一人五元，價格相當公道。

通常產後最好是住一樓的房間，不必爬樓梯，但當初太晚訂房，只剩下位於二樓的房間，且忘了試床，沒有躺躺看，入住後才發現那床已太舊太軟，睡得很不舒服。我的房間是半套房，必需和另一房客共用浴廁。衛生間位於兩間寢室中間，兩間房內都有門可直通衛生間，使用時必需將通往另一房間的門鎖上。本以為和別人共用浴廁，互相遷就，沒啥要緊，殊不知這對我造成了很大的困擾。

和我共用衛生間的產婦阿玲，是個奇葩。她自然產出院後入住月子中心，隔天早上六點鐘就起來晨跑，洗頭洗澡，完全不守坐月子的禁忌，身體夠強健的。有天半夜，她脹奶痛得受不了，跑到工作人員房間大呼小叫，請人幫她叫救護車，大家在睡夢中被吵醒，嚇了一跳。最奇怪的是她每天外出回房時，都不直接回她房間，而是敲我的房門，讓我開門，從我的寢室穿過衛生間再回到她的寢室。我不明白她為何要這樣作，剛開始還替她開門，有時正在睡覺都被吵醒，後來實在是覺得不堪其擾，請月子中心老闆勸誡她，但她依然故我。老闆告訴我，阿玲的先生有外遇，她受到刺激，所以精神不太正常。那時恰好另一間大套房的產婦出月子了，我便貼些錢換到大套房住，才免於繼續被她騷擾。

該中心有七間房，全都住滿。除了我是加州當地居民，其他的產婦及孕婦來自中國、臺灣、和香港各地。他們於分娩前一、兩個月便入住於該中心待產。月子中心提供一條龍的服務，平常可接送孕婦逛街、產檢，安排接生的醫生、醫院，送嬰兒去看小兒科醫生，協助辦理申請新生兒的社會安全號碼等相關手續。當時還有兩個小朋友，是趁著暑假，陪媽媽來美國待產，住在月子中心，白天則在附近的幼兒園暑期班就讀。大家因產期相近，都挺著個肚子，蠻有話聊，相處的還算融洽。

在月子中心住了一個月，因吃得好，且孩子有專人照料，我能得到充份的休息，身體也復原的較好。最令我稱道的是，孩子經過月子中心的調教，生活很有規律，回家後定時吮奶睡覺換尿布，不像老大那麼難帶，個性也溫順很多。我家老大，或許是因當初缺乏經驗，從出生後就沒把她調理好，一直都很任性驕橫，桀驁不馴。相形之下，在月子中心集訓出來的老二，從小就是個乖巧貼心的可人兒，這筆坐月子的錢花的還真值得。

聽說有的月子中心的工作人員會向產婦索取紅包，但該中心的工作人員並沒有向我要紅包。我因感謝該中心對我及孩子的照料，出月子後還請老闆及她姐姐吃飯。後來該中心搬到羅蘭崗，隔年春節時，我還帶著孩子回去和他們一起吃團圓飯、看央視的春晚。前幾年我有同事作腹腔手術，手術後也是到該中心休養半個月，她亦得到很好的照顧。

歲月如流，過了十多年，和該中心也就逐漸斷了聯繫。但在網上看到該中心以乎生意更好，營業規模也更加擴大。隨著中國的經濟起飛，對外開放，中國旅客來美的人數漸多，南加州的月子中心也如雨後春筍般地蓬勃發展。在阿凱迪亞的購物商場，常可看到許多孕婦在逛街。我們週日上教會作禮拜時，也常看到後面坐著一排外地來的孕婦。跑馬場附近的一家旅館，也有很多人在待產，那是另一種形式的月子中心。

三月上旬，在報上看到加州多家華人月子中心遭聯邦探員突襲搜查的新聞，我曾待過的這家月子中心也名列其中，引發我不少的感慨和回憶。

其實對我這個當地的居民而言，月子中心提供的是很符合華人需求的一種商業服務，分娩或手術後的婦女真的是很需要這種機構來安置休養。但令人詬病的是有些外籍準媽媽，有能力在精品店購買昂貴的奢侈品，奢華消費，另方面卻不願付醫藥費，申請低收入或無保險的政府補貼，濫用美國的社會福利，浪費納稅人的錢，因此激起主流社會對這些婦人及月子中心的反感，對我們這種辛苦工作守法繳稅的居民，也是很不公平的事情。

依據美國法律，只要在美國境內出生的孩子，就具有美國國籍，可享受美國公民的所有權益與福利。等到這個孩子年滿二十一周歲後，就可為其外國籍的父母、手足申請依親移民。難怪有麼多外國人，千方百計地要到美國生產。看在我這種一步一腳印的在美國找工作、申請身分、等待多年、花了許多律師費才得到合法居留權的守法公民眼裡，實在有失公允。

我認為政府必需要針對月子中心制訂一系列法規來加以規範管理，使其營運正常化，不能逃稅，杜絕如簽證詐欺，幫產婦虛報低收入戶申請補貼，坐享福利，收容非法滯留移民等違法事宜。海關對持旅遊簽證入境的懷孕婦女也應多加留意，以免日後形成社會負擔，影響到對其他美國公民的權益。我衷心的期望，有朝一日，月子中心的營運能步上正軌，正正當當地營業，不必再躲躲藏藏。畢竟在華人居住的這些城市，就有許多當地移民產婦的生意可作，實在不需要鋌而走險，從事違法的行為，而被聯邦搜查指控。

我感激當年月子中心對我及孩子提供很好的照料，也希望他們並未涉及任何不法的行徑，將來能光明正大的營運，為有需要的人，提供更好的服務。

原載《世界週刊》5.17.15

林良姿，筆名季筠、樂溪，臺北市人。1993年移居美國，曾在加州居住十七年，現住德州福和市。獲得中國文化大學社會工作學士及兒童福利碩士學位，擁有德州州立大學人力資源發展諮商碩士學位。在學時曾任青年救國團總團部假期活動服務員，喜好四處遊山玩水、結交朋友、品嚐美食。曾在銀行界任職多年，目前從事財務工作及房地產投資。熱愛文學、音樂、舞蹈、戲劇等藝文項目。業餘從事文學創作，並在基督教刊物以文字事工傳福音。

一個有使命感的銀行家

段金平

在加州的金融界，有這樣一個年輕人，他是沉著與聰慧的集合體，他是大變革年代東西方銀行發展的見證者。在追逐夢想、實現願望的道路上，他與眾不同，始終邁著穩健的步伐，行走在金融領域裡；他以敏捷的思維、銳利的視角，把握金融界的氣息與脈搏，在時代的潮流中游刃有餘。

他，畢業於稱作銀行界「西點軍校」的美國太平洋岸銀行學院高管研究生班；

他，先後服務於中國和美國的多家商業銀行；

他，歷任國際貿易清算專員、私人和公司客戶經理、商業貸款專員、助理副總裁、貸款中心經理、商業銀行部副總裁、分行行長、資深副總裁和地區經理等職務；

他，二十年面對客戶，有著豐富的市場開發、信貸評估、風險控制和資產管理經驗。客戶群體覆蓋進出口商、批發商、食品服務、旅館酒店、醫生診所、律師事務所、洗衣店、加油站、商店商場、商業房地產投資等等。立足誠信和專業，他每到一處，都會很快得到地方商人的信任和倚賴。

他，就是美國首都銀行（Metro United Bank）資深副總裁兼加州聖地牙哥地區經理——胡自立。

胡自立（Alex Hu）原籍中國江蘇南京，1992年畢業於中國南京大學外文系英國語言文學專業。之後服務於中國銀行（Bank of China）多個營業單位，從事國際貿易清算、儲蓄和貸款等業務。1998年移民美國。十四年來，他活躍於南北加州，憑藉豐富的銀行從業經驗和對經濟金融的準確理解，成為業界翹楚、亞裔出類拔萃的佼佼者、商人們頗為信賴的銀行專家！

求知若渴

採訪胡自立，如同讀一篇個人發展史。周正的外貌、淡淡的笑容、縝密的思維、謙虛的談吐都紀錄著他成功的緣由。

作為新一代移民，胡自立的成功來源於對專業的追求和對知識的渴望。儘管在中國已經積累了豐富的銀行工作經驗，來美國後，他還是經歷了從櫃員到帳戶代表，從貸款檔處理員到客戶經理的幾乎所有基層職位，為自己在美國的銀行職業生涯奠定了堅實的基礎。

在從未間斷工作的同時，他連續完成了美國銀行業研究所西部培訓中心（American Banking Institution, Western States Training Center）和全美風險管理協會（Risk Management Association）的諸多專業進修科目，並於2001年取得了菲尼克司大學（University of Phoenix）的跨文化企業管理的工商管理碩士學位。2005年在美國銀行工作期間，他進入美國銀行的商業銀行客戶經理培訓班，完成了從大到銀行法規、小到商業禮儀的系統培養。2006年，由任職銀行推薦，胡自立進入位於西雅圖的太平洋岸銀行學院（Pacific Coast Banking School），並於2008年以優異成績畢業於銀行高級管理人員研究生班。

說起這份學歷，胡自立很是自豪。因為有著七十多年光榮歷史的太平洋岸銀行學院是美國銀行業中屈指可數的高級人才培養處，好比銀行界中的「西點軍校」！美國許多大銀行的執行長和總裁，乃至國家銀監部門的諸多高級主管，都出身於此。就拿胡自立入學的2006年來說，該校入學學員平均年齡四十二歲，平均銀行從業十四年，入學現職助理副總裁以上。值得一提的是，每屆學員的淘汰率都在10%以上。對於這樣一個高門檻、高淘汰率的學院，胡自立說：「這可不是一個袛鍍金的地方。」三年間學員的修習科目從銀行市場開發、信貸風險管理、財務管理、商業談判技巧、銀行業新科技運用、團隊領導類比，到銀行營運類比，一切都圍繞實際運行，旨在為美國銀行業培養出一批批能在經濟和市場風雲變幻中合格的舵手。

在剛剛過去的全球金融危機中，這段寶貴的學習經歷充分顯示了其價值。胡自立和他的團隊處亂不驚，在前所未有的驚濤駭浪中，穩穩地把握著銀行的發展方向，最大限度地保護了銀行投資和客戶的利益。

高瞻遠矚

被問及對銀行這個職業的感受，胡自立說：「銀行的工作對我來說，已經不單單是一個職業，而是興趣和責任了。哪裡還有這樣一個職業，可以讓我同時和那麼多的行業發生聯繫，去瞭解他們的運作和需求，整合社會的資金資源，支援他們發展壯大。看著一個個企業投資見到成效，創造出更多的就業機會，形成一個良性循環，消費增加，地產活躍，經濟發展，我覺得能承擔這樣的工作，此生非常榮幸。」

放眼全球，銀行已經成為百業興衰的根基。在美國，一切的經濟活動乃至個人生活，都離不開銀行。由此看來，胡自立的感慨確有幾分道理。

談到百年不遇的美國金融風暴，「你認為這次危機是源自投資者和銀行業的共同貪夢嗎？」記者問。「不完全是。」胡自立指出：一切起源於長久的金融監管不力。「人性的貪夢是可以理解的，多數美國的銀行是上市公司，背負盈利的壓力。銀行業本身就是屬於高級監管行業。銀監機構多年放鬆的監管，導致部分銀行和金融機構在無人叫停的情況下，為追逐高額利潤，步步弄險。其他銀行迫於市場競爭，只能在錯誤的道路上越跟越遠。」他認為：這場「遊戲」中，唯一的非盈利機構，也是唯一向納稅人拿工資的，是各級國家銀監部門。他們的長期瀆職最終導致了全球崩潰性的金融危機。另一方面，銀行的盈利是建立在長期風險控制的基礎上，金融危機中許多銀行一年間的損失就超過了過去許多年的盈利總和，過去三年間，美國有近四百家銀行被迫關閉，銀行股票持有者和部分銀行客戶蒙受巨大損失。高素質的銀行家是應該能預見到惡性競爭的最終後果。美國金融危機給全世界的投資者和銀行業人士上了一堂生動而昂貴的教育課，而課程的內容，胡先生說：「隨便翻開任何的經濟和金融的理論課程教材，你就能看到，都是最基本的原則。無視最基本原則，瘋狂追逐即刻利潤，覆轍是理所當然的結果。希望大家痛定思痛，補習一下經濟和和金融的基礎課，也許可以找回一個全球的良好金融秩序。」

立足本土

中國有句話叫「取之於民，用之於民。」胡自立在銀行的業務操作中，一如既往地實踐著這一原則。他著重致力於和地方郡政府及郡財政部門保持良好的合作關係，從地方政府方面收納地稅資金存款。作為回報，銀行加大對當地低收入地區的個人和商業金融需求予以扶持，對地方政府重新開發和改造地段內的商業建設保持合理的貸款投入，並把這方面的努力以文本形式定期和地方政府進行交流，加強合作信任。胡自立說：「我們不要只想著拿了加州地方百姓的錢，用去千里以外的地方掘取最高的利潤。我們要讓地方百姓的錢，盡可能地在地方上產生效益，建設更繁榮的社區，創造更多的就業機會，這也是銀行的社會責任。」常常聽說金融領域的人大多是既得利益者。常常聽到華爾街的銀行家唯利是圖，為金錢廝殺。眼前的這位年輕銀行家的解讀和作為，讓我開始懷疑對此行業的偏見。

放眼社會

胡自立無疑是一個優秀的銀行家。但他還是一個社會活動家。他肩負著許多社會工作，歷任全美亞裔地產協會聖地牙哥分會理事、聖地牙哥臺灣商會副會長，現任聖地牙哥郡社區大學學區公民監理委員會（Citizens Oversight Committee, San Diego Community College District）委員。該委員會監理著聖地牙哥郡社區大學學區15.5億美金的校園興建和改造專案。

談起這項工作，胡先生感觸頗多：這項建築工程牽涉三所學院和一個成人教育中心，超過八十棟教學樓和場館，由公民投票通過地方財政支出，用的是納稅人的錢。如此巨大的建設專案，沒有嚴格的外部監管，很容易出現貪汙浪費。公民監理委員會是獨立於執行專案的學區董事會之外的監督小組，成員由建築、財務、金融和其他行業的專業人士中遴選，義務監理專案的執行。委員會成員不拿薪水，和專案沒有任何瓜葛，不隸屬於學區或者任何政府部門，對專案執行方有著無可置疑的質詢權和監督權。委員會成員定期開會，從設計招標開始，審查跟蹤所有專案進展，從公民利益的角度去保護納稅人的錢用到應該去的地方。

胡自立已經服務於監理委員會四年了，他希望有一天能將他在這方面的體驗介紹到中國去：「中國的基礎建設專案和政府工程專案太需要這樣的公民監理制度了。」

參與公益

胡自立在做好專業和社會工作的同時，還積極投身公益活動和慈善事業。他是康威扶輪社（Rotary Club of Convoy, San Diego）理事，致力於尋找和整合社會資源，服務公益。

扶輪社是結合全世界事業及專業的領導人士的一種組織，提供博愛的服務，在職業方面鼓勵崇高的道德標準，並鼓勵社員在各自的職業中提高職業道德，進而提供各項社會服務。國際扶輪社目前在全球約有33,000個組織，超過1,200,000名社員。全世界各扶輪社均有一個共同的基本理念——關懷說明他人的「服務之理想」，時時犧牲奉獻，為「服務社會、造福人群」而努力。扶輪社的主旨是「超我服務」（Service above Self）。

胡自立解釋說：「有人問我，我們以新移民的身分來到美國，一路為成功拼搏，為家庭努力，為兒女鋪墊，我們還有時間和精力管別人的事嗎？我也有過這樣的疑問。直到有一天，一個白人小夥子，普通的年輕白領，深深打動了我。他是一個活躍的扶輪社社員，經常積極參與各種社會服務。閒聊之間我得知他比我年輕，家裡有妻子和三個女兒，穩定的工作但並不富有。我不禁問自己，如果他能，我為什麼不能？如果你願意，你就有時間！我們生活在一個社會裡，不管是在中國還是在美國，除了安身立命和家庭責任，還有著相當的社會責任。莫以善小而不為。如果我們每個人都能超越自我，多擔當一點點，哪怕只是一點點，都可以在某種程度上改變一些需要幫助的人的生活，也回饋了社會。作為移民，我們不是寄生於此，這是我們自己的社會，我們應該有著更寬廣的眼界和寬闊的胸懷，承擔起我們對這個屬於自己的社會的義務，也只有這樣，我們才能得到這個社會的認同和接受。」

我看到胡自立的衣領角上別著一枚扶輪社的徽章，他以此為榮。所有認識這枚徽章的人都知道，站在他們面前的，是一個有著優良職業操守和社會責任感、充滿愛心的好人！

胡自立，一個有著使命感的銀行家！

段金平，山西臨汾人。插過隊、當過民辦教師；1995年來美前，任臨汾電視臺新聞部主任。曾多次發表小說、通訊、報告文學，代表作《潤物細無聲》。在美國協助先生經商多年，開過酒店、養老院；做過進出口貿易、房地產；2012年創辦《東西方》雜誌；2015年投資建起聖地牙哥美中文化交流中心。多年資助青花瓷舞蹈團、博華樂團和《光大傳承——南加華人三十年史話》。現任南加華人文史保存基金會董事、北美洛杉磯華文作家協會理事、《東西方》雜誌總編和聖地牙哥美中文化交流中心總裁。

行善的智慧
——奉獻自己的愛心，體會別人的內心

尤琴

幾年前我與退休的朋友們讀過李家同教授的〈車票〉這篇文章，文中敘述一個男孩出生不久後就被遺棄在火車站，有人發現後，將他送往新竹天主教德蘭中心，由修女們撫養他長大。修女們對於無家可歸的他特別關照，給予完善的教育，使他成為一位優秀有為的青年。某次在服役期間，男孩回德蘭中心拜訪，修女交給他當年夾在繈褓中的兩張公車及火車票票根，作為探尋身世的線索。對母親滿懷怨懟的他，對於母親當年拋棄他的原因一直難以釋懷。修女卻仍鼓勵男孩去找母親，認為男孩已有光明的前途，沒有理由讓自己身世之謎永遠成為心頭的陰影。男孩終於去了。在屏東的一個小山城裡，他一一的找出關於自己的過去，解開一道道繫在心上的謎，也對自己的親生母親全改觀。

看完這篇文章的朋友無不動容，也希望能盡一己之力，為既理性又感性並具愛心的李教授做點事，所以我們想去臺灣的博幼基金會做義工，但是一直找不到機會當面請教基金會董事長李家同教授。

2015年7月4日，正好李教授到南加州演講，大家約好一起去拜會他，他奉行的理念是「不能讓窮孩子落入永遠的貧困」及「窮困孩子的唯一希望來自教育」；他大力推動以課業輔導來提升弱勢家庭小孩的未來的競爭力。

資料顯示：李教授從最初2002年課輔服務110位學童，到目前的3,000位學童。他們的做法是以學生學習為本位，因材施教，注重補救教學教材研發，善用電腦及雲端科技輔助教學，並強調在地課輔老師培訓。

我們很佩服李教授扶助弱勢家庭的理念，也很願意為基金會付出。所以當天見到李教授時，朋友李女士首先發言，請教李教授她可否返臺

當義工教英文。

李教授溫婉地回答：基金會教學是付薪水的，但是老師對學生一定要有相當程度的瞭解，並且能因材施教，依孩子的程度給作業及考試，如此孩子才會享受讀書的樂趣與成就感，目前基金會接受輔導的孩子，上課出席率已達93%。

李女士馬上意會，如果要返臺當義工要有長遠及深耕的規劃，如此才能真正瞭解孩子的程度及需要，以達成孩子被輔導的效果。

另外一位謝女士，事業成功，家境富裕，想提供孩子出國旅行的機會。李教授很感謝她的善舉，但他說他們非常保護這群弱勢孩子的心理，因為弱勢家庭的小孩，多少有些缺憾，所以連老師出作文題目，都儘量避免「我的爸爸」、「我的媽媽」之類的主題。因為也許孩子的爸爸是在監獄中，或母親已經離開家庭。老師們很呵護孩子們的心理層面，把重點放在提升孩子們的學習興趣上，因為功課好，會有成就感，孩子就喜歡上課也就不容易變壞。況且山區的小孩很會與大自然相處，很容易從中找到有趣的遊戲，甘之如飴。而出國旅行對小朋友所產生的影響是正面的還是傷害的，不是我們可以預料。謝女士聽完李教授全力保護孩子心靈的智慧之語後，覺得還是以捐款方式處理比較理想。

從李家同教授的對談中，我們可以深刻體會到他的用心及多年的寶貴經驗，相信他的理念及方向是在經歷千錘百鍊之後，才能完成全臺灣有十一個課輔中心的建立，而且在持續發展中。他深信教育是孩子們的希望與機會，面對這些極需幫助的弱勢家庭孩子，希望大家可以一起攜手並進，給孩子一個美好的未來。

除了在博幼基金會做義工的志工外，我相信所有的義工，都會想替自己理想中的社團付出愛心，但是要把愛心傳達出去時，也必需能夠面面俱到，除了奉獻自己的愛心，也能體會別人的內心。

尤琴，從臺灣施貴寶Squibb藥廠資深藥劑師退休後來美協助先生：尤中正生前信託顧問，出版《財產轉移》及《築底》兩本書。目前退休，並在橙縣寶爾博物館當義工。喜閱讀、寫作、音樂；愛登山、乒乓球、園藝。

從中國夢到美國夢
——應《燕京文化》雜誌之約而作

菊子

彷彿今生為夢而生，走出一路逐夢的人生。

我的人生，從什麼時候開始逐夢，已經記不得了，只知在幼時的記憶裡，生長在北方城市的一座大宅院裡，院子裡長滿果樹、花草，一到春暖花開時節，各種果樹與花叢中盛開出五顏六色的花朵，讓空氣裡彌漫著撲鼻的芳香，在明媚陽光的照耀下，美麗動人。

我幼時的夢，大概生長在屋子長廊下那顆粗大蘋果樹旁的沙堆裡，那裡埋著我的布娃娃、小汽車、積木塊兒，我用兩隻稚嫩的小手，時常翻動著沙堆裡那些積木塊兒，搭建著我童年世界裡的夢想——童話般五彩繽紛的小木屋……，也許那就是我最初的童年夢吧！

然而，突然從高高的院牆外，飛來一隻紅黑斑點的花蝴蝶，靜靜飄落在園中一朵盛開的、帶同樣斑點的橘黃色百合花上，深深吸吮著花蕊，沉醉癡迷，令我欣羨。當我踮起腳尖，輕輕揚起那只撲捉的小手，想把這隻美麗的彩蝶撲捉到手時，警覺的花蝴蝶卻抖動下美麗的紅翅膀，猛然飛起，飄飄飛向高空，飛躍那高高的院牆外，消失在我的視線中……。我揚起同樣一張稚嫩的小臉，望著湛藍的天空，不知高牆外會是一片怎樣的世界，令我神往。我童稚的夢，從此長上了彩色的翅膀，隨著那隻在我眼前一閃即逝的花蝴蝶，飛向了遠方，而不知遠方有多遠……。

後來隨著時局的變革，命運的變遷，一時家裡被「破四舊」的風潮砸爛，而我也隨著大人們一起被轟出那座大宅院時，我兒時的夢想也曾折斷了翅膀，受傷的幼小心靈，在迷茫中掙扎。

後來，在人人都鬧革命的風浪中，我這位「資產階級的臭小姐」，靜靜躲在學校教室裡「被革命遺忘」的角落，手捧起在同學間暗中傳爛了的「封資修」破舊書籍，一本接一本地啃讀下去，從中認識了俄國的托爾斯泰、契科夫、屠格涅夫、陀思妥耶夫斯基、奧斯托洛夫斯基；法國的雨果、莫泊桑、巴爾紮克、左拉；以及英國的狄更斯、哈代；德國的海涅、歌德；美國的馬克・吐溫、海明威；拉美作家瑪律克斯；亞洲的泰戈爾、川端康成；中國古代的曹雪芹、吳承恩、施耐庵、蒲松齡；現代的巴金、茅盾、老舍、郭沫若等。內心裡被他們凝聚著偉大思想和才藝的名著深深吸引，在字裡行間中，一路引領我重新找回和修復曾一度折斷了的夢想翅膀，抖動起待飛的羽翼，漸行漸遠。

我的文筆也從懷念兒時的大宅院散文：《紅蘋果・綠蘋果》、《紅櫻桃・白櫻桃》、《葡萄架下》、《梧桐樹》、《飄逝的花蝴蝶》……，到青春詩歌：《童話》、《尋夢》、《希望》、《無言》、《紅蠟燭》、《苦咖啡》、《致火焰》……，北漂散文：《孤獨的玫瑰》、《一支筆的啟迪》、《把根留住》、《夢的故鄉 在天邊》、《我追求・我快樂》、《夢想的家園》、《告別家園》、《與北京同在——真好》、《鳳躍龍門》……，古體詩詞：《南鄉子——天涯有約》、《瑞龍吟——幾度地久》、《人月圓——夢歸何方》、《採桑子——片片殘陽》、《長相思——秋水遠》……，旅美散文：《夢尋遠方》、《穿越美國之旅》、《首次在美國獨立駕車上路歷練》、《別戀洛杉磯》、《奇遇美國散記》……，直至長篇小說：《生的延續》、《夢想成真的女人》、《逃女》、《天緣龍鳳》、《邂逅美國緣》……，文集：《破譯命運密碼的女人》、《孤獨的玫瑰》、《荒原玫瑰》、《一個女作家的生命檔案》、《齊白石藝術大師人生剪影》、《破譯命運密碼的故事》等。數百篇首詩文、十五部書作、四百餘萬字，一路寫進中國作家協會，成為其會員。在追逐文學夢的路上，我幾乎是十年一個臺階：1982年入唐山市作協、1992年入河北省作協、2002年入中國作協、2012年在美國註冊「世界華文作家協會」等。我每每被像磁鐵般具有巨大魅力的中華文字，所深深吸引並激勵著，在孜孜以求地不斷去追尋並實現著自己心中一個個夢想中，實現自我，實現自身的價值，一路挺進到大洋彼岸——美國，繼續延伸並實現著一個個新的夢想。且用自身的努力，架起一道中美文化交流的橋樑，讓夢想的翅膀愈加豐滿，是我莫大的快樂！

在社會生活的現實人生中，我從青年時期的裝卸工、展覽館講解員、黨委秘書、河北師大中文系作家班；到市電視臺著名欄目編導、製片、進京至中央電視臺合作單位編導、製片；再到某報記者、版面副主編、自由撰稿人、文化公司總經理；乃至後來的《周易》探研家、預測家、重彩龍鳳畫家…….。

生命中的夢想奇跡時有發生。1997年，在我四十歲的時候，偶然接觸我們民族文化瑰寶《易經》，一路探研實踐下來，博覽相關群書，不斷在實踐中驗證，借古論今，八年後寫出闡釋自己獨到見解的專著《破譯命運密碼的女人》，並於2007年獲「中國最具影響力易經堪輿成就獎」，及後在美又出版《破譯命運密碼的故事》。

2006年，在我五十歲時，與我國人稱「中華畫龍第一人」龍黔石先生巧遇，遂被吸收為第一弟子，得其畫重彩龍鳳真傳，工筆加寫意技法。在此基礎上，我又博古今文化精華，將繪畫技法與中華傳統文化的淵源脈絡及《易經》表達的五行、五色、五方、五常、五體、五臟等意與民間剪紙和蠟染藝術等相融匯，達到融會貫通，畫出自己的風格與技法。彷彿上蒼早有眷顧，從執筆到勾線、到設色，到筆運自如，到畫出獨具特色的重彩龍鳳畫來。經過一番苦工，表達色韻淋漓盡致，情致正酣，正陶醉於其中時，奇跡又再度發生了；兩個月後即有人相邀參加畫展，半年內被吸收為省美術家協會會員，又被人稱「中華畫龍鳳第一女」。似乎有些不可思議，但機會總是為有準備的人而準備的！

基於此，在我的文學書作中，封面常常用自己的五彩龍鳳書畫作品設為背景，文字中也時有易經精髓相融匯。我的繪畫作品上，亦會有傳統文化及文學故事和《易經》的理念為內涵，諸如《鯉魚天龍門》、《百鳥朝鳳》、《鸞鳳和鳴》、《龍飛鳳舞》、《青龍火鳳》、《五行龍鳳》、《飛龍在天》等。在我的研易書作中，也通常是用文學的手法表達易理、理法之意。總之，是把《易經》理法帶入文學、帶入書畫，用文學手法表達易理，用書畫線條與色彩表達古今文化內涵，走出一條立體交叉式的藝術與哲理相融合之路，使自己的夢想在不斷實現、不斷超越中步步前行……。

2011年，命運出現重大拐點，偶然的機會，把我拋向大洋彼岸的美國，又以作家、畫家身分申辦美國「傑出人才」綠卡，並獲批准，獲得美國永久居住權。而我的龍畫作品《旭日東昇》，也有幸被選用為「2012年龍年美國生肖郵票首日封」，真正把象徵中華文化圖騰的龍，融進西方文明的一隅，增添一道東方古老文明的風景，不失為一大快事。而同年在美註冊了「世界龍鳳文化藝術聯合會」，下設有世界美術家協會、世界華文作家協會、世界易經協會、世界電影電視演出者協會、世界文化與企業聯盟會及世界鳳凰出版社等，架起一道中美文化交流的立體交叉型橋樑。

我的長篇小說《邂逅美國緣》和新版紀實散文集《破譯命運密碼的故事》兩部書作，也得以在美出版，且全球發行。某種意義上，完成了一次從中國夢走向美國夢的蛻變與華麗轉身！

直至2014年秋，世界美術家協會已成功地舉辦連年三屆的「中國名家美國書畫、攝影藝術展」。期間，在當地新聞媒體報導中，我的龍鳳書畫也被美國最大華文報紙《世界日報》和《鳳凰衛視》等稱為「世界畫龍鳳第一女」。雖感有些過獎，但也可將其視為鞭策我更加努力向藝術世界的更高階梯邁進的動力，以示世人！

世界鳳凰出版社已為中美兩地作家與學者出版中英文著作多部。期中，曾受美籍華裔作家泰斗黎錦揚先生之托，無償將其自傳著作《躍登百老匯》出版中文簡體版，以了黎錦揚老先生心中的一個夙願。能為中美文化交流略盡點滴之力，乃是我和同仁們的一大快慰！

從中國夢到美國夢，夢想——正在世界廣大的空間裡不斷放大與昇華，提升著生命的品質，渲染著世界文明的絢爛風姿！

菊子，本名劉光菊。旅美作家、重彩龍鳳畫家、周易預測家。中國作家協會會員、北京齊白石藝術研究會會員、河北省美術家協會會員；世界龍鳳文化藝術聯合會、世界華文作家協會、世界美術家協會、世界易經協會、世界電影電視演出者協會、世界文化與企業聯盟會、世界鳳凰出版社等會長/社長：北美洛杉磯華文作家協會會員。發表小說、詩歌、散文、報告文學、紀實文學數百篇。創作四百餘萬字，出版十五部著作。其龍畫作《旭日東昇》，被選用於美國2012龍年生肖郵票首日封。

漫談

月圓月彎

李崐

「天上有個月亮，水中有個月亮。我不知道，我不知道，我不知道，哪一個最明？哪一個最亮？啊……。」

一個千轉百徊的「啊」字，竟在中秋月圓之際牽出我的兩行清淚。

出國已有二十多年了吧？怎麼突然間想起了這段歌詞？噢，那時我還在國內電視臺做文學編輯，這首歌是導演李文岐為梁曉聲的長篇小說《今夜有暴風雪》改編成電視連續劇《雪城》所作的主題歌。天啊！我居然把它全部哼唱出來，並且牽動出久違的傷懷。奇怪，我以為自己已經適應了美國月圓月彎的日子。

記得我移民美國的第一個「中秋節」，因為沒有吃到月餅而痛哭了一場。第二年又因為吃月餅的時候不能與父母同時看一輪明月而揮淚寫就了一篇題為《月殤》的文章。再後來，這裡的華人多了起來，不僅月餅的種類花樣翻新，就連慶祝活動也屢見不鮮。漸漸地，我不再為每年的八月十五落淚，吃一口月餅也開始覺得油膩太甜，應景而已。但是今夜不同，濃濃的月光凸顯出心中的那份焦灼——困惑裡隱現著希冀，興奮中隱藏著不安。那是什麼呢？

「每逢佳節倍思親」。幾曾何時「中秋節」已從淳樸的思鄉情演變成人生的何去何從？二十年前，能與朋友在月光下分享一塊月餅，那是人生幸事！而今天參加的三個活動都有花樣翻新的月餅做為飯後甜點，我卻食不甘味。如果說前幾年的中秋聚會，大家的話題已從月亮轉向「海歸」和「海待」，那麼今年又多了一個讓男男女女都關心的話題——如何才能轉型為「海鷗」。

也許是緣起「海外華人」一詞，之後但凡與此有關的詞彙都會加一「海」字。「海歸」是海外留學生歸國創業的簡稱，有人索性稱其為「海龜」。用動物的名稱比喻胸懷大志的「莘莘學子」，似有不恭調侃之嫌，但是海龜畢竟是稀有動物，加上牠生死不屈、長生不老的生命內涵，很快也就被「海歸」們欣然接受。隨後又出現了「海帶」一詞，儘管它因「海待」的諧音而起，但是對於那些回國後找不到合適工作的人和留守海外、在大洋彼岸翹首以盼的怨婦怨女們來說，把自己形容為體質羸弱的海帶，漲潮時被帶到了淺灘，退潮時卻被遺落在沙灘上，如果有能力等待著下一次的漲潮，牠們也許還有存活的希望。反之，他們的命運也許就是一截兒被驕陽曬枯了的海帶，連食用價值也失去了……。這種自嘲顯然是「海待」們的心情寫照。

「海龜和海帶」的話題議論了有七、八年了吧？從去年起人們又對「海鷗」的話題發生興趣。這回連諧音都省掉，直接將那些可以在太平洋兩岸自由飛來飛去的學者學人或者富賈商人，比喻成可以自由翱翔在蒼天大海之間的「海鷗」。

也許是節日的關係，不論是正在奮鬥的「海龜」、掙扎中的「海帶」，還是功成名就的「海鷗」，紛紛在「中秋節」的活動中頻頻出現。

我參加的第一場聚會，是一位幾年前從聖市辭去美國高科技公司首席科學家的頭銜、帶著他發明的專利回中國創業的老友。他這次回來並非探親訪友，而是帶著由中國市長領隊的招商訪問團，到華人社區招兵買馬。規模不大的午宴佔據了整個下午。「工業園的創業基金會持續多久？高等院校的薪水是否包涵了住房補貼？孩子上學如何落實？家屬工作是否能夠同時安排？」。起先大家還跟著主辦方的話題一問一答，而後索性以餐桌為論壇，餐桌上的討論變得比主客雙方的問答還要熱烈。

「現在大陸高等院校付的薪水很高，年薪少則十幾萬，多則幾十萬，當上長江學者也許就是上百萬。」「上百萬？你也太懸了吧？我在國內那會兒，中國教授的工資也就是千八百塊的人民幣。」「我們系裡有個同事被高薪請回去，年薪就是一百萬！」「我也有個朋友，被一家醫院聘為副院長，走時得意洋洋，來信卻抱怨說國內的會議多、應酬多，不像在這裡教書和搞科研那麼單純。」

午餐結束時已近晚餐。我帶著招商會那濃墨淡抹的一絲「海歸」情結，驅車參加了第二場活動——中秋晚宴。這是本地近幾年來年年都會濃墨重彩的大型活動。宴會在聖市最大的中餐館舉行，容納六百人的宴席中，僅社團僑領的名稱就要介紹個二十分鐘，加上有實力的企業家贊助的文藝節目和各業精英自付餐費的傳統，大家在吃吃喝喝的歡歌笑語中，也就沒有了「身在異鄉為異客」的感覺。我刻意留意了一下身邊熟識或不熟的人，發現在社團活動中「偶爾露崢嶸」的「海鷗」們分坐在不同的餐桌旁，有的不示張揚，有的侃侃而談。在這些「海鷗」中，有的是在中美兩國投資千萬美元的「大海鷗」，也有的是在中美兩地輪流教書或做些小買賣的「小海鷗」，當然也包括那些在中國拼事業，回美國來享受家庭之歡的「大小海鷗」們。不管這些「海鷗」們是否面露得意，只要他們在華人社區露面，便被一些有意「海歸」的人關注，更被一些「海帶」們敬仰！即使是「海鷗」身旁的太太孩子們，都會是那些先生常年不歸的太太們羨慕的對象。

我在入座前與兩位「海鷗」寒暄了兩句，一位自豪地說自己的企業正準備在中國「上市」，另一位驕傲地說他在中國任職的大學為他創造每兩個月就可以返美探親的機會。我開玩笑地說：「人家都說在美國成家立業的『老海龜』，回國以後就忘記家中的『老海帶』，你們能顧及到太太和家庭的感覺，不簡單啊！」其中一位「海鷗」高深莫測地說：「男人不喜歡年輕貌美的女人那是假的，但是聰明的男人要明白什麼才是他應該要的。」

月上枝頭，宴會沒完，我就不得不提前離開——我還要去參加幾位女友的「中秋」聚會，說好不見不散。如果說過去和女友的聚會純屬於家庭主婦在一起的自娛自樂，吃喝完了就是「卡拉OK」，那麼這兩年的「吃喝玩樂」就常被某人的心事參與其中而樂不起來。就像今晚，召集大家聚在一起「卡拉OK」的女友做了多年的「海帶」，而且最近因離婚一事，成了一截兒被驕陽曬枯了的海帶。這樣的聚會能輕鬆嗎？但是不能不去！

果然，五千尺的豪宅格外冷清。儘管客廳裡坐著五、六個女人，電視裡「卡拉OK」的畫面也一直在動，可是沒人點歌唱歌，桌上的月餅也像貢品一樣擺放在那裡沒人去碰。空氣凝重而壓抑。女主人的丈夫當了多年的「海龜」，太太心甘情願地做著「海帶」，她希望自己的先生有一天能成為「海鷗」，在中美之間兼顧著家庭和事業。誰知，年入花甲的先生不僅找了「老二」，還有了「小三」、「小四」，於是「海帶」知道再等多久也是坐以待斃，就一狀告倒正要晉升為院士的先生。「煮豆燃豆萁」，這將是她在這棟豪宅裡度過的最後一個中秋。

「要我說，對付這些男人的辦法就是他們回國咱也回國。」

「說得容易。回國？孩子怎麼辦？我們回去可以算是葉落歸根，可是孩子的根已經讓我們種在了美國！」

常言說：「三個女人一臺戲」，可見六、七個女人在一起的情形。然而，我始終無法進入到那種有權利去埋怨謾罵背棄自己男人的角色。常年獨守空房的苦我懂，背信棄義的恨我也明白，但是我不知道如何給自己定位，只覺得今年的「中秋鄉思」沒有往年那麼純粹。淡淡的憂思、深深的懷念和隱隱的痛楚——說不清，道不明。

「下雪了，天晴了，天晴就要戴草帽。戴草帽！」

當年唱這首歌的時候，只覺得李文岐是個怪才，愣是把一個曾牽動過千家萬戶的「知青」故事，用幾句俏皮話就涵蓋了它的悲壯。可是，今天哼唱到這裡，突然覺得頓有所悟：草帽？草帽也是圓形的。難道人生只有單行道？

月光下，我多麼希望今年的「中秋」也能像往年那樣單純，沒有「海龜」、「海帶」和「海鷗」的困擾，吃塊月餅就會感受到慰藉鄉情的快樂！

其實，月圓月彎都在我們的心裡。

編者按：此文入選北美華文作協網站九月號《品讀北美》專欄與《中華副刊》同步刊出。

李峴博士（Maria L. Gee-Schweiger, Ph.D.），原黑龍江省電視臺編輯、編劇。在美出版過《跨過半敞開的國門》、《感受真美國》、《共和國同齡人世紀大典》和《美國律師說漢語》等著作。在中美兩地發表過近百篇有關中美文化的雜文、隨筆和小說。編導製作了十二集電視紀錄片《飄在美國》。榮獲第六屆亞裔文化傳承獎影視傳媒獎及《華人》優秀文化使者獎。曾任全美文教基金會理事長、美國NL影視公司總裁。現任美國T.J法學院、M.C學院及中國暨南大學華人華僑研究院兼職教授。

我的黑色小手槍

蕭萍

美國是允許私人擁有槍支的。這是美式自由之一，很多人家都買了槍，說是為了保護家人。可是往往又怕小孩拿槍闖禍，就把它深鎖在箱子裏面。鑰匙藏得連自己都難以發現。若有突發事件，槍在箱裏面躺著，倒是挺安全的。家裏的人，還是要靠上帝來保護。

哥來過我家，說我們母女不夠安全，要我帶他去看槍。槍店如同軍火庫，什麼武器都有。長的散彈獵槍、大小不一的左輪、還有類似衝鋒槍的，戰鬥氣氛很濃呢！我最愛的是三箭牌黑色小口徑女式手槍。老闆長得很像大陸著名相聲演員侯耀文——修不平的皮膚，一副沒有度數的眼鏡，擴充著炯炯有神的小眼睛。聲音宏亮，鏗鏘有力，開口噹噹作響。夠格賣槍！

要買槍，先要警局調查犯罪紀錄，然後必須通過政府槍枝安全考試，得到一份持槍證，付款後半個月才能提貨。

我擁有了那把黑色的小手槍。長得就像電影《列寧在一九一八》中，女特務刺殺列寧用的那一種標致的女式小手槍，黑亮亮的非常漂亮。可惜我不會抽煙，若是配上一支吐著圈圈的香煙，不用化妝，就是一幅完美的恐怖鏡頭。

和美女一樣，漂亮總是和嬌嫩扭在一起。和朋友去靶場試過，這家夥非常挑食。便宜的子彈會卡殼。我就為它準備了八顆金燦燦的銅頭子彈。希望她不要在關鍵的時刻撒嬌失職。

槍是退了子彈，空膛放在衣櫥裏。女兒乖巧，從不碰這男孩的玩具，不用上鎖。

我就是這家裏的男人加女人，隨時變換角色。有時換不過來，就在夜裏偷偷地用心靈裏的眼淚洗一下無奈的靈魂。我知道，男兒有淚不輕彈，是因為沒有用。在愛面前，眼淚會換取一份安撫。沒有愛，眼淚是不能幫你解決危機的。我很忙，每天解決危機都來不及，根本就沒有時間去玩眼淚了。那一天危機真的又來臨，總是在天黑以後。

我家的浴室有一扇小窗，高高地對著院子。窗子是用一片片雕花玻璃疊成的百葉窗。玻璃外面有紗窗，我又在裏面加上了一簾天藍色的小花尼龍布，重重地垂著，浴室顯得比較柔和溫暖。

晚餐後，關好門窗。女兒在客廳聽著音樂做功課。我就準備洗澡休息。

嘩嘩的水聲中，隱隱約約聽到非常微弱的銅鈴聲，有人進了院子。今晚沒有聽說有人要來，這是誰呢？

半天也沒有聽見敲門聲，感到有點不安。趕緊出浴！匆匆套上了睡衣，想去看個究竟。

剛跨出浴缸，忽然看見百葉玻璃正在慢慢張開。我就向窗口走去。一根木條伸了進來，正在緩緩地掀動那塊柔軟的天藍色窗簾。

怎麼回事？我用手拉開了窗簾，在兩片花花的玻璃之間，漆黑的夜幕裏，竟是一雙陌生又猙獰的大眼睛！我們互不相識，彼此的距離卻如此之近。讓我驚得停止了呼吸。他也來不及反應。就這樣，四隻驚恐萬狀的眼睛相對，隔著的薄薄的紗窗，在黑夜裏凝固了！

「誰！」當我反應過來，就立刻大叫起來。

那雙黑眼睛立刻縮到了窗子底下，蹲在地上，一動不動。從窗裏望下去，是一顆黑髮男子的腦袋。

「你是誰？出來！我看見你了！滾出來！」我一聲聲地高喊著，想搞清楚是什麼人。緊張中完全忘記了懼怕。

「你再不出來，我就開槍了！」想起了那支小黑手槍，就渾身是膽。如果那槍垂手可及，我會毫不猶豫地射出去！只要不卡殼，我就努力消滅這個侵犯尊嚴的魔鬼。

在美國，有人侵入家園，屋主有權開槍。打死了入侵者無罪。

「報警！韻，打911叫員警！」拿不到槍，就想到了員警。聽說美國的員警很好用，來得神速，又是免費。

女兒在客廳，歡快的音樂聲圍繞著她，媽媽等於安全。我那顫抖的喊叫對她無效。

突然，大樹上的鐳射燈自動亮了起來。那家夥朝後院圍牆竄去，消失在茶花樹的黑影之中。

我飛快跑回臥室，拿起了槍，子彈上了膛。開了門衝到院子裏面。浴室的小窗下，剩下一隻孤零零的油漆筒，虎視眈眈地向上注視著。院子裏大核桃樹衝著小草地，在潔白的月光下面面相覷。它們看清了這驚魂的一幕，卻無法告訴我是什麼人。

這一天的角色轉換很成功，我舉著一觸即發的槍，像個男人一樣在院子裏來回地搜尋。要想搞明白是誰膽敢入侵！我要他知道女人也是會用槍的。女人不是用眼淚保護自己的。女人保護孩子時比男人還要勇敢！女人絕不是柔弱的代名詞。

那圍牆靜靜，茶花靜靜，小草靜靜，一切都恢復了寧靜。好像什麼也沒有發生。

尋到了那間黃蜂駐紮的客房門口，我猶豫了。即使有槍在握，我還是不敢進去的。我怕進去了出不來。我不能讓家裏唯一的小女生，從此沒有了媽媽。我背著夜幕，退回小屋，撥通了那個「911」。

「噢，人還在嗎？」警局的聲音。

「已經不見了！」誠實地回答。

「走了，我們就不來了，如果他下一次再來，你再打電話。」報警結束。

美國員警只會抓等著他們的壞人，那都發生在案件結束後。看來我是享受不到美國員警的好了。我沒有能力讓壞人和我一起喝著咖啡迎接員警到來。

關緊了所有的門窗，縮在沙發上，感到好冷，好冷，渾身顫抖不止。如果窗簾打開時，看到的不是眼睛是槍口呢？如果衝出門外，那人在門口奪了我的槍呢？如果今夜真的開了槍，看到一個活生生的人倒在小院子裏流血，然後慢慢地死掉.....？如果，如果.....。好在沒有這些更恐怖的鏡頭髮生。因為在任何一個「如果」面前，我的勇敢都會不夠用的。我是不能對著一個人開槍的，我也不能面對一個流血不止的大活人。我是女人，我的靈魂裏是十足的女人，翻轉不了的。

我們承受過很多苦難，把苦難當作故事，苦難也是可以享受的。如同喝沒有加糖的咖啡一樣。苦中品出香來。我們背著十字架向前行走，上帝是不會給我們一個背不動的十字架的。為此我還要深深感謝祂，給我恐怖的故事，刪除了恐怖的結局，讓我的人生好豐富。

員警的話我是不能聽。我是無論如何不能接受「下一次」的。我無法像戰鬥英雄邱少雲那樣，讓烈火把自己焚滅，為了下一次的勝利。大核桃樹已經明明白白告訴了他。我想他是不敢再進小院來，面對一個美麗的女人，和她那支殺氣騰騰的黑色小手槍了。列寧先生都擋不住，他能不怕嗎？我心愛的小手槍，有你，我就勇敢！

我家的恐怖篇就此結束，那小屋依然溫馨暖人，我們在那裏平安地住了好幾年。

世界上雖然沒有鬼，可那些在明裏暗裏侵害別人的人，還是恐怖，且超過了看不見得鬼魂。唯有勇敢才能戰勝恐怖。可是勇敢常常是由無所依託創造的。願天下所有的女人都生活在平安裏面。也願所有的女人都把勇敢交還給男人。

蕭萍，來自中國上海，曾經工作於文匯報，華東電管局。1992年來美國，北美洛杉磯華文作家協會理事。近年來，她在海內外各大報刊雜誌上發表了上百篇文章，《世界日報》副刊、家園小品、上下古今、週刊等版面發表了幾十篇紀實文學作品。她的作品也發表在海外華文最大網站《文學城》，深受讀者喜愛和關註。她的新書《西海岸看花開花落》曾入圍當當網熱銷書前三十名。被中國大陸一些省、市以及大學圖書館收藏。上海華育重點中學將此書推薦作為學生業餘閱讀。

風的故事

張棠

焚風

千橡城所在的山谷叫Conejo Valley（簡稱康谷），這Conejo一字是西班牙語「野兔」的意思。八十年代初我們搬來千橡定居時，「野兔谷」還是一個人口不多、四面環山的小村莊，一座座小山巒上，空蕩蕩、灰濛濛的，覆蓋著一層短短的枯草，南加有名的Santa Ana winds就經常出沒於這些山谷之間，肆無忌憚地、暢所欲為地嬉戲玩耍。

Santa Ana winds是南加州特有的一種焚風。每年秋季至次年初春，這種既乾又熱的「下山風」都會從內陸沙漠穿過山谷、沿著海岸吹向海洋。這焚風極有個性，它來無影，去無蹤，說來就來，說走就走。每次駕臨捨下，都擺出一副善者不來，來者不善的高姿態：它有時來只為了發發小姐脾氣，而有時又怒不可遏，潑辣之至。

焚風是夜貓子，喜歡在夜裏不請自到。就拿某一個靜得出奇、奇得詭異的夜晚來說吧！因為時差，我到了半夜，還在床上翻來覆去，不能入睡。忽然之間，我聽到屋角的木板很輕很輕地卡了一聲，輕到好像小貓踮著腳在屋頂上走路。幾聲輕手輕腳的卡卡聲後，呼呼風聲從屋角開始，繞著我家房舍，轉了一圈又一圈，聲音愈來愈急，愈來愈響……啊呀！Santa Ana風來了。

還有一個狂風怒吼的夜晚，我家房屋被吹得軋軋亂響、搖搖欲墜，我們提心吊膽地過了一整夜，差點被沒完沒了的風聲給逼瘋了。「Ferocious Wind！」根據第二天報紙頭條的報導：好多屋頂，都被狂風掀開，破了大洞。

但是夜貓子也有乘人不備，在大白天裏突擊民宅的案例。那天合該有事，老公上班去了，我也到鄰鎮辦事。等我中午回家，發現大門被什麼東西堵住，打不開了。我費盡全力，推開大門後，眼前的亂象真把我嚇呆了……！客廳裏的一扇高窗，被風吹破，玻璃碎了一客廳，狂風正卯足全力，從它吹破的窗口硬擠進來。房子被灌風的情景就好像汽球正被充氣。兩層樓高的窗簾倏忽間成了一個任性的舞者，穿著白衣長裙盡情飛舞……。

幸好保險公司馬上派人來把破窗用木板釘上，才把焚風擋在屋外。打破的、砸爛的、撕破的損失，後來保險公司也都賠了。總體說來，財物損失不大，叫人慶幸的是，狂風吹破玻璃的那一刻，沒人在家。

野火

焚風又叫devil風（魔鬼風）。南加州野火之所以惡名昭彰，其實都是因為魔鬼風帶頭，在山谷中飛來竄去、胡亂撒野的緣故。

南加州天氣乾旱，冬季是雨季。雨季時雜草叢生，起起伏伏的丘陵一片青綠，賞心悅目，十分詩意。但旱季一來，山上草木因長期無雨，變得枯黃易燃，如果此時焚風驟起，星星之火立即可以燎原。就我記憶所及，八、九十年代，千橡地區就曾有過多次野火燎原的紀錄。

例如有一個星期天，我們清早起來，看到陣陣黑煙不斷地往東飛去，火燒地區看來極遠，我們也就不以為意。誰知到了中午，風向突轉，黑煙變成火光，一下子就飛越了幾座山頭，直撲我家而來。這一驚嚇非同小可，我們拔足就跑，慌慌張張地抱了幾本照相本，飛車逃去朋友家避難。

晚上回家，火勢已被控制，我們開車到外面去巡視災情，看到附近山頭，一條條火龍還在熊熊燃燒，紅通通的火光在夜幕當中，顯得特別的驚悚恐怖，後來聽人說，那熊熊火光其實是救火員放火燒山的防火牆。我們Ventura縣有素質精良的救火隊，以及一群經驗豐富、通曉風性、熟知地理、英勇善戰的消防人員，他們每天二十四小時嚴陣以待，幫助居民防火、擋災與救火。

濱海小鎮Malibu位於焚風入海的出口處，常被焚風光顧，其中的一場Malibu大火，路線曲折迂迴，燒得十分離奇。那次大火一路燒到Malibu海邊後，忽又轉向，飛奔回頭，一直燒到我家後面的莊園Hidden Valley。因為風勢強勁，住在附近的居民都接到通知，叫我們隨時準備撤離疏散。奇怪的是，雖然大火已近在咫尺，而風勢卻朝與我家相反的方向吹去。我們坐在家中，既不見煙，也不見火，只能在電視上隔「屏」觀火。如不是數十輛救火車從各地趕來，停在路邊待命，我們還真不相信野火已經燃及眉睫。幸虧風神仁慈，及時停風止火，我們才逃過一劫。

寫到這裏，我忽然發現，近幾年來，康谷的焚風似乎已大不如往昔潑辣，不知是不是房屋建多了，風姐吹過千橡小鎮時，已無法卯足全力，呼嘯來去了。

與風共存

宇宙浩瀚，天威無窮。近年來雖然科技發達，人類對自然界的風雲變幻已有所掌握，畢竟地球渺小，人類脆弱，吾人在世，怎能對大自然沒有敬畏之心？只要人住南加，我們就得學習與Santa Ana winds共生共存。

我們何其幸運，在四季如春、群巒環繞、風景如詩如畫的的山間小鎮，安居樂業了三十五年，度過了人生最珍貴的黃金歲月。從青絲到白髮，縱然經歷過幾次風災，都能安然度過，人與Santa Ana winds共生共存的往事，也就成為我們家住千橡數十年來，最叫人難忘的幾件小故事了。

張棠，浙江永嘉（現青田）人，臺灣大學商學系國際貿易組畢業，美國洛杉磯南加州大學工商管理碩士（MBA）。曾任美國聯邦人口普查局洛杉磯分局主任。2014海外華文女作家協會第十三屆雙年會副祕書長，為該會文集繁體版《異國食緣》與簡體版《海外女作家的人間煙火》之三位主編之一。著有散文集《蝴蝶之歌》，詩集《海棠集》。《蝴蝶之歌》獲2013年華人著述散文類佳作獎。

騎行

陳萍

喜歡花前月下，也喜歡運動冒險。然而喜歡騎自行車上公路，不過是這半年的事兒。

在網上訂了一輛公路自行車，是具有三個牙盤、八片飛輪、共二十四個變速器的那一種。車子到了，剛巧那天有點小忙，就請朋友過來幫我組裝。等我回到家，那輛嶄新的自行車已擺在我客廳的窗前。車身是古銅色的，泛著金光；車座是黑色；車把是前伸而弧形往下彎的，用黑色軟木製成的帶子纏裹著；手剎上面往上翹起的是可視的變速檔的小窗口……，簡潔、流暢，卻傳遞著動感和速度！簡直是帥呆了！

從那以後，我常常騎著它，在我住的小區繞圈子。出了門往南，再順著彎路向西邊有個小坡，我要拚足了全身的力氣，才可以衝上去。夏天的傍晚，在這個小坡上，你可以看到西南側洛杉磯大學的大樓，它們被夕陽染得通紅。再往正西望去，太陽已經下山了，但橘紅色的晚霞卻還在燃燒著。等我騎了一圈又到了這個小坡，一切都變得柔和多了。當天邊隱去最後一抹晚霞，街燈初亮的時候，我覺得自己像一顆流星似的，從這個坡上急速往下飛去。好喜歡全速前行時耳邊的風聲，更喜歡高速帶來的感覺！

月圓的時候，初升的月亮比街燈還要大，我一圈一圈地騎下去，直到它升高、變小。聖誕節和新年的時候，也是我最興奮的時刻。一家家的彩燈此起彼伏，像一串金銀閃亮的大項鍊，裝飾著整個街道。清冷的夜晚，街上幾乎沒有人，我也騎得飛快，每一處的燈飾好像都爭先恐後地映入我的眼簾，而我，像小區的評審員，在心裡給每家彩燈評分……。在路上的感覺真好！

很幸運，有了我的單車後不久，碰巧知道有個同行T，是個有經驗的騎手，我們就相約去自行車道（Bike Trail）上騎。我們常去的是聖蓋博河自行車道（San Gabriel River Trail），那是一條八呎左右寬的專為騎車人修築的道路，它長約三十八哩，從北面的聖蓋博山腳下一直到南面太平洋邊的海豹灘（Seal Beach）。從20、30、40，到50哩，我進步很快，也學著換檔了。可是好景不長，T的肩膀受傷了，沒有辦法騎車了。而我也開始穿鎖鞋了（鞋子固定在腳踏板上），由於不習慣，常常在緊急情況下忘記「拆腳」，因而摔了好多次。

常常去帕莎迪那的一個自行車店買東西，我發現這個店每週末都有一隊人騎車。我很興奮；接下來的週六，我早早地等在這家店的門口。不一會兒，由一個店員領隊，一行十一人的隊伍就出發了。因為都是在大街上騎，跟我在家門口的小街和自行車道上騎就完全不一樣了。首先汽車很多，自行車跟汽車同道，感覺很不安全；另外，紅綠燈一個接一個，每次都要停。其他隊員好像都是騎車老手，他們每次停下，都很瀟灑地「拆腳」兩腿一叉。而我連這些基本的動作都不會，每次都要上下車，還很老土地左腳踩踏板，右腳一劃一劃地上車。更慘的是，我不太會用變速器，小點的坡兒還可以衝上去，大點的就只好下來推車了。還有一次，我掉隊了，看不到隊友，也不知道自己身在何方，那種無助、氣餒，有點想哭。

不過，有了目標，我就開始自己練。

好像全世界都一樣，週末的早晨，城市醒得很晚。而我卻早早起來，「全副武裝」，把自行車的前輪卸下，然後把它們放進我的汽車後面，向著我的目的地出發。有時我會開到有自行車道的地方，有時與騎友相約。最近常常開到橙縣與一隊人同騎。值得一提的是，橙縣的自行車道都很棒。因為比起洛杉磯縣的更新更寬，一路都有休息的木椅和供自行車停靠的木欄，還有飲水的地方和臨時廁所，顯得很人性化。

我喜歡體驗不同的路線、不同的天氣。雨中騎行也是件很有趣的事。當你低頭用力上坡的時候，雨水順著流線型的頭盔往下流，讓你分不清是雨珠還是汗水。而你前面隊員後輪甩出的水珠更是漂亮極了，像調皮的畫筆，不僅畫在騎車人的背上，不小心跟得太近，也會畫在你的臉上。再抬頭看，遠山朦朧，近樹蔥蔥，真是南加州難得一見的一副水墨畫，在細雨中更顯詩意。當下坡滑行的時候，享受著細細的雨點打在臉上，聽著輪胎接觸濕漉的路面發出的刷刷響聲，飛奔的節奏與我激動的心跳共鳴。

每一次的騎行，都給了我更多的角度和方式認知這個世界。每一次的爬坡，都是一次力量的挑戰。小小地讓身體受點罪，大大地經歷一番刺激，一種超飽和的精神狀態，使靈魂和肉體得到一種昇華。那是一種想要怒放的生命的力量！我想，我們雖無力改變生命的長度，卻可以增加它的厚度。

有山，有海，有燦爛的陽光，有這樣好的騎車環境，有我在車上飛騎前行，多麼美好的黃金歲月啊！

陳萍，祖籍湖北省武漢市，成長在河南省信陽市，1976年上山下鄉，1984年畢業於河南大學藝術系，1998年來美，現為洛杉磯房地產經紀人。閒時愛好閱讀及寫作，作品有〈黃花貓〉、〈心中的牡丹花〉、〈摯友〉等散文多篇。

說話小聲點！

張五星

在美國生活，因我在公共場合說話聲音高而經常受到妻子的指責。幾次不愉快過後，我開始從靈魂深處去尋找這毛病產生的歷史根源，令其滋長的外在環境和主觀上的錯誤認知。

記得自幼與同伴玩遊戲時，大都是無拘無束地扯著嗓子叫嚷。一幫小朋友聚在一起，總是模仿電影中的情節「衝啊！殺啊！」地喊個不停。上學後也只有在犯了錯誤或回答不上老師提問時，我才吞吞吐吐地低聲細語。若是父母批評我錯了或自己感覺受了委屈，我那理直氣壯的申辨聲，幾十米遠都能聽得到。

童年時，我家附近的電影院樓頂上放置著一個高音喇叭；劇場裡放什麼電影，喇叭就同步播放。人們不但不認為是噪音在擾民，反而認為是近水樓臺先得月，可以免費欣賞廣播劇。後來，我離開學校到果樹場插隊，白天在空曠、寂靜的園林裡勞動，當興致來了，我就放聲高歌。輪到晚上巡夜看蘋果，深更半夜靜的無聊，我要麼虛張聲勢地大聲咋呼：「出來！看見你了，再不出來就開槍了！」；要麼汪汪地學狗叫，引得鄰村的狗吠聲連成一片，經久不息。我十多歲時，正趕上文革運動。那時的人們像吃了槍藥，背毛語錄的聲音越大似乎對領袖感情就越深，喊口號的聲音越響似乎革命勁頭就越足。兩派辯論時，更是要聲音宏亮神情激昂，彷彿聲音一低就理虧了。

我遇到過有人在大街上吵架對罵，雙方都是運足底氣，好像不是講理而是比拼誰的音高；而服軟的一方也會將爭辯的聲音先低下來或默不作聲，任對方多叫罵幾句。以後在機關工作，發現辦公室裡竟有比我更激動，更愛高聲表達情感的同事。那時，人們隔著寬闊的馬路與對面的熟人大聲打招呼，住在六樓的人會俯在視窗與地面上的人高聲對講；在人擠人的商場、餐廳等公共場合，人們會扯開嗓子叫人。大家對這般情景都習以為常不以為怪。

我有一位同事，只要拿起電話，就會像在會場作報告一樣，先運足氣，大聲地「喂！」一聲，然後用開會的口吻對著聽筒大聲說話，整個樓層的人都能聽清楚他在講什麼。人們似乎普遍地認為，說話聲音大便是理直氣壯的表現。如果有誰交頭接耳竊竊私語，就會被認為不是特務接頭，就是傳播小道消息或背後講別人的壞話。甚至逛商店都會因為說話聲音的高低，受到不同的待遇。有一次，我身上沒帶錢進了書店，想讓營業員把一本書遞過來，先翻閱一下目錄或內容簡介。那時，書架和顧客之間隔著櫃檯，必須由營業員負責「服務」，營業員愛理不理的，似乎從我提要求的聲音裡，就能聽出我是個沒錢的主兒。我不敢指責營業員服務態度不好，因擔心營業員會反問一句：「你有錢嗎？」那時我就會像是一個不買票只想白看戲的一樣理虧，所以只能打消念頭，不敢再打擾人家。如果我剛領了工資，說話就會底氣十足，營業員一聽口氣就知道我錢包是鼓的，不是怠慢好惹的，他就會耐著性子讓看讓選——儘管有時我翻看了也不買。所以，我並不認為說話不低聲就是對他人不禮貌；因而，我從未把說話大聲的習慣當作缺點去克服。

記憶中，第一次聽到要我把聲音放低是與妻子戀愛時。那是一個夏日傍晚，我們在城郊公路邊漫步閒聊。當我講到得意處，聲音便不斷加高。「低點！又不是讓你作報告！」突然，女友鏗鏘有力的警示打斷我的演講。她語音雖低，卻短促有力。像是提醒，又像規勸；像是抱怨，又像命令。如此數次，我自以為調控音量的技術業己達到目標，一、二十年也就這麼過來了，在中國這茫茫人海中絲毫不覺出格。

不想在我跨過太平洋後，形勢發生了變化。說話聲音高低竟成為一樁重大國格問題似的突顯出來。美國是個崇尚安靜的國家，連交通法規也與中國開車轉彎要求鳴喇叭不同。這裡遍地可看到賓士汽車，卻聽不到喇叭聲。走進購物商場，不管人多人少，都聽不到有人高聲地討價還價。連背景音樂也是由遍布的小音響低聲播放，走到哪兒，都是隱隱約約剛能聽到。每次與妻子、兒子逛商店， 我都得小心翼翼，壓低聲音說話，就像是午休時間進了幼稚園，生怕一不小心就會驚醒一個，帶出一片嬰兒的哭聲。儘管如此小心，還是一不留神就音量超標，我就像水中被壓著的一個葫蘆，一鬆手就向上浮，引來妻子的責怪！

其實，我平日說話並非一開口就如晴天響雷那麼一鳴驚人，我也不會在別人睡覺時吹號，幹那討人嫌、惹人罵的事。看電影、開會我都會注意不影響別人。問題只是因為我底氣足，聲音圓潤宏亮，平日說話音量比別人略高而已。若說妻子總嫌我說話聲音大也不儘然。記得有一次我去岳父母家，臨出門向岳父母告別，就引起妻子不高興，嫌我叫岳母的「媽」聲太低，附近的鄰居聽不見。我發現只有在兩種情況下，我才會發出「噪音」：一是高興時就會旁若無人，得意忘聲；二是不高興時胸有悶氣無處發洩，一開口就會聲不自禁地提高幾度。每遇到我音量超標，妻子總是把維護中國人的禮儀文明當職責，把我當自己人進行規勸——對自己人當然不需要客氣了。那毫不留情的當面指責，在我興致勃勃時猶如一瓢冷水，澆得我興致全無；在我煩悶時猶如一根尖錐，刺得我疼痛則鳴。如果遇上我滿腔怒火無處發洩時，我就會得理不饒人，無理嗆三分地發一陣狂。這時誰也管不住我的大喊大叫。過了那一陣，就像什麼事也沒發生過一樣。來美國後，因為音量問題而發生的不愉快事件，幾乎占其總量的百分之五十。

我也明白，既來到美國就應該入鄉隨俗，妻子指責我也是為我好。在她看來，我屢教不改，已非再三再四，哪兒能儘說好聽的？而我覺得我並沒影響別人，沒必要小題大做。這樣一想一申辨，問題又從聲音錯延伸為態度錯，變成問題不在大小，關鍵是態度不好。唉！人生自古誰無錯，有錯都是我的過！

常聽人說戒煙戒酒難。我覺得讓一個習慣於無拘無束高談闊論的人，做到在不同國度、不同場合說話要該高則高、該低則低則更難。快二十年過去了，回頭一想，其實，難的是自己沒能像駕車時注意不違章一樣把它當成大事，時時處處留心。我暗想，等妻子的兄弟姐妹來美國探親時，我也要顯示一下自己的高素質。隨時隨地留心留意，只要發現他們音量超標，就毫不客氣地壓低聲音指責他們：「說話小聲點！」

張五星，來自山西省臨汾市，曾在「臨汾文學創作組」深造，時遇才女段金平，結成連理。兩人攜手共創企業，事業有成後，齊建《東西方》雜誌社以回饋南加州華人社區。曾是資深媒體人，著作多為隨意小品，散見於中外報章雜誌，詼諧自然，深得讀者喜愛。愛好國樂，擅長二胡，時有演出。現任北美洛杉磯華文作家協會理事。

人人帥哥 個個美女

周匀之

不知從什麼時候開始，華人圈子裡隨時隨地都可聽到一聲聲帥哥和美女的稱呼。有人曾經試過，在人多的場合，叫一聲帥哥或美女，同時會有好幾個人回頭。有朋友私下也會以美女相稱，一些媽媽級的美女會調侃地說，是美女的媽媽了。話雖如此，但看得出來，內心還是蠻高興的。

不知這是否受廣東話的影響，因為我早就聽到廣東話的靚仔和靚女。

在華人社會中，對長幼尊卑的稱呼是很講究的，現在雖然不若以往有那麼嚴格的規矩和要求，但隨著社會和文化的變遷，稱呼也跟著在變，而且在不同的場合，還有需要特別注意的地方。例如在中國用了上千年的「小姐」一詞，如今在大陸就不可隨便用，「小姐」一般是指從事特種行業的。朋友告訴我，對年輕的小女生可稱姑娘或小張、小王，其他的可稱大姐、大嫂、阿姨、大嬸。最正式的當然是稱女士。但是對年輕男女，叫一聲小帥哥或小美女，絕對沒錯。

使我感到新奇的是，在大陸夫妻之間也有人以老李、老趙互稱的。我的夫人常聽到，我的愛人卻沒機會親耳聽到，到是在電視中聽到過。

在餐廳吃飯，美國人的習慣是直接叫waiter或waitress。來自大陸的朋友是用服務員。

我自己在不同時間和場合，遇到的各種稱呼也很有趣。

小時候父母、長輩叫我時當然直接稱名字，老師和同學是連名帶姓地叫，出來做事後，最常聽到的是稱我周先生，同事也有叫我職銜或老周的，有人客氣地稱我匀之兄。長官大多只叫我的名字。

到大陸開會、參訪和旅遊時，遇到對我的稱呼就多樣化了，當然最普通的還是周先生、老周或我的職稱。不知不覺中，有人稱我周老了，還有人叫我周老師和老師傅。這時我才開始警覺到自己真的老了。

中國文化稱老是尊敬，但在美國絕不可稱別人是老先生或老太太。美國人最忌諱被人說老和胖。

我不瞭解在大陸為何有人稱我周老師。朋友告訴我，在大陸，除了學校的老師之外，對年長者、對單位中的資深者或上司，大家習慣上也以老師相稱，以表尊敬，而被稱作老師的，大多都是有文化或具備專業的。沒有文化的人稱你老師傅，也是尊敬的意思。

只有一次，在北京有人稱我「同志」。「同志」一詞在某些地方，現在另有特別的意思，不過稱我「同志」的人，絕無其他的意思。

在紐約，現在也有很多年輕人稱我周老師或周叔叔或周大哥，廣東人稱為阿叔。老師的稱呼，現在也普及到了臺灣。

回到臺灣，無論是到無所不在的便利店、車站買票或到戶政事務所辦理全民健保，以及申請護照時，聽到最多的是年輕的職員叫我伯伯（臺灣音唸出來是發第三聲的貝貝），聽來特別悅耳。

在美國許多地方，包括漢堡王、家鄉雞、甜甜圈等速食餐廳，均給予年長者優惠待遇，店員從未要我出示證件。有一次在臺灣卻碰到要看我的證件的情況。我指指滿頭的白髮說，這可不可以當證件？彼此相視一笑，當然可以。

周匀之，筆名周友漁、周品合。大陸出生，臺灣受教育，紐約市立大學皇后學院政治學碩士。曾任臺北中央通訊社編譯、記者、駐非洲賴比瑞亞（Liberia）記者、紐約世界日報編譯主任、世界週刊主編、香港亞洲新聞社總編輯、香港珠海大學兼任新聞英語講師。現任紐約華文作家協會會長。著有：《水族館內幕》（譯作）、《美國透視》、《記者生涯雜憶》、《江湖奇人桂鐘徹－韓國人、中國心、美國情》、《劉醇逸邁向紐約市長》及《漫談美國總統－兼談喜萊莉》。

聖瑱島捉蟹記

賣魚郎

老石的度假屋座落在聖瑱島（San Juan Island）羅契港（Roche Harbor）的海灣裡。業務經理克里船長曾在阿拉斯加捕魚為生，知道有一幫饞嘴老中要來，前一天就在後園海灣裡投下幾個捕蟹籠，抓幾隻蟹給我們解饞。傍晚到達後，聽說歡迎宴是螃蟹大餐，我們丟下行李迫就不及待地上桌了，晚宴由加州來的拉凱經理客串主廚，四隻Dungeness蟹煮熟去殼分解後以碎冰覆蓋，蘸料為祕製番茄雞尾醬，肉食為夏威夷式燻豬小排，佐以雪多麗白葡萄酒，以及老石北加農場自種自釀，名不見經傳，但絕不比名牌遜色的「2010小紅」紅葡萄酒。

九月北國已開始入秋了，螃蟹肉質甚好，也許老中對吃冰螃蟹蘸番茄醬飲白葡萄酒的文化還不習慣，大夥的熱情並不高漲。倒是「小紅」給了大家了一個意外的驚喜，甘醇香柔，與夏威夷燻排骨幾乎是絕配，沒人顧及禮儀，就左手持酒杯右手抓排骨，左右開弓起來，不一回，幾瓶「小紅」就見了底，一盆夏威夷肉骨頭也成了一堆森森白骨。

克里船長說：「這港灣裡的魚蟹不多，今天我已在蕭島（Shaw Island）那邊放了些捕蟹籠，那兒的海底資源好些，明天一起去看看，如果時間多，回程還可以放線拖釣（trolling）一會兒，試試運氣。」

我急著問：「可以拖到什麼魚？」「現在是紅鮭及大王鮭的季節，我今晚會用無線電向我的朋友打聽一下，看這幾天的漁獲怎樣。」克里船長平靜地回答。我的心都快從胸腔中蹦出來了，要知，這一帶海峽是鮭魚從大洋迴遊產卵的入口，待產鮭魚入淡水河以前肉質最佳，尤其在高鹽度的海裏拖鉤釣捕的大王鮭（Troll- caught King）市場價格更高，是老饕的最愛，如能釣上條二十磅的太平洋大王鮭（Pacific King

Salmon）該有多好。是夜，夢裡儘被螃蟹鮭魚纏繞，不得安眠。

蕭島位於聖璜群島中心，面積7.7平方英哩，人口兩百五十人。有一座神祕莊園，據說是居住在西雅圖的某高科技大亨修身養性躲避世俗糾纏的地方。從羅契港到蕭島的瞎子灣（Blind Bay）航行需三十分鐘，船靠在老石的私人碼頭上。據克里船長說，島上私有土地僅限在潮汐線以內，潮汐線外海中的私人碼頭用地，必須大費周章地向政府租地自建。

蕭島是古印地安人聚居之處，此地雨量適中，土地肥沃平坦，植被茂盛，亦是加拿大灰雁（Wild Geese）及其他候鳥群棲息之處，海灣裡盛產貝類，不同種類的蠔貝殼佈滿海灘，古印地安人在慶典聚會時會將大批吃剩的貝殼深埋在現場。克里船長不久前在此發現了祭祀貝塚，還撿到石刀、石斧、石鑿等古時工具。

預置的數個捕蟹籠紅色浮標就在碼頭目視可及之處，克里船長準確地將船駛在浮標旁，我乘勢用船上的釣桿將浮標撈在船邊，然後順藤摸瓜拉起海底的餌籠。上船後只見蟹兵蟹將爬滿了籠子，還有一條一呎多長的比目魚夾在蟹群裡。在大家歡呼聲中克里船長手伸進籠裡，然向天上一揮，一隻蟹飛向天空落進海裏，一揮手，又是一隻，好不容易抓的大肉蟹都被他當石頭丟了，大家可惜得發不出聲來。

克里船長對我們笑笑，又擲了一隻，說，長大再來。原來，法定殼寬六又八分之三英吋的尖臍公蟹才可捕捉。最後，這籠只剩三隻合格公蟹，當克里船長要將比目魚擲回海中時，大夥同聲大吼：「No！No！」船長看了魚一眼，哦，這是鰈魚，這才手下留魚。（註）

克里船長將蟹籠裏補上了魚頭雞脖子當誘餌，又沉籠入海，待明天來收成。當日共捕到八隻合法的大肉蟹，大家滿意地駛離瞎子灣。回程時，克里船長將船駛到另一處海灣，他說，當魚汛來時，大批鮭魚湧進這灣裏，海水都變色了，像是水中一朵會移動的烏雲，當鮭魚群找不到出口，便向左迴遊出海，漁業公司在岸邊建起水泥漁礁並設定置網，待君入甕，當鮭魚滿網時，便用搬運船週而復始地運走漁獲，並在漁礁上建瞭望臺，派人在高處監控指揮整個作業情況。據說去年紅鮭魚汛之大，是十多年來前所未見的。在漁礁旁，我望著高聳的瞭望臺及平靜的海灣，想像著千萬條鮭魚集體衝向漁礁自投落網的壯觀情景，心情也澎湃起來。

這時，克里船長已放下拖線，用的是假餌，並將深度設在六十呎，以三至五浬的航速在灣裡來回裡拖釣（Trolling）著。我直瞪傻眼虔誠地望著那兩隻拖桿，但它們卻毫不受我的精誠感召，一點動靜也沒有，拖了一個多小時，只好意興闌珊地回航了。

晚餐由賓、主共同主廚，飲料以「2010小紅」為主，前菜有祕製鳳翅，巧手時蔬，主菜是廣府清蒸比目鰈，京式薑蔥蛋抱蟹（註：炒蟹的安姬小姐祖籍北京之故），肉食為白湯清燉牛眼肉，正宗印式咖喱雞配白飯，最後是創意料理「蟹肉疙瘩湯」，以驚艷的方式將大夥的味覺享受帶領到高峰，大家都興高采烈不能自已。

這時，夕陽將逝，餘光映著海灣，水面如鏡，泊在灣裡的遊艇燈光閃爍，有如夢境，美不勝收。此時金色的太陽座落在水準線上，將餘輝映向天際，大家鴉雀無聲地望著窗外，依依不捨地凝視著夕陽漸漸地沉入海中，也依依不捨這般美好時光即將會離我們而去。

註：大比目魚的法定規格是二十二吋，而且有嚴格捕撈季節限制，鰈魚不在此限。

賣魚郎，原名楊錦文，籍貫廣東，成長於臺灣。為洛杉磯自由投稿人。父楊仲安將軍原為美國華僑，二戰時間響應祖國華僑救國號召，返國從軍，中央航校三期畢業，成為抗日戰爭中的空中英雄。楊錦文先生畢業於中華民國空軍官校四十七期，曾任戰鬥機飛行官、作戰官、分隊長、雷虎特技小組組員、中校飛安官。退伍後赴美定居，經營過餐廳、加油站、汽車修理廠、汽車零件進口。現經營特殊食品進口公司，主要銷售海產及調理食品至全美食品供應商。喜烹飪、寫作、書法、唱歌、游泳、高爾夫球。

品菊憶唐吃茶養生記

孔一如

今日的洛杉磯已感到初秋的意韻，風吹樹葉嘩嘩作響，陽光毫不畏忌地射入房間，身上便有絲絲燥暖之感，於是乎想到為自己泡上一朵天然野生菊花茶。

菊花茶有去熱降燥，明目養陰之功效，秋天飲用正當時。

野菊經過採摘、陰乾烘焙之後被單片包裝至盒中，取一水晶玻璃茶壺，將花片小心翼翼放入壺內，取開水倒入花瓣先沖洗一遍倒掉，之後再灌熱水沖泡之，菊花在水中翻滾了幾轉，便靜靜婷立於水中央，一片一片展開葉瓣，直至完全盛開。花兒嬌黃明艷，似佳人等待有緣之人取其鮮。喝一口微藥性，品二口便感之清香，三口便捨不得放下，恨不得牛飲以品之。

菊花茶是屬於花草茶之類，不在中國六大茶種之列。中國茶有綠茶、紅茶、黃茶、白茶、烏龍茶和黑茶類之分，這些茶是根據茶種產地及其製作工藝而形成的。未發酵的即為綠茶，輕發酵的為黃茶、白茶。發酵程度適中的為烏龍茶，全發酵的即是紅茶和黑茶類。

談及茶葉的養生功效一則是養身健體，另則為怡心養性。

唐朝《本草拾遺》中寫道「諸藥為各病之藥，茶為萬病之藥」。現代科學證明茶葉的內含物質達幾百種之多，已確定的養生功效有抗癌、防輻射、抗氧化防衰老、預防三高、降低血糖、清腦安神、排毒利尿、健胃養顏。另茶還有減肥功效，在美國減肥產品中綠茶素是最暢銷安全的產品之一。

茶被有史記載有藥用功效始於五千年前的神農時代。神農氏嚐百草而中毒，多虧有茶而解之。至唐代，茶從藥用演變至有步驟有規矩的湯飲形式，又稱煎茶法。飲茶之風先從寺廟傳出。唐朝推崇佛教，寺院中的僧人在修行時要打坐禪定修行，要心神專注，靜慮冥想，從而心生智慧而體悟禪理。茶因具有提神、排毒的功效，同時亦能消除妄念，滌蕩心靈，品茶不僅提高了修行的效率，同時也預防僧人生病。另僧侶提倡「過午不食」，當時部分寺院只允許飲茶，因茶湯內含有豐富的養份，為僧侶的身體健康提供了保障。當時在唐代形成寺寺種茶、無僧不茶的嗜茶風尚，茶禪一味便是由僧人悟出的道。之後飲茶之風先流傳至皇宮貴族，後至尋常百姓之家。

唐代茶聖陸羽原是個被遺棄的孤兒，被竟陵龍蓋寺方丈智積禪師拾得，後收養於寺廟中。長大後的陸羽雲遊四方，遍訪茶區產地，最終著得《茶經》。《茶經》是世界上最早有關茶的書，記載了茶葉的種植過程、分類法、選茶及煮茶的方法，並將中國茶文化提升到藝術層面。它是中國茶道歷史長河的里程碑，影響力歷久不衰，延續至今。

茶經裏習茶的用具有風爐、釜、炭及茶碾等二十四種之多。連泡茶水亦很講究，其曰：「泉水上、江水中、井水下」，山裏流動的水為煮茶之上佳用水。且在煮水時要聽水聲和看水沸的程度來判斷煮茶的最佳時機。陸羽《茶經》「五之煮」云：「其沸，如魚目，微有聲為一沸，緣邊如湧泉連珠為二沸，騰波鼓浪為三沸，已上水老不可食。」鮮嫩的茶用一沸的水煎即可。老一點的茶也不可用久沸之水來煎，超過三沸的水就老了，不適於煎茶了。

唐代習茶具有特定嚴謹的儀軌規範，諸如完善精美的煎茶器具、精準細膩的煎煮方法及火候控制、對茶葉質量的嚴格規範等。另茶具也摒棄金銀器而轉至使用銅器和陶器具。茶室亦追求簡樸歸真、林間山溪的自然之風。茶人在習茶過程中真切感受到的不僅是茶的甘美，且亦可健體，更可貴的是可體味到天人合一、無所不住的至純至高心靈境界。至此中國茶道即已成型。

唐代劉貞亮云茶有十德：「以茶散鬱氣、以茶驅睡氣、以茶養生氣、以茶驅病氣、以茶樹禮仁、以茶表敬意、以茶嚐滋味、以茶養身體、以茶可行道、以茶可雅志。」

唐代最著名的詩僧、茶僧，陸羽的好友皎然，著得茶詩〈飲茶歌誚崔石使君〉云：

一飲滌昏寐　情思朗爽滿天地
再飲清我神　忽如飛雨灑輕塵
三飲便得道　何須苦心破煩惱
此物清高世莫知　世人飲酒徒自欺
孰知茶道全爾真　唯有丹丘得如此

茶從單純的一種飲料，昇華為一種對情感、對生命的態度和深層次精神境界的追求。它暗示人們如能心態平和淳樸、淡泊名利，自會神悟到跟天地共一的至美大道。

唐代詩人盧仝，是最早將茶道一詞寫入詩中的茶人。他的〈七碗茶詩〉，將品茶的絕妙感受細緻傳神地描述下來。因詩句琅琅上口而被民間廣為傳唱，也被當時的名人茶客所稱頌。詩云：「一碗喉吻潤，二碗破孤悶，三碗搜枯腸，惟有文字五千卷。四碗發輕汗，平生不平事，盡向毛孔散。五碗肌骨清，六碗通仙靈。七碗吃不得也，唯覺兩腋習習清風生。」

初秋品菊，讀唐代茶詩，解茶道之源，悟養生之道，實乃人生一大幸福之事。

孔一如，Sophie Kung，孔子第七十三代孫。中國國家茶藝技師、中國國家高級評茶員、中華國際茶藝講師。

一世能盡愛慕誠

吳慧妮

一生都在愛慕。

愛慕人，愛慕中華文化，愛慕科哲藝文，寢食俱廢，生死以之，而今盛世，更是愛天慕地，歡天喜地！

社團服務

我天性愛慕人。七月，為劉於蓉博士會長做壽，奉蟠桃獻壽舞，詩曰：

於耳不絕聽天籟
蓉顏傾國人膜拜
博愛眾生民擁戴
士齊稱頌天仙來

從小熱心服務，是班長、全校代表、全臺學生代表；也從小拚命為父母省錢、賺錢，以全額獎學金來美後，又申請特許打工，拼命奉養家人，幫助朋友，助養小孩。

獻身社團及慈善工作，以服務華人、提昇形象、宣揚文化為使命。曾邀約各界知名之士參與、演講、討論，共講者：杜維明、陳省身、楊振寧、田長霖、李遠哲、朱經武、黎錦揚、盧燕、胡金銓、周愚、林海音、白先勇、陳若曦、張系國、葉維廉、丘宏達、高英茂、柯如甦、杜紀川、馬雲、陳沖、郭小莊、馬英九、趙美心、柏楊、Feynman、Prigogine、Hawking。

七十年代，加州柏克萊大學有親四人幫之左派，為破四舊而無人慶春節。我找校方出資辦中國週，萬人參加，且大有盈餘；柏克萊變得親愛和樂，多彩多姿。事後校方求我華人每年辦中國週，四人幫派放話要揍我。我離開後，被韓國學生搶去辦了。

在柏克萊大學，我邀世界日報出資辦理座談會，又苦思創造了「海峽兩岸」座談會一詞。夏烈（祖焯）出書，我以「男人之感性與性感」作評，他將此評用於扉頁；後來，他告訴我臺北文壇遂充斥「感性與性感」一詞。

我在南加三次主辦高層次之國際研討會，各約千人參加，首創與JPL合辦研討會，以提升華人社團地位，融入主流，邀得產、官、學領袖及諾貝爾獎得主、奧斯卡評審、文壇藝界泰斗參與。有一次我只有三週時間準備，焚膏繼晷，分秒必爭，我遂邀各大學校友會協助，因而開風氣之先，所合作及引進的菁英成為這二、三十年之重要人才。

我常為無米之炊，辦千人大會卻能把開銷控制為零，所辦的活動經常爆滿，一票難求，從不需同仁推銷票，且大有盈餘。

中華電腦學會從無活動、無經費的狀況，發展到能辦大型活動、經費充裕的局面——工作會議每人都有餐費、車馬費，過年時大請客，把親朋好友都請來。2000年，柯如甦笑言：成億萬富豪之道，是替中華電腦學會賣黃牛票。

王潞潞會長去年電郵給臺大校友會歷屆會長暨理事約百人，談及二十年前與我同辦研討會，盛況空前，並以「真善美」稱許我；阮會長說他觀察我二十年，我做事總是鞠躬盡瘁，從不為自己謀取任何好處。

宣揚中華文化

首創於柏克萊及史丹佛大學和JPL實驗室，在其內展演中華舞、舞龍、舞獅、氣功、武術、音樂劇，且在中西部與西岸巡迴演出，宣揚中華文化。

1988年舞蹈研討會上，我示範中國美——源於太極圖形，張肇壯說：因而起意創「華裔樂舞」，邀我任創會理事，而今每年辦數千人之舞展及國際交流。

2002年，在我編導製作的一英文詩歌舞劇中，邀盧燕擔綱任女主角，表演者含蓋華人與美國舞團，總動員約百人。盧燕是奧斯卡獎投票會員，我贈獎盧燕，匾書：廬山真面驚天秀，燕語呢喃動地情；盧燕致詞曰：「我一生獲獎無數，但這個獎我最歡喜。」

2002年在黎錦揚座談會上，我告知剛編導製作百人詩舞劇，黎老找我為他的劇本作詞。

2006年，黎老在好萊塢Stella Adler Theater推出舞劇《一個中國女子的身體與靈魂》，劇中女子來自臺灣，喜舞蹈；舞蹈活潑而思想保守，黎老邀我作舞者。

2006年，支持美國孔孟學會祭孔大典詩舞劇《零與壹之傳奇》，邀Pasadena City College舞蹈系演出。

2011年，支持美國退休專業人士協會年會，演出麻姑獻壽詩舞，與Carol Burnett 在 the Nokia Theater共用舞臺。現場來賓是從全美各地分會來洛之代表，近萬人，且有媒體轉播。舞臺經理稱許此段為亮點，將常年為人津津樂道；資深報人何健行稱：「當彩帶飛揚，華人飛揚起來了。」

科技、系統與學術思想

科技專業：成就高難度之超奈米科技，尖端光電科技，領先世界，於深度外太空中探測；受邀赴歐、美、亞講學，同儕稱我Super Genius。

系統管理：常完成「不可能之任務」，規模達百億，同儕稱Lady Missions Impossible。

科技報國：九十年代，臺北太空計劃室希望我負責總系統工程，有從南加回去的同事勸我千萬別接手，說他們數年無成，現在找我作替罪羊，我會死定了，還說我們這群人乾脆散了算了。我冒死報國，組隊奮戰，我個人要麼徹夜不眠，要麼只在辦公室椅上睡個兩、三小時，如此搏命打拼，終於能完成太空計劃室第一個重要的里程碑。

學術思想：我數十年來思考研發「新科學」、「複雜論」、「跨領域整合」、「有限原理」、「Euclidean幾何與太極圖」、「思維科學」、「新經濟學」、「論救地球」，準確預測上帝粒子之質量在全秩序與全渾沌之間，又準確評論左右陣營之發展（有別於西方一再失誤之學術主流），與丘成桐新書*The Shape of Inner Space*所言相投，但更深廣。

曾與諾貝爾獎物理學家Feynman長談學術思想，他說我有三千年的智慧，又把我介紹給BBC記者，他稱我為：My friend, Dr. Wennie Wu.

近日，Santa Fe Institute（內含諾貝爾獎科學家及思想家）也開始大力研發「新科學」、「複雜論」、「跨領域整合」。

愛天慕地，歡天喜地

我很多女友英年玉殞，交大、清大教授也多有早逝者，而今也聽說北京白領預期短壽。倖存者是幸福的，友儕多萬分成功而快樂。

我愛慕科哲藝文（數學、科學、作文、演講、舞蹈、體操均全臺冠軍，綽號是樣樣第一名。以第一名保送臺大。）一生幸能償愛慕之心志！

科哲藝文曾經營，人世能盡愛慕誠
潞潞說我真善美，鞠躬盡瘁服務情
功德圓滿成仙子，人生今日方開始
養生樂活好滋味，研發奉獻更此時

少年遊，壯年遊，不畏青絲成白頭，星辰日月求
山悠悠，水幽幽，至人而今何所憂，丹心救地球

吳慧妮，加大柏克萊博士。成就超奈米科技等，領先世界。主管科工系統，規模達百億。受邀入紐約科學院、美國名人錄，曾赴歐、美、亞講學。榮獲美國家研究獎、系統工程獎等。領先研發「新科學」，如今Santa Fe Institute（內含諾貝爾獎科學家）也大力研發之。任中華電腦學會會長、華科工會主席。三度主辦千位學者專家參與之研討會。曾任伯克萊大學中國週總召、華裔樂舞創會理事。

我喜歡當編輯

李涵

我父親早先在上海福州路做事，我常到那一帶去玩，同福州路交叉的有一條山東路，那條馬路不長，卻集中了不少報館，一個偶然的機會我認識了一個老報人，他跟我講了不少報人的故事，使我對編輯這個行當發生了濃厚的興趣。

讀中學時我們下鄉勞動，我鼓動一些同學寫文章。我自己也到附近的七寶鎮去收集當地人的軼事，寫了幾篇稿子。然後把它們進行編輯，油印出來，弄成一小本「刊物」，取名為《戰地黃花》，同學們看了，覺得很有趣。

後來我學的雖然是話劇表演，但是心裡仍惦記著編書編刊物。六十年代初，一位教我們文藝理論的夏彤老師，在上海浦江飯店參與辭海的編寫工作。我去看他，走進飯店，見到一間間相通的房間，簡樸而乾淨，專家們各自坐在桌旁，用心地工作。這樣的氛圍，很使我著迷。

參加工作後，當了幾年演員，我就正式當起了劇院的文學編輯。我服務的是一家兒童劇團，編輯的是兒童劇本。外界看起來給小孩子演戲大概只消蹦蹦跳跳就行，實際上兒童劇是一種特殊樣式，寫這一類劇本需要具備一般劇作家所沒有的本事，這就對這個領域的文學編輯提出了特別的要求。經過幾年的工作實踐，我逐漸瞭解兒童戲劇的規律，編製幾個稱得上是比較優秀的兒童劇本。在這個過程中，我開始交往了戲劇界的一些人，具體感受到了人格的高尚與卑劣。

1990年，我開始主編《兒童劇》，這是一本專登兒童戲劇理論及動態的刊物。經過努力，刊物引起了中外戲劇界的注意。加拿大研究兒童戲劇的專家韋愛詩教授，給我們刊物寫了文章，還託人到上海與我直接聯絡。在她熱情邀請下，我去加拿大同教授見了面。原來，她對辦刊物也很有興趣，我們相談甚歡。

近幾年我在美國，認識幾位也曾當過編輯的作家朋友。在內地，同行之間交往比較隨便，到了美國，同寫文章的人接觸好像彼此都有點謹慎。今後我期望大家能夠多往來，像三十年代的文人一樣。

李涵，戲劇評論家。早年學過兒童劇表演，長期在上海市文化局、上海兒童藝術劇院任藝術評論及文學編輯工作。國家一級評論，享受國務院特殊津貼。著有《兒童戲劇藝術的魅力》、《雙城隨筆》，主編《中國兒童戲劇史》。

詩篇

- 夜(詩四首)／晨晨
- 重九遊(詩三首)／張啟群
- 旗袍／李穎博
- 晨月(詩兩首)／徐永泰
- 金色沙漠我的家／張良羽
- 孤(詩兩首)／田文蘭
- 媽媽／方怡

夜（詩四首）

晨晨

你的黑夜是我的清晨
我的黃昏是你的一盞香茗
也是那本線裝的書
一縷心芬

星海裡有你熟睡的眼睛
黑白日子
是秋月與佳釀的交替
是雨滴和石板路的親昵
是旅行箱再次打開
也是我藏起歎息
牽出你最愛的那匹烈馬
放你遠行的滴嗒

致敬女友

我看見藍色的月亮 綠色的星星
還有身邊吹過的各種凜冽風聲
不知不覺
已經走過一匹馬能奔跑的距離
你在沙漠
她在溪邊

我在水泥森林間
有什麼要緊呢
一樣的夕陽下
我聽得見你輕吹口哨
風鈴般一路耳邊相隨
明媚中冉冉出行的你
黃昏裡勾勒出明媚的投影
沙漠裡金色的起伏
難描你一路上決絕的輕盈

也說情關

佛說破執
揮手不易
山谷的雪蓮花
一直仰望天上的鷹
無言
卻是最短的距離
遠方的路上
千百次的跪拜
衣衫襤褸
塵土飛揚
紅塵裡
轉身的勇氣
勇敢的繼續
哪一個是
過客呢喃的心力

七秒

晨晨/忘川

你說
魚只有七秒記憶
看起來好傻

我答
難道不是一生太長
七秒剛好
記住僅有

濃縮的陽光
炙熱的岩漿
魚卻只允許一切
流淌在七秒裡……

其實——還有看不見的嗚咽

還有雷
還有電
還有虎嘯龍吟
地裂天崩
……
還有愛
高潮快感
還有恨

毒劍封喉
全在七秒之間
……
還有思念
鍾情只是剎那
只是一喚
還沒來及回應
人生已是百年
……
七秒太長太長
七秒太短太短

李晨晨，成長於長安，自幼喜讀書繪畫。北京電影學院故事片攝影專業畢業後，在西安電影製片廠工作數年。1995年新加坡遊學歸來，任陝西電視臺《交通瞭望》節目編輯，1998年移民美國。目前是加州公務員。一直醉心於方塊字，擁有作家、詩人、主編、藝術經紀人等身分。同時也是美國天馬行空文化創意公司的CEO。

重九遊（詩三首）

張啟群

黃牯西峰試比嶠
千姿百態競嬌嬈
心源造化閒情諦
物我融交意境饒

註解：黃牯、西峰均為湖北黃陂蔡店旅遊景點

天宮神九對接成功

天宮神九會銀河
玄女恭迎讓道歌
金闕玉皇傳禦宴
笙鑼彩隊舞婆娑

註解：「天宮一號」和「神舟九號」分別為中國的太空站和太空船，
2012年6月18日「天宮」「神九」第一次在太空對接成功。

泉水山莊

故地山川秀
任莊構建殊
休閒尋趣處

泉水勝醍醐

註解：「泉水山莊」為湖北黃陂蔡店旅遊景點。

對聯（鑲名聯）

新光毓秀九龍地
宇氣鍾靈三楚天

註解：張新宇，武漢市興宏達建築公司經理。

張啟群，湖北武漢人。長期從事行政管理工作。現已退休。隨子女移民美國，中美兩國走。喜歡寫作，主要作品為詩，也有報導和散文，並有一些作品發表於報刊與雜誌。業餘時間喜歡研究書法、易經和太極。現為北美洛杉磯華文作家協會會員。

旗袍

李穎博

你把盛開的花朵鑲嵌在絲綢錦緞
裁剪出典雅高貴的東方姿態
你是荷花深處的神曲
頂戴著中華文化的皇冠款款走來
雲髻高盤　芳華四射
手執摺扇　含羞默默
婀娜多姿　隨風起舞
婷婷嫋嫋清香幽然走過五湖四海
回眸一笑百花開
蓮步輕移現精彩
芊芊風華展新顏
優雅的旗袍秀獲得滿堂喝彩

你是美麗的女神
像天空中飄逸的五色雲彩
你展現了女性窈窕曼妙的線條美
引領萬千同胞走進新時代
你是友誼的使者
傳遞著和平與大愛
無論你走到哪裡
那裡就是一道絢麗的彩帶
因為你讓美女更加美麗

她們把你帶向了世界大舞臺
友誼把愛心永久傳遞
旗袍姐妹詮釋著中華文明的風采
全世界不同民族的淑女
渴望下一次旗袍秀就在不久的將來

李穎博，Lily Li，女，祖籍山西運城，北京長大，喜愛文學。北京第二外語學院文學學士，美國西雅圖大學MBA工商管理碩士。曾任北京第二外語學院英語系講師、連任兩屆美國洛杉磯東區獅子會會長、美國洛杉磯獅子會聖蓋博地區中央區區委主席。現任美國十分旗袍協會副會長。現在美國一家電子公司就職。北美洛杉磯華文作家協會會員，曾多次在世界日報和僑報發表文章。

晨月（詩兩首）

徐永泰

五月裡的這天清早，乍醒間，我推開鏡窗，走出前廊，
隨著山谷間眾生萬物伸展，期待另一個日子的平凡樂章。
藉那光熱，溪流中冒出煙嵐，緩緩上昇，也揭開了地球舞臺幕帳。
野菊開滿遍地，和長在角落極不起眼的蒲公英，掬著花柄花葉，
準備送往迎來，意氣昂昂。
起了大早的羚羊，滋滋有味地嚼著嫩芽草，
想必是儲藏體力，應付烈日無情的擠壓，四處逃亡。
剎那間，西南方的山脊間，我驚訝地發現了你，穿著借來金粉衣裝，
躲在隱密的微曦灰意中，投給我溫柔的目光。
柏樹識趣，留存夜晚的脆香，圍繞在你裙旁，吐露愛慕者的芬芳。
不遠的姊妹山，頂著雪帽，分站北中南各一處，
她們的名字，相信你一定欣賞，叫做希望、信任和善良。
原來，紅塵中的煩喧聒譟，完全蓋越不了你的寧詳，
其實，太陽的火紅霸氣，也需要你細膩弱質，大作文章。
一陣冰涼晨寒，抖醒思緒茫茫，
我的牽掛，到底還在不在？在，又在甚麼遙遠的地方？
沒有多少時辰了，
旭日豁昇，你也終將除去面紗，此去悠悠揚揚。
和林中黃蜂斑雀一樣，我也得整裝上場，或跌或撞，
投入另一個爭奇奪蜜的生命競技場。
有那麼一天，最好像吉光片羽，無須燦爛烈陽，只有晨月星光，
我摘取崗岩中雛菊一朵，剝開絲絲花瓣，比成條條斷腸，

揮灑心石碎片，朝著你曾出現的方向，
用我剩下的光陰，和曾經躲不過的層層相思，
當作對你的遙望。

註：Terrebonne附近二十哩處有三座約一萬呎高的雪山，佇立於Sisters City的高原中，當地視為景點名山，分別取名為Hope，Faith，Charity，另名姊妹山。

Terrebonne[1]的風聲

山谷中艷陽撩眼，雛菊狂野紅黃綠紫，
松柏不動佇立，高高低低稱兄弟，
冠鷹等不到氣流，枯坐樹頭，看著土撥鼠也只有慵懶地放棄，
泥蟲伸出了綠草地，隨著蜂群的舞蹈韻律，低頭為食尋尋覓覓。
大地安寧無語，草原無限愜意，
唯一聽得見的是，你對這山景裡悠閒發出的悠悠嘆息。
繞著後山的潺潺秀溪（Deschutes River）[2]
大部分湧灌進農田牧場，剩下的彎彎曲曲細流，
留給不食人間煙火的詩人，隨意命題，
這難得的短暫，瞬間的美麗和沉寂，
是不是我曾經日思夜夢的祕密？
可以轉眼變天，烏雲近逼，遠處的翠冠山（Broken Top）[3]
頭頂大塊寒玉，裙風撒陰涼。
蒲公英看著你來，趁機搖抖腰間細，
從從容容，把子子孫孫吹送凡間，四方飄逸，
穿過木窗，透出入石隙，窸窸窣窣，那是你急促的呼吸，

[1] Terrebonne是在Oregon中部的一個小鎮，依山傍水，風景堪絕。
[2] Deschutes River：Oregon中部的一條河，法國人早期探險時命名，是「瀑布」的意思
[3] Broken Top是一座位於附近Sisters 三姐妹山峰的雪山，以山頂常年雪頂不化，看似碎冠為名。

納入天地養息，吐出人間悲歡離合。
或沉默片刻，是趁著烏雲不在的甜蜜，山谷祥和的依靠。
你的善變，又帶來不安分的雷雨，
忽來忽去的擺渡，時長時短的哭泣，
鬥轉星移，無拘束，藉陰晴，逍遙遊戲，
颯颯瀟瀟，你是否想訴盡生命中的謎？

徐永泰，畢業於國立政治大學東語系，牛津大學歷史系碩士，經濟史博士。是一位成功的企業家，CEO and President of Pacific Best, Inc.,美以美醫院董事及銀行董事。所著《牛津留痕》及《中國人應當認識的英國》均為暢銷書，且後者被列為金石堂人文歷史排行暢銷排名第一名。桌球好手，也是桌球界的推手——國際級比賽LA Open的發起者暨創會主席。

金色沙漠我的家

張良羽

蒲公英飄到了沙漠
就在那裡安家了

於是
沙漠深處有人家
沙漠深處有我的小家
雖羨陶淵明的世外桃源
更愛我的塞外荒漠

春天
當金加州的州花
黃燦燦的野生Poppy
盛開的時候
Antelope Valley
就成了金色的海洋
成千上萬的遊客到此
尋覓沙漠情趣
我和我的家人
沙漠人家先踏金

不過
無論時光過去了多久

無論我身在何處
我永遠是都江堰的女兒

是的
沙漠裡沒有都江堰寶瓶口的清流
沙漠裡沒有掩埋我祖先的忠骨
沙漠裡唯有我心中的彼岸巴蜀

張良羽，女。當過知青，做過汽車修理工，擔任過中學英文教師兼班主任。2001年移民美國。2010年6月獲AVC（洛杉磯羚羊谷大學）藝術專科學位。2010年12月獲LACC（洛杉磯市立大學）音樂專科學位。2014年6月獲UCLA（加州大學洛杉磯分校）中文藝術學士學位。CSULB（加州大學長隄分校）亞洲研究碩士生，AAUW（全美大學婦女聯合會）會員。著有《都江堰的歷史功臣張沅父子》（四川人民出版社，2008年）。

孤（詩兩首）

田文蘭

她十四歲
獨自站在墳頭
孤苦伶丁地
陪著母親
走完人生的路
無法選擇
是命運
母親想要一個孩子
生下了她
如今
她卻舉目無親
佇立在風中

渴

舞者
舞著
舞步輕盈
隨著悠揚的音樂
在舞池中起舞
他是一位紳士
風度翩翩

很有禮貌地邀請著舞伴
雖已有一點年紀
但依舊可見
當年的瀟灑
多麼期待能請我跳一支舞
如果能
此生足矣

田文蘭，祖籍河北，生長於臺灣臺北。曾任臺灣藝術大學副會長、中國大專院校理事、中華藝術學會祕書長及總務、加州臺灣同鄉聯誼會理事、北美洛山磯華人作家協會副秘書長及現任理事。現為洛杉磯中華粥會祕書長，北美南加州華人寫作協會理事及祕書長。

媽媽

方怡

我細品著媽媽的遠方來信
每回她總是猜准我思慮什麼
想必有一個遙感女兒的細胞格外發達

孩子的心媽媽裝得下
無論你是年邁花甲
黑髮中摻著白髮
都是媽媽心中生出的小芽

六歲的時候我只對媽媽說了一句謊話
奇怪　年歲越大越覺對不起媽媽

我和人世間所有的幼兒一樣
初次冒話自然吞吐一個音節
媽　她為我孕育幸福的前景

我可怎麼來報答媽媽的養育之恩
我可怎樣來安慰媽媽的擔心牽掛
給你摘一朵天邊的彩霞？
還是給您捧一捧大西洋的浪花？

謹獻給上海八十歲的母親。

方怡，1969-1975小學。1975-1980中學。1980-1984大學。1985-1992任職於上海華亭喜萊登賓館。1992到美國學習、工作。曾在國內青年報和期刊發表過散文〈離別〉、〈新銳〉等文。

抒感

小船

古冬

雖然不斷搬家，不過還算幸運，每次新居附近總有一個小公園。美國的公園未必有山，卻多半有水。揀個濃蔭樹下，倚著長椅，或索性躺在柔軟的草地上，聽小河淌水，看風帆穿梭，不啻是酷暑中一個賞心惬意的去處。

多麼希望能坐上一葉扁舟，蕩漾在碧波上，遠離都市的噪音和沸騰的人潮，靜靜的只有你和我。像從前……。

可惜，這小湖並無小舟，只有幾隻白天鵝，優閒地遊弋其間。

這也很不錯了，在燠熱的煩躁中，總算找到一點恬適與清涼。閒著的時候，我就愛到這湖邊來，獨個兒坐上片刻。寧謐中，腦子會像湖水一樣明清澄淨。偶爾柳梢從頭上拂過，在如鏡的湖面繪上幾層細細的波紋，腦子的皮層便也隨之款款而動。或者，悠然舞下的一片落葉，輕巧地彈起幾圈小小的漣漪，也能把你引上浮想的輕舟，彷彿自己正浮身在落葉上，盪呀盪地……。

矇矓間，在渺遠的天邊，隱約出現一朵小白花。不，是一條小船，正滿載著她深情的祝福，熱切的企盼，揚起了小白帆，緩緩地飄過來哩。

情不自禁哼起許冠傑的歌：
拾起張紙摺隻紙船，
徐徐地放於海面，
靜心閉目許個願，
船兒匆匆飄遠。

「咚」的一聲，驀地從夢中驚醒。在浪中顛簸著的小船，原來是一片天鵝的翎羽，飄呀飄地恰似滄海中一葉孤帆，而一位手握石頭的小孩，正要繼續他的第二次攻擊。不由得有些悵惘，有些憤怒，可也沒有阻止頑童的劣行，因為我深信，她所遣來的小船，一定仍在遠方，仍在縹緲的煙霞裡，我要把它找回來。

經常繞著五大湖走，見過無數震耳欲聾的機船、竹竿般又尖又長的獨木舟，以及種種彩色繽紛的風帆，但就是找不到曾經載負過她和我，在朗月下、煦風中，油然輕蕩於心湖上的那種小舢舨——我心中的海鷗！

你見過海鷗吧？對，有點像湖上的小天鵝，也是雪白的。我第一次坐上的小船就叫「海鷗」，是我們學校的，這名字也是學校給她取的。體育老師教我如何劃動她。沒想到，輕輕一棹，居然靈巧得像海鷗，「雪」一聲滑得好遠好遠。

這種小船鄉人習慣叫舢舨。但我偏愛海鷗，見到「海鷗」就想起海鷗，見到其他船隻也會想起「海鷗」。

那時候，如果有人問我最喜歡什麼？準會毫不猶豫地告訴他：「海鷗！」不騙你，她真如一隻可愛的海鷗，太令人鍾愛和難忘了！

學校的前面有條小河，河水很清很清，比養天鵝那個湖的水還要清。老師常帶我坐「海鷗」，我們也真像海鷗，怡然自得，脫然無累，海闊天空地任意在水上遨遊。

後來長大了，「海鷗」依舊蕩在故鄉的河上，我卻悄然走了，到很遠很遠的地方去了。

北京是我第二個故鄉，因為我在這裡成長，因為這裡也有天外飛來的「海鷗」，而且和故鄉的一模一樣。

北京的「海鷗」在哪裡？同學的她把我帶到北海，指著泊在岸邊的一排排舢舨問：是這種小船嗎？不錯，就是這種小船！但我堅持叫「海鷗」。她笑了：好，我們就騎「海鷗」去！於是「海鷗」和我們都成了朋友，數不清個假日，無數個傍晚，北海載著「海鷗」，「海鷗」載著我們；我們唱著最動聽的歌，北海與「海鷗」在輕輕拍和。

但她還是看穿我的心事：你想家！是啊，誰又能夠不想家呢？北京歸北京，家鄉自有她教人懷念的情和景。

上海是我第三個故鄉，可惜偌大的城市，竟找不到一葉小舟。

不能說為了一條小船而遷居吧，可我確實去香港重建了家園，而荔枝角海灣的舢舨，又跟北京的小船完全一模一樣，坐上去總能讓人感受到一份溫馨的親情。

我們那個年代的青年，有誰沒有劃過荔枝角的小船？又有誰沒有劃到過秀麗的情人灣？最迷人是漁火點點的夜晚，滑行在奇妙詭祕的避風塘裡，面迎清風，醉說風月；眼看一顆顆疑幻似真的夜明珠被搖櫓敲碎，耳聞輕弦急管之聲從水上飄來，方曉得人間別有洞天。

美國能不能算是第五個故鄉呢？密西根、波士頓、洛杉磯……，因為我們或將在此終老。可是查理士河沒有給我們留下難忘的記憶，密西根湖的水也是淡而無味，兩大洋縱然比北海和維多利亞港遼闊，然而竟容不下一條小小的木船！

朋友還是會說：你思鄉！是的，我怎麼能夠不思鄉呢？親人的愛，師友的情，獨一無二的山和水，與令人魂夢為勞的小船——我的海鷗，都是發生在故鄉，留在故鄉呵！

古冬，本會監事。不能說「人如其文」，其文風趣幽默，活潑生動，社交酬應卻拘束木訥，拙嘴笨舌。也不能說「文如其人」，其人不離食色，生性不羈，運筆行文卻嚴謹誠摯，處處蘊藏著高尚的情操與強烈的道德感。著有散文集《食色男女在異域》、《鮮河豚與松阪牛》、《百味紛陳》、《回望》等七部，均獲獎項。

石榴情緣

楊強

在河北老家的院子裡，北房臺階兩旁種著兩棵非常對稱的石榴樹。媽媽說：「石榴是吉祥樹，種在庭院會給咱家帶來好運，春天開滿一樹紅艷艷的花，秋天結滿一樹紅艷艷的果。」大家都稱石榴是富貴果，因為它象徵多子多福，家大業大，人人羡慕眼饞，都說那是大戶人家才有的吉祥樹，好風水。奇怪的是，全村沒有第二家有石榴樹。

老家石榴難逃厄運

但是，石榴樹並沒有給童年的我家帶來好運。我的親奶奶雖然長得俊秀，可惜不是門當戶對的大戶人家出身，她不擅長做針線活，更不會繡花。在她生下我大姑和我爸後，有了兒女，還是經常受到婆婆冷言冷語虐待，她很想儘量做好，得到婆婆的認可。有一次，她給婆婆做了一雙繡花鞋，繡的就是石榴花。婆婆不滿意，扔回她面前，並說了很多難聽話。我的親奶奶絕望的上吊自殺了。

後來，爺爺娶進一位門當戶對的後奶奶，生了兩兒一女，就是我的二姑和兩個叔叔。後奶奶一手遮天，大姑和我爸只好離開老家，到北平去上學。老家那兩棵石榴樹只見開花結果，可我從來也沒有品嚐過石榴的滋味，大概是都讓後奶奶和她的兒女吃了。

等我記事後再回到老家，爺爺和後奶奶都已不在人世。但是，那兩棵非常對稱的石榴樹仍然活著，照樣開花結果。看見那兩棵石榴樹，我就想起親奶奶，我爸為了懷念母親，始終保存著那雙繡花鞋。我媽進了楊家門，聽到親奶奶的故事，就在無形的壓力下努力學好繡花，特別要繡好石榴花。

石榴肚兜睹物思人

日寇佔領華北，實行「殺光、燒光、搶光」三光政策。為了躲避日本鬼子，姥姥、我媽和我姨都逃到北平，同住在皇城根的一個四合院裡。可巧院中也有一棵石榴樹，但這棵石榴樹也沒有給我家帶來好運。八年抗日的漫長歲月，我們受苦、逃難、躲飛機轟炸、跑防空洞是家常便飯，人整天生活在恐懼當中。

日本投降後三年內戰，姥姥給我姨繡了一個石榴圖案的肚兜包，讓我姨把她的首飾細軟和一切貴重值錢寶貝全藏在這貼身的肚兜內，我姨和姨父、表妹一起遠走臺灣，從此海峽兩岸的親人分隔在兩個世界。兒行千里母擔憂，姥姥給姨繡的石榴肚兜，臨行密密縫，一針一線皆是寓意祝福她吉祥平安。

可是天不隨人願。姨把肚兜錢包藏在天花板之上，被小偷偷走錢包內貴重寶物，只留下那個繡著石榴的肚兜。就這個肚兜，讓姨看見就想起姥姥，想起姥姥就落淚。姨的眼淚流了數十年，好不容易返回北京探親，見到的卻是姥姥的骨灰盒，肝腸寸斷。

美國石榴開花結果

來美後，和我一起打工的張先生見面有緣。他來自臺灣，和我這來自大陸的人素不相識，卻有說不完的話，讓我到他家喝茶聊天，請我吃牛肉麵。見到他家有棵石榴樹，因為從小留下的石榴情緣，讓我興奮不已，沒想到美國也有石榴樹！

我控制不住自己的激動，馬上開口要一棵石榴樹苗，張先生卻大方送我兩棵樹苗。在我的精心護理下，再加上加州的陽光燦爛，土地肥沃，石榴小樹苗長得飛快。春天，一樹石榴紅花千朵，多情的石榴花，花型獨特，配上波浪般的裙花邊，在亮麗翠綠葉子陪襯下，更顯得嬌艷欲滴，招蜂引蝶，連螞蟻都來一親芳澤，難怪有「拜倒在石榴裙下」的浪漫美言。我閒來無事時，喜歡細細欣賞石榴樹，一棵樹上同時有待開的花苞、盛開的花朵、成型的小石榴，美不勝收，令人流連忘返。

儘管現在溫室效應，全球氣候變暖，南加州今夏特別炎熱，一點雨絲也不飄落。而且，洛杉磯的松鼠氾濫成災，每天明目張膽地來樹上，忙著掏空一個一個的果實，松鼠跳來跳去，啃得不亦樂乎。為了和松鼠爭奪石榴，我和太太從超市索取包裝水晶梨的白塑膠網套，套在劫後餘生的石榴上，也幸虧石榴樹多枝又多刺，用它頑強的生命力繼續努力結果，還是有很多又大又甜的果實供我們享用。晶瑩剔透的石榴籽在美國也是感恩節、聖誕節與新年期間，烹調傳統西式節慶料理的最佳配料，既美味又增色。我原以為只有中國人對石榴情有獨鍾呢！

石榴相傳是在西漢時由張騫引入中國的，張騫還從西域帶回大蒜、葡萄、香菜、胡瓜。原來石榴最早來自西域，這真要感謝張騫的遠見，感謝絲綢之路。過去拜倒在石榴裙下，是欣賞美色。現在拜倒在石榴裙下，是因為石榴太有營養價值，石榴汁中富含多種獨特的抗氧化劑，有助於提高認知力和記憶力。多吃石榴多長壽。

金秋來臨之際，望著院中樹上垂掛著一個個鮮艷艷的大紅石榴，就像大紅燈籠高高掛，真是惹人喜愛。往事在腦海中一幕一幕浮現，滄海桑田，物是人非。我的石榴情緣，讓我除了感慨，還是感慨！

楊強，中央戲劇學院畢業，任編、導、演。出版六本書：小說《盜墓賊和他的女人》、《紅蜻蜓》，電影劇本《罌粟花開》、《東西方女人》，散文《天水白娃娃》及《楊強文集》。榮獲二十三個文學獎：行政院新聞局優良電影劇本獎、華文著述獎小說第一名、華文著述獎詩歌第一名、華文著述獎散文第三名、李白詩歌大賽第二名、南加作協優良劇本獎與世界華文散文大賽優秀作品等大獎。作品中都有他的影子，但都不是他。他認為感動自己，才能感動讀者。

佛瑞斯諾校園的格格們

何戎

海水能夠到達的地方就有華人；華人們很勤勞，華人女性更以吃苦耐勞著稱於世；她們無處不在地打工著。

記得八十年代後，逢開學時候，加州大學佛瑞斯諾分校辦公樓的臺階上，三三兩兩地坐著中國留學生，其中有中國女留學生，私下裡人們稱呼她們為「格格們」，她們剛剛交付了學費，休息一下。

那時候，校園裡中國女生比較少，又分散在各科系，平時難得見到佛瑞斯諾校園的格格們聚在一起；她們用國語，北京話，上海話以及廣東話等等輕聲細語幾近囁嚅地交談：「交了嗎？」「交了，你呢？」「交了。」交了，打工掙來的美元，交了學費了。

「自費留學」區別於「公派留學」，原本的含義是「親友提供經濟資助進行和完成學習」，因為留學生除了做助研、助教，或者每週二十小時校內工作以外不具打工的權利。不過，眾所周知，中國自費留學生在這裡主要是指打工求學者，即完全靠自己課餘打工來維持一切的開銷：學費、書費、伙食費、住宿費、汽油費、保險費等等，為此，幾乎每天下課、每個週末、每個假期都在打工，從每小時美金三元二角五分錢起薪。

初來美國年紀輕，體力腦力的辛苦不算什麼；國內外環境的差異給予精神很大的刺激；看得到現實，卻不知茫然的未來；對於故鄉親人朋友同學的思念與日俱增。當然，誰又敢說自己的本質不是軟弱的呢？

格格們不例外，然而，在這道平凡的風景線上，格格們顯現出美麗。因為勤勞，因為自食其力，因為功課好，因為全憑自己的本事，所以，她們顯得美麗，那是一種富於哲學意義的美麗，雖然她們沒有嶄新的汽車，沒有華麗的衣裳。

格格們來美國之前，在家，哪一個不是掌上明珠？在各自的小學中學大學，哪一個不是校花、班花？至少也是那一組的組花。自不待言，來美國之後，格格們沒有空閒、沒有金錢，主要還是沒有精力妝扮自己；其實，青春花季，又何需胭脂花粉？當時，也許沒有想那麼多。想起在學生迎新派對上，格格們的青澀的微笑、審慎閃爍的目光以及內斂淡定的舉止，雖然常常被一般地認為是東方女性氣質的含蓄，但可以想像她們內心目標設定比較遠。

校園裡除了教室圖書館，還有娛樂休閒健身的去處，然而在那裡很少見到格格們的身影，她們打工去了：做接線生、做文員雜務、做傭人，或者去站櫃檯、端盤子等等。佛瑞斯諾屬沙漠氣候，通常下午下課後，室外溫度還在華氏一百度以上，騎自行車回住所再換開汽車去打工，歸來已然披星戴月，還要做功課，日復一日，月復一月，得三四年時間，如果不能完成學業，就無顏見江東父老。

又想起在學生畢業派對上，格格們依然青澀、審慎以及淡定，抑或常常被認為是東方女性氣質的神祕和相當自傲的內在，卻表現出來似某種自我壓抑；也許因為，下一個目標還沒有達到。

格格們的目光總是晶瑩閃爍和靚麗，像天上的星星。

留學生到美國的近期目標和長遠目標是什麼？各人不同，有一些是走一步看一步，各各有自己的故事。

時隔二、三十年，佛瑞斯諾校園的格格們一批一批終於學業有成、終於事業有成，或者嫁得如意郎君，多半已經為人母親，並且用自己的衝刺奠基了下一代在美國的起跑點；很少有凋零的、失落的，有也有，但是很少。

那麼，現在，在校園、在美國，還有像佛瑞斯諾的那樣的格格嗎？有，在求學的地方、在打工的地方，就有。

何戎，安徽全椒人，1948年出生於南京，後移居上海，再移居美國。學的歷史學，搞的教育學，愛的真善美的世界，寫的真情實意的文章，在洛杉磯快樂順水著。

另類朋友

丹霞

很久以前在《世界日報》的家園版讀到水柔發表的〈剪報之樂〉的文章，其中寫道：「我不禁升起一份幻想，在世上的某個角落，有一個讀者被我的文章感動，把它剪下來貼在剪貼薄中，那麼我的文章不是也就出現在某一本書中。」讀至此處，我不禁噗哧地笑出聲來，一直盤算著寫篇文章，躍躍欲試投稿家園版，真幻想讓水柔讀到我的文章有所共鳴與她成為文友。

我便是一個躲在洛杉磯某個角落的忠實讀者，曾經被水柔的文章快樂感動得不亦樂乎，每當閱讀《世界日報》的家園版看到水柔的文章，我都會有一種莫名其妙的喜悅跳上心頭，情不自禁地成為水柔文章的忠實粉絲。我很喜歡水柔的文章簡潔、幽默平鋪直敘，如〈我什麼都吃〉、〈媽媽洗澡去〉、〈畢業典禮〉、〈愛到八分〉，篇篇都給我帶來驚喜與感動，我把這些文章一氣呵成閱讀完畢之後，餘興未盡地把它剪下來，將它們貼在舊的雜誌上並自己編輯取名《優秀作家與作品欣賞》。使我感到很得意、自我欣賞的是成本很低：一把小剪刀，再買一盒膠水。

我是專門從外子丟掉的英文雜誌裡，挑選一本又一本好看的封面做剪貼簿收集文章成冊。我把《世界日報》的家園版內自己喜歡的文章剪下來，開始大膽地嘗試編輯工作。一是按照文章的題材分類進行剪貼，即是先剪後貼，如小小說精選、最短篇、散文佳作欣賞等。二是按內容分類剪貼，如「每月話題」、「在旅行中」等，專門搜集膾炙人口的文章和一些著名作家的文章。閒暇之餘，泡一杯飄逸著濃香的咖啡，懶懶地倚在沙發上，手捧著自己心怡的、隨心所欲剪貼自編的、署名為《優秀作家與作品欣賞》的剪貼簿。由於搜集成冊的文章和作者都是自己最喜歡的，每重讀一次，都有一種新的感動和啟迪，如同遇上良師益友。剪報張貼成冊既是放鬆與休息，又是自娛自樂的休閒時光，同時還可以學習欣賞著名作家的寫作方法和語言技巧，真是一舉多得。這些從報紙中剪下來的文章及作者均為最愛，所以，「剪報」成為我繁忙工作之餘，生活中放鬆心情的調節劑，不但刺激自己的寫作靈感與創作慾望，而且文章中不曾相識的作家，也成為生活中不可缺少的另類朋友。

丹霞，原名張瑞霞，祖籍山東，生於天津。1996年來美國洛杉磯獨闖天下，曾在《時代週刊》擔任六年多的資深工商記者，在《時代週刊》上發表許多人物專訪性文章及採訪報導性紀實散文。為北美洛杉磯華文作家協會會員，擅長寫抒情散文，其文章刊於《作家之家》。目前是美國著名的RE/MAX房地產公司經紀人，榮獲2014全美國傑出經紀人獎。

感悟生活的真諦

秀玲

又到了收穫大棗的季節，望著高高的樹梢兒上，紅通通的大棗，讓人饞得口水都要流出來。終於等到傍晚，熱辣辣的太陽下山了，準備好工具，我帶著三個小兵開始行動。

老大上高中，個高有勁兒，負責剪枝；老二和老三還小，都在上幼稚園，就幫我撿棗吧！哥哥用勁兒舉著長杆，剛剪下一樹枝棗，老二老三已迫不及待，衝上去，搶著摘樹枝上的棗，再收拾起散落在草地上的，忙得不亦樂乎，還興奮地大喊：「看我找到一顆，還是大的。」「你摘的棗不如我多！」……。

家裡的三個孩子像小鳥一樣，不停地嘰嘰喳喳，歡快地跑來跑去，興奮得滿臉通紅。孩子們的歡聲笑語，也感染了鄰居家的狗狗，牠們也耐不住寂寞，隔著木柵欄牆，汪汪地叫個不停，加入了我們的大陣營，唱響了一曲美妙的大合唱。我的家在平靜寂寞的黃昏時分，變得喧鬧沸騰，大家都非常愉快。

不知何時，老三開始偷懶，邊摘邊吃，老二馬上告狀，我請老三回屋，不准參加。這一招真靈呀，老三乖乖了。我擺了兩個菜盆，每人一個，看誰摘得多，有獎勵。這一招又引發了積極性，他們幹得更來勁了。不一會兒，草地上的兩個菜盆就快盛滿了。

天轉黑時，我們的活動暫告一段落，還有一半棗掛在樹上。端著滿滿的一盆棗，還沒來得及吃一顆，心中已裝滿了甜蜜蜜。這份勞動和收穫，載滿大人和孩子們豐收的喜悅和快樂。孩子們這一刻的快樂，非電動玩具和遊戲機所能代替的。這是大自然賦予他們的快樂，賦予人類的幸福。幸福隨時隨地就在我們每天的生活中，你能發現它嗎？這種發現不是用眼睛，而是用心靈去感悟生活的真諦。收穫大棗的季節，也讓我收穫了對生活的感悟。

駱秀玲，在美生活近二十年，從事稅務會計工作。多年來熱愛文學，近幾年嘗試寫作，已經有作品發表於《世界日報》。

緬懷

情書

小郎

「四十八」，這個一百沒過半的數字，看起來微不足道，可對我來說，它是多麼的珍貴。

我來洛杉磯之前，與毓超相識近一年的時間裡，我收到了他四十八封信。就因為這麼多充滿了真情誠意的信，終於打開了我緊鎖的心門，從東岸飛到西岸，與他結成了連理。

那年五月，我出差在外，病魔棒打鴛鴦，與我共度二十九年半，相愛如初，相敬如賓的夫君，連再見都沒有和我說一聲，因腦溢血就匆匆永別了。過去，我每次出差，他總是送我上車，為我找好座位，放好行李，然後站在路旁揮手告別，直到車子變成了小螞蟻，才肯回去。

待我返回時，不管天晴下雨，寒冬暑夏，他總早早在車站等候。可是，一九八九年五月的那一天，他第一次沒來接我，因為他已經走了。病危時，我人在千里之外，他沒有喝到我一滴湯藥，一口涼水。我驚悉噩耗，哭乾眼淚，哭碎了心，一星期內體重減輕了十五公斤，真正是生不如死。

夫君去世半年後，留學的獨生兒子，申請我來到美國。母子團聚，心靈上得到安慰。可是，遠離了故土、親人、朋友，還有亡夫的墓園。剛到一個語言不通的陌生環境，身居異國的茫然無依，加上對亡夫的懷念、悲傷，真是度日如年，不知後半生如何走過漫漫長路。

毓超的命運與我如出一轍，他父親是老歸僑，由於時代變遷，全家淪為乞丐，最後父親、繼母慘死牢房。毓超冒著生命危險，孤身一人歷經艱辛，輾轉逃亡到美國。剛來時，每天做苦力十幾個小時賺錢，寄回老家交給政府，為家人買回自由。

七年後，妻子兒女總算移民美國。他與愛妻胼手眡足奮鬥了大半生，八個女兒，兩個弟妹，一個侄兒，共十一個人，都大學畢業，興家立業，老夫妻倆退休，享受著含飴弄孫之樂。可是，家庭的功臣，他深愛的妻子，卻撒手人寰，臨終也沒有留下一句話。

不幸的命運，孤獨無依的晚景，引起了我們對彼此的憐憫和同情。艱難悲痛的日子已經熬過了五年，我總算走出了陰霾。毓超的四十八封信，寫盡了他一生的酸甜苦澀；寫滿了他對亡妻深深懷念的話語；寫出了他對未來生活的嚮往和盼望。信裡，他走過人生道路的每一步，都如電視連續劇的畫面，清晰地展現在我的眼前。

字裡行間，充滿了他對我的愛戀與摯誠。在第四十八封信的末尾他寫道：你的夫君和我的妻子都是深愛你和我的。可是，死者已矣，我們應該好好的活下去，才會讓他們放心。只有繼續健康的活著，才能看到未來的世界，才能看到兒孫們的成長……我和妳，「在天願作比翼鳥，在地願為連理枝。」他用古人悱惻纏綿的詩句，表達了他對我最真切的感情。我給他的回信，雖然只是寥寥幾封，但我知道無形中，在我心裡他也已像亡夫的化身了。尤其我們都酷愛文學，更拉近了心靈的距離。

我不到五歲生母去世，由外婆撫養成人。外公去世時，外婆年僅二十二歲。外婆寡居一生，在她的家族裡，可以說還沒有寡婦改嫁的歷史。外婆的封建思想，對我的影響很深。

身在異邦，能得一知音是多麼難能可貴。我輾轉反側，想到外婆淒涼的晚景；想著夫君在世時對我那麼關愛，他絕不會贊成我孤獨打發餘生。兒子非常孝順，更希望我早日擺脫悲哀。經過苦苦掙扎，最後，我終於下了決心，做了我家「寡婦不改嫁」的叛徒。

我們都忘不了亡人，不要舉行婚宴，也不需慶祝。飛越東西兩岸的情書，是我們兩個老人黃昏之戀的見證。一紙證書，只是必要的法律手續，永結同心，白頭偕老才是我們的承諾。

原載《世界日報》家園版9.10.2002

小郎，原名郎太碧。祖籍重慶，曾在軍中管理圖書和工廠任業務主管，直到退休。1990年來美，1995年定居洛城。近六十歲開始寫作，作品散見各大華文報刊。現為北美洛杉磯華文作家協會榮譽理事，海外華文女作家協會、德維文學協會永久會員。

同鄉約稿憶往事

王世清

八月近尾的一天，忽然一通電話，打到我做工的商店，說是找我。我很好奇：是誰打來的？沒待我發問，對方就說：「我是梁佩鳳。」我馬上追問是小郎大姐給的電話號碼嗎？她說「是。」我所以要問，一則，我們作家協會除了郎大姐，沒有人知道我工作商店的電話；再則，我們三人之間也曾經發生過一則有趣的小插曲。約十年以前，和郎大姐家有一些親戚關係的佩鳳，有一次用她那略帶上海口音的國語打電話給郎大姐，大姐拎起電話就問：「你是王世清嗎？」哪知佩鳳聽了，連說：「巧了，巧了，我也正好認識她。」自此，大姐成了我與佩鳳間的「媒介」，我們雖然不見面，但也能從大姐那兒略知一些對方的情況。

今天，她向大姐要了我的電話，特地打來一定有事，剛想問，就聽佩鳳開門見山說：「我打電話給你，想請你為作協的會刊寫稿。」她並告訴我，是受主編之託。我忙推辭說：「這次不寫了。」佩鳳像是知道我的難處，直言說：「你是怕沒人為你打字嗎？我幫你打！」「那怎麼行，我不想給你添麻煩。」我拒絕得很乾脆，哪知佩鳳回答得更乾脆：「沒關係，我們是同鄉！」

「同鄉」這二字，猶如一石激起千層浪，引發我內心思潮洶湧。其實，我和佩鳳何止是同鄉，二十三年前我們還是roommate呢！

那是九二年的八月，我剛到美國才兩星期，一天隔壁房間搬來一位室友，房東說是我的同鄉，在一家印刷公司做美術設計。衹見她搬來很多畫作，其中有一幅裝了鏡框約四尺見方的畫，就掛在房東客廳。我每次經過客廳，總不免多看一眼那幅畫工精細、鮮艷靚麗的畫。上面的傣族少女擔著一個籮筐栩栩如生，兩眼傳神地望著你，像隨時要從畫中走下來。我這個同鄉好有才情呵！我常暗暗贊嘆。

而讓我贊嘆的還遠不止於此。約莫到了九月中旬，平時下班總關在自己房間或許在作畫的她，突然現身廚房，送來了幾張紀念「九一八」暨抗日戰爭勝利四十七週年慶祝晚會的入場券。那天是九月十八日，天氣異常炎熱，我一踏進東洛杉磯大學的禮堂，就感覺熱氣騰騰，幾百個座位，人頭攢動坐無虛席，此情此景讓我震驚。當時才從比利時來美國一個多月的我，還沒有見過海外如此多的華人聚集在一起。在比利時三年，除了白天在學校遇到幾個中國留學生，及晚上在餐館打工時見到幾個做餐館的華人之外，幾乎沒有遇到中國人的機會。現在一下子見到這麼多中國人，除了驚嘆洛杉磯華人之多以外，更被大家關心時事的愛國情操所感動。望著眼前這些精心打扮、隆重出席晚會的民眾，感到一股股激情在胸中湧動。

晚會開始不久，報幕員報出女高音獨唱〈松花江上〉後，隨著掌聲，出場一位身穿白色泡袖上衣，下配一條荷葉綠三截鑲邊裙的女士，咦，這不是我的同鄉室友嗎？我驚得瞠目結舌，擦擦被熱汗熏花的鏡片，再看，果然是她。衹見她款款走到臺中央，淡定地掃了一下觀眾席，張口開唱，一句「我的家在東北松花江上.....」立刻驚艷四座，那高昂激越的嗓音震懾住了整個會場，剎時鴉雀無聲。如泣如訴的音調將大家帶到了被日寇淩辱的悲慘年代。會場被帶動了起來，不少人含著熱淚，跟著輕輕哼唱。一曲終了，大家還沉浸在那民族災難深重、繼而奮起抗日的氛圍中，直到她鞠躬謝幕，眾人似乎才醒悟，立刻報以雷鳴般的掌聲。

此事距今雖已二十三個年頭，我對於她當時的穿著及晚會的細節仍記憶猶新，可見當時此事對我的震撼。後來我才知道，她曾師從上海音樂學院的聲樂教授，難怪她能唱出那麼專業的水準。

那次晚會之後沒多久，大家都因工作變動等原因，搬離出去各奔東西，再無聯絡。

直到九年後的二零零一年夏末，在曾任《國際日報》副刊主編董桂因召開的座談會上，再度相見。那次會議剛結束，忽然有人叫我，回頭一看，是一位身材苗條，穿著中國傳統絲綢服裝的女士，並不認識呀，我疑惑地望著她，她見我無反應，就說：「我是梁佩鳳呀！」我簡直就不敢相信，眼前這個面容姣好，身材苗條的人，就是九年前那個臉圓圓、身材豐滿的同鄉室友佩鳳，哇！真佩服，她瘦身成功。那天我們互換了電話號碼，熱情的佩鳳後來給我來過電話，還寄給我一本《學人月刊》雜誌。我因懶於和外界聯繫，一直沒給她打電話。不過，好在有郎大姐這個「媒介」在互遞消息。

後來又一次見面，是過了十三年後，二零一四年四月在郎大姐夫婿倉先生的追思會上，當時場面肅穆，大家心情沉重，我們也不宜多交談，衹是簡單聊了兩句就匆匆道別。一晃又是一年多過了，知道佩鳳也喜歡寫文章，並加入了作家協會，她的不少文章見諸於報端，真為這個曾經的同鄉室友自豪。如今，她特地打電話邀稿，態度是那麼誠懇，縱使我有再大的理由也不應再推託了。還好放下電話後，腦中翻湧起昔日的往事，就將和佩鳳交往的點滴紀錄下來，作為老鄉邀稿的回應吧！

王世清，出生於上海。出國前，在上海任中學教師及業餘大學教務員。1989年到比利時留學，1992年來美。曾在《星島日報》副刊撰寫專欄，著有《中國城風情》散文集，並獲臺灣華僑救國總會華文著述散文佳作獎。北美洛杉磯作家協會會員，海外華文女作家協會永久會員。

買鞋，憶往

周玉華

我喜歡逛鞋店，但想要買一雙適合自己理想的鞋子卻不是一件輕鬆簡單的事。我的身高165cm，鞋子尺碼為22.5cm，換算歐美尺寸是5號，臺灣則是35號，在美國一般的女鞋標準碼為6至9號，所以5號較難尋覓。

早年我們移民來美時，先生服務的郵局假期較多，經常抽空回臺灣探望年邁的母親，我一定囑咐他幫我買鞋回來。先生是個負責任但生性死板的人，每曰祗要一得空，就肩上背著包，捱著臺北市的鞋店一家家地逛。有一次實在走累了，乾脆往鞋店一坐，問小姐可有小碼的女鞋，服務人員隨即自玻璃櫃取出了一雙35號、式樣挺不錯的包腳高跟鞋。先生一看十分高興地說，可否請他們再多找幾雙其他顏色的；小姐說去找，請他稍等，於是乎這位老兄就在椅子上睡著了。一覺醒來，鞋店老闆告訴他，他們跑了好幾家分店，好不容易調來了十雙他要求的尺碼。先生二話不說，照單全收，滿意地將鞋子一一放入他的背包裡，帶回美國來。當我看到那十雙款式相同、顏色也大同小異的鞋子時，我真是哭笑不得，但我還是很感謝他不辭辛勞地為我奔波。事後我得知那些鞋子的價錢並不便宜時，又對他埋怨了一番。他卻說：為了我，花多少錢都是值得的。一向木訥，不善於言詞的他，突然說出了這句難得使我聽了高興的話，心裡也是蠻舒服的。至於那些鞋子，七、八年才完全消化掉。

我自小乖巧懂事，很討父母的喜愛。父親是名船員，半生的歲月都在海上度過，十分辛苦，與家人聚少離多，所以我格外珍惜與他相處的時光。我童年時所穿的鞋，幾乎都是父親專程自海外購置帶回來的。

每回父親臨行前幾乎都會用他的手掌量一下我的小腳，然後叮嚀我要好好用功、照顧弟妹、幫襯媽媽。每每望著父親離去的身影，我心中都感到萬般不捨。印象最深的一次，是爸從日本買回的一雙非常漂亮、秀氣、絳紫色的小鞋，鞋面上還印著幾朵水墨海棠，好看極了；我興沖沖地趕緊一試，大小正合腳，且又舒適，於是我穿著它在家中的地板上來回地踏步，久久也捨不得脫下。

小時候我們家住在多雨的基隆港。一個陽光明媚的清晨，我決定穿上新鞋和搭配一件媽媽為我準備的淺粉色小洋裝上學去。同學們無不投以羨慕的目光，連平日裡神情莊嚴、不苟言笑的老師，也對這雙鞋讚許有加。正當我還沉浸在一片幸福中時，窗外的天空卻佈起了陰霾，綿綿的細雨開始飄了下來。下午放學後，我徘徊在校園的走廊上，望著由小變大的雨勢，十分著急，心想如果我冒雨走回家去，一定會涉過那一灘灘的積水和泥濘，那我漂亮的新鞋必然遭到變形走樣的命運，如何是好呢？正在煩惱不知所措時，突見老遠的自雨中走來一人，稍近一看，原來是拉三輪車的張大叔，他是平日幫我們做家務阿姨的先生。這是爸在上船之前交待他，要他遇到下雨天時，便到學校接我回家。父親的貼心與疼愛，溫暖了我幼小的心靈。

每逢快過年時，祇要爸在家，一定帶著全家大小，包一部計程車到臺北去採購一番。當車子快駛向臺北車站，看到一整排的霓虹燈時，我知道快到中華商場了。下車後，第一件事便是快步地走向西門町的生生皮鞋店，每人為自已挑選滿意的新鞋，同時爸也和老闆用家鄉話聊起來了。據父親說，這家鞋店的店東姓徐，是從上海浙江路搬來臺灣的。之後我們又在附近的商場置辦了許多年貨，這時母親建議去點心世界用餐，點了雪菜肉絲麵和爸最常叫的油豆腐細粉外加鹹豆腦等。如果還有多的時間，我們會到新聲戲院樓下買老天祿的綠豆糕、滷味和蟹殼黃，這才心滿意足地結束了豐富的一天，返回基隆。

年復一年，就這樣我穿著父親為我買的鞋，穿梭於成長的歲月裡。那裡面承載了多少父親的愛；恍然之間，自己早已不是當年那懵懂無知的女孩了，幼嫩的姿態早已悄然退卻。細數流逝的經年，憶起歷歷如繪的往事，眼角泛起了淚花，勾起了我對父親深深的思念，如今卻已是天各一方了。

周玉華，浙江寧波人，出生於臺灣臺北，成長於多雨的基隆港。父親為一名招商局船員。1984年移居美國洛杉磯。銘傳大學銀保系畢業，目前任職於宏基銀行（Tomato Bank），擔任首席副總裁。現任北美洛杉磯華文作家協會副會長。

夏季遠走

蓬丹

記憶海洋

有計劃的出走，無目的地的漫遊，精打細算的長征，突發奇想的遠行。不同的旅程，完成於不同的年齡、心境與季節。

雷同的是，當旅程告終向啟碇的渡口返航，一切便浪沫般渙散，崩碎於記憶的海洋。時而在某種戀舊情懷強烈潮騷的夜裏，檢視相紙上被壓扁的人影，東拼西湊的風光，常倏然迷惑，你真的去過嗎？

你真的去過嗎？前世？還是今生？

但是，關於那一年的遠走，那自成一格的一季夏，我無所懷疑。

盲瞳物語

黑斑在手背顯像，堅決透露出歲月的祕密。那手在我指節與掌心上下左右觸點，卻始終摸不透生命的玄機，只一逕說些不著邊際，聽來適用於任何凡夫俗子的話語。

「你的旅行運很強。」

突如其來的一句。我終於豎起耳朵。然而，他並未列舉任何精準的事例，我問話的口吻不很熱切：

「我會出國嗎？什麼時候？」

搭了整整兩小時火車，又轉了一趟汽車，走訪名聞已久的摸骨相士，實在是因為那個夏天過得實在太糟。生活進退失據。找不到出路的感情。日復一日了無新意的工作。連天氣也跟人過不去似地酷熱難當。託福留考分數不差，申請的學校卻拒給獎學金——沒有經濟後援，我那遠走高飛的夢差不多就該醒了。

觀光旅行尚屬稀奇的年代，出國留學壯遊天下是莘莘學子一致的嚮往。留不成學也幾乎就是意味著，去紐約、去倫敦或者去巴黎，勢將遙遙無期。世上那麼多美麗的城市在等待我，我卻僅能守株無望的工作與無味的婚姻終老島嶼——遂迫切需要一個指點迷津的人，或者是神。

盯住眼前這應當算是介於人與神之間的命理學家——據說他喜歡人們這麼稱呼他。他也正用一雙盲瞳望我——還是穿透我，望我的未來？

「你會離開，而且很久很久以後才回來。」

相對於之前不確切的語調，模棱兩可的言詞，這句話特別肯定，也特別刺耳。

一個月後，遠在加拿大的舅舅，給我寄來當地入學許可，並表示願資助我唸書。我前往香港辦加國入境簽證。

第一次搭飛機。第一次單槍匹馬，騰越一個海峽、一片大洋和整個加國大陸。穿雲破霧，鵬程萬里。心情卻異乎尋常沉重。拋落住得太久的城市，拋落過得太久的生活，我的翅翼反因顯著的不安與巨大的空虛而超載。

沒錯，我飛得夠高夠遠，但我並不想很久很久以後才回家。所以騰空之後，某種隱隱的憂傷使我不斷下墜。

小城故事

上機，下機。下機，上機。白天，黑夜。黑夜，白天。

季候是初夏了。北半球空氣猶然清冷。一出機場，寒意襲人竟如晚秋。

裹緊外套，詫異地望著那些身著短袖T恤的高大洋人，坦露的臂膀捲纏著金色汗毛。是這層如猿茸毛使他們特別耐寒嗎？我傻傻地想。

精巧似糖果屋的住家散佈山坡上。從地平線盡頭開始氾濫的大片鮮黃，提煉自陽光的金顆玉粒，結晶於蒲公英的千杯萬盞，姿色平平的小花用它耀眼的集體陣勢，一路讓人醺然驚歎。

舅舅家在茂林深處。高大的樺樹安份地守住泥土家鄉。只有風過時，細碎的林音才洩露了他們想飛的願望。乾淨的空氣中浮著水意，屋後一彎涓涓溪流，收羅了天空最純正的藍，以如歌的行板替整座綠林鑲著邊。

若地球上還有與世無爭的角落，大約便是這裏了。每棟屋宇都盤踞了那麼多的空間，每雙瞳孔都輝映著那麼明朗的花色，每個呼吸都可汲取那麼清冽的空氣，是沒有什麼可爭了。

偶然與住在附近的T結識。典型加國小鎮青年。帶著剛洗燙乾爽味的襯衫，合身的牛仔褲，纏捲金色汗毛的手膀不畏寒，是因著捨不得北半球短暫夏日的陽光。

T初次約我出去，同赴電影院途中，他問：「可以牽你的手嗎？」

似看出我眼中的困惑與抗拒，他極溫柔且小心地說：「傳統愛爾蘭人認為這是一種禮貌。一個有教養的紳士要好好帶領他的女伴。」

小城愛爾蘭人的祖輩，大抵是為逃離十九世紀中葉馬鈴薯大饑荒而離鄉背井。有辦法有盤纏的去了較為富庶的美利堅，漁獵者選擇，也可以說流落海隅小村，繼續與逆浪拼博，也靠海洋存活的生涯。

T的曾祖父被鯊魚咬碎了大腿骨，祖父被船上繩纜絞斷了手臂。T的母親下嫁他父親之前，堅持不許他再當漁民。他改行作了船隻領航員，每天夜半起床去港口工作。霧茫茫的蒼海，或大或小的船隻航往愛爾蘭家鄉的方向。星星點點的漁燈似連串閃爍的淚珠，望鄉者的淚珠。

T數代祖輩都切盼有朝一日買舟歸去，終究帶著未能圓夢的歎息埋骨北美一隅的小城，夏季被蒲公英的豔黃轄治，冬季被霜雪的森白征服的小城。

宿命的懷鄉者，與我的父母輩何其相似。

T這代人就認為自已是土生土長的加拿大人了。小城歲月平靖遲緩。大都會移民衝突、幫派械鬥、英法語系之爭等情事，只是電視上叫人匪夷所思的畫面。T的人生藍圖是：一份可供溫飽的差事，養一到兩個小孩，假日海邊戲水，孩子們堆沙堡，他就任自已被夏日晴陽慢慢炙得通紅，如同晚餐桌上的妻子精心調配的一隻大龍蝦……。

宿命的樂天派，與來自地球彼端的我何其不同。

初抵小城，每穿越市中心總覺忐忑。人來人往街道邊，既無高牆阻隔，也無大樹遮擋，一座建築於一八二零年的古老墳場虎視眈眈坐鎮著。卻見本地有些上班人士，午膳時間在那兒與十八世紀的老祖宗比肩而坐，若無其事吃著三明治。

後來與T進去幾次。古樸的石碑簡單記載生卒年月。沒有顯赫的身世沒有輝煌的事蹟，只是每一個人最親愛的丈夫，最懷念的妻子。人生旅程走完，該歇一歇了。既不陰森鬼魅，也無須走避忌諱。T就像去公園散步般坦然，他甚至指著一塊剝落的墓碑，高興得什麼似的：

「看！這人竟與我同一天生日，早我兩百年就是了，搞不好會同日死呢。」

「童言無忌。」我用中文說。那人只活了二十來歲。但無可否認，單純的赤子之心讓我那負擔太重的靈魂，感染了某種溫暖淨亮的、救贖般的幸福。

救贖。小城人們甘於平凡，接受死之必然，或許就是由於宗教的約束與撫慰。城裏沒有令人肅然起敬的建築或永誌難忘的風景，但不乏玲瓏安詳、聖誕畫片中的教堂。訓練有素的詩班，以天籟般的音韻讓人感受光與愛。思鄉者重返故園，迷失者找方向的感覺令我泫然。這許多愛爾蘭後裔，對祖輩折根斷枝地離家去國，胼手抵足地拼鬥求生，記取歷史而不沉湎於悲情，正是因為相信這一切是上天旨意。這種順服成就了他們內心的平安，亦使他們願意將這片落腳的土地，經營為生於斯死於斯的家園樂土。

明白了這一層，我幾乎放棄了堅持了多年的「無神論」。教會在公園舉行義賣找我幫忙，我未猶疑就答應了，竟已如一虔誠信徒。

小城中只有一個公園。無須更多。家家都有自己寬闊的後院，花木繽紛的庭院。公園不過權充露天的公共聚會之地。夏季戶外音樂演奏。女青年會募款。不同團體的園遊或慈善活動……。

小城人們夏日活力四射，彷彿要把漫漫冬日蟄伏的光陰都討回。下午五時公園就上鎖了。偌大的園子留給夜露與花瓣去自在擁吻，留給鳴蛙與荷葉去任意調情，只有鑲滿星華的夜空在偷窺……。

永恆之夏

我亦是偷窺者。偷窺一種我未曾預期，且未曾有過的自在與釋放——如果那種感覺不是快樂，也已極為接近了吧？我開始理解，人原來可以活得了無掛礙，無須崇高遠大的理想，無須未可限量的前途。來自地球彼端的我，一直在苦尋出路，而哲學思考未能將我救贖，前輩智者未能提供答案，把命運交給相士去闡釋，又因他的卜算而不安。這一切在斯時斯地顯得無足輕重。我遂將所有的精神武裝瓦解，盡情享受異國的友誼，呼吸清新的草香，讓生命在日升月沉、潮來汐往之中呈現它純淨的本質。

然而我更理解，雲淡風輕畢竟不是我的宿命。那一季夏終於只能是偶然的脫序與暫時的叛離。我終究必須回到既定的軌道，還原為一個奮力奔赴前程的留學生，在離家很久很久之後才得以歸去……。

於是，那短暫、獨特、此生絕無僅有的小城之夏，遂在我的記憶之洋浮凸為無可質疑的永恆。

蓬丹，本名游蓬丹，畢業於臺灣師範大學社教系，七十年代留學加拿大，後移居美國。歷任採購經理、出版公司總編輯、英語教學主任、文藝刊物主編等職。著作包括散文、小說、傳記文學及報導文學等共十三本。曾獲海外華文著述首獎、世界海外華文散文獎、臺灣省優良作品獎、中國文藝獎章、辛亥百年紀念散文優等獎等多項文學獎的肯定。被譽為現代美文作家。蓬丹為北美洛杉磯華文作家協會創會會長，海外華文女作家協會永久會員。

阿婆的魔法

荻野目 櫻

附近的一家花店倒閉了，雖然近段花店僅此一家，鮮花也曾給周圍帶來不少生氣，卻無太多眷戀。那是一家夫妻開的花店，妻子貌似比丈夫大十多歲，育有兩個還在上小學的女兒，她們放學後就在花店前玩耍，因為夫妻都很忙碌，似乎也顧不上孩子。妻子不苟言笑，一副被生活重壓得透不過氣來的樣子，經常推著裝有花盆的推車去送花，與人擦身而過，也從不微笑著打招呼。相比妻子，丈夫顯得更平易近人，我曾在買一盆白蘭花時向他諮詢過一些養花的知識，從此妻子看到我就對我瞪白眼，丈夫以後見到我也如做了虧心事般灰溜溜地躲我，真是叫我感覺又好氣又好笑。而且他們的鮮花不知怎麼搞的，買時好好的，可是搬回家後就耷拉腦袋了，久而久之，也就不去那裡買花了。這麼好地段的花店居然倒閉了，所謂凡事都有因果，關自有其關的理由吧！可是有時候我的腦海裡會忽然出現那兩個在花店前玩耍的女孩，不知她們搬到哪裡去了，有沒有安頓下來，但願她們一切安好。

除了倒閉的花店外，在隔開一條街處，有一家破舊的小店，店主是個七、八十歲的阿婆，雖然不是專門的花店，嚴格的說只是一家雜貨鋪，出售香煙、零食、飲料，也賣幾盆鮮花。盆花是阿婆自己親手種植的，每天都看到她彎著身子在澆水修剪，從不曾見她直起過身子，腰彎的猶如一隻蝦米，叫人看了有些心疼。阿婆雖是一個人，卻養著一隻老貓，據阿婆說老貓已經十六歲了，老的都跳不到椅子上了，阿婆忙忙碌碌中，老貓就眯著眼睛曬著太陽，彷彿真正的老闆不是阿婆而是那隻老貓。只要經過阿婆的店，阿婆一定會很自然地招呼我，有時候讚幾句天氣，有時候說說周圍發生的事情，最喜歡說的還是那老掉牙的她與老貓的故事，都聽了十幾遍了。據說十幾年前老貓曾是一隻流浪貓，經常來偷咬阿婆種的盆花，阿婆為了心疼盆花，所以不得不餵牠貓食，之後老貓就自說自話地在阿婆家定居下來了，從此過上了無憂無慮大老闆的日子。在談笑中，我總是讚她養的花又美又肥，她每聽必笑，所有的皺紋都在陽光下舒展開來，如同一朵層層盛開的古董玫瑰。就這樣每回我都在不知覺中抱著買下的阿婆的盆花走在回家的路上，聽到阿婆魔法的聲音在後面喊：「小心別打碎花盆啦，再來哦！」

雖然阿婆手上再美麗的花只要轉到我的手上亦是日漸遜色，我承認自己不是所謂的綠拇指，但是這已不再重要，我的陽臺上放的都是來自阿婆親自種植的盆花，我依然樂此不疲，因為在陽光下談笑的愉悅已使阿婆的盆花絕對的物超所值了！

原載《世界日報》家園 2.6.15

荻野目 櫻，女作家、詩人、翻譯家。祖籍上海，幼年移居日本東京，後又移居美國洛杉磯，曾任美國洛杉磯華文作家協會理事，目前往返於美國和日本。出版主要中文書籍為詩集《月光花》、《夢潮》。翻譯作品包括暢銷兩百萬冊的日文小說《深沈的愛》（*Deep Love*）以及電影翻譯等。中文散文、詩歌等多見於各類中文報刊。

都市邊的農田

龔剴

家父是空軍地勤軍官，1949年，帶著家母及三兒一女，從大陸撤退到臺中，住在北區眷村克難房子。我們小蘿蔔頭就讀空軍子弟小學，當年借用日本人忠烈祠前面的大塊空地做校舍，從我們家走路五分鐘可到校。學校與我們的房子中間有一長條水稻田，農夫在這塊水田裏辛苦工作，它是我長年累月仔細觀察的對象。春天，農夫將水牛放入水田裏翻田、整平、放水、插秧之後，那裡便是附近男孩子探險的好地方。我們學著農人的模樣，光著腳丫子在水田裏摸泥鰍、捉青蛙。當然是什麼都捉不到，蝌蚪倒是可以抓到幾隻。在水田裏一腳踏下去，爛泥巴從腳指頭縫往上冒，一股絲絲麻麻的感覺好特別。可別讓農夫看到，他們可是會大聲叫喊：「猴金納！麥踏拍我埃丟啊！（死小孩！不要踏壞我的秧苗！）」

臺中的水稻一年收兩期，沒多久飽滿的稻穗將稻稈壓得低垂，一陣風來就能看到起伏不定的黃綠色波濤，附帶著沙沙聲響。很快看到農家將打穀機推來，曬得黑黑的農夫，彎腰用半月形的鐮刀齊根割斷，放成一小堆，然後向前割另外的稻子。這是收穫的快樂時光，水田已經完全變乾，眷村的男孩子當然不會袖手旁觀，跟著戴斗笠的農夫前後左右打轉，我注意到那個打穀機是全場的靈魂中心，農夫從地上抓一大把割斷的稻稈，放在打穀機的一個圓筒上，腳用力踩一個踏板，上上下下不停，打穀機發出雄壯的嗡嗡聲音，雙手打著圓圈轉動那一把稻稈，兩三下就將飽滿的稻穀從稻稈刷進下面的儲存箱。我們幾個膽大的男孩子，若想幫點忙的話，可以將前面農夫叔叔割斷的稻稈，拿來給打穀子的農夫叔叔，來來回回也算做了一點事，農夫叔叔多一個免費的幫手何樂不為？其實我的目標是那個好玩的大圓筒，我不時靠近那打穀機，觀察這玩意兒是怎麼作用的。原來這圓筒上裝滿無數的鐵絲環，腳踩的踏板有個彈簧，可將踏板拉回來，如此一來這圓筒就能連續不斷地滾動，不需電力；當然不踩它的話，沒多久就會停下來。研究好之後我跟農夫叔叔比手勢（那時我還不會說閩南話）：「請讓我試試。」剛好農夫想休息喝水，看看這個免費的猴金那一副躍躍欲試的樣子，便告訴我如何踩踏板、如何轉稻稈。我先是用力踩，好高興，圓筒轉起來了，嗡嗡的聲音也有，只是較小聲，那是因力氣不夠轉速慢的關係。下一步要玩真的了——打穀子。農夫叔叔只教我拿一小把試試，我笑嘻嘻地站在打穀機前，同伴站在旁邊露出羨慕的眼光。我踩踏板，放入稻稈，然後！我永遠不會忘記那一刻，說時遲那時快，兩隻手臂瞬間被捲入圓筒裡。好在轉動不快，機器一下子就停下來，可是受的傷卻非常明顯，雖無血流如注的情形，回家被媽媽狠狠的地罵一頓，再擦掉半瓶紅藥水。事後檢討得出心得，因為兩手沒有用力將那一把稻稈往後拉住，若是像拔河一樣，就不會出問題。

我從小就很好奇，喜歡看工人如何蓋房子。看到克難房屋的土牆是用竹片編造，兩邊塗上摻有剪斷的稻米稈及空穀殼，加水調成稀泥巴，放一些在左手持的木板上，右手持鏝刀將這坨稀泥巴用力擠入竹片的空隙。這個稀泥巴的水份要恰恰好，太乾則無法將泥巴及竹片接和；太濕則竹片無法抓住這些稀泥巴，糊上竹片後，還沒等它乾燥，就會大面積的掉下來，白費工夫。過兩天，乾透一面之後，再糊背面牆，等兩面泥巴都乾透，再刷白粉。家裏男孩子多，打打鬧鬧免不了，由於居住空間不夠，拳打腳踢之下，泥巴牆破洞是家常便飯。好在我們會修，照著師父的方法調稀泥往竹片上塗，凹凸不平是正常的事，反正不多久破洞還會出來。

民國四十八年八月七日，颱風已過境，豪雨卻不停地下，連續三日臺灣中南部的降雨量高達800至1,200公釐，特別是八月七日，當天的降雨量已高達500至1,000公釐。那天下午我們在家剛剛將白粉刷在牆上，累得早早上床睡覺。我與弟弟睡在一張藤床上，因為床有彈性，承受體重後會往中央部分下沉，半夜我迷迷糊糊感覺屁股濕濕冷冷的，睡眼惺忪看到床下的拖鞋怎麼跑到床緣邊上，馬上驚醒，不好！大水已漫上兩尺高的床鋪，媽媽及妹妹睡的床稍高，還沒蹚到水，我便趕快下床叫醒媽媽。在母親的指揮下，大家將棉被細軟等往櫃子及桌子上堆，昨晚新刷的白粉牆正隨著泥巴往下塌，加上我們走路帶起的水波泥巴，牆已經變成透空的竹籬巴。辛苦整夜，天已大亮，豪雨沒有停止的意思，左右鄰居互相問好，災情相似，沒有人員傷亡的不幸事件發生。我與三弟走出戶外視探，水深及腰立刻回房。從窗口往外看，只見混濁洪水呈土黃色，亂七八糟的飄浮物有塑膠瓶、木頭、樹枝、雜草和大肚子的死老鼠、死貓等，當然少不了公共廁所裏的「黃金萬兩」，說多噁心就多噁心。當時家父才退役不久，北上臺灣大學任教機械系，家兄就讀臺南成功大學水利系，音訊及交通完全斷絕。好在有空軍眷村的主管單位就近照顧，將我們安頓在市立二中教室，接受市政府及空軍的救災物資。過幾天消息傳過來，知道這次災害範圍包括臺灣所有的農業區域，再加上山洪爆發，導致河川水位高漲決堤，造成空前的大水災，死亡及失蹤的人數達到一千人，農地流失，財產及國力的重創是臺灣六十年來前所未有的自然災害，是謂「八七水災」。等到雨過天晴，有很長一段時間空軍總部還派不出足夠的人力，來整修這些下面半截仍舊是空蕩蕩的竹籬巴牆眷村。家父苦中作樂逢人便稱：「古人說家徒四壁，意思是極度窮困的人家，我們家是家徒四個半壁，過之無不及也。」

數年前，我重返臺中原址，欲尋找童年的回憶，沒想到我們的克難房屋早已不見蹤影，原地已變成臺中孔廟，難怪我們都走讀書的路線。後山的忠烈祠早已改建重修，莊嚴肅穆，不復原先日本人的建築模樣，往日情懷不可言喻。

原載《世界日報》副刊 6.18.15

龔剴，1942年生，中華民國中正理工學院機械系畢業；1978年來美，獲得伊利諾大學芝加哥分部金屬材料碩士。曾任機械工程師，前後達三十五年。於1985年，從芝加哥遷居洛杉磯，2001年退休。嗜好為旅遊、作木工、種植蔬果及製作彩色玻璃。

終於走進總統府

莊維敏

家裡客廳音響櫃上的一個小鏡框裡，放了一張黑白照片，這是我從小到大心頭的一個偉大憧憬，因為鏡中的畫面是大哥接受總統蔣公頒發獎狀時的鏡頭，別看這張小小的三吋照片，它可是裝載了我們一家人的驕傲與期許呵！

長我十五歲的大哥，嚴格說來只是我的堂哥，因為大伯父早逝，年方十歲的他就跟隨爸爸來到臺灣，從此他就和叔叔——家父生活在一起了。母親接連生了六個孩子，父親菲薄的軍人待遇，縱然有媽媽小學教師的薪資助陣，也是難以應付家庭的沉重負擔。大哥雖然還是個孩子，卻幫忙爸媽照顧我們幾個小蘿蔔頭；我就是大哥抱大的，他不但視我們如親生弟妹，愛護有加，還時時指導我們的課業，我們兄妹從小就對大哥敬愛有加。

大哥讀南二中時就得了臺南的優秀青年獎，升大學的考試，他同時考進成大工學院和海軍官校。為了疏解爸媽的經濟壓力，他義無反顧地選擇海官就讀。他是一個肯上進的人，即便是進了軍校，依然夙夜匪懈，潛心求知，所以能夠以優異的前三名成績畢業，榮獲蔣公在親臨他們的畢業典禮時的頒獎，因而有我們家那張具有歷史意義的照片誕生。日後大哥又在華府擔任外交官員，所以爸爸特意將這張照片裝入鏡框，並且放在我們家中客廳一個明顯的角落展示。爸爸除了以大哥為榮外，更是藉它來激勵我們這些後生小子見賢思齊，興起「舜何人也，予何人也，有為者當若是」的鬥志。

從小，我就和爸爸最有默契，他的宏願，我豈有不知？即使心裡明白那是一個遙不可及的願景，但是對我而言，雖不能至，然心嚮往之。

因為我太崇拜大哥這樣出類拔萃的特異表現，深信以他為楷模，朝著他的目標前進，日久天長，總有一天能夠出人頭地的！只是我心中清楚明白，這輩子無論如何，是很難有機緣接觸到總統，更遑論我與他合照呢？這個白日夢連做夢都覺得有些吃力哪！

從臺南到臺北讀師大的時候，每次從火車站坐0東、3路、15路公車返師大時，車子一定會經過總統府。記得第一次行經總統府時，心中真有說不出的悸動，以前在電視上看國慶大典的實況轉播時，見到盛況空前的總統府，就覺它莊嚴肅穆，宏偉神聖；等到親眼得見，實景呈現眼簾的那一刻，就忍不住地肅然起敬呢！

直至民國六十三年的十月三十一日蔣公誕辰日，我才聽說了這一天總統府會開放供人參觀。想到隔年我即將大學畢業返回臺南老家任教，以後臺北就將成為我生命中的一個驛站，我這個過客，與它即將是別時容易見時難了！於是我和好友蜀燕相約，無論如何一定要去參觀一趟的，畢竟總統府是總統工作的地方，既然今生無緣見著總統，能夠參觀參觀總統府也聊勝於無啊！

哪知那天慶祝活動一大堆，好不容易在晚餐後，我倆終於可以相偕同行了。怎麼曉得，我們下了公車還晃呀晃地向著目標前進，眼見總統府已經在望，就差臨門一腳了。誰知，在廣場上，居然有兩位守衛的士兵要我們止步，我們兩個小迷糊，還傻傻地兀自悠哉悠哉，繼續行進，說時遲那時快，就見士兵舉起槍支瞄準我們說：「你們要幹什麼？不能再向前行了，請立刻打住。」我才驚覺，大勢不妙，有些緊張惶恐，卻還理直氣壯地回答：「我們什麼也不幹，只是個要參觀總統府的大學生啊！」守衛才放下戒備，很客氣的對我們說：「回去吧！現在已經八點半，早已經超過開放的時間了，明年再來吧！」「明年，我們就畢業回故鄉啦！難啦！」他們也愛莫能助地攤開手，表示同情無奈，細問原委，才知八點是參觀截止時刻，只是半小時的差距，侯門深似海，我們畢竟和它失之交臂，想來懊惱不已。然而事後回想起來，還真為自己當時不知天高地厚、斗膽應對的勇氣，捏把冷汗呢！

殊不知人生的因緣際會，似乎冥冥中早有安排，前年十一月，我返臺參加海外華文女作家的雙年會，因為忝為大會紀錄，所以坐在第一排，有幸看到坐在我旁邊的旁邊蒞臨開幕典禮的蕭萬長副總統，這已讓我興奮莫名，更開心的是大會結束後的週一，馬英九總統要在總統府接見我們所有與會作家，這個意外的驚喜，著實令我喜不自勝笑歪了嘴，它更是讓我興奮地失眠呢！

二零一零年的十一月八日，一大早七點，我們在臺北福華國際文教會館集合，兩輛嶄新的遊覽巴士在七點半左右將我們一行八十位作家送達總統府。我這個紀錄好緊張，豐豐富富地準備好紙張、錄音筆、照相機，可惜為了安全考量，全數被攔放在進口處的服務臺，大家都兩手空空地踏進接待大廳，這個意外更讓我戒慎恐懼不已，真怕誤了紀錄職務。我們有次序地走到安排好的座位等候，八十位作家分別坐在四排座位上，而每兩個座位之間有一個茶几，其上備有兩杯溫茶，哇！這可是總統府的茶水，是我們跋涉千山萬水辛勞旅途，才有機會遇到的的款待，焉可不先喝為快呢？雖然茶味普通，然而喝起來卻是特別甘甜，畢竟這是千載難逢的機緣，可遇不可求啊！

八點正，我們敬佩的馬總統滿懷笑意地踏進會客室，文質彬彬的他誠懇親切地和我們一一握手；在這中間，我們每個人同時做一個簡短的自我介紹，我對總統說：「我是來自臺南水交社眷村的空軍子弟。」總統微笑點頭：「歡迎！歡迎！」行了握手禮後，總統接著致辭，期勉大家發揮軟實力，振興文化；畢竟文藝可以潛移默化人的心靈，他鼓勵我們繼續努力，寫出更多激勵人心的作品。然後我們在大廳的階梯上和馬總統合影留念，總統又逐一握手道別。他的熱忱多禮，始終表現的是那般真切而自然，令人感到溫暖和鼓舞。這個短暫的相遇，從此將成為閃爍我們一生最值得記憶的一抹光輝榮耀了！

總統府好遠。它是我辛勤教學和努力創作，在跋涉了三十五年的漫漫長路後，才能走到的佳美之地；其中跌宕起伏的經歷，更是點滴在心頭。這終於走進總統府的經歷，真可謂豐盈充實，震撼吾心。突然感覺自己有一種「笑看藝文天地寬，人生真真美麗」的情懷；回首創作來時路上的跌跌撞撞，更有「風雨寒暑皆天惠」的了悟。

即便是回首這段漫漫長路，依然有如夢似真的恍惚之感，但是兒時的夢想終究是長大成熟了。思念起過去埋首筆桿的昏天暗地與孜孜矻矻的辛酸，終究換來走進總統府的美夢成真，更體驗了「有志者事竟成」的真理。在那一刻，我特別想念在天堂的父親，不禁昂首向天，傾心吐意：「親愛的老爸爸啊！您的女兒用幾十年的歲月來實踐您的苦心，而今終於完成了這個在當年幾乎被認定是不可能實現的美夢，相信您在另一個世界必定頷首安慰吧？」

客廳音響櫃上那張小小的三吋黑白照片，又一次地在我的心頭清晰浮現了……。

莊維敏，國立臺灣師範大學國文系畢業，任教於聖瑪利諾中文學校。1977年開始寫作生涯，曾在臺灣的《中央日報》、《中華日報》、《民眾日報》、《民生報》、《婦女雜誌》以及美國的《宏觀報》、《國際日報》、《少年晨報》、《南華時報》、《世界日報》、《彩虹寶寶雜誌》和《環球彩虹雜誌》等文藝園地發表作品。以〈飛夢天涯〉、〈今天星期幾？〉及〈依舊深情〉三度榮獲華僑救國聯合總會華文著述佳作獎。曾經榮獲世界日報徵文佳作及矽谷女性協會徵文第三名。著有《兩代情、一生愛》、《依舊深情》。

他從不說愛
——懷念我的夫君生前優秀品德二三事

小琳

2013年9月28日我的丈夫俊成君因兩次急性肺炎搶救無效去世了，享年八十。我至今無法接受這個事實，停止不了傷心與懷念，我的家裏到處都有他的相片，無處不見他的身影，他會永遠活在我的心中！他，名成利就身家雄厚？不，他只是一個工薪教師，標準的宅男！他，高大威猛英俊瀟灑？不，他樣貌平凡，身高也只有155CM！他，幽默風趣討人歡心？不，他性格內向，寡言少語甚至沒有朋友！總之，所有現代女人喜歡的，他都不具備。但是，在我的心中他卻是舉世無雙的好男人：他的忠厚馴良、勤儉節約、任勞任怨……。總之，他將自己的一切（包括生命）毫無保留徹底奉獻給了他的妻兒與親人，他五十多年如一日地視自己的妻子如珠如寶疼愛有加，嘴上從不說愛，卻愛得最真最深！

每當朋友來到我家，總會讚美桌上那樽十分漂亮別緻的玫瑰花，我就會告訴他們，那是兒子替代他父親送的。是因為孩子們親眼所見父親是那麼地疼愛母親。父親對母親好到無以復加的地步，卻一生一世不會去買禮物甚至連花也未曾送過一束給母親……。去年母親節，兒子特地訂做了一樽經過特別處理的十分漂亮別緻紫色玫瑰花，今年母親節又送了一樽粉紅色的！我真的感到非常欣慰，萬分感謝上天不僅賜給我一個好丈夫，還賜我三個十分孝順優秀的兒女！我是世界上最幸福最富有的女人！

我用青春賭明天，你用真情換此生！我們相識在1961年夏天，我二十一歲，剛從西南師大畢業分配到一家中學待教，他是從印尼回國不久尚在廈門師大就讀的學生。初次出現在我面前這個典型南洋華僑皮膚黝黑的小個子男生，有點靦腆，不善言辭，但樸實憨厚，沒有半點浮華傲慢。瞬間就覺得這是一個沉穩、踏實可靠的人。他在重慶只能待一個月就得返校，在這一個月的接觸約會，或稱之為戀愛吧，相互感覺良好，訂下終身，第二年夏天我們結婚了！五、六十年代的人如何談戀愛？當時物質匱乏也沒有適當場所，頂多就是逛公園、看電影、散散步（被稱軋馬路），大家都得規規矩矩，連牽個手都怕被人看見，更別說其他了；是靠眼神、心靈溝通，哪裡像現在如此開放大膽！當時若有過激行為很可能就犯錯誤了，輕者說你作風有問題而「挨批」，重者說你亂搞男女關係是腐敗份子判刑勞教……。真的是時代不同，變化太大了！而最難能可貴的是，老吳認識我時，已經知道半年前我家遭遇不測之災：我的父親慘死於非命，丟下七個子女，最小的妹妹年僅七歲，媽媽沒有工作，又時值「三年自然災害」，我是全家唯一的大學畢業生，我必須父職姊代，他娶我等於娶我全家！有沉重的經濟負擔！此時，有人從中百般阻撓，不僅說他是個大傻瓜，甚至立即叫來另一「美女」整日陪伴在他身邊，還叫來說客，要他立即娶那美女回福建……。這都被老吳嚴叱拒絕！他堅定不移如期與我履行婚約，義無反顧共同擔起我娘家的經濟包袱！可以說當時的老吳挺身相助是「英雄救美」。我們的婚姻真像這兩句歌詞：「我用青春賭明天，你用真情換此生」，且是經歷過嚴峻考驗的。

「牛郎織女式」的異地夫妻八年，怎麼過？1962年夏天衝破重重阻力，我們如期結婚了！不必聘禮，沒有房子車子，也沒有婚紗，由單位開介紹信，領結婚證，派發幾斤糖果票（當時一切都憑票供應），買了幾斤黑色（甜菜熬製）水果糖派送給親友、同事請吃「喜糖」，就宣布我結婚了，如此簡單！婚後，他回福建，我在重慶。第二年冬天，我們的兒子出生了。再過四年我們又添了一個女兒。

每年寒暑假來來去去，艱辛地熬了八個春秋，如同「牛郎織女」般，夫妻異地相思之苦實在無人能幫忙！記得文化大革命期間，全國交通中斷，那時我帶著老大正在福建探親，好幾個月不能回重慶。這件事令老吳擔心不已，生怕我們在重慶生活費不能如期寄到。婚後，他每月準時寄來生活費養家；我的工資要給娘家養弟妹，母親幫我們帶孩子。

他索性一次將全副身家寄去重慶，那是相當於我十年工資的一筆款項。他事先並沒有告訴我，這事被他家人知道後又罵他少心眼！但，這是一個有高度責任心好男人對妻兒子女的徹底的愛！幾經艱辛申請爭取，終於在1970年他接到調令，調到重慶工作。足足等了八年啊！他迫不及待，趕緊收拾行裝，巴不得馬上就到重慶與妻子兒女團聚！就在他提著行李出門之際，同父異母的兄弟和他妻子攔著他，要他將父親的房契（那是父親指名要他保管的）留下，忠誠樸實的他不虞有詐，打開皮箱，就將房契給了「別有用心」的人暫時代管。此舉再一次說明他多麼熱愛家庭，他為與妻兒子女在一起不顧一切！也再次說明他那舉世無雙純良的優秀品德！從不以君子之心度小人之腹！

值得懷念的地方太多，我將一一慢慢寫出來留給我們的子孫。

永遠懷念他！

小琳，原名唐士琳。1940年出生重慶，1961年西南師範大學化學系畢業。1979年舉家移民香港，2004年移民美國。在中國從事中學化學教育十八年，在香港從事中文拼音普通話、中文培訓工作二十多年，退休後移民美國。自幼喜愛音樂舞蹈藝術；與文化藝術界朋友接觸多了，七十四歲高齡老太太才開始像小學生一樣，學習寫寫文章。

憶吾妻張冠洋
——她俏俏的到來，又悄悄的走了

鍾希寅

我與張冠洋自大一相識，畢業當完兵結婚，至今年六月底，結褵四十年九個月。她是模範學生、賢妻良母，也是特優員工。許多往事歷歷現在眼前，卻漸漸變得模糊……。

我們首次偶然相遇在一號公車站，那是大一下學期吧，她開始在同一站上車，加上我會提早到車站，我們碰到的次數便自然增多了。她總是悄悄的走到我身後，再俏俏笑著拍一下我的肩。她的腿很修長，我喜歡她走路輕飄飄的樣子，輕得就像朵雲彩。她也很自豪地說，是從儀隊練出來的。我一直到三十年後一女中校友會上才知道，這一女中儀隊可是比臺大的天之嬌女還了不得呢！

大三那年十二月適逢貝多芬誕辰兩百週年，省交響樂團在中山堂有場紀念音樂會；她說大姐有票因事不能去，這兩張票給了我們第一次約會的好開端。往後陸續地聽了幾場音樂會，也一起到耕莘文教院聽了許常惠等人的新音樂講座。冠洋喜好鋼琴曲，最常聽的是蕭邦及拉赫曼尼諾夫；她也會彈風琴。兒女小時學鋼琴初期，她還可在旁指點。2014年11月，我們有幸一起聆聽太平洋交響樂團與A. Lefevre演出她最喜愛的拉赫曼尼諾夫的鋼琴協奏曲第二號；此曲頗難詮釋，很少演出。

冠洋異於一般女生，她不愛談家事、時尚，卻喜好看政治評論、籃球、美式足球節目。以往我開大學同學會時，男女分坐一邊，她大部分都參加男生的一邊。前年在一個華人晚宴上，她與前共和黨橙縣分會主席余顯利隔座，兩人暢談許久。上週內人的高中鄰座好友由臺來訪，提及課餘之暇她們總喜好暢談時事，可見冠洋當年便很有「正義感」。她從小教育兒女，告誡他們不論做錯了什麼事，都不要瞎編故事掩蓋。我這才察覺，兩個兒女後來都走上法律之途，或許有其緣由吧！

內人很注重養生，四十年來，體重總是保持在一百磅上下。她不刻意打扮，也很少同我說些甜言蜜語，甚至不喜歡我稱呼她Sweetie；很難得聽她說一聲：「I Love You。」不像我一天到晚把它掛在嘴邊，卻惹她煩。祇有當她開心的時候，會輕輕躡足到身旁親我一下，我當時真有飄飄欲仙的感受。她性子較急，而我總是慢半拍，因此她偶爾會被弄得氣沖沖地出門。如果她真覺得過意不去，晚上我們會有一頓清蒸魚及蜜桃蝦的大餐，當然我早已陪不是了。我喜愛海鮮，那餐會吃得特別甜蜜，這是她表達道歉的特殊方式。「愛其所好，敬其所異」是我們倆一直秉持的準則。

冠洋大姐惠鎮為俞大維乾女兒，她初中時常跟大姐進出俞家公館，得以耳濡目染許多古典文史；尤其熟記四書，且能融會貫通。日常生活中，她偶爾會引用子曰……，來教育我與兒女，書卷氣息十足。這回參與《南加華人三十年史話》編輯，每次我從洛杉磯回來，一進家門，她便說：老彭回來了；因為她說我忙得像「老彭」。經由詳釋，這才記起論語子曰「述而不作，信而好古，竊比於我老彭」一語，這不正是我的寫照嗎？從此我的論語，除了〈學而篇〉外，又多記了一篇——〈述而篇〉。

內人原學的是教育心理，她在Ohio唸完學位並考上了執照。自從我的工作調至加州後，她便改入電腦資訊行業。從夜班IBM電腦操作員幹起，一直升到最後的網絡系統設計專員，除了自修、大學進修、在職訓練外，她的順利升遷主要是由於她的聰慧與盡心盡責。Java, XML, SAP等這些新的程式系統，她都運用自如，讓我這個電機加電腦科班出生的的都自嘆不如。她在南加工作三十五年，祇換過一次公司，每年考績都是優等或特優。住院時，她在第二家公司服務剛滿十九年，很可惜未能實現二十年榮退的計劃。

去年春，當我們發現了她患肺癌第一期後，內人於六月底動了手術，她的右肺中葉及接連的四個淋巴腺均被切除。醫生宣稱手術很成功、癌細胞並無擴散感染的跡像。在休養了六個星期後，她便恢復上班。沒料到今年四月，她因頭痛不止、視覺模糊，進了Hoag急診室。MRI照出癌細胞已復出於胸腔，並擴散至大腦及後腦；這個晴天霹靂的消息，我自是難以接受，內人卻處之泰然。她大姐也曾有同樣病歷、同樣的EGFR癌細胞變種，醫生同樣估計六個月的餘留生命；然而，大姐奮鬥了八百多天，老天卻祇給我們兩個月，真是很不公平！小兒趕著把明年的婚禮提前到今年七月，我說媽媽一定會參加婚禮的；我食言了，媽媽的離去，對他的打擊也很大。

臨走前的一星期，她精神特佳，也可以下床，我們每天用輪椅推著她在療養院庭園散步，還談著下星期五她便可回家靜養。那個星期天正巧是父親節，她還催著我一起去參加院裏辦的慶祝會。因為物療傷及喉頭神經，使得她講話很困難；因此，她不但學會與女兒及八個月的外孫一起用FaceTime來交流，也學會了用Texting。當晚睡前，她最後發出的短訊是「I Love You.」沒想到，隔兩天她便揮揮衣袖，悄悄的離開了！學佛的朋友說：冠洋走時很安詳，表示沒有牽掛；她早到西方淨土，家屬也可早安心。信基督的朋友說：冠洋祇是早一步到天堂，你們早晚會再相聚的。我很感恩內人，月前她便把身後大小事情交待清楚。她留給我許多美好的回憶，尤其是最後的一星期，及最後的短訊。

冠洋悄悄的走了，就像我們偶然相遇時俏俏的到來。
她像是天空裏的一片雲彩，隨時投影在我們的波心。

＊＊＊

後記：我也相信佛家的因緣論。我與冠洋緣份已了，冠洋跟本會倒是有些新添的緣份。她最後參加的團體旅遊是本作協去年五月的Sedona之旅，她最後一次的僑社活動則是作協於今年二月二十八日在Alhambra所舉辦的的施叔青名家講壇。

停筆之際，正值午夜；又開始鼻酸眼紅，突然傾盆大雨，是老天也憐惜著冠洋吧！

張冠洋與施叔青教授，2015二月洛城作協名家講壇。

鍾希寅，原籍福建福州，生長於臺北萬華，臺大電機電腦科系畢業。曾任職於電腦公司、電話通訊公司、網路系統公司。專長於超高速電腦通訊、大型電腦網路系統設計、Sonet光纖通訊交換機。熱心公益及服務僑社：曾任爾灣中文學校校長、南海岸中華文化協會理事長。現任南加華人文史保存基金會秘書長。

人物

當生如是心

北美華文作家協會會長 趙俊邁

一九一七年一月四日，時序寒冬，年僅五十歲的蔡元培，身穿長袍馬褂，頂著鵝毛大雪，步履沉穩地邁進北京大學頹垣斑駁的門樓。

自此，這位老北大人心中永遠的「蔡先生」在民國初年國事蜩螗、百廢待興的局勢中：「開出一種風氣，釀成一大潮流，影響到全國，收果於後代」，為中國現代教育開闢寬闊坦途。

蔡元培，正是星雲大師在人間福報連載「貧僧有話說」專欄〈我被稱為大師的緣由〉一文中，提到眾多「大師」中教育界的代表人物之一。

據載，「大師」初始是對佛的尊稱。後世延伸尊稱有德的佛門龍象。「有德」的高僧，才會被敬重，這是被尊為「大師」的必備要素；因此，這名詞界定已然升高為「意義」的界定，「德」誠然是「大師」的核心價值。以現代的思維與觀點來觀照，有厚德的大師，自是充盈著人文關懷、散發人文精神的仁者、智者、勇者！

而「大師精神」最高境界是引路。引路，是一種智慧，更是一種心地坦蕩、胸襟廣闊的大愛（原文詳見鄭貞銘先生著《百年大師》中筆者之推薦文〈大師．引路〉）。

星雲對被稱為「大師」，為文謙稱「大小圓融、大小無差」，又說「心佛眾生，不計名得失」；凡此，展現了其無所住心的智慧、德行具足的坦蕩心地和胸襟廣闊的大愛。

星雲大師喜愛文學，少時曾有志成為作家，在披袈裟四海弘法之際，他未放下筆紙，筆耕不輟；他的文字優美順暢，字句雍容、涵義豐富，是眾所共睹。至今縱雙目難視，大和尚依然口述成文，其文字佈施，令許許多多專業文字工作者為之失色，而且備感欽佩。

星雲大師應「世界華文作家協會」之敦請，擔任本會榮譽會長，實至名歸。「世界華文作家協會」是歷史最悠久、會員分布最廣的民間文學團體，有亞洲、澳洲、大洋洲、非洲、歐洲、北美洲、南美洲等七大洲分會，會員約四千多人。因此，星雲師父是名副其實的「文學和尚」。

師父創辦《人間福報》，在物慾橫流、價值標準崩亂、公益公德敗壞的當下，給社會人心灌注一股宏大清流，其價值意義，與蔡元培當年主政北大一樣的是：「開出一種風氣，釀成一大潮流，影響到全國，收果於後代」。

報紙媒體，不只是一個名稱，也不應視為一種工具，其肩頭扛的是社會責任和公義道德的承擔，對自身、對讀者、對當代、對下一代都如是。《人間福報》可謂是當今唯一有此擔當的媒體。創辦人星雲師父，亦當是有承擔的「傳媒和尚」。

曾經，社會上有些人稱他「政治和尚」，在〈我被稱為大師的緣由〉一文中，星雲師父寫道：「實在很意外，那個時候，貧僧心中稍有芥蒂……。」後來電影導演劉維斌先生，他對我說：『你不要介意……，被稱呼「政治和尚」，表示你很有力量，能為群眾講話……。』從此，我對「政治和尚」四個字也就釋懷了。」其雲淡風輕的修為氣度，使得這個風言，隨風而逝了。

再穿越到一九一七年的隆冬，蔡元培自法國返抵北京之時，《中華新報》一月一日報導：「蔡孑民先生於二十二日抵北京，大風雪中，來此學界泰斗，如晦霧之時，忽睹一顆明星也。」

今日世事紛擾、人心不安的時代，晦霧之時眾生都在求安定之法；每當黑暗中仰望天際，誰不期盼看到指引明路的璀璨星雲？

本文收載於《貧僧說話的回響》

父親的回憶錄

譚惠瓊

2011年六月，我們替父親出版了《譚瑛百歲回憶錄——浮生若夢》一書。

鑒於父親因記憶力和目力衰退，不得不放棄他自九十歲著手的回憶錄，而寫作乃其興趣，極為可惜，遂由妹妹請到作家周愚先生，整理父親文稿。那年五月，母親已中風，我於赴洛杉磯探親三週期間，也緊迫收集舊稿、證書、國畫、油畫、書法等文物。猶記和姊輪番晚上看顧母親時，我曾挑燈尋稿輯錄，幾度孤燈伴無眠。

父親臥室書物繁多，車庫中尚有數大紙箱書物。然姊平日照顧兩老，辛勞備至，實無暇全面清理。由於我們有種唯恐老父無法親睹回憶錄出版之隱憂，雖有準備不足之慮，仍決定及早付梓，以慰老父。

母親辭世後，姊方得閒徹底清理父親數箱文物。其間發現他軍旅生涯中，自民國二十六年至退伍之證書十餘紙、文稿「臺兒莊戰役」、「紀念七七五十週年的感想」、手繪大幅南口戰役地圖、中日甲午戰爭路線圖及解說、國畫、書法二十餘幅外，箱底更尋獲北伐紀念章、八年抗戰勝利紀念章、忠勤獎章等十枚，總計約百分之二十不克及時納入回憶錄中。後並發現父親手寫註有生平略歷的譚氏第十一代祖至今第二十一代孫之族譜，影印贈與親戚，以為溯祖追源之留念。

去年妹於青年節春祭返臺，將父親回憶錄及補遺，除國畫、書法外，共計五十七件文物，包括「中央軍官學校武漢分校第七期同學通訊錄」及我們堂兄空軍官校三十四期飛行日記等，捐贈予國防部、陸軍司令部軍史館、陸、空軍官校、國史館、國家公共資訊圖書館等處。我們雖極欲留作紀念，但終究徵得父親首肯，割捨其畢生至愛，為戎馬半生、精忠黨國的父親，找到相隨他七、八十年榮譽文物之最終歸宿。陸軍司令部軍史館，以專櫃典藏陳展父親的勳章、證書等珍貴歷史文物。黃埔七期生，今在世者幾希？父親以104歲高齡，與國齊壽，見證了百年來中國近代史。我們圓其著書立言心志，聊盡人子之孝。並捐贈史料，俾資軍史研究之考鑑，除為我革命軍人保國衛民之英勇事蹟與史實做見證，傳承後世，並砥礪軍校後生踵武前賢，發揮忠勇愛國的黃埔精神。

《浮生若夢》錄，涵蓋家世、個人簡介、個人大事記、參與戰役、征塵回憶、早年報章雜誌發表的文章、譚建國兄長墓誌銘、祖父譚鑫振遺墨等。它記述著百年來滄桑亂世下的烽火征戰與悲歡離合，也可謂一部濃縮的中國近代史。

父親生於民國元年，十五歲投筆從戎。雖年少失學，然含辛茹苦，勵志自強。畢業於黃埔軍校武漢分校七期、陸軍大學將官班二期、國防研究院九期。曾扈隨名將湯恩伯抗日，及駐北平蒐集東北、華北、內蒙地區日、偽軍動態情報。繼參與南口、太谷、漳河、臺兒莊、隨棗、棗宜、中原等十餘役會戰，因績優官擢少將。曾任排長、連長、團長及高級參謀等職。

父親幼時，家鄉無學校或私塾。啟蒙教育全由母親教誨識字。兄弟五人後承雙親教導，並每日記日記。幼年時期，他們均以祖父的字為帖臨摹練習。因此，父親國學基礎深厚，文筆如行雲流水，對書畫藝術，稟承母性，極有天賦。自學油畫外，退伍後退而不休，拜名師黃君璧學習國畫頗有心得。

先曾祖父鑫振公，光緒六年殿試庚辰科中一甲三名，欽點探花及第，授翰林院編修。族譜中記載：「鑫公曾於遊覽南嶽衡山時，撰了『半山亭記』。碑刻早已印成帖，永供後人臨摹，是我族晚清著名書法家，名字收入《中國書法大辭典》。惜才華未展，竟英年逝世於回京赴任途中，朝野為之悲傷。清著名學俞樾（號曲園）撰聯哀挽：「為何探花使，竟作報羅人，最憐客死浙西，難攜九歲孤兒，付託同年良友；回憶小舟中，曾修同館禮，猶冀重逢吳下，誰料武陵一面，勾消文字姻緣」。民二十八年夏，父親軍次衡山南嶽，曾偕同儕遊山竟日，至半山亭玄都觀品茗稍歇，見座旁置有一木盒，揭視之，乃其先祖父鑫振公書題「半山亭記」樟木雕刻橫型碑。相隔一甲子歲月，父親重踏當年祖父之舊遊蹤，親睹先賢遺物，益發思古幽情。1989年秋，託回籍探親者往購拓本，惜始獲知玄都觀已毀於文革。該碑現由南嶽博物館歷史文物管理委員會評定為國家級文物，書存典藏，非經許可，不得拓印或啟封展示。

父親因其父、叔祖曾任清朝官員，遺住宅一棟和大宗書籍、翰墨、文物、證件、字畫、信箚、日記、相片及金石圖章。唯僅因我三叔稍有薄田，中共竊國後，劃為黑五類，沒收拆毀房屋，毀滅文物，無辜家族悉遭連累。我三叔父因此自盡謝罪，人亡家破，歷代祖傳之家園，徹底淹沒於時代逆流中！回憶錄以「浮生若夢」名之，乃以滄桑亂世為惕，以示永勿忘懷家難。

父親於其「抗日陣亡烈士譚建國兄長墓誌銘」文中云：「民二十八年十二月二十四日，兄於副團長任內，在湖北崇陽率部隊夜襲日軍身亡，時年三十一……。余昆仲於昔日共黨禍湘而避難，各奔前程，十一年後不期聚晤於武昌（兄於軍醫院療傷），三日小聚，亦從此永訣之最後一聚。白雲蒼狗，慨人生於逆旅，勞燕分飛，詎一聚而緣終，生離死別，悲慟曷已。」父親於所撰寫之〈黃埔軍校師生與抗戰〉一文，普輯軍校創建辛勤與師生情誼軼事趣聞等，亦憶述了整個長期抗戰之大時代中，黃埔健兒鞠躬盡瘁、赤心報國、承先啟後、繼往開來之大無畏犧牲奮鬥精神。「……絕大多數少壯英勇抗日犧牲成仁之同學，為抗戰勝利、國族復興奠立基礎，粉碎日寇征服中國統治亞洲之迷夢。抗戰之勝負，關係我國族之存亡。抗戰勝利，我舉國上下付出無比慘痛代價，確保國族萬世生機」。父親的回憶錄，紀錄了那悲壯的大時代中，許多中國人共同的片段寫照：家破人亡卻以天下為己任的浩然正氣。後人在探索歲月歷史真跡之同時，對無數抗日保國衛民而犧牲成仁的愛國先烈，以及戰伐餘生者，由衷深致沈痛之追思及崇高之敬意！

我於父親回憶錄書尾曾撰文〈我們敬愛的父親〉：父親是典型的嚴

父，小時候我們對他又敬又畏的記憶猶新。然而，父親也有他溫情的一面，回首更覺父愛常在無形不言中。

猶記兒時，每當風雨交加的颱風夜，電源被吹斷，漆黑的屋內只靠蠟燭照明。父親總以溫暖的燭淚捏成形狀各異的動物、家禽，栩栩如生，晶瑩若玉，真教我們愛不釋手。牆上燭光的投影，也有父親用手變換的鳥獸頭型取樂；那當兒，心惶惶的我們，暫能忘卻狂風暴雨肆虐之恐懼。父親的力量，一如蠟燭的光芒，予人溫暖與篤定。他是我們的避風港，他是指引迷航的燈塔。幾十年前如煙往事，像浪花般幕幕推移，年深月久卻歷歷在目，彷彿如昨。每當思及，感恩之心澎湃，恰似那滾滾江河，長流無盡頭！

父親平日雖公務繁忙，仍常督促我們的學業品行，習字練帖，事必躬親。在我十年日記中，國小五年級至初中期間，有父親目送手批紅筆圈點嘉勉的正確觀念，錯別字之校正，及勵志益志等旁註。如今讀來，仍深深感念父親之教誨，終身受用不盡。親情的偉大，在於循循善誘、承先啟後、培養子女做個勤奮進取、正大光明的人。父親是我們自幼心中的典範、家庭的棟梁、生活及精神之依靠，飲水思源，書不盡言！

戰後我們風雨飄搖的童年何其艱辛難忘，然彼時年幼無知，豈懂離鄉背井的父母在異地重起爐灶之不易？在那兵荒馬亂的年代，他們被迫從家鄉連根拔起，顛沛流離，既飽受與父母手足生離死別之痛、未躬奉盡孝之恨和綿綿無盡思鄉之情，又要為現實生計奔波操勞，稚子卻不能為之分憂解愁，「慘痛」二字何足形容當年父母心？而父親唯一嫡親姪兒之死，更使之有香火無繼之憾！伯父當年英勇抗日陣亡，其獨子後隨國民革命軍遺族學校赴臺。身處克難清苦的時代，熱血青年愛國報國之心卻慷慨激昂：「國難當頭，只能以大愛轉於國家民族」，我堂兄乃毅然投效空軍：「先父遺戈十五載，喜重荷又上沙場」、「抗戰勝利乃先父獻身之果實，建國不成豈非遺族之大恥」等氣壯山河語。惜造化弄人，壯志未酬身先死，二十三歲英年即殉職於空難。如流歲月消長，然尤其遺留的日記、手稿和書畫中之體認，益發緬懷故人壯志淩雲之風骨，萬古長青！

百年光陰，父親身歷內憂外患，動亂國運影響個人及家運深遠，茫茫蒼生何辜？而今時過境遷人事物非，咎痛徒惘傷身心，唯釋懷忘憂，方可卸老父內心常年隱憾之重荷，以安度餘生。

父親自奉廉儉，半生戎旅，為國為家，一生辛勞，兩袖清風。其性剛直不阿，是堂堂正正奉公守法的軍人典範。

母親遲暮中風已二寒暑，失去語言飲食功能，父親無法與老伴溝通聊天，晚年心境勢必孤寂。平日除閱讀書報、灑掃庭院活動筋骨外，生活起居尚能自理，這於百歲老人，已屬十分不易。

閱歷百年是父親山高水深功業之成果，足跨雙世紀的生命歷史軌跡，有太多銘心刻骨，平凡而不凡的塵封往事萬里情，值得輯集成書，以為留念。

滄海桑田百年間　悲歡離合一錄中
得失榮枯總在天　隨緣淡泊勝過仙

＊＊＊

曾幾何時，自去年於餵食父親、照顧起居之親子近距離接觸間，容我們仔細端詳他老去的容顏，瘦削的身形，回想起曾令年幼的我們那般敬畏的父親。那曾經精力充沛、聲如洪鐘、健步如飛的父親，而今不敵老化，舉步維艱。那曾為國為家鞠躬盡瘁的父親，如今老兵已然凋零！然曾經患難的生旅已遠去，而今有女相伴頤享天年度餘生。我們心懷感恩無限，回憶錄的付梓，成全了父親未盡之宿願，並實現他捐贈文物的崇高心願。

原載《世界日報》上下古今 8.16.15

譚惠瓊，湖南衡山人，1947年生，輔仁大學西語系畢業。自幼喜好文墨畫事。1971年移民加拿大，1980年冬開始投稿世界日報，已發表文稿七十篇。2007年由職場退休，現居溫哥華逾四十四年。

我的小師妹
——多才多藝，優雅、亮麗的汪淑貞

周愚

幾年前，我偶然在網路上收到一封不認識的人寄來的「伊妹兒」，主旨是「南加州十大單身名女人」。我心想，又是一則無聊的「八卦」郵件，正準備按下delete的按鍵時，一股好奇心使我改變了心意，便將滑鼠移到了open的位置。打開來一看，十大的第一名名叫汪淑貞。

不看則已，一看，嚇了我一大跳。汪淑貞！不就是我的小師妹嗎？接著，我又鬆了一口氣，心想，幸好沒有把它刪掉，否則就看不到這則消息了！

首先我要澄清的是，汪淑貞現在是單身，但是她曾經有過一段婚姻。而我與她師兄妹的關係，也就是因她的這段婚姻而來。他前夫的父親，也就是她的公公汪夢泉將軍，是位空戰英雄，也是我的飛行教官。我稱他為老師，因此，我與淑貞，便是師兄妹的關係了。

除了這段婚姻外，汪淑貞另外還有一段非婚姻的愛情，但交往九年後，現也已分手。對於這兩次感情上的挫折，對她來說，都已成為過去，她亦不再去談這些。

現在的汪淑貞，仍然年輕，仍然貌美，各方面的條件雖然仍是足以讓男性追逐，實際上也正有不少男士在追她，但現在她暫都不予理會，她說她想先沉靜一段時間。目前的她，則是把全部的時間和心力都放在教會義工、元極舞教學、土風舞教學、交際舞、國標舞、古董收藏、書畫欣賞、詩詞欣賞、聽音樂、文學書籍閱讀、旅遊和寫作上。

在我繼續敘述她的才藝之前，我先來對她作個簡單的介紹。汪淑貞來美已三十多年，也就是在臺灣一踏出校門後就來美國了，並一直住在南加。她先後在位於洛杉磯市伍蘭崗（Woodland Hills）的皮爾斯學院

（Pierce College）和橘郡（Orange County）的神學院進修，獲神學士學位。這也是她致力於教會志工的原因，當然，她自己更是個虔誠的基督徒。

談起我與淑貞的關係，除了是師兄妹之外，最先我倆都是南加州中國大專院校聯合校友會的一員。由於淑貞的熱心，校友會的活動她幾乎都會參加，並且也都是義工，我和她見面的機會非常多。五年前，她又加入了「北美洛杉磯華文作家協會」，和我成了同一個協會的文友，我和她的關係就更進了一層，見面和相處的機會也就更多了。

談到她加入作協，第一自然是要談談她的寫作。淑貞具備了作為一個作家的兩大要素，那便是文筆優美和感情豐富。在她的許多作品中，我最欣賞的兩篇，一是〈給愛子的信〉；一是〈人生，如夢！〉。這兩篇作品，前者以書信的方式，對愛子的為人處世的叮嚀，告訴愛子要忠、誠、勤、和；對愛情緣起了要珍惜，緣滅了要放下；遇到瓶頸、風暴和挫折時，要有勇氣和信心。文字親切感人，諄諄教誨，將母愛發揮無遺。後者文筆瑰麗，纏綿悱惻，對於愛情的敘述，有甜有苦。她以「燦爛炫耀的煙花閃爍在天空，剎那間消失無蹤」作為文章的開場，以「夢醒了，就該清醒放下」作為文章的結尾。淑貞真是個瀟灑自如，敢愛但不恨的女人。

淑貞加入作協後，最值得一提的一件事，便是2014年10月，她隨作協訪問團到中國大陸作為期三週的訪問和旅遊之事。由於我也是那次的訪問團員之一，因此與她有了二十多天的日日相處。那次我們到了北京、武漢、長沙、上海四地，與北京的中國作協、武漢的湖北省作協和武漢市作協、長沙的湖南省作協和湖南省文聯、上海的上海市作協舉行多場文學座談會。在座談會上我們輪流發言，而淑貞的發言由於內容精闢簡練，臺風優雅穩健，獲得大陸文友的一致好評，為我們訪問團增加了許多光采。

在大陸訪問期間，除了文學座談會外，旅遊是我們的另一項目。在北京，我們遊覽了故宮、圓明園、天安門廣場，參訪了國家圖書館和中國現代文學館；在武漢，遊覽了東湖、黃鶴樓、歸元寺，參訪了辛亥革命紀念館；在長沙，則去張家界和鳳凰古城遊覽；在上海，更作了南京、無錫、蘇州、杭州的六天五夜遊，暢遊中山陵、太湖、寒山寺、西湖等地。並大啖東坡肉、大閘蟹，品茗龍井茶。能與淑貞同遊，欣賞她的貌美，適宜的妝扮、每天不同的休閒雅致穿著，真是賞心悅目，更是一大享受。

多才多藝的汪淑貞，如我前文所說，她有多方面的愛好，但她花費時間和精力最多的地方，仍是志工，她每週必有一兩次在教會擔任志工，另有兩次土風舞和元極舞的教學。此外，包括「北美洛杉磯華文作家協會」在內的許多社團，遇有活動，她都是不落人後地擔任志工。因此在華人社區間，她有個「志工達人」的外號。

不久前，洛杉磯的僑學界，為了慶祝抗日戰爭勝利七十週年紀念，舉辦了一項「抗戰歌曲比賽」。汪淑貞召集居住在橘郡（Orange County）的一些歌友組團參賽，她自任領隊，出錢出力，經過多次練習，由初賽到決賽，均名列前茅。汪淑貞不但展露了她的才華，更顯示了她的愛國情操。

至於我對汪淑貞最欽佩、最欣賞的一項，則是她的舞技。淑貞面貌娟秀姣美，身材高挑修長，曲線玲瓏有致，天生的就是一塊跳舞的料。加上她衣著得體，舞步純熟。跳倫巴時蛇腰款擺；吉特巴時裙角飛揚；探戈時仰身踢腿；華爾滋時旋轉如珠走玉盤。總之，無論是一舉手、一投足、一轉身、一回眸，無不儀態萬千，令人無法抗拒。

汪淑貞也喜歡旅行，她有一項與旅行及跳舞兩者有關的輝煌紀錄，現在我來報導一下。兩年前，她參加「荷蘭美國遊輪公司」（Holland American Cruises）的旅行，遊輪上有一項「與星共舞」（Dancing with the star）的比賽節目，比賽規則是前三次先由遊輪上的職業舞者對每一種舞先作示範，再由來賓自行選伴跳，跳畢選出其中跳得最好的男女各一人為「星」（Star），與職業舞者搭配，三次初賽共選出了男女各三人的六位「星」，淑貞便是其中的一位。這六位「星」再與職業舞者搭配成六對，遊輪結束前一天由這六對決賽，結果淑貞這一對擊敗了其他五對，獲得冠軍。

我與淑貞師兄妹相稱，又是文友，許多事情她都對我幫助極大，而其中我最該感謝她的一件事，便是去年（2014）十一月作家協會的《名家講壇》，也就是我的《美國生活忙、盲、茫》和《新大陸上的八條線》兩本新書的發表會，並且請到了我的兩個弟弟周勻之、周明之分別由紐約及佛羅裡達州前來助陣。那是一次轟動社區的超大型活動，有三百多人與會。而那次，淑貞是擔任最重要的接待工作。由於那次我們建議來賓都著唐裝，所以淑貞那天也穿了一襲紅色亮晶片的高叉旗袍，那件旗袍，愈顯出她的曼妙身材、風情萬種，使全場驚豔。那晚她雖穿的是三吋半的高跟鞋，但仍穿梭全場，四、五個小時不曾停歇，將接待工作做得滴水不漏。那次的「名家講壇」和我的新書發表會圓滿成功，她是一大功臣。

最後，我對淑貞最關心的，仍是她的感情生活。名列南加十大單身名女人之首，她的身價如何？不必我來贅述，追逐她的男士也大有人在。她還年輕，而且貌美，就像她在給愛子的信裡所說的，「對愛情緣起了要珍惜」，其實這句話，用在她自己的身上，我想也是一樣的。她的兒子也已成年，已自己在外獨立生活。她的單身生活雖然多采多姿，但終究是寂寞了些。因此我認為，她現在需要的，仍是一個能關愛她、體貼她、照顧她、和她相互廝守的男人。

淑貞，我祝福妳。

周愚，本名周平之，空軍官校、軍官外語學校、三軍大學、美國空軍戰術學院畢業。曾任飛行官、中隊長、禮賓官，上校階退役後入民航界服務，任遠東航空公司業務副主任。1982年來美，從事社團服務工作，曾任北美洛杉磯華文作家協會會長，北美洲作協總會副會長，空軍官校校友會會長等義工職。

我的父親

慈林

1974年6月17日清晨，父親去世了。四十六歲，死於肝癌。自確診到死亡，僅四個月。是我去取的驗單，我很清楚地記得那個護士的神情。

「誰的？」

「我父親。」

裡面幾個護士都以同情的眼光望著我。我的心沉甸甸的，拖著沉重的腳步，向家走去。二月仍冷，我的心更冷，被一種不祥籠罩著。我只知道父親身體一直不好，那祇是胃病，他有胃潰瘍，經常胃痛，人瘦，但從未聽說他有肝病。

十五分鐘的路，我走了三十分鐘。進門，父親已急切地等著我了，像等一次判決。我將驗單遞給他，他很鎮定，但我看見他的眼睛掠過一絲失望，眼神黯了下來。

母親在廚房做晚飯，父親慢慢走去廚房。時約下午六點，天色已昏暗，沒開燈，父親的背影在昏暗中顯得很瘦很弱。一會兒，我聽見母親低低的聲音：「怕不一定的，經常有驗錯的。」

我記得驗單上清楚地寫道：「胎甲球陽性」。沒有驗錯，父親終被確診為肝癌，且已晚期。

父親去世時，正直文革後期，國家動盪，人心茫茫。我剛十七歲，讀高中一年級。當時我正患急性黃疸肝炎，即「甲肝」，與父親同住在廣州「交通醫院」，我住二樓，父親住一樓。他彌留時，我坐在他身邊，握著他乾枯的手。他正值壯年。母親尚年輕，沒工作，是全職家庭婦女，四個子女尚未成年，最小的弟弟才四歲（母親共生育了六個子女，四妹和六弟過繼給了沒有生育的叔嬸撫養）。他是家中的頂樑柱，他如何放心離去？他如何甘心離去？但死神已至，大限已來，天命難違，不得不去。他的眼神漸漸黯淡，手漸漸變涼，父親就這樣走完了他短暫鬱鬱不得志的一生。

我父親陳漢榮，生於廣東省羅定縣的一個小山村。祖父是地主，名為地主，實則只有薄田幾畝，因吸食鴉片，身體不好，不能勞作，祇好請人幫助耕田，家境與窮人差不多。「解放」後，因有田雇人耕種，符合當時所訂「地主」的標準，就被戴了一頂「地主」帽子。這頂帽子並未給祖父帶來什麼影響，因為大陸易幟不久，祖父祖母就相繼去世。被這頂「地主」帽子壓迫最深的是我父親。這是他一生的「原罪」，他用了一生的努力去洗刷這「原罪」，但至死都未能如願。

洗刷這原罪的不二法門，就是低眉順眼老老實實地努力工作，做出過人成績，爭取加入共產黨，只有入了黨，才算是與「剝削階級」劃清了界線。

父親埋頭苦幹努力工作，幾乎達到「玩命」程度。他是建造公路的技術員，一年到頭都在工地過，很少回家，以表示對黨的忠誠。我是長子，我出生時，他亦沒回家，待在工地，雖然工地離家並不很遠，只有四十多公里。提起此事母親一直埋怨不已。後來父親也很自責，承認這樣做是出於私心，是為了表現自己，爭取早日入黨。

父親既苦幹也能幹，他的拿手活是爆破。每次爆破，他都算得很準，能將爆開的土方準確地填到需要填土的地方，因此節省了很多人力物力。父親的努力沒有白費，也得到單位的肯定，年年被評為先進分子，經常獲獎。他的入黨申請終於被批准了。

眼見大功將告成，即將「修成正果」，誰知天意弄人，功虧一簣。共產黨有個規定，新黨員要有一年預備期，這一年黨組織要對你進行多方面的的嚴格考察，通過了才算正式加入了共產黨。在這一年預備期中，他被人揭發，告他在讀書期間參加過國民黨的「三青團」。他當時在廣州讀的是高級工業學校，實際情形是，當時在校學生都要被國民黨集體造冊強迫「入團」，由不得學生個人的意願，否則就無書可讀。我父親對是否參加了「三青團」一事記憶模糊，沒有向黨交代。被查到冊上有名，他百口莫辯，結果眼睜睜被共產黨「請」出門外，回到原點，繼續背負「原罪」。

父親對此事一直憤憤不平，耿耿於懷。受此打擊，他本已低沉抑鬱的性情就更為低落了。臨終的時候，父親還在作最後努力，懇求共產黨組織恢復他的「黨籍」。他臨終仍要求做個「黨員」，並非為他自己，而是為了這個家，是為了我們兄弟姐妹的前途，他不想讓這「原罪」繼續讓我們背。在當時環境下，家庭出身十分重要，「地富反壞右」，稱為「黑五類」，「地主」為首。文革中，學生經常要寫履歷表，每次幫我們兄妹填寫履歷表時，面對「家庭出身」這一欄，父親總是面有難色，久久不能下筆。

由於他不得志，就將希望寄託在我們兄妹身上。除了對我們的學業嚴格要求外，對我們的政治表現更加重視。每次家長會，他幾乎一次不漏，總是最後一個離去。學業之外，他與班主任討論更多的是我們的政治表現，尤其重視我這個長子。在我看來，他幾乎與班主任套上交情了。我在高中，先後當上了班長和共青團支書，他憂鬱的臉才有了一些笑容。

父親1974年去世，我即綴學，在父親的單位「廣東省公路局」下屬的「公路測量設計隊」當了一名測量工人。1976年「四人幫」垮臺，文革結束。1978年我考上大學，成為我們家族的第一個大學生，父親若泉下有知，肯定會很欣慰。

在文革黑暗的前夜，他走了。父親就這樣兢兢業業滿懷失意地度過了他短暫的一生，帶著憂慮帶著牽掛帶著重重心事不情不願地離開了這個世界。

慈林，廣州人，1978年入讀廣州中山大學哲學系，1982年畢業。1988年赴美。著有詩集《慈林的詩和他寫詩的日子》。

她的故事

黃慈雲

又見溫馨的五月來到，想起去年此時，驟聞她罹患癌症，即將入院進行手術。懷著一顆忐忑不安的心，撥個電話給她，希望探個究竟。

電話接通，正好是她本人接聽。忙問她，到底何事，為何需入院開刀？電話那頭傳來的是她一貫柔和的、不急不徐的語調。半年前例行體檢報告，甲狀腺分泌指數高得驚人。一般情形下，醫師會建議病人馬上開刀。可是因為她的指數過高，驟然開刀具有風險，因此，醫生先開藥方，讓她服用半年。如今，指數降下許多，因而醫生安排時間開刀。

她說醫師還安慰她道：「放心，我保證甲狀腺癌不會死的。」她回醫師道：「我並不怕死。」醫師說：「以妳這年齡走掉，還早了些。」她道：該走的時候，她將坦然接受，揮一揮衣袖，不帶走一片雲彩；無憂無慮、無有罣礙的離去！

她還笑稱，她小姑是四個醫師的娘，也曾患乳癌，開刀拿掉後，幾年過去了，至今安然無恙。她小姑還說，患癌就如同感冒一般，只要手術拿掉後，就平安無事。

聽完她一番話，我原本提在半空中的那顆心，方才落了下來。放下電話，陷入與她相識的點點滴滴。

她因著文化人的責任心與使命感，對於淵源流長及優美的中華文化之傳承，對於如何幫助海外的下一代，認識我中華固有文化，一直不遺餘力。一九九五年因因緣際會，她來到了我們學校，走進中文學校教師的行列，對於發揚中華文化就更直接了。

她初到我們學校，帶的就是十一、二年級混合班。在連續送走三屆畢業生後，她向學校請求，改教其他年級。她說和學生們雖然一星期只見面一次，每次只有兩個小時，可是，在孩子們要離開中文學校時，她還是難掩心中的不捨與感傷。之後，她改教九年級。這班上的學生男多於女，且正值青春轉型期，上課情況非常糟糕。尤其學期伊始，有三個男孩，上課中任意離座，在整間教室到處遊走，讓她非常傷腦筋。有何良好對策？！腦筋一轉，有了！某一天，發現三個男孩當中，有一人字寫得很好，於是，在課堂上，公開大大跨獎一番。果真自此爾後，那男孩上課時，再也不會任意走動了。

又有一次，她發現另外一男孩，作文很好，於是幫他整理一番，投往世界日報兒童版。當該作品被登出後，她同樣在課堂上大肆表揚一番。爾後，這男孩的上課態度，也完全改善。當稿費寄來，她轉交給該男孩，男孩說「I need more money.」她藉機鼓勵男孩：你需要更多的錢，那你就認真多寫！

她就是如此用心良苦，去挖掘男孩們的長處、優點，且加以發揚光大；缺點，則予以縮小。她說：倒要感謝那幾位調皮的孩子，讓她學到了「看人但看他清明、良善的一面，事情往往也就會朝好的方向去發展，而諸事圓滿！」而在準備教材之際，也必得先廣為搜集資料，無形之中，也提昇、充實了自己，正是「贈人玫瑰，手留餘香。」多好啊！

她因為身為業餘寫作者，不但自身筆耕不輟，同時更致力於培養、鼓勵海外子弟中文寫作的能力與興趣。數年時間，前後已有數十篇學生作品，刊登於世界日報兒童版。她希望這種子能夠薪火相傳下去。

除了學識的傳授之外，她更不忘學生良好品格之培育。因此，總是藉機深入淺出地灌輸孩子們一些日常生活當中為人處世之道。例如，一次她發現有四個人，一字排開走在人行道上，影響他人的行走。她會及時教導學生「徑步窄處，需留三分予人行；滋味濃時，且留三分予人食。」讓學生懂得尊重他人、懂得分享。在公園，有人不撿拾狗狗的排泄物，她會以「己所不欲，勿施於人」給予學生機會教育，培養為人應有的公德心。她就是如此將我中華文化的智慧，溶入日常生活當中。總是希望我們的下一代，個個德業兼修、術業俱備。在淺移默化當中，人人在校是一個品學兼優的好學生，在社會上是一個學養俱佳、知書達理的正人君子。

真正與她相識，是近三年之事。一日聞知，她利用每週六下午，在市政府圖書館義務教授中文。於是，我帶著家中三個犬子，欣然前往。

對於我家三個混血蘿蔔頭，她並不因係義務教學而馬虎，仍以她專業受訓課程：百孝經、論語、道德經、弟子規、唐詩等等做為教材來教導他們。她說之所以教授論語、道德經，是要將中華文化、聖賢先哲的智慧傳承在海外，讓西方人士也認識我們古聖先賢留下的瑰寶。而百孝經、弟子規是要孩子們懂得孝順父母，從小培養良好的品格、學養。幾次以後，連我那洋老公也加入學習中文的行列，而且學得津津有味，詳做筆記。我們也總是在車上，練習唸、唱唐詩，孩子們興趣盎然，快樂地學習著，無形之中，也增強了全家人之互動，真是一舉數得，其樂融融！

她聽聞我小學二年級的小兒子，立志長大後要當律師。她又以唐詩裡王之渙的〈登鸛雀樓〉，勉勵孩子，要想將來出人頭地，從小就要努力用功。

同時，為了增加孩子們學習中文的興趣，她更是煞費苦心。偶然的機會，從網絡上得知活潑、輕快童歌〈三輪車〉，其背後的淒美故事，她也引做教材，傳授給孩子們。我那九歲雙胞胎過動兒竟然讚歎道：「so touching！」誰說孩子們不懂？！

又因她本人喜好歌唱，教課即將結束時，她又以歌詞、旋律悠美的李叔同作品---送別，做為臨別贈禮。且道日後孩子們記不記得她，無所謂，希望他們務必要記得這首旋律、意境優雅的世界名曲。引得我老公稱譽有加。

而今，她與師丈雙雙退休後，由於性喜大自然，遷居至洛杉磯近郊一小鄉鎮。該小城市少有華人，她又開始計劃，待她身體復原後，以她所知、所學，傳授當地西方家庭子弟，認識我國傳統、優美文化。她就是如此用心良苦地，想方設法將我中華文化介紹於海外。

她，就是我們又敬又愛的黃瓊蘭老師。也祈求上天庇佑好人，一～生～平～安！

黃慈雲又名黃梨雲，1980年六月應聘來美。北美洛杉磯華文作協資深會員，早期曾任本會理事多年。亦曾任教於南加州中文學校。年前退休，遷居至洛杉磯車程一個多小時的近郊，仍不忘致力於中華文化海外之傳揚。家中一幅字畫「靜坐得幽趣，清遊快此生」係友人親筆所書相贈。對筆者之寫照最為傳神。因筆者無論處於任何情況，皆能自得其樂；個性恬淡，與人無爭，唯願清清快快過此生.....。

懷念孫老師

梁佩鳳

孫老師是教交際舞的老師。他離世已將近十年了，不過他的身影和舞姿一直留在我們的電腦裏，他的音容笑貌卻留在我們的心裏。看到電腦裏的孫老師就會想起他、談論他。

我第一次見孫老師時還要回溯到二十多年前，我與先生剛交往的時候，他約我在橙縣一家餐館見面。那時我在阿市打工，晚上要開四十多分鐘高速才可以到那裏。一進餐館，衹見一群人正圍著一個男人學交際舞。他們看著我這個陌生人，算是我在他朋友中的第一次亮相，由此我也認識了這個人——教交際舞的孫老師。男朋友非常喜歡跳交際舞，我卻對跳舞沒有什麼興趣，但是既來之則安之，憑著我對音樂的敏感，跟著節奏踏舞步是絕對沒有問題的。

到我們談論婚嫁的時候，先生說他準備在婚禮上表演探戈，這對我倆都是挑戰。於是孫老師就成了我們的私人舞蹈老師。他採取密集上課的辦法，先是教女步，帶我反復地練習，先生及時將這些舞步全部錄下來。以後再教男步，等雙方練熟了，才配合起來。慢慢與孫老師相熟相知，才知道他是天津人，以前在天津是電器工程師。到美國來以後，先在他姐姐家落腳。姐夫是老美，並且是教交際舞的老師。那時他天天跟著姐夫走，耳聞目睹身臨其境，也愛上了交際舞，可能他從來不知道自己在這方面有潛力，在舞技上有悟性，他向姐夫學了不少招數，甚至還當他的助教。孫老師舞得有模有樣，跳的是正宗的美國式交際舞呢？

他的辛勤教學沒有白費，兩個學生很用功地學，也很認真地苦練。在婚禮上表演的「探戈」贏得滿堂彩，沒有給老師丟臉。以後先生與孫老師成了好朋友，還為孫老師介紹了一份工作，他一直做到退休為止。

這樣孫老師若有空，幾乎每星期都上我家來教我倆跳舞。他象徵性地收一點學費，教完舞我們一起共進晚餐，大家相處得非常愉快。在學舞的時候，我們都有錄像，以便以後忘記時隨時可以看。他教了倫巴、狐步、West Coast Swing等等。

有一段時間他失蹤了，一直沒有音訊。他的朋友說他退休了，還說他有高血壓且一直不肯喫藥，結果中風了，回到天津老家去了。最後傳來的噩耗是，他在天津過世了。才僅僅七十不到的年齡，未免太年輕了吧？聽到此消息，我們非常難過，為他痛心，為什麼他不好好照顧自己的身體，為什麼？為什麼？.....問這些都無濟於事了。

如果孫老師在，我們還有多少舞要向他請教？他還是我們最好的老師。我們不僅是師生還是好朋友。他走得太年輕，真是太可惜了！

我們已將錄影帶轉到碟片上，隨時可以插進電腦裏用。年紀大了，常常會忘記舞步，我們不時會去看看，孫老師的形象就會因此出來，更加深了我們對他的懷念。

原載《世界日報》家園版5.14.15

梁佩鳳，畢業於上海大學美術學院美術設計系。在美專職畫畫、開畫展、教學生。也喜歡寫文章，多篇作品在美報刊雜誌發表。曾榮獲美國上海人聯誼會舉辦的「2010迎世博上海文化周」〈我與上海〉徵文比賽三等獎。

兩個恰克

雨涼

我們公司所在的威克裡夫小鎮，地處肯塔基州，密西西比河畔。一共七百多個居民，我所認識的人中，名字叫恰克的就有兩位，我為了方便區分，便一個稱之為「胖恰克」，另一個稱之為「瘦恰克」。今天我「花開兩朵，各表一枝」。

「胖恰克」，男，名字全稱為恰克・格理普（Chuck Gilpen），六十五、六歲年紀；身高一米六零上下，腰圍一米一十左右。整個體型近似橄欖球。臉上總是掛著友善的笑容，無論冬日令夏身上總是穿著一件短袖衫，戴一副近視鏡，行動遲緩，經常頭戴一頂太陽帽。太太名字叫麥・克瑞，年齡和身高都與他相仿。白淨的方臉，不善言辭。

胖恰克業已退休，看來也是有錢的主兒，家裡只有老兩口，卻住近三千平方英尺的樓房，地處密西西比河岸上，占地足有五畝地。門外停著一輛像公共汽車一樣大小的房車。最讓我羨慕的是他的工作間，這個工作間是院子裡一個獨立的小房，以我們的居住標準，它完全可以供四口之家居住用。工作間裡工具、設備擺放得井井有條，打掃得一塵不染。這不由得使我汗顏，我那工作間！嗨！提不起來！三個字：「髒、亂、差！」這裡的各式工具應有盡有，錛、鑿、斧、鋸全套木工工具，刀、鏟、剉、錘，大小老虎鉗、簡易車床等鉗工工具，一律擺放得整整齊齊。我對他說：「你這裡的設備可以造一輛汽車了！」他哈哈大笑。外面北風勁吹，而工作間裡卻溫暖如春，原來有一隻鐵爐子燒得正旺。

我們公司有個大事小情的，他常常不請自到。公司開張那天，他扭動著橄欖球身子，笑呵呵地跟著忙裡忙外，滿頭大汗。是他幫我們請來的燒烤車，烤製魚餅以供客人品嚐我們的魚。而他在會場默默說明忙乎，給客人端盤子。美味的魚餅得到客人的一致好評。

一次我好好興兒，決定從家走到公司去，剛走了一少半路，突然迎面來了一輛客貨汽車，在我的身後打了一個U型轉彎，然後停在我的身邊，我抬頭一看，原來是胖恰克的車，他力邀我上車，我只好上了他的車。一直把我送到公司他才回去。在食物上我們是「互通有無」的，我們常常把包的餃子送給他們夫婦嚐鮮，兩口子吃得「舔嘴抹舌」的。當然也常收到他們回贈的鄉村烤肉、自家釀的酒及農家沙拉。

後來我才知道，退休前恰克是一名直升飛機駕駛員，這可令我跌破了眼鏡。我向來熱愛飛機，崇敬飛行員。這使得我對他肅然起敬，刮目相看。他告訴我們，以前他在阿拉斯加的「冰天雪海」上空開飛機，主要是為漁民探測魚群。他駕機在天上飛，下面跟著一大溜漁船，他通過探魚器探測魚群的位置，然後通對講機告之海面上漁船；當然，漁船是要向他繳納費用的。可是時間一長，問題來了。繳費的漁船愈來愈少，大家都想做「蹭船」。不交錢！不得已，他和幾個交錢的漁船事先講好，當他在空中發現魚群後，通過暗語和他們聯絡，告知魚群真實位置。其後，領著沒交錢的漁船在海上瞎逛一氣。

胖恰克的妻子病了，為了照顧她，他只好搬到女兒那裡去了。欲把居住多年的房子賣掉，要價二十五萬，無人問津；降價到二十萬，問價者仍寥寥無幾。有一天，他半開玩笑地跟我妻子說：「安吉，房子賣給你吧！你給我十五萬就行！」 可惜，當時我們已經另有交易了。二零一四年夏，胖恰克搬走了，他那密西西比河邊的房子終於以十八萬成交。走時，老兩口戀戀不捨地向妻子告別。我那時已經回到洛杉磯治病了。他托妻子給我捎來「上帝保佑！」。謝謝你——胖恰克！

另一個恰克，全名恰克・飛利浦（Chuck Philip），身高一米八五左右，瘦瘦的身材，佝僂個蝦米腰；戴副深度的近視鏡，長瓜臉，臉色稍黑，不苟言笑。走起路來兩條瘦長腿倒騰快速，說話語速也快。也許是自視甚高，他「見凡人不接語」。妻子叫辛蒂（Cindie），長得挺豐滿，臉色和善，待人彬彬有禮。兩人都是碩士研究生畢業，這在那個小鎮裡是絕無僅有的高學歷，人們需仰視才行。

兩口子家資萬貫，他們的公司的主樓「前臉」是辦公樓，「後身」是車間，裡面有車、銑、鏜、刨、鑽以及其他叫不上名的設備充斥其間。辦公室走廊裡，有一架寬幅自動印表機，用來印表機械圖紙，令我讚歎不已。幾十年前，我也曾為中學生講過機械製圖，也為校辦工廠畫過機械圖紙。和這架自動印表機比起來，只能「嗨！」一聲了，讚歎這時光的流逝，科技的進步！

他夫人還邀請我們去他們家做過客。在「前店後廠」的後面，需彎彎曲曲地開車三分鐘才能到達他們的豪宅。也許他們的審美尺度和我們的相去甚遠，對於他們的豪宅，我實在不敢恭維。面積約五千平方英尺左右的房子，雖然挺大，但格局太土、太混亂。他們養了兩隻狗，一大一小，樓上樓下比著跑。也許是看我們來了，像小孩一樣地和我們「賽臉」。

整棟房屋用地熱取暖，不但省錢，而且高科技。瘦恰克領著我們到地下室去參觀他的地熱設備。密密麻麻的的管道、儀錶、泵閥。安裝得整整齊齊、一絲不苟。那些都是他一個人設計、施工的：著實令我讚歎不已。此時的瘦恰克明顯地面露得意之色。

他的妻子辛蒂熱情地給我們做一點小吃，大家圍坐在吧臺前邊吃、邊喝、邊聊。辛蒂也給我們煎了他們家裡雞下的蛋。這些雞處於半野生狀態，吃小蟲和玉米，所下的蛋格外好吃，應該稱作「綠色雞蛋」。他們家還養了好幾頭母豬，每年下小仔時，來買小豬的人都排了隊。辛蒂還告訴我們：「來他們家買雞蛋的人並不多，賣不出去，自己家又吃不了。只好拿來喂豬！」啊！雞蛋喂豬？！

打這以後，妻子常上他家來買雞蛋。後來一次竟然空手而歸，原來頭一天晚上狐狸襲擊了他們的雞舍，咬死多半母雞。僥倖活下來的，也嚇得「屁滾蛋流」，都流「產」了。坐在他家陽臺上，眼前是一片開闊的荒草地和灌木叢。瘦恰克驕傲地告訴我們：「坐在這裡經常可以看到野鹿、火雞出沒，坐在陽臺上就可以打獵！」

在我們的廠房興建的時候，他也來看熱鬧，後來他建議我們辦公室的取暖可以利用製冷機排出的熱量，把整個辦公室地下鋪滿熱管，這樣可以省去花在暖氣上的錢。裝管一共花費不過兩千美元。妻子和我一商量，一致同意！於是，他找來一個人，從買材料到安裝，一個人包下了。

我們廠裡製冰機是個必不可少的設備，瘦恰克幫我們設計了一個功率可調、產量可調的製冰機。和我們討價還價數次，最後成交。當設備部件都運抵工廠以後，按照事先講好的條件，由他的兒子給安裝。對此，我們曾將信將疑：一個高中畢業生能安裝得了嗎？我們又一想，反正有他老爹在；再者，經過我們驗收合格我們才付錢的，就不再害怕。他兒子帶領一個同學，一起幹了四天，終於試車成功，我們懸著的心總算徹底放了下來。

後來聽說瘦恰克的生意越來越差，不得已將廠房賣掉了。有一天，他的妻子辛蒂來電話。力邀我妻子參加她剛開始運作的傳銷會並成為她的下線。妻子婉言謝絕。看來生意是徹底不行了。已有一年多時間沒有見到他們夫妻了！每每經過他們公司，看到那裡早已易主，新公司欣欣向榮地大興土木，我們也是別有一番滋味在心頭。

雨涼，男，原名楊玉良，在報刊上發表過多篇文章。2014年加入北美洛杉磯華人作家協會。1948年出生在黑龍江省寧安縣一個教師家庭。八歲上學，1966年讀高一，參加文化大革命。1978年恢復高考，考入哈爾濱師範學院物理系，四年畢業後，被分配到重點中學牡丹江一中教書，1992年全家來美國。打工、經商至今。目前在肯塔基州經營漁業公司。

足印

夢幻旅途——圓夢俄羅斯

樊亞東

莫斯科的春天似乎是一夜到的，當暖風吹到最北的這片土地，草地在溫和陽光的催促下泛出綠意，我鍾愛的俄國大地，像一位沉睡初醒的老人慢慢地綻放出笑容，迎接著靜等他冬眠醒來的仰慕者，我不顧一切地撲向這廣博的土地。

白樺林、莫斯科郊外的小河

綠色的草坡把小路引向河岸，白樺在波光裡跳躍閃現，畫外音只有自己的腳步聲，微風在耳邊讀著難解的詩篇：「請閉上眼，想一想留在頭腦中最後的瞬間，那飄動的綠葉是我對你在召喚，祇要你迎面走來，我就會伴隨在你身邊，傾訴在你的耳畔。」

篝火、芬蘭灣深夜的晚霞

這裡的夕照是最美的
太陽把濃重的色彩塗抹在原本茫蒼的大地上
絢麗的畫面持續很久
直等到最後一位失眠者帶著沃特嘎的酒意安然入睡

古鎮、伏爾加河上的細雨

伏爾加，俄羅斯的母親河，每到夏季，就會有從莫斯科出發的豪華遊輪。於是這段時間，中下游就成了旅遊黃金水道。

我是搭乘普通客船，從中游分段下行的。那幾天常常是細雨濛濛，使得兩岸很朦朧，像罩上一層紗。

母親河在過去的幾百年裡，沿河兩岸締造了許多城鎮和村落，她的歷史被完整地鐫刻在這些歷史的遺跡上。但現在，它們失去了原有的繁榮喧鬧，向每一位探訪者講述著曾經的故事。

交響詩畫——貝加爾

從莫斯科向東飛行近六個小時，在空中經過一個短暫的夜晚後，一架老舊的俄國飛機迎著曙光降落在伊爾庫斯克的機場。

步出機艙，深吸一口清爽新鮮的空氣；

走下懸梯，環望一眼晨光漫射的機場。

通過敞開的大門隨步來到街上。太陽在薄霧裡，大地沉浸在日照前的寧靜中。

起伏的道路引著汽車開向太陽即將升起的地方，像脫韁的野馬奔馳著。公路右側是一條很寬的河，這是傳說中貝加爾老人九個女兒中唯一鬧著出嫁的小女兒——安吉拉。在晨霧中她顯得端莊秀美。

河的對岸是連綿起伏的山影，林木像中國山水畫中表現樹木的符號，一層一層。有些則像東山魁夷的大風景畫，既有北方山水所獨具的渾厚，又帶有水潤的清秀。

汽車的速度很快，遠景真切而含蓄地變動，近景如蒙太奇一般的更替和變換。巍巍壯觀的貝加爾，在看到他的真容前，預演了這樣一幕序曲，這就足以讓人留連忘返。

我奔徙於遙遠的路途，穿過六個時區的經線，在安吉拉的指引下才一睹你的容顏。

帶著碼頭上烤魚的香味兒，走進翠谷農宅，聽著農婦熱情的言談，嚐著有特殊氣味的捲煙。推開小木窗，層巒疊嶂的綠屏隨清涼的空氣擁了個滿懷，清馨沁脾的醉夢立刻融入了新的時空……。

在世外仙島，一座不大的島嶼，圍著島走上一周大約需要兩三個多小時，到達目的地時儘管已是深夜，但天邊仍然懸著一抹微弱的晨光。我住的地方有一個俄式的木結構浴室，很舒服、也很享受。晚上在院裡圍著篝火同兩個德國人和一個俄國工程師，用四種語言外加手勢、表情，伴著啤酒一同昏天黑地地「侃」……。

再見俄羅斯

每當提到這個名字，無奈、傷感和神往便同時襲進內心。當我再次看到、走進俄國時，我的感受是美麗、渾厚、寬廣、寧靜、死亡、天堂。它讓人孤獨、絕望、難捨。

莫斯科起伏的城市地形，變換著不同的角度和視點，使教堂、宮殿、森林、河流、在陰沉的銀灰色背景的襯托下，在你的頭腦中形成悲涼而肅穆的蒙太奇效果；

聖彼得堡寬大厚重的古老建築，在涅瓦河畔的組合，與每一組雕像和岸邊寬大的石階，無不讓人感到歷史就在眼前。而記憶中的任何往事則好像剛剛在眼前消失，你聞得到空氣中似乎還飄散著阿芙樂爾號砲艦留下淡淡的火藥味道，聽得到炮聲響徹後陣陣的共鳴，看得到遠去了的軍隊的旗幟。那天際的盡頭移動著的也許是彼得大帝和他的儀仗隊，也許是史達林奔馳的專列火車。

低沉的雲層把大地推得更加深遠而清晰，它的寬廣承載著它直白的袒露，他清晰得使你讀過的任何與之相關的記憶，就擺在你的面前。

移動視線，看到身邊的墓地腐朽或已被腐蝕的墓碑和十字架，基座旁的雜草和這墳墓中的主人一樣，祇是若干世紀中暫短的一個生長週期。教堂的鐘聲使得這一切瞬間變得遙遠。

死亡不再可怕，我真切地感覺到那是一種永恆；

未來不再神祕，你能看到它正在運動著的軌跡。

出生、衰老、死亡祇是瞬間發生的事。在那裡，人，清楚得知道自己該做的事，盡情地熱愛著所愛的理由。不惜用去畢生，祇為你是他的追隨者、研究者，執著而直白的投入，義無反顧。祇要身處那個環境，你便會安下心，走著清晰的祇屬於你自己的路。總之是悲調的嚮往怕挑起傷感的情緒，因為，它美得讓人心痛。這種悲調讓人情不自禁回味的同時又不敢過於深思，那樣會使自己陷入不可解脫的難捨的境地。

難以言表的感受——俄羅斯。

這裡的歷史也只有通過寫實的畫面來表現，只有通過文學的描寫來濃縮。

調動起我久遠的記憶，電影、戲劇、小說、詩歌、繪畫、雕塑，從我曾嚮往過的激盪年代，到當今蕭瑟秋風中的初雪，內心所感到的寒意同我經歷過的那個寒冬是那樣吻合與統一。他們開疆破土的先祖們，在飽受寒苦和抵禦外族入侵後所創下的功德，足以為他的後世打下繁榮興旺的基礎。雙頭鷹的國徽直白地告訴人們，俄國在注視西方的同時，也在觀望著東方。在灰白色天空的畫布上，塗一塊藍、再填一筆紅。這，便是俄羅斯。此時，耳邊再次響起普希金的那首詩：

我曾經愛過你：愛情，也許
在我的心靈裡還沒有完全消亡，
……

樊亞東，畫家、環境藝術設計師，以傑出人才身分由北京移民洛杉磯，曾經為CCTV、北京飯店、北京電影學院等諸多重要項目和部位做專項設計和藝術配套工程，並受到多家知名媒體、電臺專訪報導。教育背景：俄羅斯蘇裡科夫美術學院油畫專業，中國清華大學美術學院（原中央工藝美院）室內設計專業，北京教育學院美術教育專業。接受過嚴格的美術訓練，有良好的藝術修養。曾受委託為參議員Jay Rockefeller、諾貝爾獲獎者Rudolph A. Marcus、前國務卿Lawrence Eagleburger夫婦和多位政要、科學家、聯邦檢察官等繪製古典油畫肖像並被肖像本人榮譽收藏。

久違了，沖繩！

尹浩鏐

二十多年前我去過沖繩，對沖繩的風景、沖繩的海洋、沖繩的時尚，沖繩的音樂，沖繩獨特的休閒文化，甚至沖繩在二戰末期的那段慘烈的歷史，深縈於懷。

沖繩是位於日本最南端、由一百六十餘個小島組成的沖繩群島的主島。由於其特殊的地理位置，二戰後期，成為日美最後的決戰場。

1945年3月30日淩晨四時，上千架美國軍機和上萬支地面部隊朝沖繩列島鋪天蓋地撲來，頃刻間槍炮聲驚天動地。日軍頑抗了三個多月，到戰鬥結束時，美軍傷亡1.5萬人，日軍傷亡11萬人。同時，迫於日本軍方命令，當地平民被迫集體自殺，死亡超過十萬人。沖繩縣約四分之一的人口喪生。之外，戰爭期間，大批沖繩人被強征去侵略鄰國，有兩萬多人做了異鄉之鬼。

今年四月，蒙日本創價學會之邀赴日訪問，得知有機會再見沖繩，心中充滿了澎湃的期待，二十多年後的沖繩將以何種面目迎接故人？

那霸市的櫻花張著粉嘟嘟的笑臉迎客

飛機準時降落沖繩機場，我們在那霸市落腳。那霸市是沖繩縣的首府，距離東京1,550公里、上海820公里、臺北630公里，人口約150萬人左右。四月的那霸市春光明媚，宛若臺灣的花蓮，繁花似錦，樹影婆娑，花香鳥語，充滿了南國特有的熱情和旺盛的生命力。

走在那霸市大街上，但見櫻花張著粉嘟嘟的燦爛笑臉迎客。日本的櫻花在沖繩地區最長壽，它們最先綻放，卻最晚凋零。一間酒吧裏傳出古謝美佐子的歌，她那悲涼的嗓音，唱著沖繩的歷史，使人想起六十四年前，這裏曾經是座戰後的死城，一片焦土。念及此，我的眼睛不禁有些潮濕。

沖繩人善良而堅強，對過往的遭遇不怨天不怨地，他們說：戰爭帶給我們苦難，怪誰？要怪，也祇能怪自己。從今以後，若別人對不起我，不怪別人，我會睡得好；但若我對不起人，我就不能睡了。來罷，異鄉來的朋友，讓我們舉起酒杯，乾一杯我們沖繩的醇露，讓人間的苦難永不再來，讓人間充滿了愛！

愛好和平的沖繩人不得不天天面對美軍基地

乘車子出了那霸市，我們前往參觀創價學會研修道場。在藍天海岸，蒼翠的森林和一望無際的葡萄園間，滿布著遼闊的美軍基地。沖繩人自古愛好和平，卻不得不整日與飛機和戰艦為鄰，時時提醒他們曾有過的創痛。

沖繩美軍基地是根據1952年簽訂的《日美安保條約》建成的。當時美國用強權通過「土地徵用令」，在槍炮和推土機轟鳴中於他國土地上建起了自己的軍事基地。由於沖繩美軍基地「祇對盟國開放」，中國來訪者祇得遠望，無法靠近。在沖繩，美軍基地到底有多少？我沒有打聽。初步估計，基地面積佔地不少於沖繩總面積百分之五十以上。據瞭解，2001年與中國軍機相撞的美軍EP-3偵察機，就是從沖繩嘉手納基地起飛的。

近年來，日本當局一直在渲染「中國威脅」，但沖繩人絕不相信。他們認為，與亞洲鄰國合作與交流是日本發展應該走的路。據說，目前在沖繩學習的留學生有百分八十來自中國。稻嶺惠一知事說：「沖繩對中國的感情最好。他希望有更多的中國人能來沖繩領略美麗的風景。」

和平紀念館傳達著人類對和平的信念

和平紀念館是世界創價學會會長池田大作先生在沖繩恩納村建立起來的。該館原址為美軍核導彈基地，基地內的核導彈專門指向中國，北京和上海等主要城市都在其射程之內。

1983年，這個基地被廢棄，池田大作買下了這塊土地。他是日本當代著名的思想家、教育家和社會活動家。當時，人們要把基地全部拆毀，池田大作卻要求永遠保留基地的遺跡，作為人類曾進行過戰爭這種愚蠢行為的一個活的見證。由此，摧毀人類的地獄變成了永遠和平的要塞。

創價學會在沖繩的負責人桃園正義先生帶領我們參觀了這個紀念館。

儘管已經時隔六十四年，但是在這裡，你彷彿仍然可以看到當年戰爭的硝煙，那場戰役的慘烈和戰爭的猙獰依舊歷歷在目。這座和平紀念館，對於那場戰爭中暴露出人性的罪惡，正在用自己的方式進行著控訴。

在和平紀念館的院子裏，座落著一座世界和平之碑。上面刻著池田大作寫的一篇碑文。他說：戰爭與核武沿於人的內心。因此，必須首先改變人的內心，使其向善。這個小島見證人類史上的悲劇，因此，人類史上從罪惡到善良也應該從此地開始。他又說：和平，絕不僅僅是戰爭的間歇，它更是人類和諧相處的必然。

1964年，年輕的池田大作在沖繩開始了他的長篇小說《人間革命》的創作。他寫下的第一句話就是：「沒有任何事比戰爭更殘酷，沒有任何事比戰爭更悲慘」。在序言中，池田大作又寫道：「一個人的偉大的人間革命，終將實現一國宿命的轉變，進而可能轉變全人類的宿命」。他多才多藝，文、詩、畫、攝影皆精，曾被授於桂冠詩人稱號。他的《人間革命》風行全世界，迄今已發行四仟萬冊；他年近古稀，仍不辭艱苦，為世界和平四處奔走，他的寫作從未間斷，他現在還在寫《新人間革命》，是《人間革命》的連續。

池田大作一生都致力於人類和平及教育事業，他訪問過五十多個國家，與各國領袖、政治家、學者會面，交流和探討人類面對的各種難題和解決方法，深受世人敬重。他得獎無數，曾獲得聯合國和平獎、愛因斯坦和平獎等多項榮譽，也是中日友好的「和平使者」，促成中日建交，是中國人民的好朋友。同時，他被世界兩百多所大學授予榮譽博士學位，被世界四百多個城市授予榮譽市民的稱號。筆者也不避淺薄，題詩一首，以表景仰之情：

池田大名垂宇宙，和平功業頌千秋；文章無價傳四海，恰似江河萬世流。

隔天，即收到池田先生的贈詩：

敬贈尹浩鏐先生：

有朋越洋送真情，神交已久倍溫馨；我倡和平君鼓掌，君領華文我代吟；同為小小行星客，豈作逍遙觀火人；幸福自他路何在，此生可貴是佛心。

沖繩島戰役美日陣亡的官兵和平民，不分敵我，包括所有死難者，傳達的訊息是：敵我雙方都是戰爭的受害者，和平是全人類的共同願望。

首理城結合了中國和日本的傳統建築風格

首理城位於那霸市內的「首理金城町」，為著名琉球王國的王宮衛城，是個富有琉球王朝風味的重要古都，始建於十三世紀末至十四世紀初，是琉球王國的政治和權力的中心，不幸於第二次世界大戰中毀於戰火，1992年重建。首理城的建築依照同時期明清的紫禁城作為藍本，結合了中國和日本傳統的建築風格，形態宏偉，色彩鮮豔。國王辦公的地方為「正殿」，是琉球王國以紅色為基調的最大的木結構建築。正殿裡展示了豐富的琉球王朝時代歷史文物，其形形色色的裝飾和精美絕倫的雕刻藝術，讓人彷彿漫步於五百年前的古老王朝。「北殿」是接待中國冊封的使節的場所，「南殿」則用來接待來自薩摩藩的藝人。

首理城面對碧藍的大海，常年都沐浴在燦爛的陽光裏，這片處處鮮花盛開的土地，是日本人心目中的世外桃園。每年元旦一過，日本的「櫻花前線」已然蓄勢待發，繽紛多姿的櫻花把首理公園打扮得千嬌百媚。

琉球國王尚有離宮識名園，建於十七世紀末，是一座相當寬敞的日式造景庭園。園內優美的木造建築上覆蓋著紅色的瓦片。我們沿著環園步道，走過樹林、池塘，但見映山紅盛開，白色蝴蝶翻飛，櫻花香氣撲鼻，我彷彿又回到了二十多年前。（寄自拉斯維加斯）

尹浩鏐，加拿大麥基爾大學醫學院住院醫生及博士後研究，美國核子醫學及放射學專家，加拿大皇家內科學院院士，英國皇家醫學會會員，世界醫學名人會名譽會員。曾任美國多所大學醫院核子醫學主任，中山醫科大學客座教授，北美華人作家協會拉斯維加斯分會會長，世界華文作家聯會理事（香港），世界旅遊文學聯會副理事長（香港）。著有長篇小說：《情牽半生》、《我生命中的三個女人》，《月光下的拉斯維加斯》；散文集：《醫生手箚》、《飛翔的百靈》。詩集：《詩情畫意》。醫學保健：《人活百歲不稀奇》、《回復青春不是夢》、《與你談心》。

悠悠白山行

凌詠

去年勞工節長週末時，我和四位山友，長征至Sierras Nevada Range一帶，雄心勃勃地欲征服被譽為加州第三高峯、海拔14,252英呎的白山頂（White Mountain Peak）。三位勇士豪傑和兩位巾幗英雄就由山姆大哥來回掌盤，驅車完成了兩天一夜行的壯舉。領隊彼得計劃一路先取十五號公路往北過卡洪隘口，再轉三百九十五號公路，經過歐文谷地（Owens Valley）中的歐藍伽（Olancha）、孤松（Lone Pine）、獨立（Independence），大松（Big Pine）一連串美如詩畫的小鎮，當晚在碧霞鎮（Bishop）住一宿，睡個飽覺後，翌日上山，因此我們在去途上可以悠哉遊哉地東逛逛西看看。

在快到孤松鎮之前，我們左入了阿拿巴馬山丘。此地以奇山異石出名，很多1950年代的西部電影都在這拍攝外景。夾在山石堆間的蜿延小路，凹凸不平，最適合摩托車騎士展露神技。我們坐在山姆大哥的SUV裡，雖是越野卡車，車行時仍微感左右搖晃和上下顛簸，可說是一種別開生面的體能訓練。遙望車後，除了一部吉普車在崎嶇的路上卯足勁地跟過來外，幾乎四處無人煙。一拐彎，突然看到有一人在山腳下搭建帳篷，我不禁納悶地問了同伴們：為何他獨自一人在此鳥不生蛋、無樹無花、不見甘泉祇見荒原的鬼地方露營呢？

離開阿拿巴馬山丘，再往北經過獨立鎮後，領隊帶我們至鎮北七哩的滿砂那（Manzanar）停留。滿砂那，西班牙語是蘋果園的意思，原為住在鄰近小溪邊的印地安人於1910年建立的小鎮，後來因為洛杉磯市政府購買此區的用水權而被迫離鎮。二次世界大戰時，羅斯福總統為防止在美國的日裔與日本政府勾結，在此地設立了日裔美人集中營，此遺址後來被改為滿砂那國家歷史景點（Manzanar National Historical Site），為曾經在此拘留一萬兩千名日裔美人的歷史作見證。

我對美國集中營一事本來全然不知，便抱著學習的的心態進入景點區的陳列館瞧瞧。我們一入館，便趕上一場即將開演介紹這一段歷史的紀錄片。片中詳盡地敘述此集中營設立的始末，包含美國聯邦調查局人員挨家挨戶地搜尋日裔美人的鏡頭，並放映了他們在營裡的生活狀況。有幾位被訪者在訪問中訴說了他們內心對此不公平待遇的委屈，因為他們已是數代的日本移民後裔，雖然自認完全是一個美國人，但卻沒有被美國政府當作真正的美國人看待。而我對這個集中營的感覺是，它較之二次大戰時期的其他集中營要來得文明得多。這兒的食物供給，尚考慮到日本人的飲食習慣，廚師有時會為被監禁者準備日本料理；另外，營裡偶爾還會舉辦舞會，讓居住者有一些正常的社交生活。

影片中讓我印象深刻的一幕是，營區中有一房間備有透天窗，躺在窗下的小牀上，睜眼就可以看見星辰滿佈的天空，任誰幸運地分到這間房，心靈上都可逃出這拘禁肉體的集中營，讓思想飛入天際四處遨遊，叫情緒得以沉澱舒展開懷。它是一個讓受禁錮如同囚犯的傷心人暫時獲得心靈轉寰的天地。看了這一幕，我先前問的問題有了解答：原來那位在阿拿巴馬山丘自架帳篷的旅人，為了欣賞在穹蒼裡閃爍的星星及體會天地有大美的意境，而特別到那山丘去露營。

我們離開滿砂那後，在路邊的奇異甌（Keough Hot Springs）野溪溫泉泡了腳、逗留了一會兒，就上路直至碧霞鎮的一間小旅館。那夜是個很特別的一晚，我既未對翌日將面臨高海拔爬山的挑戰感到恐懼，亦未受到無羈思緒的干擾，但卻毫無緣由地失眠整晚。第二天大家起個大早，填滿一肚子由領隊自備的豐富早餐後，我們於六時開車上路，

離開碧霞鎮向南，披星戴月往白山進發。那時正是破曉時分星月爭輝之際，望著月牙如鉤的景象，五人先是大發浪漫詩情，繼以科學頭腦來探索弦與月之關係，哪個是弦？哪個是弓？上弦月的弦是在弓之上還是弓之下？那日清晨我終於找到了答案。

不一會兒，大松鎮到了——它的海拔尚不到三千呎，接著轉向東取

一百六十八號公路進山。車子持續爬升，兩個小時之後，我們已達九千呎高的白山遊客中心，大家下了車，鬆弛腳腿，也順便用了洗手間。那時我已受到稀薄空氣的影響，只有暗自禱告，希望能順利過關。八時二十分抵Bancroft研究站的柵欄處，那時柵欄已開，車輛可長驅直入，我們於十分鐘後到達研究站的停車場，此地海拔一萬二千呎。五人立即套上登山裝備，準備開始一天的登爬。

白山因為被Sierras Nevada Range擋住了由西而入的濕氣，它是全世界屬於相同海拔最乾燥的山區之一，視野遼闊的周遭，看不到太多的樹木，山頂倒是易見。雖然頂峯只有五哩路之遙、爬昇兩千餘呎，但高山因素使登頂願望倍增挑戰性。由於長週末的緣故，抱著雄心征服白山的勇士大有人在。我們剛起步就可看到許多先行者，隨之，亦碰到不少單車超越我們而過，其中包括向前衝的女騎士。前三哩是緩坡，我還信心十足，可以應付，但已聽到自己的呼吸聲，因而提醒自己要步伐均勻，注意呼吸輸送量。後面二哩則是先下坡再上坡，然後攻頂。等到了上坡爬高時，呼吸已非常急促，至最後一哩路，幾乎每跨一步，就得停下作深呼吸，實實在在地嚐到了「步步維艱，寸步難移」的滋味。我雖落後於同伴們，但仍堅忍向前，在離頂五百呎處歇腳，獨自遠眺雄偉壯觀的山體，內心正歌詠著斑爛無比又氣勢驚人的白山時，驟然間，聽到有人呼喚我名；原來其他四人已完成攻頂任務，折回下山。由於時間關係，領隊要我一同下山，我欣然應允。

向來不畏下山的我，這次又有了新的體驗。在離家的那一晚，因為時間緊迫，我無法好好準備登山乾糧，就買了一份一呎長「地下鐵」三明治，把它分成兩半，一半作為當日晚餐，美味可口；另一半留到登山時充飢，等吃時，它已是軟趴趴的，叫我食不下嚥。這引發了我的頭暈症，我雖然繼續往前行，卻生了「仙路飄飄處處飛」之輕飄感。後來聽了一位同行者藥劑師的勸，勉強地將剩下的三明治吃完，再加上數個能量果條，吃後身體狀況大為改善，得以加速前進。我雖是同行者中最後一位抵達停車處的人，但我因完成了此一高難度的登山旅途而感欣慰，也為再次見證了「只要一直走，就會達到目標」的信念而高興。

上了車，領隊對我未參與行前訓練而能堅持到底的表現，大大表揚，而我對於自己的耐力，也有了一層新的體認。

回程依舊是山姆大哥開車，過了午夜方至領隊家。領隊留我在他家住一宿，我則不願叨擾他的家人，而獨自開車一小時回到橡園。

依舊是披星載月，但我的生命又添加了一份美好的回憶，它滋長了自信心，強化了生命力。

原載北美華文作協網站《品讀北美》專欄
於12.11.15與《中華副刊》同步刊出

凌詠，原名凌莉玫，國立臺灣大學植物系畢業，MBA，CPA。任職於范度拉縣政府；當中國大陸官員來訪縣府時，曾擔任口譯員。為《南加華人三十年史話》三位英文翻譯者之一。曾任Orient Express健言社社長、南加州臺大校友會理事及年刊主編。現任北美洛杉磯華文作家協會理事，2015年《作家之家》主編。文章發表於各報刊雜誌，榮獲2013年華僑救國聯合總會華文詩歌佳作獎。喜愛閱讀、寫作、文藝、音樂、舞蹈、登山及旅遊。

奧地利紀行——給菡子的信

張繼仙

菡子老師：

總算打通電話，知道你一切平安就放心了，你說我信中寫的人物性格不夠鮮明，你是用作家的要求來讀我的信，很感激你對我的企盼，可是我想我是不可能塑造出人物性格的，寫人物只有見多識廣、諳達世情的小說家才擔當得起，不過我會努力地去學。目前信裡祇能寫自己，你一定不這麼認為，等著你的指教。以下我要繼續給你寫我的旅行，上次的信已走過了義大利，這次該到奧地利了，我曾寫信告訴過你，我喜歡英國，因為我以為它的現代文明與傳統文化相交恰在適宜之處。可進了維也納，這個音樂之都卻使我更為欽佩，它無處不滲透著令人欣羡的藝術氣息和文化教養，旅遊車一路上都在放施特勞斯的〈藍色多瑙河〉和莫札特的鋼琴奏鳴曲。我知道你也喜歡這兩位音樂家，那你一定也喜歡這座城市。 這城市的建築多為古羅馬式與哥特式的，宏偉與峻峭彙集形成了崇高又穩健的感覺。維也納森林環抱著它，多瑙河穿流過它，徜徉其間，到處是一片天籟，這就是為什麼能造就出這麼多天才音樂家的緣故。

歐洲最多的就是教堂和宮殿，在維也納導遊為我們選擇參觀的是「美泉宮」，這是當時女皇瑪利亞・特蕾西亞在世時建成的，也是女皇的離宮。它以凡爾賽宮為範本，外觀是巴羅克式，室內裝飾是洛可哥式，極盡了精雕細刻、華麗之能事。庭院中有多個噴水池及花壇，雖不及我們的頤和園，但也是夠氣派的。

特蕾西亞女皇在位時（1740-1780年），她與她的長子約瑟夫二世對教育、行政、管理進行了許多改革，使維也納成為了文化、教育等中心和國際名城。這位女皇非但有超凡的政治才幹，還是一個再女人不過的女人，她生了十六個孩子。在「美泉宮」她的臥室裡，有一個特大精緻的床，據說因為她經常要生孩子，要坐在床上，這床就是她的辦公室。這些孩子與他國聯姻又大大地鞏固了她的領土和政權。奧地利的歷史很多就是利用聯姻來增加版圖與權力，所以那兒流傳著一些民謠，如「別人靠戰神馬斯，妳是靠愛神維納斯……。」到了維也納無論如何得去歌劇院附庸風雅一番。可是國家歌劇院的票買不到也買不起，祇能去次一等的。興致勃勃的一群人趕到一家歌劇院卻不能立即進入，先得在門廳裡把身上拖泥帶水的大包小包，長短大衣、風衣卸下寄掉，然後才能進去。走到劇場入口處，檢票的還從頭到腳地張望，老外公被攔下了，說他衣冠不整。在我看來，全團就數他最有紳士風度，可那天他穿了件茄克外套，這就算不整了。導遊上去交涉了很久，一再強調八十多歲老人沒這件外套會感冒，這才讓他進去。可到了正廳門口，又一次地被攔住，導遊又重複地解釋，氣得外公直嚷要回旅館，不聽音樂了。我擔心自己沒穿皮鞋，一雙大陸布鞋從洛杉磯穿到維也納，十來天已走得歪歪斜斜，風塵僕僕，守門的朝我看看，他倒是很尊重中國的布鞋，客客氣氣地讓我進去了。

臺上演奏的又是小施特勞斯和莫札特的作品，一個半小時就結束。這個城市的娛樂充滿了藝術色彩，大部分和音樂有關，又大多是古典音樂。他們的居民從沒有狂歡通宵達旦的習慣。

奧地利的國土七成是山地，北面是波西米亞山脈，南面是阿爾卑斯山脈，我們的車盡在山裡行，到了薩爾斯堡，祇為讓我們瞻仰一下莫札特的故居。這是一個秀麗的城市，坐落於阿爾卑斯山的餘脈上，薩爾差赫河穿城而過，為這城市增添了不少抒情氣氛，旅行者們總要來這城市觀光，主要因為它是莫札特的家鄉。薩爾斯堡即是鹽城的意思。過去這裡的居民靠出產鹽而生活，可到了莫札特出生的年代，鹽已經被挖盡。現在他們像是在靠莫札特生活，莫札特的音樂會終年不息，到處都是莫札特的招牌：「莫札特紀念館」、「莫札特書店」、「莫札特××商店」，我還看到一則廣告是「莫札特巧克力」。莫札特的一生貧困潦倒，他三歲學琴，五歲作曲，六七歲就跟著父親在維也納和歐洲各地到處演奏。可天才早逝，他短短的一生寫出了大量優秀作品，有歌劇、交響樂、鋼琴、小提琴協奏曲等等，給世界帶來的精神財富不可估量。如今人們又把這精神轉為物質了；也好，各取所需，祇要他的音樂還在人間迴旋，美總還在。

因斯布魯克是奧地利的滑雪勝地，1964和1976年曾在這兒舉行過奧林匹克冬季運動會。雲山重重，林海茫茫，我們在銀甲戎裝的阿爾卑斯山中穿行，下了旅遊車又登上電纜車，直駛到3,020米的高峰，才裹著風衣從纜車裡走出來。層層雪山一望無際，小姐先生們打起雪仗來，我獨自走上一塊平坡，放眼過去，陽光、藍天、白雪，多少年沒有享受過這樣的清純，如果我周圍無人，我會躺下，悉聽陽光、藍天是怎樣與冷峻的白雪渾然一體，離我已久的夢幻是否能從這無垠的銀色空間再返回，那怕祇在一瞬間……。

奧地利的行程到此結束了，我卻非常懷念它，我喜歡這個國家，除了它出生過一個希特勒外。

到了奧地利，我們住的旅館才算是最舒服的；它乾淨寬敞，也少了在法國那個不倫不類的設備。奧地利人平均收入1,500美元一月，一年發十四個月工資，包括國定假：如聖誕、新年、國慶等，還有滑雪假，如把個人假加在一起，可能有三四個月。它沒有美國富。可比美國正經，也悠然。先寄這些給你，餘下的下封再寫。

順頌

夏安

繼仙 2000年7月

張繼仙，原為上海師範大學國畫副教授，中國畫教研室主任。出版有《怎樣寫生山水》、《應野平山水畫》教學電影（編劇）、《故鄉行》、《彼岸書箚》等著作及國畫山水作品。

異類的導遊

葉宗貞

在餐館吃飯付小費是看服務態度好壞來給多或少，在旅遊業是看導遊對遊客的服務態度和責任感來決定付小費的多寡。

幾天前朋友轉寄一封電郵，裏面有一段錄影：女導遊拿著麥克風，大罵遊客不買東西是很不要臉的事，騙吃騙喝是不行的，別團一人就買了上萬元，你們一車的人買的東西連五千元都不到，不為我埋單也要為政府埋單等等。看到這些景象，想到現在的服務業的態度讓人不敢領教。

我和朋友自助旅遊，在雅典參加當地的旅遊團，遇到一位導遊，不起眼的他卻很有個性。灰白的頭髮，看來有五十多歲，身穿寬舊皮外套，一條寬大不合身的長褲，加上長髮披肩不修邊幅，一付嬉皮的打扮；坐在前座不講話，等客人上完後，若他不自我介紹真不知他就是我們的導遊。車在行駛中他才慢吞吞地講當日的行程，又問聽得懂他的英文嗎？因他的英文有很重的希臘口音，很不容易聽得懂，必需非常仔細地聽，才會領會他的意思。

四十人的大巴士只坐了十九人，旅客分別來自紐約、英國、俄國、愛爾蘭再加上我們四人從加州去的。在達第一站景點之前，他沒講可停多久，只說那兒有東西可以吃，可上廁所。之後下了車他便去喝咖啡、吃點心、打電話，我們就在商店裏閒逛，差不多半小時講完電話，他起身也不叫人就往車上走，我們只好趕緊跟著他上車。

當車開了五分鐘左右，我看到一條狹窄細長的水道，那是有名的科林斯運河，便大叫我的朋友快看，但已來不及了，朋友便問導遊怎麼不告訴我們？導遊居然這樣回答：「我剛才已說過，在前面五百尺有運河。」「為什麼不帶我們去？」「你們已是成人自己可以去看。」於是我們與導遊爭議，他非常生氣並以帶有歧視的語氣說我們聽不懂英語。為了平息氣氛，我們不再與他繼續爭執。

第二站下車時，我們問其他遊客：「第一站的景區你們去了嗎？」全車沒有一人知道前面有景點，只有一對夫婦不想在店裏待著，往前閑走才看到那條運河，可惜不知道那是景點區。又因長途開車好幾小時，導遊跑到最後一排座位呼呼大睡，朋友偷拍了一張睡姿，一直快到景點區他才起來。

因早上發生的事情，大家有所警惕，在他不講話時，車上的遊客也不敢發問。尤其是他先前在爭執的當時看到我正在吃蘋果，便生氣地對全車人說：「不可以在車上吃東西。」這樣突兀的表現，讓大夥心存芥蒂。每次下車時，他也從不告訴大家要停留多久、到下一站還有多久，這使團員們不知該不該帶水或零食。當晚我們四人被分到不同旅館，而其他人全部同去一個旅館。我們四人下了車很擔心被放鴿子。我們向旅店的服務臺詢問為什麼只有我們四人住這裏？可愛的櫃檯小姐說，我們旅行社出的錢比較多，所以住得好點。再想打聽那位導遊的背景，並告之我們的不滿且要求通知旅行社換導遊。小姐說通知旅行社是不可能的，但會向導遊反映我們的意見。

果然第二天導遊變得友善一些。然而每天早上，看他一路上把從旅店裏帶出來的剩菜剩肉倒在古蹟地上，餵那裏的野狗野貓，心裡還是覺得怪怪的。他在博物館裏，與帶學生來參觀的老師爭執，因此引起師生們的不滿而告到管理處去。遊畢古蹟後，本應該就可上車，但他卻讓大家乾等了半小時。有位團友患有糖尿病，需要立刻吃藥，而藥卻留在車上，導遊卻仍要大家再多等二十分鐘才叫司機開車門。我們像孩子一樣被管著被訓著，沒有時間表地跟著他走。

朋友說他是訓導主任、哲學家，我說他是一位落魄的藝術家，如今淪落成導遊，所以心不甘氣不爽。第三天的行程最後段因為併團，大巴士坐得滿滿的，又因接近旅遊的尾聲，他的態度突然變得更友善了。最後一天在送遊客回旅館途中，他很含蓄地說由於希臘經濟不景氣導致人民生活困難，他有孩子要養，請大家多給些小費。他刻意地要司機不開啟中間的車門，讓團員必需經過他再從前門下車。我看到前面先下車的一些人，連頭都不回就走了。其實我們也不願意給，但心軟的Emily還是給了他小費，他大聲地說謝謝，好讓全車的人都聽得到。

我們回到旅館後就寄信給旅行社，告發那位導遊需要在職訓練，我們不但花錢看不到景點，還挨罵受歧視。此次雅典的巴士旅遊，玩得很不盡興；導遊的優劣不是我們可以選擇的，只能說這三天的運氣非常不好。

葉宗貞，喜愛遊山玩水、看書、交友、集郵、聊天、散步、聽音樂、跳舞。作品有《結婚戒指》。

驚喜連連亞利桑那六日遊

黎瑜

在友人安迪及元文夫婦提議下，我們一行六人於今年五月作了一次六天的亞利桑那州的自助旅遊。何其幸福，行前安迪作足了功課，每天的行程、景點、門票、車票、用餐、住宿全部預訂完成，我們只要配合計劃，提著簡單行囊出發。旅遊最無聊的是坐在車上趕路，我們卻分兩組比賽四個字的成語接龍，好勝興奮之餘，一路無人打盹，開心異常。

第一天一早由洛杉磯出發，直奔亞利桑那州，黃昏時分到達Sedona，一陣驚嘆欣喜之餘，照相機、手機全部出籠，只嘆天色漸暗，不少景緻已不宜拍照了。紅色的獨立山崖、平頂是它的特色，一座教堂，神祕地佇立在那半山崖壁上，深深吸引著我們，想入內一探究竟，當然，這就成為次日的第一目標。

教堂一反常態地擁有線條非常簡單的現代化外型，似乎設計師試圖極力減少它的突兀。坐落在半山凸出的臺地上，環視周遭，雖無青山翠谷，卻紅土群山圍繞，層層疊疊，一望無際，美景盡收眼底，又是一陣驚嘆，幾乎忘了拍照。教堂內部陳設簡約樸實，透著印地安氣氛。一列列座椅面對鑲嵌著十字架的玻璃帷幕，和廣闊的天然美景，但凡是人都會激起內心良善的深省，我們徘徊久久不願離去。

午餐是在一家墨西哥人開的中國包肥（buffet）餐廳，老哥掌廚，老弟跑堂，嬌妻收賬，價廉物美，菜色齊全，再加上中式佈置，誰料到在此深山能吃到美味中餐，不只是舉座滿意，真是又一個驚喜。餐後漫步市區，紀念品販賣店，全屬木造建築，並充滿印地安文化氣息，新鮮有趣。

下午坐上頭等火車，深入紅崖觀光。車箱內除了寬敞舒適的沙發，桌上已備好餐具；每節車箱一角，提供各式生菜沙拉、烤雞翅、三明治。入座後，酒和蘋果西打，隨即送上。服務員也身兼景點介紹者，熱情地來回招呼著。兩節車箱間有一節頂篷挑高、四面鏤空、圍欄及腰的車箱，專供觀賞山崖間的樹木、花草、鳥獸、岩石，及山腰間史前印地安人的石造遺址，滿足遊客可以更貼近大自然和無障礙的攝影需要，真是貼心設想，無懈可擊。

第三天乘遊艇暢遊包偉湖和馬蹄彎。包偉湖水位下降，略微影響航程，不能太深入峽彎，但對初次或再訪的遊客，仍是十分動人的美景，那遼闊、清澈、湛藍的湖水，映入眼簾，對來自缺水的洛杉磯的我們，還真是欣羡無比，倍感美麗誘人。遊艇航行於峽谷間，或狹或寬，時而疑無路，時而又一彎，岩壁上的美景變幻中，叫人充滿對下一個景緻的期待，更增添神祕的趣味感，包偉湖果真不負盛名。

馬蹄彎須步行近一哩路才能到達，沒有樹木遮蔭，所幸是晚春，否則可吃不消。來到彎崖邊，由上往下俯瞰，驚嘆水流切割的神力，漸造成的天成美景，大夥都流連在不同的岩石上，想找到更好的角度去欣賞這個難得的口袋形彎流。

第四天趕往印地安人保護區的羚羊谷，狹谷分二區觀光，地平上谷比較寬敞，是觀光客較多也較貴的旅遊路線。地平下谷因低於地平線，則需步行多截坡度陡的簡易狹小鐵梯，下到谷底；狹窄的谷岩，常只容一人通過，相對較少人前往。

由於光線從岩頂透入，經由紅岩的反射，因早午晚不同光度的透入，而呈現色彩斑斕的變化，這也就是攝影名家不斷在不同時段進入谷內取景的原因。我們訂了最貴但提供最佳光度時段的導遊團。十一點坐著保護區特准的旅行車進入上谷，經過一段顛簸的河床車道到達谷口，但見十幾部車已先到達，司機兼導遊帶著我們進入谷區。那種瑰麗柔美的岩壁和千變萬化的透光度，使岩壁呈現由淡橘色到深褐色、淡粉色到深紫色；人人都屏息東張西望，舉著相機，目不暇給地尋找永生難忘的攝影素材，似乎文字已到無用武之地，除了心靈和相機，其他方式已難紀錄那份美。古人可能只有嘆為觀止，而今我們何等有幸，能見識這般世間僅見的奇景，真是心滿意足。由於觀光客太多，進出須走同一條通道，我們只被允許入谷時拍照，出谷時需快步穿越；但日光轉移，兩小時後，進與出的光度角度是絕然不同的，我們還是不免流連，放慢腳步，頻頻回眸捕捉那迷人的岩壁。

午後安排參觀地平下谷，是從停車場直接步行前往，經過半哩路的岩石地面後，分段沿梯而下谷底，谷壁狹窄，不宜腿腳不靈之人前往。無怪乎雖然進出口不同，仍需每隔廿分鐘入谷一團，導遊邊講解邊指引最佳景緻。大家可以盡情享受屬於自己的時間，去品味，去欣賞。拍攝的畫面也不會出現閒雜人等，破壞了美感。很高興我們都趕在行動自如的歲月同來。完成一個半小時旅程離開谷底時，那份飽足感，更勝過巡禮大英博物館或聽完一場完美的音樂饗宴。這種滿載而歸的感覺，也許就是何以每晚我們都吃得非常簡單，沒有人再想吃豐盛的餐食了。

第五天，我們造訪樹木化石國家公園（Petrified Forest NP）。園內十四哩的車道和面積不算大的步道區，全無活著的地表植被，那些倒臥地上的樹幹是億萬年前沈入海底，被各種礦物質侵入細胞後，形成不同類別的化石。它們的色澤五彩繽紛，樹年輪層次分明。巨大的一塊塊、一棵棵的樹幹化石星羅棋布地散落在公園內，想來這必是全美最昂貴的公園吧！門口那家紀念品店內，陳列著全是每片切成約四吋厚直徑十八到廿四吋、打光後的精美樹幹化石，標價都在數千元以上。

公園雖有告示，不可隨意挪取，但沒設護欄，沒有屏障，沒有警衛，更沒有檢查站，只有十幾哩平路，讓遊客開車參觀，不能不佩服美國人的胸襟和對人的高度尊重。

出了公園，經過兩小時車程，來到一個著名峽谷：Canyon De Chelly。它是一九六零年代末麥肯那淘金記和多部西部片的拍攝地點。若非元文提議遊覽這個令人嚮往十幾年的地方，我們不會為此峽谷而增加一日行程。可沒料到一路驚艷，卻彷如倒吃甘蔗，一天比一天更難忘、更精彩。

到達時已近黃昏，急急趕往谷壁上瞭望下方的幾個景點，當時峽谷狂風大作，溫度驟降，竟然下起了冰雹，但卻擋不住美景的吸引力。我們驚呆了，也凍呆了，久久不捨離去，滿心期待次日的導覽。

次晨，一名印地安女士如約來接我們，開始四小時谷底遊覽。休旅車在谷底河床上迂迴前進，為避開水深土軟，忽左忽右，真是新鮮刺激。這種只有在西部片看過的景緻，而今親身體驗，直呼應該騎馬來就更加過癮了。而河床上並非只有光禿禿黃色細沙，印地安人有計劃地種植了很多棉花木，白色樹幹筆直朝上生長，新生的雞心狀葉片，經晨光透視，呈現可人的秋香綠，一片春意盎然，如此迷人之景，看得大家都驚嘆無比。

在谷底十八個景點中，一千三百年前印地安人的谷壁、石屋、壁畫，盡收眼底，經由導遊解說，就像讀了一本印地安文化、藝術的寶典。大夥兒本來說好，不買雜物回家的，結果無一倖免，又是馬毛陶缶，又是陶板（形狀大小各異粗陶的板塊）彩畫，又是古老掛錶的，買完還爭相與畫家合影，興高彩烈地踏上歸途。途經66號公路私人擁有的大峽谷洞穴，洞深四百呎，我們乘電梯而下，在寬一萬兩千呎的洞中，沒有石筍石柱，僅設置一間具有四星級旅館的臥室，全無陽光照明，若斷電四十五秒，在漆黑中，人就會完全失去方向感與平衡感。但聞有不少新人在此結婚，主人可提供全套服務，有舞臺、樂隊及三十人以上的來賓座椅，相信必是全世界最大、最恐怖的新房，真是大千世界，別出心裁啊！

一週後，我們再次重聚，一齊觀賞訂購來的麥肯那淘金記的DVD影片，更加興奮地驚呼連連，談論著我們曾站在那兒、經過這兒，只是沒了當年淘金的夢想，而是滿滿精彩的回憶，也因這次難忘美妙的六天，我們開始籌劃下一個旅程，期盼著再次驚喜連連。

黎瑜，來自臺灣的廣東人，曾開設電腦公司立足南加，隻身撫養獨女成人。曾任師大校友會會長，現任羅蘭知友會理事。熱愛瓷器彩繪和油畫花卉、鳥獸。雖已走過五洲，遊山玩水仍是退休後的主軸。視跳舞為唯一的運動。但願開心、健康地奉養老母，能交好友愉快輕鬆度過每一天。

兒童文學

- 致兔子書／劉戎
- 童詩四首／蔡季男

致兔子書

劉戎

親愛的小兔子：

首先要說抱歉，我不是個會種東西的人，不論是花草還是蔬菜瓜果或是其他糧食作物。

關於我的種植經歷，我妹妹曾這樣評價過：你除了兒子養得還不錯，你看你種成過什麼？

我一時想不出有力的詞彙來反駁。一面惱恨她不像是我親妹子，一面認真地三省吾身，站在客觀公正的歷史角度，我應當謙虛謹慎地接受和孔聖人相同待遇的批判：我不事稼穡四體不勤五穀不分。但這並不影響我對於種植勞動的熱愛，我試過，但是沒成；因為沒成，影響了積極性、限制了創造性、挫傷了熱情，然後惡性循環，以致於屢試屢敗和屢敗屢試交替呈現。我接受各種批評批判，同時，也接受冷酷到低於冰點的現實。

親愛的小兔子，我承認，以上這些繞口令般的胡言亂語，只有不多的自我檢省成分，難逃為自己開脫之嫌，說得再通順一點，就是人家雖然不會，但是喜歡。這一點希望你能理解。

從前，我除了花盆以外，就沒有過屬於自己土地的年代，距今最近的一次是種植一盆鵝掌柴，因為兒子的幼稚園要教孩子辨認植物，要求家長贊助盆栽，我因此特意去買的；買它是因為喜歡那只盆，白底藍花的瓷。不幾天，幼稚園退還回來了，剛擺上我的窗臺時只有一掌高，就放在餐廳的那扇窗前，有時候它在那窗的玻璃之外——下雨的時候或下雨之前，我覺得自然的澆灌會比自來水更有營養。在它長到快有兩只手掌那麼高的時候，我眼見它一天天枯萎，什麼水都救它不回，它走了，留下那只盆。後來，主要就是斷斷續續地弄點鮮切花，月季、玫瑰、百合、非洲菊和勿忘我之類，水養在透明的玻璃瓶裡，但那感覺，呃……，不準確地說，有點像是抱了別人家的漂亮娃娃來玩，看著高興一會而已，畢竟不是親生的。

遷居洛城以後，我發現自己在可使用的土地方面陡然而富，忍不住技癢，先後種過韭菜、地瓜葉、空心菜葉、蔥和辣椒。地瓜葉和空心菜是作為蔬菜從超市買回來插進土裡的，每天辛勤地澆水後，看到有新葉生長異常興奮。有經驗的朋友指點我要起壟，壟？那是什麼？蔥也來自超市，莖與葉入膳，連鬚的根埋進土裡。辣椒是數只辣椒肚子裡的籽都灑進土裡。許久後，驚喜出現的一棵小苗苗——唯一的一棵堅強的種子，可惜還未成家立業，就和地瓜葉空心菜葉一樣無疾而終了。只有韭菜是從朋友家連土一併挖來的，我按指點對它們進行了分株分植，即是將每三五株韭菜間隔十五到二十公分距離埋進土裡，聽說它們自己會從根上繁殖出新株來的，可惜，在我的手上這似乎只是個傳說。能給我安慰的只有蔥；人家是自己會長，出乎意料地兀自生長，而且膘肥體壯。

後來，我搬到山上，廣闊天地大有作為。可惜，非我不為，我為了，沒為出成果來。

親愛的小兔子，記得不？我種了三顆生菜，只隔了一夜就剩了一顆：再一夜，一顆也沒了。我種了四棵菠菜，起先放在高臺上，還相安無事，為了近水源我放到了地上，一夜之間四棵同時不見了蹤影。不久，朋友給了兩棵黃瓜苗，我擺在前門的廊下，天亮再去看，葉子全無，只餘雞爪子一般的、伸向天空的枝幹，而且是被啃過的雞爪子般那麼難看。這是種在盆裡的作物下場，那種在土裡的呢？二月末三月初，這是說明書上所說的南加州最佳播種季節，我沿著白色圍欄挖了幾十個淺淺的小坑，埋下了數百粒太陽花的種子。太陽花，人家說連小坑都不用挖，直接灑到地裡就能長——就這麼容易生長，給點陽光就會燦爛。而且這些小坑全在自動灌溉系統的範圍之內，也就是說每天都有澆水的啊！怎麼一棵花苗苗也沒有見到過呢？更莫說是一朵半朵的花花。直到有一天清晨，我透過廚房的窗，看到草地上密密的小雀兒，那麼快樂地在草地上翻撿啄食，我突然福爾摩斯到那些種子、那些小苗都去哪兒了！但是小兔子，我始終沒能親眼見到是誰弄走了我的生菜菠菜和黃瓜葉子，但我知道你是成天都在院子巡邏的，難道你也不知道嗎？

能給我安慰的，只有蔥了。我都忘記我曾把切下的蔥根埋進花圃了，直到它們的腰身粗到像一個小嬰孩的手臂——壹顆蔥包了一回豬肉大蔥餡餃子。那是去年的感恩節之前，這的確是上天賜下的食物，應該感謝並感恩。

這份意外的成就，重燃了我種植的信心。今春朋友家給了三棵已經育好的西葫蘆苗，我把它們種在白色圍欄的旁邊，一是這裡可以自動澆水，二是當它們長大到爬藤的時候，順著圍欄就可，省去了另外搭架子。為了防止它們遭遇黃瓜苗一般的不幸，我用奶粉罐給它們做了鐵皮敞篷小屋，用細鐵絲衣架做成頂篷——果然銅牆鐵壁，小苗兒一天天長大了；長出了一片又一片新葉，每一株都大過一尺了，它們開出了第一朵嬌黃鮮嫩的黃花兒，然後，在那花兒的後面，一天天伸展出去，一天大過一天，一天粗過一天，一天綠過一天，那是一棵真正的西葫蘆的果實啊！我比以往更殷勤地來看望它，每一眼都帶著歡欣與喜悅，我給它們拍照，紀錄著它們的成長。這時候，鐵絲衣架早就失去了防護的功能，肥大的莖葉從鐵絲中間伸展出來，我以為這時候的它已經強壯到自己可以保護自己了，你看，它的莖上密密地長著細細地小刺。還有一點，到這時候我才明白，原來西葫蘆是不爬藤的，它不像絲瓜，不像豆角。

生活是一本真正的百科全書，它不僅給你知識，給你經驗，還給你帶來在朋友中高談闊論的話題。我周圍種植高手林立，他們不僅種花、種菜，還種果樹，四季飄香，花果滿園。而今的我，終於也可以驕傲地告訴別人，我種的西葫蘆快有收穫了。雖然我的這點收成和他們相比微不足道，但是對於我來說，那可是我這輩子親自種出來的第一顆果實啊，果實！果實是可以吃的！親愛的小兔子，你能感同身受我的這份喜悅心情嗎？你比我在山上住得還久，你比我更清楚地知道，那是山上這偌大的園子裡，至少是這三年來第一個人工種植結出的的瓜果吧？你成天在園子裡跑來跑去，不是因為這個而興奮開心地在奔走相告麼？我的朋友也為我高興，她和我一樣期待到有些著急，她要我馬上摘收成果，我允諾與她分享，我恨不得天下人都能享受到我的果實與喜悅，但是我還奢望這喜悅再多持續些時候，哪怕是多一天——我原本也只打算再多等一天的。一天，一天而已，二十四小時都不到，我回到家還未進家門就先去看我的瓜，你猜我看到了什麼？我看到一隻遍體鱗傷的西葫蘆委屈地躲在瓜葉下，除了幾處破損的表皮，還有幾個露出嫩綠果肉的小洞，最大的那個洞瘡面約一平方釐米，深也近有一釐米。我的心陡地一緊。再看旁邊，另外一個只有手指粗細的果實，只剩得後小半截了，靠近中心的嫩葉也見缺損。

誰？誰幹的？！從傷情看，它必得有堅利的牙或爪，親愛的小兔子，那一刻我首先想到的就是你，你的兩顆大門牙被卡通漫畫普及得太深入人心了！松鼠被列為第二號嫌疑犯，它也是這院裡的常駐者之一，而且牙尖爪利，但我不確定它除了堅果之外是不是還喜歡吃瓜？其他的像浣熊和臭鼬以及土狼，凡我在這院子裡遇到過的統統拉進了黑名單，但是你，你出現的頻率太高了，尤其是案情出現之後，我每天去勘察現場都會看到你在附近出沒，你大搖大擺視我無睹，我絲毫未見你有非法侵佔的負疚。是你嗎？說！是還不是？

我咬牙切齒，我怒髮衝冠，眼見勝利果實竟然落入旁人之手；我捶胸頓足，我悔不當初，若不貪那片刻歡喜及早下手，哪裡會輪得到小人得志；我搜腸刮肚，我苦思良策，立誓懲凶絕不輕饒。可轉而又想，我何必糾結於享用果實，我種了，它長了，而且長成了，這就是最大的成就，至於是誰得到果實則是緣份。如此一想，心情立刻大好，仍然堅持每天去看望它們。不曾想，偷嚐過果實的那位卻一發而不可收了，可憐的西葫蘆自那之後一日衰過一日，先是結成的瓜沒了，接著是中心的嫩葉沒了，然後是老葉，最後連長了小刺刺的莖也一天禿過一天。我在心裡拜託過若干回，我說了無數遍希望能夠被聽見的話：「這些都是你的，都是你的，我原本就是為你種的，請不要這樣短視掠奪，像某些人類毫無節制地使用資源，挖礦、用水和採石油。」後來，我絕望到都不忍心走到近前去看了，但是，遠遠地，我看見你，依然歡快地在那周圍張望。我有照留存。

後來，每當再有朋友問起我的種瓜大業，我兒子都替我搶答：「種菜？我媽是喂兔子的。」

親愛的小兔子，我但願是冤枉了你，如果是你享用過，我也挺高興，只是可惜你沒有耐心等待真正的收穫，也連累我在廣闊天地毫無作為。我寫信給你並不是在聲討你，只不過是給自己不會種東西理理藉口而已。若不是你，我就給你再道個歉，要不，明年開春咱還種？

只種不收的苦主 字

劉戎，女，自江蘇連雲港移居洛杉磯，現為北美華文作家協會會員。

童詩四首

蔡季男

誰請來了春天

小河四處表功：
我趕走了寒冬！我趕走了寒冬！
燕子辯著說：
是我用尾巴，剪開了大地的封凍。
蜜蜂說：
你們難道沒聽見，
是我譜出歡迎的歌聲？
只有太陽，
氣得臉兒一直紅，一直紅。

蜜蜂

蜜蜂是自然界的小媒婆，
她逢人就說：
李家女兒的皮膚，
粉也似的白。
她到處傳播：
桃家兒子的嘴唇，
火也似的紅。
她的一說一播，

急壞了毛蟲，
驚醒了東風，
把春天惹得鬧烘烘！
把春天惹得鬧烘烘！

蟬

夏天是蟬兒吹牛的季節，
他不知道：
榕樹公公為什麼要，
撐起大綠傘？
他不知道：
石榴姊姊為什麼要，
穿上小紅衫？
卻站在高高的樹梢大叫：
知了！
知了！

思念

不用翻開相簿，
就可以看見傳神的眉目；
不用打開錄音機，
就可以聽見說話的緩急。
思念是一張
永不褪色的照片，
思念是轉不完的錄音帶，
一捲，一捲，
又一捲------。

會務報導

活動相片

編輯部

3.29.15 遊園吟詩賞花暨第一次理監事會。地點：茶花山莊（Descanso Gardens）

4.11.15 演講題目：《科技的人文關懷》，地點：洛杉磯華僑文教中心。

菊子、吳慧妮、王申培教授、張良羽、彭南林會長。

前會長周愚先生、王申培教授、現任會長彭南林互贈書冊。

前會長陳十美生日宴，攝於2015年母親節之前。地點：888 海珍樓。

張五星、段金平、盧遂顯、陳十美、丁麗華攝於前會長陳十美生日宴。

6.6.15 第二次理監事會，地點：理事林東府上。

6.6.15 周愚、葉宗貞、蓬丹、楊強夫婦、段金平、張五星，攝於林東家。

6.6.15 第二次理監事會，地點：理事林東府上。

8.9.15 聖地牙哥夏日遊，攝於理事張五星、段金平Carlsbad府上。

8.9.15 前排：沙紅芳、李峴、南林、周愚、田文蘭，後排：張五星夫婦、楊強、周玉華，於Carlsbad。

8.30.15 第三次理監事會於理事張炯烈、副會長岑霞府上。

9.20.15 中秋節聯歡會。地點：前會長古冬府上。

董國仁、蓬丹、田文蘭及古冬夫婦與眾會員享用中秋大餐。

11.8.15 二十一名會員含家屬與湖北同鄉會暢遊棕櫚泉。會長彭南林、唐宇晨、黎遂夫婦、凌莉玫、何念丹夫婦、朱凱湘、王智攝於安娜伯格莊園（Annenberg Estate）。

11.15.15 第四次理監事會，地點：畫家樊亞東工作室。

12.20.15 聖誕聯歡會，地點：888海珍樓。

1.16.16 廖輝英女士演講轟動僑界，僑教中心展覽室內座無虛席。左起：加州台灣同鄉聯誼會副會長張琅超、周愚、蓬丹、蒙特利公園市前市長陳李婉若、廖輝英女士、彭南林，台灣書院主任張書豹、岑霞、周玉華，南加州華人寫作協會會長廖茂俊。

2016年名家講壇記者會於1 月14日在聖蓋博酒店召開，參與者與主講人廖輝英女士合影。

1.21.16 歡送廖輝英晚宴，地點：楊家小館。

1.17.16 作協於洛杉磯華僑文教中心舉辦大型新書發表會。

新書作者（前排）；葉宗貞、唐宇晨、梁佩鳳、黎遂，蔡季男、林東、菊子、張冠；講評人（後排）：周愚、谷蘭溪夢、凌詠、慈林、楊強、彭南林。

2015年度會務活動

楊強（本會副祕書長）

（一）本年度會務活動

北美洛杉磯華文作家協會新任會長彭南林博士召開會議，與工作團隊：副會長兼祕書長周玉華、副會長兼財務長岑霞及副祕書長楊強等人，討論本年度會務活動安排事宜。擬訂2015年年度活動項目如下：

（1）03/29/15溫馨春遊——遊園吟詩賞花暨第一次理監事會。地點：茶花山莊
（2）04/11/15王申培教授演講《科技的人文關懷》。地點：華僑文教中心
（3）06/06/15第二次理監事會。地點：理事林東府上
（4）08/09/15聖地牙哥夏日遊。聚會地點：理事張五星、段金平Carlsbad府上
（5）08/30/15第三次理監事會。地點：理事張炯烈、副會長岑霞府上
（6）09/20/15中秋節聯歡會。地點：前會長古冬府上
（7）11/15/15第四次理監事會。地點：電腦設計專家暨會員樊亞東府上
（8）12/20/15聖誕聯歡暨新書發表會。地點待定。（後者改至01/17/16）

南林會長的創舉，是計劃在任內出版《北美洛杉磯華文作家協會作家傳記》，由段金平理事主編，2015年《作家之家》文集則由凌莉玫理事主編。兩本書的封面設計均由樊亞東會員負責。

北美洛杉磯華文作家協會本年度的計劃活動，豐富多彩，兼顧理性與感性，全體文友期待參與。

（二）3-29-2015春季遊園吟詩賞花暨第一次理監事會議

一年復始，萬象更新。在這鳥語花香、風和日麗的春天，北美洛杉磯華文作家協會會長彭南林，盛情邀約會員及親友們在三月二十九日午後，齊聚茶花山莊（Descanso Gardens），遊園吟詩賞花，詩情畫意，美不勝收。同時舉辦第十二屆第一次理監事會議。

茶花山莊滿山遍谷春暖花開，爭奇鬥豔。大家搶著在君子蘭、茶花、鬱金香、罌粟花、玫瑰花等園區拍照留念。文友們留連在花園的小橋流水與花間石畔，雪白櫻花漫天盛開，幽靜清爽，無條件享受免費的森林沐浴，真是不捨離去。

在優雅的日本庭園，本會詩人慈林漫談詩歌創作心得，並由丁麗華朗誦他的詩歌代表作：〈迷惑〉、〈一棵開花樹〉、〈非夢〉、〈暗戀〉、〈初戀〉、〈中國，我的戀人〉、〈她樹下等我〉、〈海風〉。受到大家的熱烈歡迎與好評。

居曉玉帶來她的兩名小學生，朗誦唐詩數首，曉玉把唐詩翻譯成英文，譜成歌曲傳唱，為宣揚中國文化默默地作貢獻。

在這二位文友的啟發與引導下，楊強助興朗誦莫言的〈你若懂我，該有多好〉，丁麗華朗誦自己的詩〈夢〉，李穎博朗誦〈蓮的心事〉與〈致橡樹〉，駱秀玲以女性風格朗誦莫言的〈你若懂我，該有多好〉。最後由《東西方雜誌》社長張五星與主編段金平恩愛夫妻檔壓軸演出，段金平朗誦陸遊的詞〈釵頭鳳〉：「紅酥手，黃滕酒，滿城春色宮柳……。」張五星小提琴〈梁祝〉伴奏，如夢似幻，如泣如訴。大家在美麗風景中，分享美麗的詩詞歌賦。

最後，南林會長主持2015年第一次擴大理監事會議。彭會長向大家報告今年全年的作家協會計劃，包括新書發表會、文學講壇、春季遊園吟詩賞花、聖地牙哥夏日遊、中秋及聖誕新年聯誼會等活動。

會長彭南林、副會長周玉華、岑霞，成功圓滿地舉辦這次文學藝術性濃厚的春遊。文友們不虛此行，玩得盡興，精神愉悅，心靈收穫豐盛，期待下一次的文學盛宴相聚。

（三）4-11-2015邀請王申培博士演講《科技的人文關懷》

人間四月天，風和日麗。新任會長彭南林於四月十一日主持本年度首次文學交流活動。邀請王申培博士在華僑文教中心主講《科技的人文關懷》，眾多會員及愛好文學、科技、藝術、音樂的社會各界人士四、五十人參加。周愚前會長親切引言介紹主講人，楊強副祕書長深入淺出講評，本身亦是博士的彭南林會長作了精彩風趣的總結。

王申培博士演講《科技的人文關懷》，用形象的畫面、生動的實例、通俗的語言來表達最深刻的哲理。他對科學與人文，音樂與文學的一切闡述，處處充滿了愛人如己，呈現對家庭、社會、國家、民族、世界的強烈熱愛。他成功地闡釋了「科學離不開幻想，藝術離不開真實」的關連性。

王博士強調大學教育宜深化通識教育。通識教育等於或大於「人文素養」，它可幫助現代人更掌握人生。且鼓勵大家要飲水思源，數典不能忘祖，飲水切記思源。

王申培博士中國山東人，上海出生，臺灣長大。電腦科學教授，人工智慧、模式識別、電腦影像專家。王博士的演講受到廣大文友好評，引起熱烈討論。

會員文友們感謝會長彭南林、副會長兼祕書長周玉華、副會長兼財務長岑霞與副祕書長楊強，為大家安排了這樣有意義的文學交流活動，豐富了精神生活。參與者皆大飽耳福、大開眼界，受益匪淺。

（四）6-06-2015第二次理監事會

六月六曰於林東理事府上，舉行北美洛杉磯華文作家協會2015年第二次理監事會議。除了何念丹理事在臺灣舉辦畫展，這是全體理監事出席最齊全的一次，共有三十多人參加。

東道主林東理事那天淩晨四點鐘即起身，不辭勞苦，將大客廳佈置成美侖美奐的會場。林東理事府上掛了數百張千嬌百媚的美女大幅照片，眾人暗自納悶。楊強和林東二十多年前就在伶倫劇坊同臺演出曹雨的名劇《雷雨》，他們是戲友和好友，楊強一語驚醒夢中人，美女即是林東理事！

眾理事到齊之後，首先東道主林東帶領大家參觀了他的舒適豪宅和他收藏的文物古董。林東理事的收藏十分珍貴，各有來歷，主人風趣生動的介紹，讓眾人大開眼界，大飽耳福，紛紛拍照留念，久久不捨離去，這是一次意外的文化思古之旅。接著品嚐各人帶來的拿手菜及主人伉儷準備的各式水果及甜點，再加上周愚前會長帶來葡萄美酒助興，大家吃得非常開心。

本次理監事會由會長彭南林主持，副會長兼秘書長周玉華報告下半年工作計劃，副會長兼財務長岑霞報告會內財務情況。

南林會長表示2015年《作家之家》文集由淩莉玫理事主編，《作家傳記》則由段金平理事主編。這兩本書的封面設計、裝幀均由畫家樊亞東會員負責。原本計劃今年兩次新書發表會，改為一次，於年底舉行。南林會長親自考察新書發表會地點，尋找可配合現場出售新書的合宜場地。

周愚前會長建議邀請臺灣女作家廖輝英來本會作《名家講壇》一事，大家展開熱烈討論，最終達成意見統一，在明年二月份與年會同時舉行。理事羅興華提議本會協辦紀念抗戰話劇《耿家村》，理監事會通過。

本次理監事會開得認真，吃得滿意，玩得盡興。藉此進一步互相瞭解，使得本會更團結，更有向心力。

（五）8-30-2015第三次理監事會

2015年第三次理監事會議，於八月三十日在理事張炯烈、副會長岑霞伉儷府上舉行。本次理監事會由會長彭南林主持，副會長兼財務長岑霞報告會內財務情況。會議討論內容包括中秋佳節聯歡活動、會務及2015《作家之家》文集出版事宜。會議確定於九月二十日在前會長古冬府上舉辦中秋佳節聯歡。古冬會長慷慨提供價值不菲的烤乳豬及三大盤美味菜餚，供會友享用。聯歡由丁麗華、楊強主持，節目有詩歌朗誦、卡拉OK及笑話等，精彩可期。

為紀念抗戰勝利七十週年，2015文集《作家之家》已開闢專欄由會員提供有關創作，共襄盛舉。另外應理事羅興華提議，本會決定協辦紀念抗戰話劇《耿家村》，由羅興華編劇，樊亞東舞臺設計，葉宗貞、盧正華擔任義工。本會捐款支持者為趙玉蓮、彭南林、凌莉玫、周玉華及羅興華夫婦。購票支持者包括岑霞、周愚、陳十美等會員。本會既出錢又出力，確實鼎力協辦。

2015年「作家之家」文集主編凌莉玫理事報告文集進展狀況。目前已收到六十篇文稿，共計十三萬多字，已完成百分之八十的校對工作。編輯組成員慈林、梁佩鳳、蔡季男皆工作認真，具有優良的文字素養。封面及美編由樊亞東負責。會長南林宣稱2015年《作家之家》文集肯定質量俱佳。

公事完畢後，在主人寬敞高雅的大客廳裡，餘興節目上場。主人張炯烈、岑霞伉儷表演雙人舞「恰恰」，輕快的舞曲，專業水準的舞姿，再加上女主人望著老公深情甜美的笑容，迷倒全場！大家一致認為副會長岑霞十六歲少女般的笑容「傾國傾城」，難怪緊緊擄獲帥哥老公。接著周愚前會長與玉華副會長展示優雅的探弋，拋玉引磚成功，磚頭紛紛上陣，熱鬧滾滾。

此次理監事會共有二十多人參加。東道主伉儷熱情款待，豪宅任隨大家「橫行打擾」。雖然有中央冷氣，因為大聲唱、大力跳，有些人汗流浹背，依然舞興不減，最後才依依不捨告別。

感謝南林會長卓見倡導在理監事府上開會。感謝理事張炯烈、副會長岑霞伉儷，讓理監事既能認真處理會務，又能玩得痛快！

聖地牙哥夏日遊

楊強

明媚燦爛的夏天是旅遊的好季節，北美洛杉磯華文作家協會會長彭南林於八月九日安排聖地牙哥一日遊，拜訪居住該城的理事張五星、段金平伉儷和到Carlsbad小鎮觀光和海灘漫步，盡情享受聖地牙哥獨特的清新海風及迷人風光。南林會長並細心地提醒文友們帶遮陽帽、墨鏡及塗防曬霜等事宜，會長為了這次夏日遊萬無一失，還犧牲休息日親自開車來回四個多小時，去了聖地牙哥五星、金平家打了一前站。

聖地牙哥為加州最南端的海港城市，氣候宜人，溫度適中，是全美氣候最佳地區。海景優美，城內早期西班牙建築隨處可見，更有古城（Old Town）擁有超過百年歷史文化，見證早期西班牙移民的生活情況。

三十多位文友從洛杉磯先開車至聖地牙哥當地一家由五星、金平理事伉儷事先安排好的餐館集合，並在那裡享用午餐。理事伉儷特意點加餐館菜單上沒有的菜，並帶來高級葡萄美酒助興。豐富的菜餚吃不完，美酒飲不盡，讓大家吃得滿意又開心。雖然每人交了餐費，但是五星、金平為了大家能吃好，盡地主之誼，不單多次跑餐館聯絡，確定停車場停車位足夠，又和老闆商定菜單，費心、費力，還掏錢為大家付部分餐費與小費，實際上跟他倆請客花費差不多。

酒足飯飽後，由五星開車帶領大家來到他們溫馨的豪宅，從窗外能望見蔚藍色的大海，全體文友在有小橋流水、涼亭、噴泉、搖椅、花叢草地、小高爾夫球場的院中合影留念。幽雅的庭院裡還有五星親手栽種的果樹和一小蔃鮮綠整齊的韭菜，說明他們是在廣闊天地鍛鍊過的人，如今在美國又適應了洋插隊。

會長彭南林主持聖地牙哥夏日遊聚會，感謝主人的盛情接待。副會長周玉華介紹新會員，凌莉玫主編介紹《作家之家》文稿收集狀況。還有很多會員尚未交稿，她希望文友為本會增光，寫出有質量、有水準的作品。周唐泰、周玉華夫婦熱心拍照，為大家留下美好記憶。

女主人金平致詞，為了留下永久的紀念，她決定用她擔任主編的《東西方雜誌》為這次聖地牙哥夏日遊，在九月份出版一期專刊，邀請每人寫篇文稿，附張個人照片，由副祕書長楊強撰寫綜合報導，配合今天拍攝的歡樂照片一併刊登。金平主編的倡議，立即得到大家的擁護和支持。

五星在餐館自稱他是「迎客松」，在門口笑咪咪迎客，並為大家端茶倒水。在他倆府上，五星致詞：「首先代表聖地牙哥市長歡迎大家！」他說：「要一個禮拜不得安寧，就請客。要一個月不得安寧，就娶老婆。要一年不得安寧，就蓋房子。要一輩子不得安寧，就娶個小老婆！」大夥哄堂大笑，折服於他的幽默感。「為了這次聚會，我倆足足忙活了一個禮拜，怕椅子不夠坐，還專門頂著太陽買了幾十把椅子。金平昨晚半夜還挑燈夜戰，在廚房切水果，又為大家包裝在回去路上吃的點心與瓶裝水，你們說她辛苦不辛苦？」大家聽後很受感動，金平實在是太細心，太周到了。

五星繼續說：「因為有這樣的老婆，我的愛心在不斷增長中，人也在不斷進步。我親身經歷過蓋房子，那讓我足足不安寧了一年。為了讓自己活得更長久一點，現在有這樣一個老婆也就夠用了。」

這樣一段真心的大實話，充份展現他們的夫妻恩愛、五星風趣的口才與文學修養，也讓我明白五星為什麼能抱得美人歸。

金平實在是有德有貌，秀外慧中，不單把家庭打理的舒適、有格調、有品味，同時又把《東西方雜誌》月刊辦得出類拔萃。

由於五星把歡樂親切的氣氛營造起來，大畫家何念丹，前會長周愚及會長彭南林三人的笑話，亦讓大家笑聲不斷。念丹剛在兩岸成功舉辦畫展，馬不停蹄偕夫人趕來參加。前會長周愚文筆詼諧，近年更從筆功發展至舞功，榮登舞王寶座。會長彭南林辦理會務認真負責，說笑話唱歌毫不遜色。來自內蒙的新會員韓書麟二胡獨奏〈敖包相會〉及〈萬馬奔騰〉，頗具草原風味。五星小提琴獨奏〈九兒〉，可以聞到紅高粱的酒香。副祕書長楊強朗誦普希金詩歌，感情充沛。新會員段建華講易經，看五星金平的房宅，大門朝東南，走廊貫通，這家主人不缺錢。

新會員余顯利、梁佩鳳夫婦，因為參加了本會才認識前會長周愚和新會員鄭立行。在午餐閒聊中國空軍打日寇時，余先生無意中談起他親戚岑慶賜也是從美國參加空軍訓練，然後到中國參加空軍抗日的。幾十年來，他一直打聽不到有關岑慶賜的消息，結果從鄭立行的口中知道，他寫了一本書裏有岑慶賜的記載。真是踏破鐵蹄無覓處，得來全不費功夫。他激動地流下淚來。他的這段講述又感動了現場所有的人。

這次聖地牙哥夏日遊，內容是多麼豐富，而且有很多意外的收獲，每個人都是肚子裏滿載美食，心靈中滿載快樂。我忍不住對金平說：「以前來過聖地牙哥，只認得海洋世界，但這次有你們兩位好友在這兒，感覺完全不一樣！」

文友們十分感謝本會理事張五星和段金平伉儷的熱情邀請及為本次活動所付出的辛勞！

中秋佳節聯歡會

楊強

正當秋風送爽、桂花飄香，一年一度的中秋節即將來臨之際，北美洛杉磯華文作家協會會長彭南林特地安排於九月二十日（星期日），在前會長古冬府上舉辦中秋佳節聯歡會。

前會長古冬本名張袞平，曾任職記者、編輯、編劇等工作，在香港發表過很多篇小說、散文，足夠出版兩本書。來到美國開餐館，除了事業，家庭，養育兒女外，仍持續寫作。作品大多數與餐飲有關，內容豐富多彩，詼諧幽默，形成了自己獨特的文字美饌風格。古冬行萬里路，嚐萬家飯，讀萬卷書，一直堅持寫作，至今已經出版了八本書。多次獲文學獎，其中《百味紛陳》一書，更榮獲世界華人聯合總會與作家報合辦的「全國文學藝術大獎賽」金獎。

北美洛杉磯華文作家協會成立三十年以來，一般會長任期二年，連選得連任一次。古冬卻特別擔任了五年半之久的會長，其中代理會長一年半。他的公子為了支持父親，為本會捐款一萬元作為活動經費，古冬會長在本會歷來最長的任期內，也多次捐款，把本會領導的有聲有色，並出版兩期《洛城作家文集》。

八年前，北美洛杉磯華文作家協會二十多位文友在古冬會長豪宅聚會，慶祝他的喬遷之喜，古冬會長就用烤乳豬等豐盛的菜餚，熱情款待大家，讓我們至今還口齒留香，記憶猶新。美中不足是這其中有三位文友先後離開了我們，他們是前會長張明玉、名律師管志宏及理事毓超，人生真是「月有陰晴圓缺，人有悲歡離合」。八年來我們作家協會吸收了很多新鮮血液，以文會友的隊伍更壯大了，一百多位會員中有將近半數文友參加此次中秋佳節聯歡會，連九十三歲高壽的榮譽理事華之鷹，亦出席共襄盛舉。

現任會長彭南林為了策劃舉辦這次盛會，絞盡腦汁，多次根據人數增加而修改活動戲本。他搬來數十張椅子和長桌，買來小雅屋的很多盒新鮮美味月餅，供大家品嚐助興。南林會長給大家買月餅，這已經是第三個年頭了，年年讓會員文友們享用中秋月餅，甜在心頭，吃得盡興。青年才俊的彭南林會長真是位肯出錢出力，任勞任怨，為大家服務的好會長。

副會長周玉華每次聚會，都是買最好吃、價錢最貴的水果提供給大家品嚐；她是我們美麗的水果公主。玉華為大家買水果吃的歷史由來已久，記得八年前，團長周愚、兩位副團長艾玉、楊強及何念丹、朱凱湘等十人，在北京人民大會堂開會，玉華遠在洛杉磯，打電話拜託她在北京的親友，買上各種水果，送到我們居住的新僑飯店，讓我們遠在萬里之外，感受到她的濃情美意。難怪很多新會員剛加入，就體會到我們作家協會如同大家庭般的親切與溫暖。

這次能成功地在古冬府上舉辦中秋佳節聯歡會，與提議人兼聯繫人岑霞副會長的功勞是分不開的。岑霞不但把本會財務管理得井井有條，而且思慮週全，好點子特多。兩位副會長周玉華及岑霞的另一半周唐泰、張炯烈，更是在幕後默默揮汗，大力支持。

古冬會長伉儷不但提供豪宅，並為大家準備了異常豐富的菜餚，古冬會長及甜美的會長夫人殷勤待客，給每位文友親自送瓶裝水，又沏熱茶，招呼大家努力進餐，文友們衷心感謝他們的盛情。古冬會長招待文友美味菜單如下：

一、香烤金豬一隻
二、招牌炒飯
三、榨菜肉絲炒米粉
四、腰果蝦仁
五、素炒什錦菜蔬
六、有機水果：龍眼、蓮霧、硬柿子

再搭配前會長周愚的大瓶葡萄美酒、現任會長彭南林的中秋月餅、副會長周玉華當天清晨製作的沙拉及文友們帶來許多可口的水果。大家吃的不亦樂乎，酒足飯飽後，精彩節目上場。

丁麗華、楊強主持節目，羅興華提供音響設備。會員踴躍參與，展示個人才藝，與眾同樂。

新會員自我介紹，凌莉玫介紹她的洋夫婿。

何念丹、蓬丹、楊強等人詩歌朗誦。「明月幾時有？把酒問青天。不知天上宮闕，今夕是何年⋯⋯但願人長久，千里共嬋娟。」挑起了中秋的詩情畫意。

周愚、彭南林、駱秀玲、丁麗華、楊強等人的笑話，讓大家笑聲不斷，樂翻了天。

慈林、周唐泰、唐宇晨、丁麗華、董國仁、梁佩鳳、陳萍、楊強等人專業水準的高歌，足以繞樑三日。

當時，室外溫度高達一百零六度，室內中秋佳節聯歡會雖有中央冷氣，但熱鬧滾滾的氣氛，已經遠遠超過室外溫度。文友們意猶未盡，相約八年後再來打擾古冬會長伉儷。

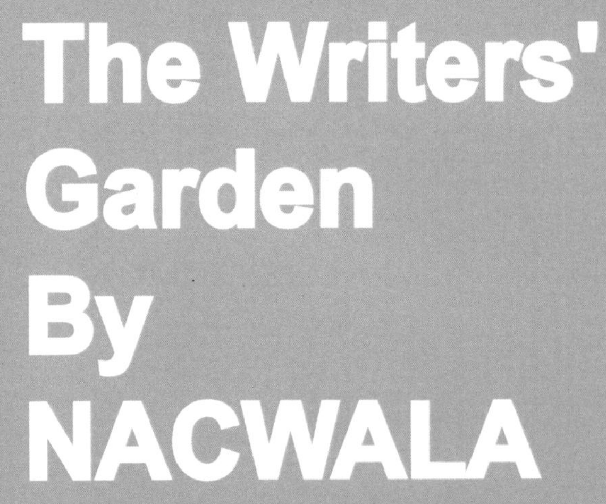

二零一五年作品集之輯二

講壇

女性，綻放動人的生命光影

2016《名家講壇》
主講人廖輝英

傾聽女人

幾千年來，在男人主導的社會中，女性習慣沉默，也只能沉默——在沉默中，成長、學習、生活、奉獻、服務、燃燒，一輩子做薪材、一輩子以男人馬首是瞻，對每一個她而言，人生只為服務男性，以男性為尊、以男性為規範、以男性為圓心，鞠躬盡瘁、死而後已。身亡之後，在祖先牌位上，女性甚至沒能掙到一個名字，只能擁有娶她為妻的男性給她的姓氏，叫做X（夫姓）媽X（娘家姓）氏。終其一生，她所有的榮耀幸福、辛酸苦樂，生前死後，完全由男性給予和定義。

女性，做為依附者，是藉由全然奉獻自己的身心，得以卑微的存在。可是，在心臟一博一跳之間，女人的生命那些蘊含的神祕、幽微、曼妙、精彩多姿的吞吐，雖然無人傾聽睇視和欣賞，雖然備受壓抑限制，但是，那些壓不住的芬芳和絃律，卻悄然滲出流溢，低調地歌詠著另一種生命的豐富！低聲吶喊著她的存在！

社會在改變，即使晚了幾百年，臺灣女性的命運，終於也因為世界潮流的影響，因為教育的普及，因為女性逐漸的覺醒，而在這數十年間，起了革命性的大巨變！

身逢其會的我，在新舊遞嬗之間，見證了傳統女性的桎梏，奮力一擊，打開了天羅地網的一角，探出頭來，呼朋引伴地招呼著更多女性出來！一呼百應，於是有了臺灣女性的大幅覺醒，也開創了臺灣兩性的新局面。

是的，所有的起點，是因為一篇一萬多字的短篇小說，挑破了臺灣女性長期被悶住、被掩蓋的那層亟待破繭而出的不平，臺灣的女性運動因之而風起雲湧，無可遏止！

沉默的觀察者揭起女性小說的大旗

數十多年前，猶是少女的我，在繁重的課業和不斷分派下來的家事傾軋下，某一次爆發對母親嚴峻家規的抗議：為什麼自小到大，寒暑假一開始，家中長期雇用的洗衣阿婆往往那麼剛巧地就在此時辭工，才只十四、五歲的我，責無旁貸地在還沒有洗衣機的年代，每天花上三個小時，跪著洗完一家八口人的衣服；而且除了雙手，還不准用刷子代勞，原因是刷子會刷破衣物，而磨紅磨痛的手掌，過兩天就會習慣。洗衣並非每天第一件工作，早起首樣任務是起煤炭爐子，煮好稀飯，將之放涼之後，趕快去買豆腐、油條，備上幾樣醬菜擺上餐桌，恭迎哥哥和幾個弟妹隨時起床用膳。洗好並晾完衣服後，已近中午，得馬上提著菜籃上菜市場買菜；再趕回家淘米煮飯、刮魚洗菜，再起一次煤炭爐子、料理中餐。等到能收拾碗筷時，都已過了下午兩點。接著要幫幼小的弟妹洗澡，然後收下上午洗好的衣服，順手摺妥。

夏天的臺北午後，一陣西北雨，邊間舊式日本房子的家，很快湧進大量雨水，在那之前，必須趕緊將所有的鞋、拖鞋、低矮處的各種用品拿高。兩小時左右，雨停水退，又是一陣大忙：先沖一遍自來水，再灑消毒藥水，然後刷洗全家；再沖淨、再吸乾；最後才將物件歸位。一天下來，到那時其實已相當疲累，但緊接著的晚餐更是大事，因為爸爸下班會回來用餐，八口人要吃飯。日復一日，千篇一律，所謂希望，好像早已自操作不斷的生活中抽離。

或許有人會問：那媽媽在做什麼？怎麼像灰姑娘那樣悲慘？其實，我注意到當時小學班上幾乎有六分之一以上的同學不能繼續升學（我們是全部女生班）；有些家境很好的迪化街大茶行老闆的女兒，每天必須幫家中揀茶葉七、八個小時以上，形同無薪工人。在那個時代，女兒根本不值錢。我那已經做了二十幾年家庭主婦的媽媽，在我的寒暑假裡，應該算是真正在「放寒暑假」吧。

有人無法體會這樣的情況，但我那時卻是理解的。母親自小就是名副其實的千金大小姐，我的外公是日據時代第一屆臺北醫事學校的畢業生，外曾祖父雖出身牛販，卻有遠見，知道家族要從社會底層翻身，必須讓子女受教育，而身為長子的外公也很爭氣，考上醫學校，畢業後當上西醫生，懸壺濟世也累積豐富的家產。母親出生後，便有三位女僕侍候，十幾歲被送到日本讀書，養尊處優，莫說做家事了，只怕連條手帕也不曾洗過。她最喜歡的事就是讀日本小說。即便到結婚之後，爸爸賺錢多時，家中月月都有高價訂購的《文藝春秋》、《主婦生活》、《女性自身》等雜誌供她閱讀；那時我們兄弟姊妹年齡參差，但都已上各級學校，媽媽洗不動衣服，長期聘人洗衣；每天只做晚餐，其餘就是休閒閱讀。

我從小就很懂得幫忙，上有哥哥，我排行老二，卻是長女。母親總會向我傾吐這樣那樣的苦楚，也不諱言她對家事的排斥。也許就是愛吧，我拚命地想討媽媽歡心，知道她剛成年時失去一兄一弟，原生家庭非常重男輕女，連帶也造成她更根深柢固的重男輕女。我以乖巧伶俐被她信任倚重，從未因做事而不平。只是不明白，為什麼連修水管、貼補家用的種種粗細活都要女兒承擔，而且我還必須侍奉哥哥、看顧弟妹，連暑假偶然一次和同學出去，也必須把最小的妹妹一起帶去，減少母親的負擔。

那回敢向母親抗議，應該是極度不平吧？男女待遇差這麼多，每天做各種事，還要餵雞、洗雞舍倒雞糞，但生下的蛋，哥哥兩個我一個；母親出門回來明明買了五、六個麵包，竟只偷偷塞給哥哥，連半個也捨不得打發我，真的傷心！而母親如何回應我的不平？她只冷冷的、連眉也沒抬，說：「妳計較什麼？他是香爐耳，妳是豬頭面，他要傳香火，妳咧，將來姓什麼都還不知道。女孩子嘛，那個不是油麻菜籽命？落到那裡就長到那裡，在娘家好命不算數，嫁給好丈夫才算好命。」我第一次明白：處在那樣一個女人無法強力主張自我的年代，我們的生命，只不過像割稻休耕後田裡亂長的油麻雜草，它的功能唯有營養那塊田地而已！至於我們的前途呢？那也不靠自己，而得仰仗妳日後嫁給誰或遇到什麼男人！女人是菜籽命，落到那裡就長到那裡，半點不由己！

為了母親那番殘酷而繼承千百年禮教傳統的金箍咒，我雖忿忿不平，但也不再忤逆，當時也無力挑戰這個來自傳統的、專為禁錮女性身心與人格的「法條」。

我唯一可恃的是好讀書，而且書真的讀得很好；雖然沒有補習，必須做家事和照顧弟妹，甚至連小朋友之間常玩的遊戲如跳房子、跳橡皮筋、捉迷藏、戲水等等，一次都沒玩過；但我有父親買給我和哥哥的童書，又愛畫畫、編故事；在照顧弟妹的同時，我遠遠看著嬉戲的小朋友，很自然就變成一個觀察者——所謂的「觀察入微」，這對日後撰寫小說的我來說，是很大可以仰仗的長處。

我初中考進很難考上的北一女窄門，雖然課業繁重、菁英薈萃，而且競爭劇烈，校訓是「齊家、治國、一肩雙挑」；但我們校風自由，只要求自我管理，所以相對可以看閒書、看電影，正好學校和著名書街重慶南路在同一條街上，只有兩分鐘腳程；電影街也只要十五分鐘路程。我就在北一女六年中（初、高中）讀遍所有中、外、古、今名著。之後我成為小說家，因緣際會，分別為褚葳格寫的《一個陌生女子的來信》，和英國作家薩克雷所著的《浮華世界》，在二十多年中，為他們時隔二十年的兩次中譯本先後各寫了兩次不同的序文。這也是一份很特殊的因緣吧。

我是個很標準、很徹底的文藝青少女，愛讀愛寫，從十三歲就開始投稿，雖都在各大報刊登，但只有寒暑假才有時間寫稿；而且遮遮掩掩，怕人知道那是我而換了好幾個筆名發表。

大學畢業，我已經粗略從周圍和報章雜誌中閱讀一些如「養女」陋習之存在，得知當時社會相沿已久的男女不平等現象。另一方面，我也很有自知之明的覺悟：以當時自己薄弱的人生經歷，根本無法靠寫作維生，更遑論為兩性不平等發聲。就業甄試雖以最高成績錄取，仍然必須拿低於男性百分之二十的起薪，也必須簽下「如果結婚，將無條件離職」的切結書。為了這兩件事，我在任職後半年求見總經理，提出異議，請教他我的工作表現比那些同時考進錄用的男同事好，為什麼起薪低、調薪也少？總經理一時語塞，從無女性敢跟他力爭權益，但他並沒有斥責我，想了一下才說：「因為男孩子服過兵役，比妳多歷練一年。」我離開總經理室，暗自下決心，一定要練好一身本事，找一家不歧視女性的地方任職；我也不會接受「女性結婚後便得自動離職」的待遇。三年半後，即使公司要派我到日本研修（那是合作的日本電通廣告公司顧問團遴選出來的唯一人選），但我考慮到日系傳統重男輕女的企業色彩，拒絕派遣（因為回來必須簽下長約），而提出辭呈，轉到一家美系公司。從此獲得重用，一路昇到副總經理。在三十四歲高齡懷孕、第三度住院安胎後，我毅然辭掉高薪工作在家待產。用了十六天的時間，寫下《油麻菜籽》一文，奪得第五屆中國時報短篇小說首獎，旋即改拍成電影，並和侯孝賢共同獲金馬獎改編劇本獎。從一個上班族，歷經十二年，終於找到生命的志業，開始寫作，貼近女性，理所當然的為她們發聲。

女性小說改變兩性生態

社會在改變，即使晚了幾百年，臺灣女性的命運，終於也因為世界潮流的影響，因為教育的普及，因為女性逐漸的覺醒，而在這數十年之間，起了革命性的大巨變！

身逢其會的我，在新舊遞嬗之間，見證了傳統女性的桎梏，奮力一擊，打開天羅地網的一角，探出頭來，呼朋引伴的招呼著更多女性出來！一呼百應，於是有了臺灣女性的大幅覺醒，也開創了臺灣兩性的新局面。

是的，所有的起點，因為一篇一萬多字的女性小說，因為女人的不平，臺灣的女性運動因之而風起雲湧，無可遏止！臺灣女性小說，更隨之蔚然寫出一地繁花盛景。

《油麻菜籽》無疑是個人的身世記憶，但更是那個時代女性總體命運的寫照和吶喊！從身世記憶體現時代記憶，本來就是作家的使命。我們是受過完整教育的一代，也是新舊社會交替下猛力掙扎的一代！在生命反思的同時，正好也撞上歐美的女性自主風潮，勇敢而義無反顧地發現自己、尋找自己、栽培自己、肯定自己！

轉眼三十多年過去，七十多本著作寫滿女性的奮鬥身影和成長悲欣。在漫漫長夜裡，或振筆疾書、或勤敲鍵盤，每一串字跡，無一不在紀錄女性打破玻璃屋頂的成就、探測生命谿徑的勇氣、問鼎山巔的足跡，以及躍身愛情或婚姻的漩渦，或進或出，浴火焚身，成為不死鳳凰的傳奇。女人，真是無限可能、千手千眼、令人贊歎！她的生命光影，如此多彩多姿、生動靈活，即使是最敏銳的。

詩人，也難以描繪於萬一！

就這樣，二十幾年來，我的作品和我的社會關懷交相扶持、互為影響，形成一股溫和但持續而頑強的女性生命力量。無數受苦的女性朋友紛紛向我求援、傾訴，我自己則努力研讀專業論述，並在身體力行中，更深刻地體解女性的困苦，也更有效率地找出幫助女性朋友的方法與管道。

這些年來，女性從經濟獨立，進而追求人格獨立，終而尋求身體獨立，如果要用一句話來描述這一歷程，「革命尚未成功，同志仍須努力」差堪形容。即令女性受高等教育的比率急速上升，即令很多女性收入不比男性差，即令這幾年女權運動如火如荼地全面而加速地展開，但是，為情所傷的女性仍然比比皆是。在惡質婚姻裡，忍受肢體、表情、語言各種暴力的淩遲，日久天長終被不快樂侵蝕、鬱鬱而終的女性，卻也不比從前手上毫無任何奧援傳統女性來得稀少。也有許多女性，勇敢告別婚姻，可是，卻永遠也告別不了「不快樂」的離婚症候群。

即使自己早已具備養活自我的能力，或者擁有美艷外貌，有許多卻願意為金錢將自己出租給異姓，美其名為援交或包養；更有眾多女性，最終目的不是實現自己，而是高價售出自己——嫁入豪門享受榮華富貴，工作不過是跳板而已，獨立只是幌子，而自己，說到底，僅只是商品罷了。那些學識、美貌或「能力」，則只是更華麗的商品包裝而已。

當然，這只是比較偏頗的例子。絕大多數的女性，其實都是在做多少自己、多少妻子或多少母親的困擾裡掙扎衡量，無由找到平衡點而焦慮：或是在走或不走、婚或不婚中徘徊蹉跎……。可以說，現代女性是在有機會可以抉擇的環境裡，卻益發難以抉擇；是在可以做自己的時候，卻不知做多少才好；是在可以爬得更高，卻也不無猶疑的環節裡翻滾。對女性而言，這是個史無前例的時代：沒有典範，也缺少標竿；我們需要摸索、探測和衡量，可我們也需要對手配合和呼應。說得明確一點，女性故當自強，卻也更須知己知彼。對女性而言，這是一個再好不過的時代，卻也是個比以前艱困的時代，唯一可以肯定的是：這是一個女性可以做自己、也可以做主的時代，只要我們夠聰明、夠柔軟、夠勇敢、夠堅強，也有足夠的自信。

讓我們一起傾聽女性，為平等互惠的兩性社會加油！

廖輝英，出生於臺中縣豐原鎮（今臺中市豐原區），北一女中、臺灣大學中文系畢業。初在廣告公司任職，1980年代開始活躍於文壇，1982年以《油蔴菜籽》獲中國時報第五屆徵文小說首獎；1983年以《不歸路》獲聯合報第八屆徵文小說特別推薦獎；1988年獲中國文藝協會「五四」文學獎章。發表小說、散文、論述、兒童文學共計近百部，其中多部被改編為電影及電視劇。寫作之餘，並為電視節目主講人，及在臺、港、中國大陸、美國等地演講。

放下反而獲得

2015《名家講壇》
主講人施叔青

沒想到人到中年，我的生命會來一個這樣大的翻轉。經歷過飛揚浮躁，追逐聲色的大半輩子，耽溺於吃盡穿絕的物質世界裡的我，居然也會有厭倦於感官的一天，繁華落盡，轉向內在性靈的追求。

這樣大的反轉，不僅令我自己始料不及，也讓認識我的人訝異難以置信。

我不敢說以前所走過，做過的，都是為我的轉向內觀在鋪路，倒是心中明白自己對青澀的青春，因年稚而纖細敏銳的感覺，有著近乎病態的眷戀，一直不願意讓那個對世界充滿好奇與驚詫的慘綠少女離我而去，總以為一旦失去那些細緻的感覺，心靈變得粗糙，創作之泉也將隨之乾涸枯竭，而我把寫作看得像命一樣重要。

我必須尋找一條途徑，緣著它，使我蒙塵疲倦的心靈得以慢慢復甦。

「六四」天安門事件過後，我無法安靜下來，整整有半年，我在憤怒與極度傷慟中煎熬，為了安撫受傷的心，我依附了印度教的女上師，學習瑜伽靜坐，我相信女上師天生具備超自然的神祕法力，一個眼神的接觸、被她橘紅色的袍角揚起的細風拂過，手上孔雀毛的拂塵輕輕掃過，都能夠搖醒我心靈深處酣睡的原氣。

一次閉上眼唱誦咒語時，萬里之外的女上師現身到我眼前，凝視我，微笑著。為了追尋那音容袍影，我帶著女兒飛到紐約的South Fallsburg，參加密集禪修。

紐約上州山上的梔子花開得很遲，已經八月中旬，迎接我們的是白得耀眼、綻放香氣的複瓣梔子花，每一朵足足有飯碗口那麼大，正在盛開著。梔子花，我的童年記憶的花，象徵著純白的愛與絕對的美。

禪修的道場是個可容納上千人的大帳篷，仿照傳說中濕婆神在喜馬拉雅山的靈修之處搭建的，我和女兒的蒲團距離女上師很近，一仰頭就可瞻仰到她。閉眼集中心力，隨著她的牽引，進入一個空曠無垠的靈山之巔，感受到女上師頻頻呼喚著風，一陣陣吹拂，風有聲音，蓬蓬地吹著。人類真的具有呼風喚雨的本領。

也不知過了多久，風止息了，微弱但清晰的音樂，像一串串的風鈴敲響著，飄過來，盈耳不絕。我來到什麼樣的境地？

這一天的禪修在女上師拂塵輕掃下結束了。我來到女上師的師父、我們的師公祭壇前，燭火搖曳，一朵盡情綻放的梔子花，舒展在供桌上的淺碟子裡，我雙手合十對著師公的照片禮敬，額頭輕觸那朵純白的花，一股氣流從額頭流遍全身，清洗我每一根蒙塵的神經。呵，我的童年記憶的梔子花！

入夜後，穿過一片濃密黑暗的樹林，女兒告訴我看到一片火光燃燒中，整個樹林在旋轉旋轉。那天是女上師的師傅的忌日。

密集禪修後，幾乎將近一個月，我的瞳孔發亮，雙眼炯炯有神，金光閃閃到無法逼視鏡子裡的自己，家人朋友形容我進門時，身子未到先看到我的火眼金睛。

印度教和西藏密宗的上師法力無邊，被有修行的高人灌頂，我得到暫時的榮光，然而，一旦借助的外力隨著時日消失，自己很快又被打回原形。

雖然如此，我還是很迷戀女上師香火氤氳、能量濃得化不開的道場。

帶著達賴喇嘛所傳授的文殊智慧灌頂，被籠罩在一道強烈的白光裡久久不去的那種感覺，我到西藏朝聖，每天腳不著地似地氣行，經過布達拉宮和羅布林卡達賴喇嘛修行靜坐的密室，一股極強的能量向我直逼過來，震盪得心起了陣陣悸動。

那種神奇的經驗，終生無意忘懷。然而，我終究還是從依附上師加持，借助外力的修行轉向自己更生的禪的修行。

我皈依聖嚴師父，拜在他門下學禪。師傅的禪法既是孤高，也是隨俗。開示時很少提到古代的公案，師傅認為禪宗的公案只能用一次，再用是在解釋公案，成為公式，失去本來的意義，更何況公案不是說的，是要參的，禪修者如果沒有定功基礎，空口說白話，也是無益。

師傅吸取中國禪宗千變萬化，靈光閃忽的特質，上堂說法，從不事先準備講稿，他對禪眾觀機施教有感而發，喜歡採擷生活周遭現成的、活潑的人與事，以他特有幽默的說話方式，深入淺出一點一撥，看似微不足道、平凡無奇的事物，經他一說，立即躍入玄妙的智慧之海。

為了聆聽聖嚴師父開示的法語，珍惜當面受教的機會，移居紐約後，師傅一年四次在象岡禪修中心親自主持的禪修，我發願年中與年尾的默照禪不得缺席。

靜坐蒲團練心，將任意往外攀緣的心向內收攝，念頭一起，立即查覺，剛開始時，簡直被自己過分活躍妄想紛飛，無休無止地閃現的妄念給嚇住了，那種新仇舊恨齊上心頭的滋味，實在很不好受。我發現了煩惱痛苦的自我。

一次又一次的閉關，一步步向深處的內在觀照，心漸漸地安靜下來，終於發覺「我」不過是前念與後念一群念頭串聯而成而已，念頭無時無刻不在變化轉換中，只是平時的我心太粗，無法覺察到正在興起的前念，而只注意到剛剛消失的後念，所以總以為自己的心念沒有在變。

也因為這樣，我一直一廂情願地認為一切事物、情感都是恆常不變，必須緊緊抓住才會感到安全。這種想望正好與佛法、事實顛倒相反。

體悟到心念的無常，「我」只不過是念頭不斷變化的過程，一切都是瞬息萬變，都是暫時、虛幻的假相而已。被妄念、慾望層層緊裹綑綁的自我像棵芭蕉樹，隨著靜坐內觀，希望能夠一層又一層地剝除。嘗試著從所有的束縛中掙脫。消融虛妄的自我，成為我餘生修行的課題。

很羨慕一些修行者，跟聖嚴師父打一次禪七，就有如醉而醒，如死而重生的經驗，我想我真的是業障深重，我執太大，跟隨師傅禪修了這麼些年，至今仍未有脫胎換骨、前後判若二人、大死一番的感覺。

聖嚴師父說他教禪，有如在海裡撒網撈魚，我不僅至今未闖進網裡，禪修時滿地抓妄想的鰻魚的狀況猶是頻頻出現。

紐約上州的春天來得很晚，年終的默照禪修，經常是在乍暖還寒的暮春，象岡多雨，我們整天沐浴在煙濛濛雨濛濛的綿綿春雨之中，觸目一片青翠，只有禪堂旁山坡樹叢開著不知名的小白花，被雨水不斷地沖洗，白燦燦的，特別耀眼。

二零零二年年中的默照禪修，我早報了名，臨近禪修前一個月，飛回臺北為一家報紙副刊當徵文評審。那個時候我正費盡心力，苦寫一部以故鄉鹿港為題材的歷史長篇小說《行過洛津》，作為臺灣三部曲的開篇。

我把自己關在紐約家中的書房，終日與泛黃的歷史舊照片、堆積成小山的文獻史籍為伴，在鎮日縈繞於耳的臺灣民謠聲中，野心勃勃地企圖營造萬里之外的原鄉，超越時空重塑我心目中的清代鹿港。

整整有半年時間，我被掩埋在龐雜的歷史文獻堆中，為不知如何下手把閱讀過筆錄的材料轉化融入小說創作而焦慮到寢食難安，成為我不算短的寫作生涯中最大的挑戰。明知到了這般年紀，還想駕禦這麼龐然的寫作計劃，力不從心應該是在預料之中，然而，天生「硬頭」的我，從來不肯輕言放棄，何況我是抱著使命感為清代的臺灣作傳。

趁著回臺北當評審，把剛完成卻十分不稱心意的小說初稿擺在一邊，讓自己從被掩埋的資料堆中伸出頭喘口氣吧！與剛剛寫就的作品隔離一段時候，鬆弛過度緊繃的神經，再回紐約後就知道怎麼改，效果也可能好些吧。我這樣告訴自己。

抱著這種企盼飛回臺北，心中總是懸念如何改小說，自覺像隻把作品放在囊袋裡的袋鼠媽媽，不管到哪裡，小說總是在念中，一刻也沒放下。

回紐約的飛機上，我暗自下了決定，為了抓緊時間進行二稿改寫，十天的默照禪修我將臨陣退縮，不去靜坐修行了。

因緣真的不可思議，在西雅圖過海關的候機室裡，赫然見到搭同班機的聖嚴師父，他剛從泰國開完聯合國世界宗教領袖會議，正要飛回紐約主持禪修。和我一照面，師傅一句：「妳來打默照禪十吧！」

看似不經意的一句話，其實師父已經讀出了我心中的動搖。我當下硬硬地點了點頭，咬咬牙，說一定會去。師父幫我做了決定。

距離上山禪修還有幾天，一向與時間賽跑分秒必爭用力過猛的我，立刻回到書桌前，筆酣墨飽就想開始改小說。仔細重讀初稿，發現串連整部小說的結構出了大問題。

在我閱讀史料的過程中，曾經被嘉慶年間滋擾東南沿海的海盜事件所深深吸引，特別是幾年之內海盜船隻先後六次在鹿港海面遊弋，佯裝來犯，最後卻只是虛張聲勢，並沒有真的侵犯，鹿港海口帆檣雲集一如往昔。反觀南部的府城北邊的艋舺，連番遭到海盜襲擊殺戮，人人自危。尤有甚者，道光一朝撰寫的《彰化縣誌》，對海盜六次佯裝進犯鹿港，最後不攻而退一事，隻字不提。

種種疑點引起我的好奇，於是發揮寫作者的想像力，創造了一個人物檢視這一段歷史的奧秘，馬馬虎虎地寫好了幾章。重讀初稿，發現這部分與整個情節不僅不連貫，顯得很突兀，更嚴重的是對小說的肌理起了負面的作用。理性上明知如此，情感上卻捨不得把它刪去。

諸如此類有損於結構完整性的枝枝節節，充塞著整本初稿。困坐愁城，差點想破了頭，猶是束手無策。無計可施之餘，索性把筆一丟，上山閉關，想藉著禪修讓腦子淨空，好好休息一番。

進入禪堂之前，遵照師父的叮嚀，試著放下一切，先把心中的煩惱，創作所碰到的困擾障礙……通通打包放在禪堂外，在進去認真坐禪。

將「色身交與常住，性命付託龍天」，起早晚睡，禁語默坐，一天坐十枝香，運用師父所教的默照禪法，只知道自己在打坐，不去想到身體存在與否，對外在環境清清楚楚地感覺到、聽到，只是儘量不起情緒反應。

靜坐過程中，偶爾也達到身心統一的境地，甚至在第七天午後，感覺到禪堂四面牆及屋頂全消失了，處身空曠無垠的大氣之中，身心與依住的空間合而為一，統一成為一個整體。

聽到引磬聲，睜開眼睛，禪堂前山坡下，村路過去的樹群彷彿全移到我的眼前，距離那麼近，近到樹上每一片葉子好像都看得清清楚楚。

第八天下午，我進入多次閉關以來從未曾經歷過的甚深禪定，一種深沉安寧的狀態持續著，所有的煩惱困擾似乎全都止息離我而去，感到一種如釋重負的輕鬆，心暫時有著一刻的休歇。

突然，有一個細小的聲音在全無預期的情況下，浮現上來，極簡短的一句話，只有幾個字，霎時間解決了糾纏多時無以釐清的小說結構上的問題。那句話有如一根絲線，把散落四處的珍珠瞬間串連成一串。

我找到了小說的主幹。

放下反而獲得。這次閉關，我真的做到把困擾我的小說擺在禪堂外，只顧一心一意靜坐鍊心，全然不去理會思索它。

透過禪坐，喚醒了我心靈深處的原氣，觸發內在的能量，挖掘出潛在的智慧，使我得以從狹隘的自我限制中掙脫出來。心的沉澱增強了我的理解力，令我超越思考，生出原本沒有的特異能力，受到啟示，在毫無蓄意尋找之下，一瞬間靈光一閃，意外地找到了答案。

原來是這麼一回事。

呵，我是何等的無知。常年來一直孜孜不倦地向四面八方追求神奇的經驗，心靈到處飄泊，不知何處是歸宿，以為只有往外尋尋覓覓，才有可能一寸寸拾回慘綠少女時代纖細敏感的感覺，唯有依附外力的加持，創作之泉才得以源源不絕。自甘飄零了這麼多時日，在影子裡討生活，流浪生死，盲目地置自我的本源於不顧，只知一味地向外追求。

小參時，我把受到啟示的經驗告訴師父。師父對我慈眼垂視，靜靜聽著，一切都在他的預期之中。

「嗯，不會開悟，能有靈感。」

禪修攝心達到一定深度的境地，會爆發出始料不及的靈感，對師父而言，本是不足為奇的自然現象，對我卻有著重生般的喜悅。感恩師父，讓我發現自己本來就具足的創作力，知道它一直是汩汩不絕地流著。

施叔青，臺灣鹿港人，紐約州立大學戲劇系碩士，十七歲以處女作《壁虎》登上文壇。著有《愫細怨》、《維多利亞俱樂部》、《香港三部曲：她名叫蝴蝶、遍山洋紫荊、寂寞雲園》、《微醺彩妝》、《枯木開花》、《兩個芙烈達卡蘿》、《臺灣三部曲：行過洛津、風前塵埃、三世人》。榮獲第十二屆國家文藝獎及其他多個獎項，作品被翻譯成英、日、法等多國語言。寫作之餘並從事平劇及歌仔戲研究。

鐵絲網的這邊和那邊

2014《名家講壇》
主講人 周愚

這邊，是一座公園，但遊客稀少，諾大的停車場，只停了五、六輛小型車子，烤肉區的桌椅滿佈塵埃，看來已很久無人使用，與公園相連的海灘，延綿數哩，但見不到一個戲水的人。公園裡的水泥車道上，一輛漆有警衛標誌的小卡車，面向那邊停著，身穿制服的駕駛也身兼警衛，坐在駕駛座上。

那邊，是一個小市鎮，商店毗鄰，車輛熙來攘往，行人穿梭，馬路距這邊只有十幾呎，有些建築物的後牆緊靠著分隔這邊和那邊的鐵絲網，與小鎮相連的海灘，健壯的少男和身著比基尼的少女，在水中和沙灘上奔跑嬉戲。從這邊望過去，見不到任何警衛或員警，能代表法律的，只是十字路口的紅綠燈。

鐵絲網只有十至二十呎高，相當於普通房屋的二層樓高度，網非常稀疏，網孔大到可遞過一包香煙，一隻大蘋果，甚至一本書。任何人，不論大人或小孩，都可輕易地，用不了一分鐘時間，便可攀越它。

鐵絲網延伸到海灘，改為用木板釘成的一道牆，木板也稀疏，從每塊板之間的縫中，那邊海灘的風光一覽無遺，木板牆的高度和鐵絲網相若，要攀越也絕非難事。木板牆繼續延伸到海中，只止於二、三十呎遠處。也就是說，如果從那邊游泳出海三十多呎，過了那道木板牆，再向這邊折回遊三十多呎，就可在這邊上岸了。

這邊的公園名叫「加州州立邊界原野公園」（Border Field State Park，是美國本土大陸（Continental America，即阿拉斯加和夏威夷以外的四十八州）最西南角的領土，屬於加州的聖地牙哥縣。

那邊的小鎮名叫「海邊的鬥牛場」（Bullring by the sea），是墨西哥最西北角的領土，屬於下加州（Baja California）的蒂娃娜縣（Tijuana）。

這邊和那邊，可望也可及，兩邊的人，可以隔著鐵絲網交談、交換紀念品、合影留念，看來是一片祥和，但實際上，這道鐵絲網所隔著的，卻是兩個完全不同的世界。

美國和墨西哥的邊界，由最西邊的太平洋，到最東邊的墨西哥灣，全長1,952哩，這裡是它最西的起點。這道鐵絲網的長度還不到半哩，只佔邊界全長的四千分之一。這片祥和的景象，也只佔邊界全部景象的四千分之一。而在它其餘的四千分之三千九百九十九的長度裡，可能也有少數的鐵絲網；有的地方則被小河隔著；有的地方被一些灌木隔著；有的地方被這邊的人建起圍牆（甚至雙層圍牆），以阻止那邊的人過來；有的地方則被那邊的人挖掘祕密隧道，以設法通往這方。而更多的地方，則是什麼都沒有的一片無垠沙漠。

這邊的人，日以繼夜，出動車輛、飛機、使用強光探照燈、巡邏隊、獵犬……，疲於奔命，為的是不讓那邊的人過來。

那邊的人，夜以繼日，藏身車輛行李箱中或引擎蓋下，徒步越過沙漠或翻越圍牆，使用假證件……，歷盡艱辛，為的是要來到這邊。

不久前，根據這邊發布的數目字統計，說是由於加築了圍牆，加強了巡邏的警力，去年下半年抓獲而遣返的偷渡著超過三萬人，較前年同期增加許多。只是，被遣返者有數目字，未被抓獲者沒有數目字。但根據某方面可靠的估計，被抓獲者大約只佔偷渡人數的十分之一。也就是說，每半年就有三十萬人從那邊來到這邊。也可說成是，每年那邊的人就可使這邊增加一個舊金山市。另一方面，則是在這以各種不同方式阻隔的整條邊界上，每年三百六十五天，每天二十四小時，分分秒秒，在1,952哩中的每一小段上，除了像這道鐵絲網以外的地方，都有人正在從那邊往這邊過來。

過來的成功率雖然高達百分之九十，但卻是千辛萬苦，在沙漠中，烈陽下，有時要步行十餘小時。在灌木叢中、寒夜裡，有時會遭到蚊咬蟲螯。邊境一帶經常會發現偷渡者的屍體，也是根據可靠的估計，偷渡的死亡率大約為百分之一。

能成功的過來後，這邊的工資最少每小時八塊錢，而那邊每天只能賺大約兩塊錢。試想，百分之十的遣返率，百分之一的死亡率，怎能敵得過百分之三千以上的報酬率的誘惑？何況被遣返後還可再來，難怪千千萬萬的人都要過來，前僕後繼，樂此不疲。

這邊的人講究人道，一方面極力抓捕、遣返，一方面備有醫藥、糧食，為他們盡力醫治，甚至還在偷渡較多路線的定點放置食物和飲水，以防止過來的人因飢餓或脫水造成體力不支而死亡。聽起來這是一件矛盾且好笑的事，這麼做不是又幫忙他們偷渡成功嗎？但不論從那方面看，人命終屬第一，這也說明瞭這邊執法者的無奈，和他嚴峻中卻又溫馨的一面。

二十幾年前我剛來美國時，在朋友開的中餐館裡幫忙，餐館裡所請的洗碗、打雜工等，全是從那邊過來的。由於我也屬少數民族，又和他們是工作上的同夥，對他們很感同情，心想這大片土地原就是他們祖先所有的，一百多年前的一場戰爭才被這邊的人掠奪，他們當然有權住在這裡。

他們的共同特點是工作勤奮、安份，不求新也不求變，這點可能是被雇主喜愛的最大原因。他們為人樂觀隨和，領了工資（他們領的多為週薪）很快花光，從不想到儲蓄。一旦找到對象結了婚，也從不想到節育，因此年紀輕輕，便已兒女成群。

這邊的人除了講究人道外，另有一項也是矛盾且有趣的事，就是縱使父母都是非法身分，出生的子女卻都合法，與一般人完全相同。如果他們子女多了，自己無力撫養，還可以申請社會福利。

這邊的人對這大加批評，但是他們自認享受這些福利是他們應該得到的，因為他們付出的是廉價的勞力，諸如餐館打雜、田裡採收，都是這邊的人所不願做的工作，他們對這邊的經濟作出了很大的貢獻。

這邊的婦女，尤其是白人婦女，不願生育，但他們的婦女許多二十歲不到就已是兩三個孩子的媽媽。許多地方的白人已逐漸變為少數民族。那邊每年過來的人為這邊增加了一個舊金山市，如果加上他們生育的人口，總數便每年為這邊增加一個洛杉磯市了。他們說這裡的大片土地是一百多年前被這邊的人所掠奪，那麼，如果照現在的情形演變下去，一百多年以後，這大片土地又很自然地交還給他們了。

這陣子，這邊鬧得最兇、拖延最久、爭執最激烈的國內新聞就是「移民法案」，對如何解決三千多萬這個數目字進退維谷，曾經採用過的「大赦」、「抽籤」都因杯水車薪而無濟於事。現在則有人想出了個駝鳥心態的「合法化」，也就是說，凡是已經過來了的人，不論是怎麼過來的，不論過來之後做了什麼，前帳一筆勾銷。這個法案如果通過，被那些百分之十的遣返者，和百分之一的死亡者知道了，真要捶胸頓足呢！

現在，在1,952哩長的最西端，邊界原野公園裡，這邊的人們拿著照相機，好似到了世界的盡頭般地捕捉鏡頭，那邊的人們則有的為生活忙碌，有的徜徉嬉戲，充實他們的人生。警衛（是雇用自私人警衛公司，並非員警）仍盡忠職守，悠閒地坐在車中，打開收音機，欣賞他喜愛的音樂。而那道鐵絲網，也依然紋風不動，它看似單薄疏稀，但實際上，無人能攖其鋒。

不久前，我也到鐵絲網的那邊去了一次，正好見到那邊好似一個家庭的老、中、少一群人，與這邊一個年輕男性隔著鐵絲網在談話。那邊的人並將一支吸管插入一罐飲料中，從網孔伸到這邊來讓那位男性飲用。顯然，這意味著不能回家的遊子，仍能喝到家鄉的水。那邊的人固然不能過來，這邊的年輕人也不能回去，因為一旦回去了，就可能再也回不到這邊來。

這道鐵絲網，隔著兩個完全不同的世界。「法」阻擋了兩邊的人；「情」卻讓他們可以互敘衷曲。它扮演的，就是這個角色。

照片說明：由鐵絲網的這邊照向那邊。

周愚，曾任北美洛杉磯華文作家協會會長、北美總會副會長。在美、加、臺、港、中國大陸、星馬發表作品三百餘萬字。著有《美國停聽看》、《男作家的魅力》、《女作家的風采》等散文、小說共十八冊。曾獲洛杉磯地區傑出華人成就獎，聯合報徵文報導文學首獎，中國文藝協會「五四」文藝獎章，中國（大陸）文學雜誌小說一等獎，中華民國建國百年徵文比賽第一名，僑聯總會海外華人著述獎小說、散文、新聞報導佳作二十五次。

文壇周氏三「人」VS三「之」

谷蘭溪夢

二零一四年十一月二十三日，時任北美洛杉磯華文作家協會會長的陳十美女士，以她大家之風範、豪邁之氣勢，為本會開闢搭建了一個高水準的文學平臺，當仁不讓成為本會《名家講壇》之開山始祖。《名家講壇》的第一講，就是以文壇周氏三「人」VS三「之」一炮走紅，享譽整個美國南加華文僑界，甚至海內外文壇。然而，題目中所提及的周氏三「人」和周氏三「之」分別指的是什麼人？「VS」又是什麼意思呢？沒有參加這次活動、或者對文學領域和英文瞭解不深的讀者，看到這個題目就會雲裏霧裏、不知所措，為此，在本文展開之前我有必要對此題目作一個詮釋。

顧名思義，文壇上周氏家族與「人」字有關的三個「人」，翻遍整個中華民族上下五千年的古今文壇，能夠對號入座與之相對應的，恐怕只有中國現代文學史上赫赫有名，被後世文壇稱為「大文豪」的魯迅及其兩兄弟：周樹人（筆名魯迅）、周作人和周建人了。那麼，「VS」又是什麼意思？英文「Versus」的縮寫就是「VS」，意思是對抗、對壘、與……相對等。瞭解了「VS」之後，題目的意思就一目了然了。讀者一定會心存好奇：是誰有這麼大的膽量與底氣，躍然文壇，可以與魯迅三兄弟勢均力敵、與之對壘和抗衡？周氏三「之」又是何許人也？這就是我在這篇文章中要展示給讀者的主題。

早在二零零六年六月四日，我被在北美文壇和僑界享有盛名的周愚先生特邀，成為他當時在洛杉磯三本新書發表會的主持人。事後我寫了一篇〈置身群英中——周愚先生新書發表會紀實〉的文章，詳細報導了他在文學上取得的成就以及發表會的盛況（這篇文章刊登在當年《洛城作家》第十六期，現被周愚先生收錄在那次《名家講壇》中推出的新書《美國生活忙盲茫》中）。我這裡所說的「周愚」就是周氏三「之」其中之一的周平之。周愚是他的筆名。

無獨有偶，二零零七年四月十五日，周愚的大弟從紐約來洛杉磯，我又很榮幸地被邀請作為他的自傳體回憶錄《記者生涯雜憶》新書發表會的主持人，從而對周氏三「之」之二的周勻之（筆名：周友漁、周品合）的人生經歷和作品有了初步的瞭解。

二零一四年十一月二十三日的《名家講壇》將周氏三「之」隆重推出，我作為核心部分的主持人，親眼目睹了周氏三「之」一同出擊，共躍文壇，雖然所談內容角度不同，重點不一樣，但個個內容夯實，見解獨到，擲地有聲。當然也讓我有幸見到了周氏三「之」之三，也是周愚最小的弟弟周明之。

至此，周氏三「之」躍然紙上。然而，他們為什麼會和周氏三「人」相提並論聯繫在一起呢？難道是攀龍附鳳，攀高枝？不是！它是有其深厚的現實基礎的。下面我將就周氏三「人」和周氏三「之」在文學上所取得的成就以及共同的特徵，從大到小的順序做一簡單的橫向比較。

魯迅（周樹人）與周愚（周平之）

魯迅是中國現代文學史上偉大的文學家和思想家，被譽為「二十世紀東亞文化地圖上佔最大領土的作家」，蜚聲世界文壇，是二十世紀初的中國文壇開出的一朵奇葩。他文字的洗練和思想的深邃無處不顯露在他的作品中。被稱為中國第一部白話文小說的《狂人日記》，以其尖銳犀利的筆觸，有力地諷刺了封建禮教和中國人的陋習；《記念劉和珍君》一文對北洋軍閥用武力鎮壓「五四」青年學生愛國運動進行了嚴厲的痛斥；小說《阿Q正傳》不僅描寫了辛亥革命並未給農村帶來真正的改革，同時展示了人性的劣根性等等，這些作品都對五四運動以後的中國社會思想文化產生了一定的影響，尤其在韓國、日本思想文化領域佔有極其重要的地位。他的代表作還有雜文《墳》、《熱風》、《華蓋集》、《南腔北調集》、《三閒集》、《二心集》、《而已集》，中短篇小說《吶喊》、《彷徨》、《故事新編》，散文《朝花夕拾》，詩歌《野草》以及文學、思想和社會評論、古代典籍校勘與研究等十六部。當然，魯迅的作品是一個博大精深的思想庫和文學庫，學術界對他的研究浩如煙海，在此我只能點到為止。

二十世紀八十年代初的北美華文文壇，無論是報刊雜誌，還是文學聚會，「周愚」的名字出現的頻率越來越高。從1991年出版幽默小品《洛城停聽看》一書開始，一發不可收拾；二十四年來，共結集出版了十八本書（另有三本正在進行中），單從數量上看，絕對堪稱高產作家。從寫作的體裁和形式上看，報告文學《歸來的軍刀》、《藍天、碧海、大地》、《男作家的魅力》、《女作家的風采》、《菁英的俊美》和《十全十美》，既有對過往生活的回顧與緬懷，也有對當代海外華人生活精神風貌的反映；幽默散文和小品《咖啡黑白講》、《美國生活幽、悠、憂》、《美國幽默挖、哇、哇！》、生活小品《美國停聽看》，成為新移民瞭解和適應美國的生活指南，輕鬆、有趣又極具知識性；遊記《天涯赤子情》和感性散文《情緣阡陌》，寫了他對故土的眷念和對人、事、物美好的情懷；長篇小說《情橋》更是以他哲學的思考高度，表現了人與人之間以及不同文化背景上的大愛。從寫作的內容上看，他涉獵的範圍之廣、行業之多、跨越的年代之久、地域之大，也是一般作家不可企及的。從他寫作的手法上看，主要以輕鬆、幽默、風趣和簡潔、瀟灑、流暢的文風見長，特別是他用文學的形式反映當代海外華人生活的系統性和全面性，使得他在海外華文文學的版圖上佔有不可忽視和舉足輕重的地位。他在文學上獲得的洛杉磯地區傑出華人成就獎、臺灣聯合報徵文報導文學首獎、中國（臺灣）文藝協會五四文學獎、中國（大陸）世界華文文學雜誌小說一等獎、中華民國建國百年徵文比賽第一名、華僑救國總會華文著述佳作獎二十五次，足以肯定他在文學上的地位；其影響力並擴展到臺灣、大陸及東南亞等國。

兩位周家「老大」都在各自文學的版圖佔了相當重的份量。

周作人與周匀之

周作人是魯迅的大弟，現代著名散文家、翻譯家和評論家。他的作品內容豐富，題材各異，構思、文筆精巧，語言幽默，內蘊深厚，風格恬淡，充分展示了他的文學功底及豐富的人生閱歷，從一個側面反映了他的思想感情和創作風格。從《周作人代表作》收錄的六十篇散文、九篇論文和五首詩歌就可以看出他的獨特風格，形成了與以魯迅為代表的戰鬥性雜文相對照的人文流派，在現代文學白話詩文的建設上具有開創性的影響。同時他還翻譯了大量高質量的日本文學和古希臘文學經典，為中國的翻譯事業和世界文學的發展作出了相應的貢獻。

周匀之是周愚的大弟，畢業於紐約市立大學皇后區學院政治研究所，歷任臺灣《中央通訊社》記者、編譯、駐非洲特派員；美洲《世界日報》編譯主任、《世界週刊》主編；香港《亞洲新聞社》、《中外論壇》雙月刊總編輯；翻譯的著作有《水族館內幕》，評論美國社會和政治的專著《美國透視》以及報告文學《桂鍾徹的傳奇人生》等。曾獲華僑救國總會海外華文著述首獎一次，佳作獎多次。他與周作人除了在文學的表現形式上有相同之處以外，在文學的園地，同樣不可或缺：不僅培養和挖掘了很多海外華文文壇新人，在文學創作的體裁上，也大膽創新。他的自傳體回憶錄《記者生涯雜憶》，雖然文字簡潔，敘事點到為止，但同樣紀錄了屬於這個時代的大事，一改一般自傳體的繁瑣拖拉的文風，用散文般優美的敘事方式將回憶錄呈現在讀者面前。

不可思議的是，這對「老二」都有著共同的標記。一是他們都「捲入」了政治。前者因曾供職汪精衛政府，背負「漢奸」之名，直至一九六七年痛苦離世；後者以積極、進取的人生態度，通過《劉醇逸進軍紐約市長》一書，探討並指出了美國華人參政的不成熟和不夠團結的弊端；二是他們與三弟相比，因為文學的關係與大哥的聯絡比較密切。前者曾跟隨魯迅留學日本，回國後又與魯迅等一起創辦《語絲》週刊，共同翻譯外文作品；後者作為刊物的主編和新書發表人，少不了與作為作家的周愚互動相對密切。

周建人與周明之

周建人是魯迅的三弟，著名的生物學家和社會活動家。他花二十三年的時間，潛心研究生物學，提倡科普知識，並從事這方面的著譯工作，曾在上海大學講授進化論，任上海暨南大學、安徽大學教授，參與翻譯了達爾文的《物種起源》。

周明之是周愚的三弟，美國密西根大學史學博士。歷任教於密西根州立大學、安迪亞學院、康萊爾大學、華盛頓大學、山東大學和廈門大學。著有《胡適與現代知識分子的選擇》、《近代中國的文化危機》及中英文論文多篇。他的研究，觀點明確，論據充分，邏輯性強，充分體現了作為一個學者的求實精神。

無獨有偶，這對周家最小的「老三」，雖然前後相隔幾十年卻仍然不謀而合，在文學的園地都偏重於學術研究，而且大學教授都成為他們主要的職業。他們雖然選擇的學術科研項目不同，但都在各自的領域取得了可喜的成就。

除此之外，如果對兩組「周氏三兄弟」的創作而言，在文學領域所佔的份量和突顯的成就從大到小橫向比較幾乎對等，縱向比較也幾乎平衡。從名字的外部結構和組合來看，周氏三「人」”和周氏三「之」如出一轍：周樹人、周作人、周建人VS周平之、周匀之、周明之，他們不僅都姓周，三兄弟名字最後面的一個字也都相同。

在幾千年浩瀚的文學海洋，兩組「周氏三兄弟」如此相像，如此相近，如此對等，如此相同，我敢斷言，絕無僅有！所以，將周氏三「人」VS三「之」作為首屆《名家講壇》的主題，不僅具有堅實的基礎，而且極富創意！

當然，因為周氏三「人」和周氏三「之」所處的時代不同、生活背景和環境不同、教育程度不同、生活經歷等等都不相同，兩組「周氏兄弟」雖然有很多相似之處，但也不能完全同日而語，相信周氏三「之」在未來各自的文學天地，將越來越凸顯出自己獨特的文學魅力！

谷蘭溪夢，本名丁麗華。漢語言文學專業畢業。曾作過教師、電視劇演員、主持人、記者、編輯及上市公司企業報主編。作品主要是詩歌、散文、報導和評論，發表的作品散見於國內外報刊雜誌。現任本會理事、湖北同鄉會會長。

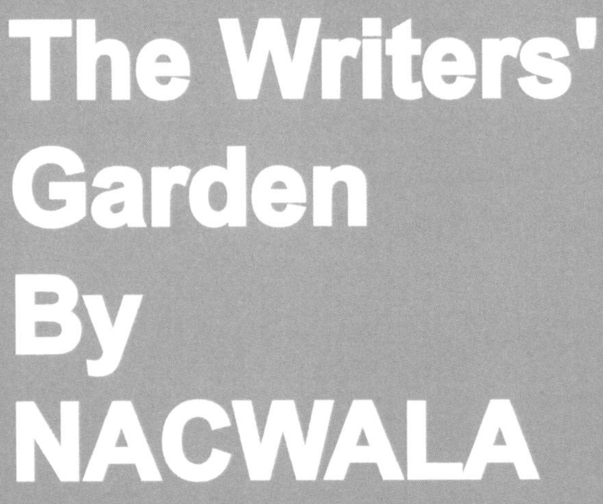

二零一五年作品集之輯三

從「九一八事變」到「七七抗戰」
——第二次世界大戰前奏曲

游芳憫

欣逢紀念世界反法西斯戰爭勝利七十週年，回顧歷史，第二次世界大戰，固然爆發於一九三九年九月一日，因希特勒納粹軍隊入侵波蘭而挑起，實際上第二次世界大戰早已醞釀於一九三一年九月十八日，因日本軍閥的全面進攻我東北而形成。因之對日本侵華的歷史探索，再作進一步的深入研究，實為防範今後可能爆發第三次世界大戰的必要課題。

日本侵華的歷史探索

就歷史過程而言，西元前五十七年，東漢光武帝中元二年，日本倭奴國派使臣到洛陽，乃中日正式交通之始。光武帝賜頒「漢倭奴國王」金印，日本奉為國寶。漢武帝時，中國已在朝鮮設四郡。東漢獻帝五年，日本竟派兵攻朝鮮，此乃日本侵華之開端。其後，又數攻高句麗，均遭殲滅。西晉武帝太康元年，朝鮮百濟人王仁，帶領織布工人，並攜帶《論語》、《千字文》至日本，日本乃開始接受中國文化的薰陶。隋朝之際，日本仍對我繼續入貢。唐太宗時，日置「遣唐使」，派留學生，乃有「大化革新」。由於鑒真和尚至日本，居留十載，佛教遂在日本大為流行。

宋朝時期，日本內亂頻仍，中日之間遂少往來。元初，蒙古大軍曾兩次討伐日本，均因海上颱風，無功而返。嗣派一山和尚到日本通好，其後日本乃有「建武中興」。明太祖洪武二年，日本竟又攻掠山東，豐臣秀吉時期，更兩度攻朝鮮，動員兵力逾二十萬人，均被擊退。嘉靖年間，倭寇攻掠江、浙、閩、粵各省，殺戮至慘，幸為俞大猷、戚繼光等名將所剿滅。

德川幕府時期（明神宗萬曆廿八年以後），侵略琉球。後天主教傳至日本，幕府竟頒「鎖國令」（一六三九年，明思宗崇禎十一年），不准外人入境，但仍有中國僧人逸然抵達長崎，傳入中國書法及繪畫，日本遂有「書道」及「茶道」，又加宋版《論語》，成為日本文化「支柱」。鎖國時期，日本雖未再侵擾我國，但此時期，日本思想界竟興起一股侵略中國的「狂論」。諸如本多利明著《三國通論》一書，主張襲取朝鮮與滿州，而禦俄國之南侵；林子平著《海國兵談》一書，主張日本應佔領庫頁島和堪察加，以控制鄂次克海，並南侵琉球、臺灣及呂宋，進而攻佔朝鮮與滿州。平山行藏著論，主張結合沿海倭寇（盜匪）嗜殺之特性，以強化軍力，因之，以後日本擴軍訓練，形成日軍殘暴而毫無人性的行為。竹尾正胤著《大帝國論》，主張日本積極擴張；更有吉田松蔭著《幽思錄》，有系統地主張日本擴張；其時橋本左內更著文主張進攻朝鮮及滿州，南取印度，遠征美國，以控制太平洋。吉田為培養侵華幹部，在家鄉成立「松下私塾」，傳授其擴張理論，學生中爾後著名之有伊藤博文、山縣有朋、木戶孝先，以及日本近代化工業奠基人品川彌次郎等人，都成為以後日本侵華的急先鋒，而且促成日本右翼團體紛紛出現。西元一八八一年（清德宗光緒七年）成立的「玄洋社」，可謂日本右翼團體的起源，繼之，如「黑龍會」、「浪人會」等等，以至北輝一等發起之「猶存社」（一九一九年成立），無不以效忠天皇、對外擴張為宗旨。這種對外侵略依據北輝一《日本改造方案大綱》專著為理論基礎，造成日本政府的「大陸政策」及「軍國主義」，而且麻醉了日本民意。

時至今日，進入廿一世紀初頁，仍有如石原慎太郎之流的「狂論」，以及日本首相小泉之堅持參拜靖國神社等表現，乃至仍視釣魚臺列島為日本領土等企圖，也許曾任雷根政府時期國防部長的溫柏格，在其下任後，以小說體裁所寫的一本《下一次戰爭》（*Next War*），就可能不幸而言中了。

日本侵華史實的回顧

日本之大規模有系統之侵略中國，自以甲午戰爭為起點。一八六八年（清同治七年）日本「明治維新」，公布《明治憲法》，乃「尊王攘夷運動」成功的結果。「尊王攘夷」，固系吸取中國文化之春秋大義，王陽明「知行合一」的心學，明末朱舜水東渡日本，傳授其理學，又再加上伊藤博文赴歐考察的心得，遂開啟日本現代化的大門。但是基於擴大理論，「維新三傑」的木戶孝先、大久保利通、西鄉隆盛，三人大合唱《征韓論》。大久保利通主張緩進，即遭刺殺。清同治十一年，日本聲明琉球為日屬，由於同治十年，琉球漁民因颱風漂流至臺灣，為生蕃殺害五十四人，日本作為藉口，於同治十三年派西鄉隆盛之弟西鄉從道，率兵攻打臺東牡丹社，因沈德楨率軍赴臺備戰，結果賠款五十四萬兩銀元結案。此時日本大唱《征臺論》，連軍部也早已擬定「攻臺計劃」，日本參謀本部所擬《清國征討策案》中，提出征臺一旦勝利，應割取直隸、山西、山東、臺灣、澎湖等地，並設法使滿州獨立，甚至西藏、青海等區域，都應予以分割，可知日本之野心，狂妄無比。

終於發生甲午戰爭，殺戮至慘，單以攻入旅順而言，五萬居民被屠殺之後，僅剩三十六人。馬關條約簽訂，賠款一項，日本原欲要求六萬萬兩銀元以上，可知日本貪心，史無前例。一九零零年義和團之亂，八國聯軍總數六萬人，日軍佔一半。日軍沿途任意屠殺居民，攻入北京之後，清宮寶物，掠奪殆盡，日軍所得亦佔半數以上。辛丑條約中國賠款四萬萬五千萬兩銀元，連利息近九萬萬兩銀元，日本人所得亦近一半。其時日本首相山縣有朋甚至準備乘機奪取福建省，英美干涉後日本始自廈門撤兵。

一九零五年，日俄之戰，以我東北為戰場，戰後在美國調停下，終於在美國新罕布希爾州的朴資茅斯城簽訂《日俄媾和條約》及《朴資茅斯條約》，實以我東北領土與主權，作為日俄共同爭奪之對象。日本從而加強對滿州的經營，加速「滿蒙獨立運動」的策劃。第一次世界大戰之後，日本於一九一四年年八月廿三日，以履行「日英同盟」為名，對德國宣戰，登陸山東半島的龍口，強占膠濟鐵路，攻陷青島。在全面策劃之下，大隈內閣通過《對華廿一條約》，由駐華公使日置益，於一九一五年一月十八日面遞《對華廿一條約》給心迷帝制的袁世凱。該條約徹底暴露了日本妄圖獨佔中國的「狂想」，成為日本大陸政策的立足點。一九二一年華盛頓九國會議召開，日本於會議後，仍向中國強索若干路權、礦權及五千三百萬兩金馬克與一千六百萬日元，方始自膠東撤兵。

日本為經營滿州，因辛亥革命後，奉系軍閥張作霖逐漸取得東北統治權，日本欲加以扶植，並以各種手段索取東北權益。一九二七年張作霖在北京成立「安國軍政府」；在此之前日本的原敬內閣通過了所謂《關於對張作霖的態度之件》，暴露了日本各種手段的狠毒。到了一九二七年四月，日本長州系軍閥嫡系繼承人的田中義一陸軍大將，繼若槻內閣之後，接任首相，為阻擾我國民革命軍北伐，竟出兵濟南，先後三次，爆發了震驚各國的「濟南慘案」，酷刑殺死我外交特派員蔡公時。此際田中主持「東方會議」，密奏天皇，妄言：「欲征服世界，必先征服中國，欲征服中國，必先征服滿蒙」云云。同年六月廿七曰至七月七日召開「東方會議」之前，因日本勸說張作霖，在國民革命軍尚未到達河北之前，早日返回瀋陽，未為張作霖所接受，日本駐東北的關東軍決定置張作霖於死地，在六月三日終於炸死了他。又因張學良的易幟，最終「九一八」事變提前爆發。

田中義一因主持「東方會議」，多行不義而自斃，繼由濱口幸雄組閣，卻認為轉步驟不必過急，濱口也和原敬一樣，遭右翼分子刺殺而死於非命。原敬之死，時為大正十年（西元一九二一年）十一月四曰，不過幾年時間，日本因侵略心，主政者若不心狠手辣，幾乎沒有一個有好的下場。

「九一八」事變爆發後的演變

誠如日本歷史學家井上清在其《昭和五十年史》一書所指出：「濟

南慘案」已經埋下中日全面戰爭的火種。因為日本侵略成性，所以「九一八」事變的第二年，亦即一九三二年二月十五日，犬養毅首相致函上原元帥，請其節制軍方之無止境戰爭手段，當上原接信，適被造訪的陸相荒木貞夫所瞥見，信函曝光，就在五月十五日爆發事變，犬養毅就在官邸遭叛變軍官亂槍打死。犬養毅為孫中山先生日本好友之一，同情孫中山先生在神戶發表的《大亞細亞主義》演說，竟也死於非命。

然而日本天皇無視軍閥無法無天，仍派宮內省侍從官前往東北慰問各侵略元兇，包括本莊繁等人。犬養毅死後，齋藤實及岡田啟介等先後組閣，一九三五年「二二六」政變，軍方參與政變者一千四百人，殺死藏相、教育總監、內務大臣，及重傷天皇侍從長，首相逃入皇宮，始免於難。自茲，日本以侵略為國策。早在一九三零年前，中佐藤清所著《皇國的危機——日美戰爭臨近》一書，正與孫中山先生就任中華民國臨時大總統時，所聘請的美國軍事顧問荷馬李將軍所著《無知之勇》（*The Valor of Ignorance*）一書（一九零九年出版）所預測，美日可能在三十年後發生戰爭，真是不謀而合。

日本主政者，面臨日本右翼法西斯主義的死亡威脅，在「大陸政策」的主導下，「九一八事變」便一發不可收拾了。事變前的「萬寶山事件」，以及許多日人橫行無忌事件，任意殘殺無辜，加以「中原大戰」後，日本在一九三一年一至九月上旬，先後在東北舉行過近百次的軍事演習，而東北當局可謂毫無戒備，等到八月二十日關東軍司令官本莊繁到任，九月十八日晚的「北大營大悲劇」就演出了。當時中國處於國力衰弱狀態，只好寄望於「國際聯盟」的調停，結果是一九三二年，初則「一二八上海戰爭」，繼而二月間「偽滿」出現。一九三三年元月三日，日本攻佔山海關，二月，便進佔熱河。

然則日本佔領東北，直至一九三七年「七七盧溝橋事變」，激起全民抗戰之前，在此六年時間裡，對日本侵略者的反抗，仍有許多可歌可泣的事蹟，不可磨滅。除了「一二八上海戰爭」，粉碎了日本山杉元帥向日本天皇所提保證「三個月可以滅亡中國」的讕言，同時也展示了中華民族的浩然正氣。一九三三年二月二十日，日軍進攻熱河，由於熱河省主席湯玉麟稍戰即退，熱河在七天之內陷入敵手。但長城戰役，也演出「喜峰口大捷」的佳訊。五月卅一日簽訂《塘沽協定》，日本又更進一步策劃「華北五省自治運動」。一九三五年九月，日本駐屯軍司令官高田峻在天津一次集會裡，散發《我帝國對支那的基本觀念》小冊，公開鼓吹侵略中國為正途，應繼「滿洲國」之後，先行推動華北自治」云云，遂有「冀東防共自治政府」出現。一九三六年五月，日本向平津增兵，妄圖使河北、察哈爾、綏遠、山西、山東「特殊化」。

一九三六年十二月十二日的「西安事變」，促成國共第二次合作。日本惟恐中國團結起來，力量壯大，於是加速侵略步驟，終至引起中國在七月七日盧溝橋事變後，進行全面的抗戰。這一段八年抗戰的歷史光輝，反映「九一八事變」之後，國聯無力處理日本的橫蠻侵略，以致從「九一八事變」到「七七抗戰」開始之前的這一段歷史里程，成為第二次世界大戰的前奏曲。因為它間接甚至直接鼓勵了德國法西斯主義專政的突出（希特勒於一九三三年開始專政），也助長了義大利墨索里尼的法西斯主義專政，於一九三五年侵略阿比西尼亞（今衣索匹亞），結果是第二次世界大戰的全面爆發。

雖然「九一八事變」造成東北四省的淪陷，日本侵略者帶給東北同胞的是鴉片、嗎啡、海洛因，以及妓寮、賭場，派出大批浪人奸細，對於英勇戰鬥的東北義勇軍以及地下工作人員，捕殺之餘，其酷刑繁多，集古今中外酷刑之大成，然而仁人志士視死如歸，亦頗令日寇為之膽寒，而日寇之揉合明朝倭寇嗜殺伎倆，扭曲武士道意義，日軍所到之處，無不隨時重演「南京大屠殺」式的一幕又一幕暴行，為人類歷史寫下最醜惡的汙點，值得舉世人民的徹底反省與檢討。

時至今日，時代進入二零一五年，經過日本政壇的反覆醞釀，竟然又再出現另一位政壇狂人安倍晉三。自從二零一二年竄上日本首相位置後，今（二零一五） 年九月八日，再度連任。其一切措施，明的暗的，無不加速日本軍國主義的死灰復燃。黑暗中彷佛第三次世界大戰的魔影，又向世人猙獰揮舞。為防範於未然，唯有重整當年開羅會議，盟國三大領袖：中華民國蔣中正主席、美國羅斯福總統、英國丘吉爾首相，所共同簽署的開羅宣言之正義精神，加以發揚光大，方可消滅第三次世界大戰隱患於無形，避免未來世界大戰悲慘命運的來臨。

游芳憫，福建寧德人，畢業於福建永安師範學校、重慶中央政治學校，獲美國普林頓大學哲學博士。曾執教於臺中靜宜、東海、美國普林頓大學（哲學教授）。曾擔任臺灣教育部縣市文化講座主講人及吉林白城師範大學、福建寧德高等專科學校客座教授。應邀於福建廈門、山東、遼寧等大學講學及於北京釣魚臺、人民大會堂演講。其學術理念為歸納儒家哲學精義，追尋人類光明遠景。歷任美國孔孟學會會長、中華四海同心會榮譽理事長、北美洛杉磯華文作家協會顧問。著有《中西文化與哲學述要》及《東西倫理學史研究》論述專著。

歷史傷痕豈能抹去

文馨

回眸世紀
日寇侵華戰爭煙雲記憶猶新
血淚與屈辱
在炎黃子孫心底
　烙下累累傷痕

歷史的傷痕
　來自帶血屠刀
　　炸彈槍炮細菌與毒氣
歷史的傷痕
　來自戰爭狂人
　　暴戾恣睢肆虐與蹂躪
歷史的傷痕
　來自釘上歷史恥辱柱的
　　法西斯蒂東條英機
　誰能抹去它之纖毫？
　誰能抹去它之萬一？

可是，君不見
　日本要員頻頻膜拜戰魔牌位
　「靖國神社」奉之為殉國英靈
可是，君不聞

東京都知事胡謅 南京屠城子虛烏有
「自民」掮客聲聲鼓噪　受難人數失真
醉翁之意：否定軍國主義抹去歷史傷痕

讓我們向當年沖洗膠捲的年輕學徒致敬
敬佩他　以匹夫之勇假屠夫之手
獲取南京屠城串串魔影
敬佩他　冒死存留歷史見證
隱忍歷史傷痛的沉著機警
讓我們向華裔女士張純如致謝
她訪獲1140頁庭審紀錄、電文和日記
三十萬屠城人數
　竟來自廣田弘毅
萊茵哈特夫人接踵而至伸張正義
赴紐約公開外祖父的南京《戰爭日記》
約翰・拉貝曾保護二十多萬中國難民
也實錄了日軍瘋狂屠城滅絕人性
親歷浩劫者
　尚有當年倖存的受難民眾
　更有堅守光華門的將軍鈕先銘
讓我們向長眠地下的石田老人致謝
他彌留之際吐露證詞何等真誠
受他之托甥女專程赴寧捐贈罪證
鮮為人知的活體細菌試驗才公諸媒體
讓我們聲援為歷史作證反遭敗訴的東史郎
贊許他親歷屠城深刻反省良知未泯
日寇侵華罪行罄竹難書啊
魂悸心顫的歷史傷痕豈能抹去？

當白山黑水膠東冀中相繼淪喪
當中原盡遭「三光」、血濺滬杭
當武漢大轟炸血肉橫飛電杆零掛肢體
當桂林彌漫大火、海南呻吟於獸兵鐵蹄
當陪都重慶萬人窒息慘死防空壕裡
河山失色　哀鴻遍於神州大地
歷史的傷痕多麼沉重啊
沉重的歷史傷豈能抹去？

十四載兵燹喪生同胞達三千萬
平頂山村一次血洗村民倖存者三
隨軍「慰安」亞洲婦女共二十萬
中國婦女慘遭獸行何能計算?
哀我半壁河山破碎生靈塗炭
痛我無數家園淪喪毀於一旦
家仇國恨民族傷痛彌久益深啊
深久的歷史傷痕豈能抹去，豈能抹去?
受傷的民族魂如奔突地火
　凝聚，再凝聚
怒吼的中華響徹著「還我河山」！

誰能忘盧溝曉月浴血壯士
　第一發復仇炮彈
誰能忘平型關大捷百團大戰
　威懾敵膽
誰能忘臺兒莊喋血勇士
　英氣衝霄漢
誰能忘地道戰遊擊戰周旋敵後
　痛殲敵頑

誰能忘啊
大敵當前各路軍旅
槍口對外連袂作戰

八年鏖戰的烽火歲月啊
　是血與淚仇與恨
　　揮灑交織的歷史
八年鏖戰的陣亡將士啊
　是魂與魄勇與毅
　　振奮凝結的《國殤》
八年鏖戰的輝煌勝利啊
　是哀勝驕得道多助
　　正義戰勝邪惡的歷史必然

血寫的歷史是嚴峻的審判官
豈容篡改教科書抹去罪責把學童欺瞞
血寫的歷史是嚴峻的審判官
豈容日本右翼分子推翻國際法庭定案
歷史是現實的一面鏡子
大阪「國際和平中心」不和平
釣魚島故技重演絕非偶然

前事不忘，後世之師
歷史的傷痕不能抹去
前車之覆，後車之鑒
歷史的警鐘長鳴不住
喜看千禧之春歷史家四處查訪「慰安」舊址
昔日的「東寧要塞」已遍植長青樹
化干戈為玉帛須勿忘國恥

東寧人永志二十萬勞工遇害的歷史傷痕

回眸「世界和平年」一幅動人風景——
盧溝夕照輝映著中日少男少女
輕歌曼舞
取代昔日炮火硝煙
歡聲笑語
飛揚今朝友誼歡欣
橋下乾涸的河床
端端正正大書著
「和平」
是的，唯有和平友誼
才能化解並撫慰戰爭釀造的
歷史傷痕

後記：我是一個抗日戰爭時期的垂髫孩童如今的白髮老嫗，筆雖粗拙，卻願像晨鐘暮鼓提醒未經戰亂不同年輪的世代，瞭解並記取那頁由抗日軍民血淚織成的慘痛戰史和教訓，薪傳氣壯山河的民族正氣，表達一個有良知的中國人對未來的良善期冀。

編者按：本詩作在大陸發表後，受到諸多關注與好評，曾應邀刊載在不同的刊物和網站上，亦榮獲北京「中國詩歌節〈國風〉」時代抒情詩一等獎。曾被武漢楚天廣播電臺挑選由其新聞部組織專業人員集體朗誦全詩。

文馨，真名周殿芳，湖北武漢人，中學語文教師。退休後練筆詩歌、散文、評論。

孫立人將軍蓋世功勳與仁德典範

鄭錦玉

翻開中國近代史頁，是一部滄海橫流、光怪陸離的滄桑史。為了使一代世界名將孫立人將軍的歷史功勛重現於世人面前，使民族英雄的豐功偉蹟流芳千古，與日月同光，有必要將其披露於世人面前頌揚！

負笈求學 文武兼修

孫立人將軍出生於一九〇〇年庚子十月十七日，安徽舒城人，先祖曾是前朝宰相，先祖父官居進士，先父為清末舉人山東知府、安徽省警政廳長，後棄官從事教育，首任北中華大學校長，奮力推行中華文化儒家精神，祖德流芳。孫立人自幼在家塾中蒙受嚴格教育，秉承父親儒家孔孟大道思想之傳述，奠定國學良好基礎。一九一四年以安徽省第一名成績，考取北京清華學校庚子賠款留美預科，接受八年學校教育。因其天份極高，思維靈敏，又喜好運動，不但有良好的課業成績，還是足球、籃球健將。一九二一年代表國家籃球隊，參加在上海舉行的遠東運動大會，擊敗日本、菲律賓、韓國球隊，贏得冠軍。一九二三年，孫立人自清華大學預校畢業，以德智體群優越成績赴美留學，進入美國普渡大學完成土木工程學業。但孫立人眼看自己的國家內有軍閥割據，外有列強逐鹿中原，尤其日本和俄國對中國的鯨吞蠶食，恐將兵連禍結降臨。為了要救國家，必須要飽學中西方文韜武略，孫立人毅然投入美國最悠久的維吉尼亞軍校，接受嚴格的軍事教育，以備返國效命疆場，做保國衛民的先鋒。

淞滬大會戰 幾乎命喪戰場

中、日淞滬大會戰是八年抗戰二十多次會戰中，規模最大、時間最長、傷亡最慘重、意義最深遠的一次抗日聖戰。日本強敵欲一舉攻下中國工商業中心的上海，進而奪取國府首都南京，要中國人民做日本帝國的亡國奴。大會戰開始於一九三七年八月十三日，結束於十一月十一日，前後共九十天。中日雙方投入會戰的兵力，在中國這一方面合計七十五萬人以上，日軍投入二十五萬人以上，雙方兵員合計超過一百萬；傷亡方面，日方約五萬，中方十八萬。孫立人將軍隸屬稅警總團，配屬在張治中的第九集團軍參加大會戰，被編為兩個支隊，由何紹周、王公亮分別當支隊司令，總團長為黃傑。孫立人所屬第四團守護在溫藻濱和大場兩處戰役中，屢敗日軍之進攻，脫穎而出。當何、王兩將因指揮無方被撤職時，孫立人被升為少將司令，防守蘇州河、周家橋一帶戰線，日軍五倍兵力一再進攻蘇州河一帶防區，皆被孫立人率軍擊潰，成為淞滬大會戰中，日軍傷亡最慘重的戰區。據當年親身參與現場作戰的蘇醒排（後升團長，二〇一三年五月在紐約去世，享壽九十八歲）曾對筆者口述說：「中、日兩軍已在蘇州河一帶戰場激戰三個月至十一月初，只有孫立人防守的這一段戰場沒有被日軍攻克，其他大部分皆已淪陷。日軍再架造五百呎長的渡橋推靠我岸。大舉攻進，皆被我軍殲滅，日軍血流成河，數百具屍體卡在渡橋邊，浸在水裡發生惡臭，又阻礙流水。孫立人目睹此情況，帶領一排軍士奮不顧身潛赴現場，甫投出手榴彈欲炸斷渡橋，使屍體流入大海，對岸日軍飛射快速爆炸彈，一顆正好落在孫立人將軍的背後，霎時炸彈開花，孫將軍即時被爆炸力震起又伏下，被泥巴掩埋半身，背部彈孔累累，血流如注，適時被兩位軍士背離火線，送往法國租界臨時軍醫院時，已呈昏迷狀態，經張院長緊急搶救，挖出二十多處彈殼片（非傳言十三處）。翌日，財政部宋子文部長趕來探視，見孫將軍情況危急，即命其弟宋子安先生用專機護送至香港養和醫院醫治，經十天才甦醒過來，吉人天相，大難不死天佑之！」孫立人將軍經三個多月的療傷，漸有起色，惟旦夕想念著這破碎的山河家鄉，不能再讓強敵倭寇踐踏下去，否則會做亡國奴。一股救國救民的思潮一直湧現在心坎，他向醫師陳述：「現在正是國難當頭，我必須走出醫院，到戰場殺敵保衛國土，為國家盡一心力和責任。」醫師說：「你的身體尚未復元，雙手尚不能平舉，如何能奔馳沙場？」孫將軍一股熱愛國家的情操是那麼的激昂，他含著眼淚、強忍悲痛說：「為了國家安危，顧不了個人生死，必須離開醫院，重披戰袍，率軍殺敵。」這是孫將軍八十歲在家拿出一本相簿讓我一張張翻拍時所講的一段話語。最後有一張是他很清瘦的坐在輪椅上被護士推到外面的照片，很可惜我的相機沒有底片可照了。

遠征緬甸 解救英軍

孫立人將軍重傷未克痊癒，即走出醫院，尋找原所率部隊，但已不知去向。隨後到各軍醫院探視，鼓勵傷兵重入戰場。在雲南、貴州等地重練新軍六個團，三個團被戴笠強行帶走，三個團編成新三十八師開赴緬甸曼德勒，適英軍第一師和裝七旅被日軍圍困在仁安羌油田區，戰況極危急。英軍第一軍團史琳姆司令親赴曼德勒求見孫立人師長，當面求救兵，孫師長提出答應三天之內救出英軍的君子承諾，隨即調派一一三團不過九百人之兵力馳往救援。當他親赴遠征軍司令部請求救英軍的軍令，可是羅卓英司令和杜聿明副司令避不見面，只派參謀長楊業孔將軍虛與應付，也不發授作戰軍令。孫師長從晚上八點等到過午夜十二點，仍未獲得出戰軍令，他義憤填膺、正氣凜然地向參謀長楊業孔高聲說：「我們是奉命率軍遠征緬甸，與盟軍並肩抗日，現在盟軍被日軍圍困，戰況危急，我們不能見死不救，而且我已經承諾英軍史琳姆司令救出盟軍。救英軍之戰，我願以我的性命向上級保證，如果我不能戰勝的話，我會將我的人頭請人提呈上來。一切責任由我一個人承擔。」孫將軍胸有成竹，以哀兵之勢，抱必死決心，施展其軍事才華，在短短兩天半時間內，竟擊潰日軍強敵第三十三師團一萬二十多人，留下一千兩百多具屍體潰逃，孫將軍獲得最大的勝利。而杜聿明擔心孫將軍必將戰敗，為推卸責任，曾向蔣介石委員長參奏孫立人陣前違抗軍令。應交軍法審判。但杜聿明萬想不到，孫立人一股浩然正氣在仁安羌一戰名震天下。仁安羌戰役在軍事上是一個奇蹟，中國軍隊以少勝多、以客勝主、以寡敵眾。這一仗不但表現出中國軍隊有嚴格的訓練和旺盛的士氣，更表現出作戰指揮官孫立人將軍具有卓越的將才、優秀的判斷能力、超人的戰術眼光及膽大心細的斷然處置；同時，這一仗也顯示出中國文化傳統的優越性。從孫立人將軍回答史琳姆將軍的「中國軍隊戰至最後一人，也一定要把貴軍解救出險」的話語中，就充分發揚了中國軍人具有儒家捨己救人和不背盟信的美德。

青年軍 命喪野人山

仁安羌大捷後，由於日軍的兇猛與增援，使中國遠征軍與盟軍一再退卻，盟軍退走印度，羅卓英司令與杜聿明在異國戰場更是膽怯，急想返回自己的國土為安，電告蔣介石委員長說：「中國遠征軍已陷入極困境，應速回國。」蔣委員長答應「退往緬北，經野人山撤回雲南國土最為捷徑」。於是，羅司令與杜副司令召集各軍、師、團長開軍事會報，宣布執行命令。

孫立人將軍當即提出諫言說：「中國遠征大軍若欲從緬北野人山回國，那四百五十公里蠻荒叢林的高山峻嶺，無水無糧，毒蛇猛獸、吸血螞蝗、泥沼何其多，官兵若進入野人山裡，只有走入絕路一條，祈請杜長官切勿進入野人山，我們可先退入印度再做打算。」但杜聿明一心想離開這個鬼地方的戰場，哪裡聽得進孫立人的諫言；並命令新三十八師再殿後保護中國遠征軍撤退，抵抗日軍三個師團的追擊。孫立人將軍率新三十八師極為艱險地抵禦與日軍戰鬥，待杜聿明的第五軍、第六十六軍等中國遠征軍進入野人山後，保持全師戰力，脫離主軍，西去印度。孫立人率新三十八師總不能跟隨杜聿明的大軍覆滅在野人山裡，算是對得起杜聿明，做到仁至義盡了。杜聿明在軍事會報中不聽孫立人勸諫，執意要率大軍經野人山回雲南國土，並拋棄極大批輕重武器和六百多輛軍用卡車，這是國家戰時保命資產，就這樣輕易被遺棄，好可惜啊！杜聿明率大軍逕入野人山一周後，即失去音訊，如孫立人所說「只有死路一條，很少能活著出來的」。杜聿明已後悔當初怎麼只聽蔣介石委員長的話，不聽孫立人的忠告。在重慶的蔣介石總司令即命令空軍派飛機天天在野人山上空盤旋，尋覓愛將杜聿明大軍的蹤跡，兜繞了三個多月，發現幾乎全軍餓死、病死，或為毒蛇猛獸所吞噬，剩下不到三千名不像人樣的殘兵敗將，才由孫師長派出各個小部隊帶著食品醫藥、擔架等，接往印度列多收容站。杜聿明稱病被部屬從野人山挾抬出來，用專機送回重慶，向蔣委員長述說在野人山鬼門關的故事了。這樣一支優秀可貴的中國青年遠征軍子弟，他們寶貴的性命並非在異國他鄉轟轟烈烈的為國家戰死沙場。悲哉！這是第二次世界大戰中，中國遠征軍最悲慘且羞愧向世人啟齒的一段血淚史。

率新一軍 反攻緬北

一九四三年一月二日，是印度一個隆重的節日，孫立人將軍獲比哈爾省督邀請，前往藍溪接受英皇頒獎「C.B.E英帝國司令勳章」，中、英、美高級將領都應邀參加這個盛典，省督宣讀勳章證書文辭說：「奉皇帝陛下的命令，今天本人代表陛下將C.B.E勳章授予孫立人將軍閣下，以紀念閣下去年在緬甸首創的驚人功績，和對閣下這種英勇行為的崇敬。」這是中國指揮官以戰功贏取外國司令勳章的第一人。隨後美國羅斯福總統頒授美國司令豐功勛章給予孫立人將軍。孫立人師長率新三十八師退入印度藍伽成立新一軍，美國史迪威上將任駐印軍總指揮，新一軍軍長為鄭洞國將軍；鄭將軍隨後調回國，孫立人升任軍長。

新一軍在藍伽嚴格整訓了六個月，已是兵強馬壯，將奔馳戰場，勇猛殺敵。此時，中國對外海陸交通全被日軍封鎖。中、英、美三國在開羅會議決定，中國迫切需要一條對外交通路線，以便將國外之戰略物資輸送入中國，以持續對日抗戰。孫立人將軍在國軍進入整訓期間，即著手搜編一部「新一軍反攻緬北戰鬥詳報」，也就是對日戰略戰術作戰計劃報告書（列極機密文件，一九八八年孫立人將軍恢復自由後，此書交予中央研究院近代史研究所朱浤源教授暫時保管），孫將軍提示兵分兩路反攻緬北。孫立人率新三十八師為第一路進攻胡康河谷和野人山，掃蕩盤據在當地的最強日軍第十八師團，掩護美軍工兵開鑿建築中印公路至雲南昆明一千五百六十六公里的路基，其間經過十三座六千六百呎以上高山峻嶺、沒有人煙的叢林，工程之艱鉅偉大，實難以筆墨描述。可是，孫將軍率新三十八師健兒從一九四三年三月至十月底，與盟軍共同完成這條國際性中印公路，拯救了中國對日抗戰的勝利。第二路為史迪威將軍指揮中美混合部隊，進攻緬北密支那城，日軍在密支那城地道防備之堅固，讓中國遠征軍與盟軍久攻三個月，始終無法攻克，而且死傷慘重。孫立人軍長回師探察究竟，即時下令調新三十八師第一一二團，由陳鳴人團長準備四日乾糧，以急行軍穿越一百五十英哩敵軍守備區的叢林峻嶺，奇襲西通，切斷日軍救援的後路，再兩面夾擊，密支那奪城之戰才得以成功，並繳獲日軍無以計數的戰利品，這是孫立人將軍用兵超人之妙計。孫立人將軍率新一軍將士在緬甸作戰兩年半時間，共擊潰日軍三個軍團，下含九個師團。戰後日軍高級軍官著有二十幾冊緬甸作戰史料，稱緬甸為地獄戰場。在緬甸曼德勒近郊色格一個紀念碑，記述日軍第三十三師團第二一五聯隊陣亡兵士四千餘人，可見戰爭之慘烈。孫立人將軍在緬甸戰場與日軍激戰贏得百戰百勝的戰功，難怪英、美、日軍政領袖對孫立人將軍如此尊敬，連被打敗的日軍侵略總司令岡村寧次大將求見孫立人將軍時說：「日本皇軍沒敗在蔣介石手下，也沒敗給英美國家，只敗在孫將軍閣下，我願將這口日本皇家六百年傳國指揮寶刀呈送孫將軍閣下！」孫立人將軍曾說：「這口紀念寶刀在孫案發生時被陳誠派人搜走，還有艾森豪元帥贈送的六枝自動卡柄槍、一口將官配戴寶劍，巴頓將軍贈送的自動手槍和曲管槍，麥克亞瑟元帥贈送的日本寶刀等，這批寶貴紀念品不知被誰帶走！」

親練新軍 保衛臺灣

一九四七年七月，孫立人奉命當陸軍訓練司令，選擇臺灣鳳山為新軍訓練基地。十月間再抵達臺灣，開始他一生最後一次練兵。

到了一九四九年，蔣介石領導的國民政府在中國大陸貪汙、腐化、無能的情況下，已是兵敗如山倒，剩下的都逃到臺灣，共軍天天高喊著血洗臺灣，每個軍民同胞人心惶惶不安。孫立人料兵如神，十月中巡視金門，預料中共大軍將進攻古寧頭，孫立人將軍當即調派他訓練的新軍第二〇一師第六〇一、六〇二兩個團守護古寧頭，命令守軍在周邊多挖散兵坑。果然不出所料，十月二十四日午夜，葉飛率大軍從古寧頭登陸，守軍讓中共大軍縱深上岸後，將灘頭封鎖，共軍高興如入無人之境之際，守軍即開照明燈對準掃射，一夜之間殲滅共軍五千多人，俘擄七千餘人。孫將軍說：「共軍輕敵，中了甕中捉鱉之計，全軍覆滅。」從此保存了臺灣經濟繁榮、生活富裕的安定局面，這是孫立人將軍保衛臺灣的大功勞！

卓越將才 愛民如子

孫立人將軍絕對遵守軍人武德，善待敵人戰俘，受傷者將之醫治好，戰歿者遺體必將埋藏好，免被野獸爭食或曝屍。孫將軍說：「兩軍戰士各為其國戰歿沙場，我們應該尊敬其為國奮戰捐軀的精神，應予善待之，這是一位作戰指揮官應有的處事原則；也就是說，戰爭雖是慘酷無情，也要行仁道，仁道即是人道，仁道盡可消弭戰禍於無形。」

孫立人將軍極重規軍事教育和人格教育，軍人是代表國家的形象，平時灌輸愛國家愛人民。他說：「我們的生活都來自老百姓的納稅錢，要做好保國衛民的責任，平時多一份努力用心，戰時就可少一份損傷。」孫將軍也對士兵的生活起居非常關心，如晚上親自巡視有否掛蚊帳，還掀開腳指頭查看，因為所蓋棉被若有味道就會生香港腳，不能安眠，影響白天的訓練精神，並注重體能訓練及戰術技能操練。

孫將軍帶兵一條心，相敬如父兄，所以能百戰百勝，贏得世界軍政領袖尊崇的前茅名將。孫立人將軍不但是軍事家，也是教育家和慈善家。他在雲南、貴州練兵時，成立多處中小學校；並將在緬甸作戰時省下的軍糧、物品救濟華僑，建立華僑新村，讓貧窮華僑有住屋，成立各處華僑學校，在部隊選拔優秀人才當老師，在異國他邦教導學生認識中華文化，這可是一件極難能可貴的聖事。國共內戰在東北時，孫立人將軍看到在鞍山有一所日本人留下來的學校，就召請清華大學王伯惠學弟當校長，成立清華中小學校，收容失學的兩千名子弟到校接受教育，經費由新一軍結餘支付。清華中小學校在王校長辛勤經營下，校風很優良，為國家培植民族幼苗。國府從中國大陸敗退臺灣，軍民惶恐不安，有朝不保夕之哀歎。孫立人負起保衛臺灣之責，重新整訓抵臺官兵，三年時間完成整編，訓練成一支強而有力的國防新軍，日夜馬不停蹄地奔馳疆場，保衛臺灣成固若金湯牢不可破城池，使中共不敢越雷池一步。同時，孫立人收容戰亂流離失所的兩千名六歲至十六歲青少年孩子，成立幼年兵總隊，施以文武教育。孫立人經常拿出自己的薪俸補貼幼年兵開支，以父子般的關懷，愛護這批年輕子弟，鼓勵好好上進，將來做國家的棟梁。孫立人愛民如子，一生培植國家民族的幼苗，念念不忘國家民族的富強康寧，其熱愛國家的情操，實為我們的仁德典範。

原載《世界日報》上下古今 7.1.15

編者按：抗戰勝利後，孫立人將軍揮師東北戡亂，繼至臺灣訓練新軍，卻遭莫須有的叛亂案誣陷，被奪官並軟禁臺中。鄭錦玉先生因出入孫宅維修水電，得識孫將軍，且相交莫逆，是孫晚年的親近友人。

鄭錦玉，字又溶，1937年生，臺灣省嘉義縣民雄鄉人。個人經營水電工程事業之餘，精研儒、釋、道三教，在臺中設有道場。致力推行儒家倫理道德，在美國亦設有崇德儒學會道場，道友數千人，並多次應邀訪問中國大陸，參加儒學、歷史國際研討會。現為美國崇德儒學會會長、北京國際儒學聯合會顧問、美國普林頓大學儒學研究所所長。

在味蕾中還鄉
——紀念父親百歲冥誕

姚嘉為

「提起刺刀上戰場，拿起菜刀下廚房！」在歸寧的酒席上，父親衝著初次見面的女婿這樣表述自己，那豪邁自負的口吻令外子終生難忘。我沒見過提著刺刀的父親，他拿著菜刀的身影倒是銘刻在心。

父親五十七歲退休，母親還在上班，廚房便成了他的天下。每天一早上菜場，向退伍軍人買上好的黃牛肉，用生疏的臺語，跟小販買白鯧魚、茭白筍、韭黃、芹菜，又到雜貨店中拎了大袋小袋的雞蛋、豆腐、豆干和小菜回家。

歲暮時節，他總有一回大採買，廚房裡所有的鍋盆全都出動了，小丘般堆著五花肉、牛肉、鴨肉、豬肝和魚肉，這些是臘肉的前身。第二天，院子裡搭起一個長方形木棚，成天冒著令人窒息的燻煙，野貓開始鬼鬼祟祟地出沒。

客廳牆上掛著一幅陶詩：「結廬在人境，而無車馬喧，問君何能爾，心遠地自偏。採菊東籬下，悠然見南山。」父親買完菜後就坐在這裡看報，他不時投書報紙，議論時事，或上書市長，為地方設施建言。他勤讀中西文、哲、史經典，在餐桌上滔滔談論，最愛引述「約翰克利斯朵夫」譯者傅雷的一段話：「真正的光明，絕不是永沒有黑暗的時候，只是永不被黑暗所掩蔽罷了。真正的英雄，絕不是永沒有卑下的情操，只是永不被卑下的情操所屈服罷了。」我隱隱感到他內心深處的掙扎。

父親退休後，母親就退居廚房中的幫手，只管洗菜、端盤子、洗碗和清理廚房。廚房狹小，高大的父親往裡面一站，只剩半個人迴旋的空間。父親拿著菜刀拍得蒜頭亂蹦，剁得紅辣椒四濺，不時從調味料架上調兵遣將，灑入油鍋裡，霎時酒味、醋味撲鼻。掀起鍋蓋，水氣直奔油煙機，他抄起滾燙的炒鍋，火速移到水槽邊，扭開水龍頭，嘩嘩沖洗，大喊著：「走開！」這時站在水槽前洗菜的母親便委屈地走出來，到院子裡去繼續洗菜。

這時我們多半在房間裡做功課，留心著廚房裡的動靜。快要開飯了，就趕緊陪著笑臉到廚房去端菜、添飯、擺碗筷。父親拭去滿臉的汗，滿臉笑容，斟滿酒，嘖嘖誇著：「只此一家，別無分號！」他挾起菜，大力推薦到我們碗中。母親附和著：「爸爸最能幹了。」有時嘟噥著：「吃來吃去總是這幾道菜。」

「這幾道菜」是梅乾菜燒肉、家常煎豆腐、芹菜牛肉絲、韭黃肉絲、豆豉辣椒蒸白鯧和臘肝蒸蛋，典型的江西菜，又辣又鹹，灑滿了點點紅椒。當然少不了臘肉、豆腐乳、小魚乾、滷水花生等下酒小菜，這些小菜市面上買得到，但他總嫌沒家鄉的好吃，寧可自己做。

餐廳一角，不時舖起稻草，一層墊底，一層覆蓋著切成小塊的豆腐。豆腐生黴後，裝入玻璃瓶中，加上辣椒、鹽、酒、蔴油浸泡，兩個月後，父親眉開眼笑地端出豆腐乳上桌了。他不厭其煩自製的還有梅乾菜，將鮮嫩碧綠的芥菜洗淨後，晾在戶外，葉片發黃枯萎，出現了星星點點後，放進冰箱裡儲存。

廚房是父親的天下，餐桌是父親的講堂，兩杯酒下肚後，家鄉的風俗、笑話、對聯、野史，全出籠了。我們最愛聽戰場風雲，他娓娓敘述參加抗日與國共內戰的細節，分析戰爭成敗的因素，間諜埋伏的波詭雲譎，我們如同置身戰場， 為之熱血沸騰。父親的身影變得更高更大，成了我們心目中的英雄。

第一次中國遠征軍

民國三十一年，父親任第五軍九十六師工兵營副營長，在昆明受訓後，加入第一次中國遠征軍，前往緬甸救援被日本人包圍的英國人。開始時戰事順利，孰料英國人不告而別，左翼忽然空了，造成中國軍隊的慘重傷亡。史迪威將軍要他們轉往印度，英國人要他們繳械，以難民身分入境，被中國將領嚴詞拒絕了，決定翻越野人山回中國。

撤退途中，工兵營不是被派去清除兩軍屍體和殘破車輛，就是殿後掩護主力作戰。要衝被日本人佔領了，他們只能主動出擊突圍。日機不停地掃射，父親負責殿後掩護，率領一連部隊包抄到日軍背後突襲，擊退日軍，並以自動步槍擊落日本軍機，俘虜了日本飛行員。

走進了野人山後，另一場生死搏鬥正要開始。熱帶莽林中暗無天日，處處是吃人的蟒蛇與毒蛇，樹幹上垂懸著巨大如煙鬥的螞蝗，伺機降落到人身上吸血。雨季剛開始，每天暴雨傾盆，不時有人跌落深谷中，瞬間被滔滔河水吞噬。蚊群如陣陣黑霧來襲，父親患了瘧疾，在發燒與冷顫中行軍趕路。山中缺糧，靠打獵捕魚無法生存，只好打劫深山中的土著，為了爭奪食物，殺人的事也層出不窮。他們終於在端午節前後回到了中國，十萬大軍只剩下三萬，五萬多人葬身野人山，還有人迷了路，走到喜馬拉雅山下去了。

徐蚌會戰

一九四八年十一月，遼西會戰國軍失利，戰況逆轉，共軍趁勝追擊，向蘇北進攻，徐蚌會戰開始。父親當時是39軍441師團長，從山東煙臺轉赴徐蚌作戰。日夜行軍，沿津浦線與野戰軍交戰兩個月，蘇北陣地失守，情勢急轉直下，國軍八十萬大軍，將領倒戈者有之，被俘者有之，兵團司令黃伯韜與邱清泉自盡。父親率團南撤，一面與共軍作戰，一面趕搭浮橋，待部隊通過後，立即炸毀橋樑。千鈞一髮之際，父親抗命救了張叔叔一營官兵。

幾十年來，逢年過節，張自芳叔叔總會攜帶禮盒到家中報到，正襟危坐，聆聽父親講話，這是他執著一世的感恩儀式，從不缺席。父親病危的最後三個月，他每天轉兩趟車到醫院探望，在病床前，虔誠祈禱，幾次颱風也擋不住他。他最愛談當年父親抗命的一幕：「徐蚌會戰撤退，我這營殿後，沒來得及過橋，共軍緊跟在後，工兵營長奉命立刻炸橋，團長要他等我們過橋後再炸橋，他說：『情況緊急，我奉軍令行事，共軍追上了，誰來負責？』團長拔出手槍對他說：『我來負責，你如果炸橋，我現在就槍斃你！』工兵營長讓步了，我們加緊腳步，剛過了橋，橋樑立時炸毀。如果不是團長，我早就不在人間了。」

有一天父親獨自喝悶酒，神情鬱鬱寡歡。母親悄悄告訴我們，家鄉傳來了祖母過世的消息。當晚，父親買來香燭一對，供奉在祖母遺像前，朝著中原的方向，焚香跪拜良久，老淚縱橫。

祖母年輕守寡，辛苦撫養父親長大，孤兒寡母受盡欺侮，父親為此常心懷不平。他少懷大志，家道中落，中學畢業後，在家鄉耕田，奉養長輩。抗日軍興，他扔下鋤頭從軍去，多年後當了團長，回鄉省親。他送給祖母一大筆錢，當時祖母正從油罐裡取油，舀一瓢油，就讚一聲「好兒子！」其後關山阻隔四十年，父親還鄉時，祖母早已離世。

有一回餐桌上出現了低氣壓，父親自說自話，母親沉著臉不說話，我們知道父親又偷偷寄錢回老家，被母親發現了。家境拮据，母親上班之餘，兼作校對，貼補家用，父親卻拿去賙濟大陸親人。他自知理虧，躲進房裡不出聲，任母親在廚房裡把鍋碗盆瓢弄得乒乓作響。

童年最鮮明的記憶是颱風頻繁來襲。當狂風在暗夜裡咆哮，門窗格格作響，屋頂好像隨時會掀開，隨風而去，父親就會召集我們到最堅固的那間磚房中去，在搖曳的燭光中，微笑著安撫我們不安的心。夜裡我被風聲驚醒，總會看到一點橘紅的火光在暗夜裡明滅，是父親坐在床尾抽菸，他徹夜不眠，守護著家，坐鎮到天明。

天亮了，院子裡的竹籬笆全倒，處處殘枝敗葉，我們大喜，不用上學了！這時傳來清脆的響聲，原來是父親在劈竹子，準備修補籬笆。他用鐵絲緊緊纏繞墨綠的新竹和泛黃的老竹，以錘頭牢牢槌進泥土中，大約半天光景，籬笆又站起來了，圍住了風雨後的家園。臺灣多颱風，這一幕每年出現好幾回。

颱風過後，水電停了，父親身穿汗衫，站在村婦間，在水井前排隊打水，然後用扁擔挑回家。戶外廁所因連夜大雨而滿溢，父親又扛起扁擔，一趟趟地舀起水肥，運往他處。惡臭沖天，我捏著鼻子，望著父親挑糞的背影遠去，這才注意到他的肩膀微微下垂，是削肩，平日被英挺的軍裝遮住了。

這樣的粗活從前哪輪得到父親來做？家裡有勤務兵，煮飯洗衣買菜全包了，時光流逝，回鄉夢遠，父親知道勤務兵的委屈，替他謀個差事搬走了。父親後來到臺北做事，每隔一陣子回家，下廚該是那時開始的。

多年來，家中常客是父親的老部下和好友，我們的同學和母親的同事。他足智多謀，善於分析事理，鄉親們找他排難解紛，老部下時來請益，他對愚頑之輩，總是當場訓斥，不留情面。如此高傲剛烈，交遊漸零落。

母親託人替他找到教國文的差事，他對幾個文筆好的學生鼓勵有加，他們不時到家中拜訪，父親下廚做菜款待，席間煮酒論詩，滿臉紅光，眉開眼笑。學生們成家立業後，常帶家眷來訪，不時邀父母到鄉下吃農家菜。父親生病住院，勤來探望，父親過世，開車送父親靈骨上山，他們是父親枯寂晚年意外的安慰。

父親擅長猜謎，每年元宵燈謎大會，臺中孔廟前張燈結綵，父親奔走謎題間，頻頻上臺領獎。過世前，他在病床上猜測死神何時來臨。有一晚風雨交加，他從昏睡中醒來，宣布：「就在今夜！」張叔叔立刻冒雨趕來，肅立床尾，猶如當年的領命出征。第二天他醒來，見陽光燦爛，竟有幾分惘然：「我猜錯了！」

那年，神經痛的宿疾總也不好，全身器官都查遍了，除了胃，待食慾不振，體重驟減，已是末期。他漸不能進食，靠流質和點滴維持，對於老饕如父親，不啻是最大的懲罰。他住院後，家中總是冷鍋冷灶，不再有油煙機和鍋鏟盆瓢的聲響，這才體會到父親後半生為家人烹煮，多麼值得感恩。

廚房狹小，沒有冷氣，只靠一扇小窗通氣。父親炒菜講究火大油多，難怪他火氣旺。廚房外面原是水田，不時飄進陣陣稻香，掠過農夫吆喝著水牛耕田的身影，夜來蛙聲一片。稻田變賣，蓋了宿舍，高牆遮蔽光線，擋住清風，廚房更加陰暗悶熱。每次回家，總會看到時代轉變的痕跡，瓦斯爐取代了電爐，餐廳裝了冷氣，父親改喝XO和威士卡了。都市計劃如火如荼進行，父親剛過世，老屋就被拆掉了大半，廚房從此永遠地熄火了。

小小的廚房充滿了家的回憶，過海而來的父母垂垂老去，餐桌上的對話鑄造了家的傳統，複製家鄉菜，是父親永恆的懷鄉儀式。

如今想來，這小小的廚房，竟似父親侷促的下半生。金戈鐵馬，風雲雷動，俱往矣，父親孤高傲世，求一時痛快，付出失去迴旋空間的代價。轉念平生，萬感橫集吧！他在閱讀中，找尋心靈的慰藉，在烹煮時，搭起一座橋樑，渡向從前。微醺之際，在味蕾中還鄉。

姚嘉為，臺大外文系學士，明尼蘇達大學大眾傳播碩士，休士頓大學電腦碩士，曾任Chevron資訊系統分析師。現任北美作協副會長暨雙月刊主編，海外華文女作家協會會員，曾任美南寫作協會會長。多次獲梁實秋文學獎，包括散文、譯文與譯詩獎，北美作協散文首獎，中央日報海外散文獎。著有《越界後，眾聲喧嘩》、《在寫作中還鄉》、《湖畔秋深了》、《深情不留白》、《放風箏的手》及數本兒童文學，主編《亦俠亦狂一書生——夏志清先生紀念文集》。

戰爭與記憶

楊強

日本投降後的北平

今年是抗日戰爭勝利七十周年，不禁回想起日本投降後的北平（一九四九年九月二十七日起，改稱北京市）。一九四五年八月十五日，日本天皇裕仁廣播《停戰詔書》，宣布接受《波茨坦公告》所規定的各項條件，無條件投降。中國人民經歷艱難困苦的八年浴血抗戰，終於迎來了勝利，人心大快，人們歡天喜地。

我當時很小，但是記憶深刻。那時我住在北平西安門皇城根的四合院裡，常聽大人說，日本鬼子在我們河北老家實行「殺光、搶光、燒光」的「三光」政策。華北的老百姓和他們在青紗帳（高粱、玉米地）裡，展開你死我活的鬥爭。最著名的就是地道戰、地雷戰，還有掀鐵軌、炸砲樓。不但拍成多部電影，還有一本厚厚的長篇小說《銅牆鐵壁》，就是描寫我家棗強縣抗日的英勇事蹟。

日本鬼子從七七事變盧溝橋戰役砲轟宛平城開始，就盤據在北平，直到日寇投降。他們把天津最著名最好吃的小站稻大米，全部掠奪運回日本，分配京津市民吃橡子麵，因為橡子麵摻雜著各種樹葉，牲口都不吃，不但沒有營養，人吃多了還拉不出大便來，而且天天物價飛漲，民不聊生。總之，北平老百姓當時恨透了日本鬼子。

日本投降後，日本軍官全被抓起來，我當時住在北平皇城根，那附近就住著很多日本軍官的老婆、小孩。我和同院的小夥伴，祇要看見日本小孩走在街上，就用小石頭打他們，打得他們不敢單獨上街，打得他們只能跟著大人才敢出來，後來他們跟母親上街，我們也唱順口溜罵日本人，她們穿著和服，拖著木屐只好低頭小跑。再後來，他們再也不敢穿和服與木屐上街了，日本軍官的老婆生活變得無依無靠。

北平西安門邊有一群賣苦力，拉拍子車的窮光棍，他們是北平最底層的人，十多個人拉的就是一輛騾馬大車，但是沒有牲口，完全是靠人來駕轅，人來拉車運輸貨物。平時都光著膀子，我常常看見他們吃棒子麵窩頭，啃大頭鹹菜，哪有錢討老婆？這回可是遇上一輩子千載難逢好機會，平時省吃儉用，靠賣苦力、流大汗，從牙縫裡節省的血汗錢，再東湊西借換來一個日本媳婦，也等於救活了一個日本軍官的老婆。

這種事不但北平有，東北三省更多。五〇年代，中央提倡全國支援大西北，一大批東北人，特別是鐵路戰線上的工人，有不少人娶的是日本老婆。我曾訪問過幾位，她們的身世大同小異。有的丈夫是在戰爭中戰死成了寡婦；有的丈夫是被關押起來，或是被送回日本，完全失去了聯絡；還有的就是在中國長大的日本女子，她們已經會說流利的中文，非常習慣在中國生活，和中國人完全一樣。

中日建交後，她們突然接到通知，准許她們回日本探親，而且來回路費全由國家支付。這時，由過去的被人歧視，變成了今天被人羨慕。她們當中有部分人返回中國，也有不少人留在了日本；還有小部分日本女人，把子女也帶回日本。這是戰爭帶給中日人民不能忘懷的一段記憶。

日本鬼子曾瘋狂屠殺千千萬萬無辜的中國老百姓，帶來八年漫長的苦難。如今以安倍為首的日本右翼勢力通過集體自衛權，要千方百計修改憲法第九條，讓日本軍國主義全面復活、還魂。愛好和平的中國人團結起來，千萬不要忘記二戰中，八年艱苦抗戰的歷史，絕不能再讓這段殘酷的歷史在中國大地上重演。

戰爭與記憶

我們不顧盛夏午後的炎熱，毅然決定參加這意義重大的《戰爭與記憶》學術講座。這是一場為紀念抗戰勝利七十周年，洛杉磯世界日報和成舍我紀念基金會舉辦的學術講座。

在八年艱苦的抗戰中，我出生在日本鐵蹄下的北平。在我剛有記憶時，母親帶我回到河北老家，那時冀中平原是八路軍佔領區，日寇已經在華北平原實行過三光政策：殺光、搶光、燒光。我們的小學校組織兒童團，每天兩個人一班，手持紅纓槍，在村頭路口站崗放哨，檢查過往行人身上有沒有路條，防止漢奸私通日本鬼子，有一次我和一個小夥伴站崗放哨，一個行人沒有路條，我要檢查他帶的東西，還把他上墳的供品弄翻了。

村長帶領老爺們挖開大水坑邊一個墳堆，結果全村的男女老少都去看，我和一群小夥伴也跑去，結果它既不是墳，也沒有棺材，裡面全是日本軍人的武裝帶、皮帶等牛皮製品，當時我衹有布腰帶，還想從裡面找一條能繫褲子的皮腰帶，結果拿在手裡一拉全都腐爛了，不知為什麼日軍的武裝帶會埋在那兒？不過可見日本鬼子在我家鄉造過孽。

我的堂哥，他衹比我大二歲，特別聰明能幹，他帶領我們在大水坑裡摸魚，結果他從紫泥裏摸出一個鐵疙瘩，萬萬沒想到那是該死的日本鬼子為了炸魚，留下的沒有爆炸的炸彈，卻把我堂哥炸成了蝦米，把他腰腿上的骨頭全部炸斷了，雖然肚子是好好的，但是永遠也站不直了，他躺在炕上整天流血流膿，變成了終生殘障，這讓我恨透了日本鬼子。

抗戰中有許多文藝工作者，戰鬥在第一線，譜寫了許多愛國歌曲，大大鼓舞了軍民的士氣，是無形的刀槍，使抗戰的精神如虎添翼。筆桿子與槍桿子同樣報效國家。即使現在聽到這些愛國歌曲，都忍不住熱血沸騰，熱淚盈眶。

抗戰愛國歌曲〈黃河之戀〉：

追兵來了可奈何？
娘啊，我像鳥兒回不了窩。
我是個大丈夫，
我情願做黃河裏的魚，

不願做亡國奴！
亡國奴是不能隨意行動啊，
魚還可以作浪興波，
掀翻鬼子的船，
不讓他們渡黃河！
不讓他們渡黃河！

一九四五年八月，日本宣布無條件投降後，我當時住在北平皇城根，那條街上住著很多日本軍人，我和同院的小夥伴，只要看見日本小孩走在街上，就用小石頭打他們，打得他們不敢單獨上街，所以，我也打過日本鬼子，不過，打的是同齡的日本小鬼子。我雖然衹經歷過幾年的抗日戰爭，沒有機會參軍抗戰，但在稚嫩的心靈裡，幼年的記憶中對他們的罪行，清清楚楚，歷歷在目。這就是「戰爭與記憶」。

太太雖出生於抗日戰爭之後，與戰爭無緣，卻在母親口述的親身經歷之中， 對八年抗戰如同身受，印象深刻。她父親原先在北平的清華大學就讀，日本鬼子入侵，跟著學校往大後方撤退，在轉移的路上，既要躲日寇的飛機、大砲，還要堅持學習，一直撤退到重慶之後，在西南聯合大學繼續學業，學校的伙食米飯中有不少沙粒，劃嗓子，難以下嚥，生活艱苦，依然努力學習，以期日後救國、報國。就在這種惡劣的情況之下，西南聯大還培養出日後諾貝爾獎得主楊振寧及李政道。太太母親為了逃避日寇空襲警報，抱著幼兒，腿軟地一步一跌，躲入防空洞，警報解除出洞後，驚見地上有隻還穿著鞋的腳，又一位同胞不幸被日寇炸飛了。日軍用刺刀刺挑孕婦肚中嬰兒的殘暴罪行，就是小時候聽母親說的，怎麼忘得了？這就是「戰爭與記憶」。

白先勇教授頗為感性地緬懷父親白崇禧將軍在抗戰中出任國軍副參謀總長的經歷，及中國軍民付出的巨大犧牲，追思還原抗戰全貌的重大意義。臺灣中正大學歷史學系教授兼系主任楊維真演講「桂南會戰與中期抗戰」；世新大學通識教育中心教授兼主任李功勤演講「抗戰對中國近代史的意義與影響」專題。楊維真教授和李功勤教授皆是眷村長大的青年才俊，父輩參與對日抗戰，深深影響到他們的一生。通過三位的戰爭與記憶，聽者無不熱血澎湃，產生莫大共鳴。

中華民族為什麼能堅持艱苦的八年抗戰？就是我們保家衛國、寧死不屈的民族精神。

日本人最瞭解中國人的缺點，曾狂言三個月拿下中國，但是它低估了我們的民族精神和保衛祖國的決心。歷史可以原諒，但不能忘記，忘記就意味著背叛。前事不忘，後事之師。抗日戰爭是中華民族最值得驕傲的共同記憶，戰爭與記憶令中國人動容又動情。

楊強，中央戲劇學院畢業，任編、導、演。出版六本書：小說《盜墓賊和他的女人》、《紅蜻蜓》，電影劇本《罌粟花開》、《東西方女人》，散文《天水白娃娃》及《楊強文集》。榮獲二十三個文學獎：行政院新聞局優良電影劇本獎、華文著述獎小說第一名、華文著述獎詩歌第一名、華文著述獎散文第三名、李白詩歌大賽第二名、南加作協優良劇本獎與世界華文散文大賽優秀作品等大獎。作品中都有他的影子，但都不是他。他認為感動自己，才能感動讀者。

追尋堂兄岑慶賜烈士

余（岑）顯利口述
編輯部梁佩鳳整理

我一直思念著我的堂兄岑慶賜。他大我十歲，記得我那時還祇有七歲，他已經會開飛機了。有一次他駕駛一架雙層翅膀沒有機蓋的飛機，僅有兩個座位，他在前面駕駛，我母親抱著我坐在後座。他載著我們在洛杉磯Exposition Park上空兜圈飛行，樂得我手舞足蹈。在我的印象中，他不僅喜歡飛行，還喜歡打拳擊、釣魚、打獵。

1935年，在我和兩個弟弟隨母親回中國廣東恩平前，是我最後一次見堂兄。以後祇知道他從美國志願回國參加空軍抗日救國，直至為國捐軀，從此杳無音訊。

為了尋找堂兄的足跡，在1983年，我請臺灣北美事務協調委員會駐洛杉磯辦事處黃旭甫代處長幫忙查尋。不久收到中華民國空軍總司令的來函，信中闡述了岑慶賜烈士的事蹟：岑是廣東恩平人，空軍軍官學校第十一期驅逐組畢業。歷任空軍第五大隊第二十七中隊飛行員；空軍第四大隊第二十一中隊飛行員、分隊長、作戰參謀，升至上尉三級。1946年在內戰中犧牲。生前有抗日戰績五十多次，榮獲陸海空軍獎狀和勛章無數。犧牲後追贈為少校，留下妻及一子。

我祇是從信函上得到這樣的資訊，心裏還是覺得空空的。因為他自小由家父幫助他移民來美，待他如親子，關係極為密切。為了紀念他，我極欲詳知他一生的事蹟。這些資料還不能滿足我的思念之情。

今年八月，我隨太太參加「北美洛杉磯華文作家協會」的活動。在餐館用餐時，坐在我對面的是作家周愚先生，他曾經是中華民國的飛行官，畢業於空軍軍官學校第三十六期。遲到的一位博士鄭立行先生被安排在我的右座。不久，他就和周愚談論起空軍的事情來，我也插進去說我的堂兄也是空軍，抗日戰爭時曾從美國回國去當空軍。鄭先生就請我將堂兄的名字寫給他看，看到「岑慶賜」這三個字，意想不到的是，鄭先生居然說，他知道岑慶賜。我簡直不敢相信自己的耳朵，懷疑鄭先生是否會搞錯。聊下來才知道，鄭先生與一位在舊金山現已九十高齡的退役飛行官朱安琪老先生合寫了一本書《為自由而飛行》，裏面記載了從1932-1946年間，關於華僑去中國當空軍抗日的一段歷史，其中就有記載岑慶賜烈士的部分。當時我激動萬分，想不到有如此巧合的事情。如果那天我沒有陪太太去參加作協的聚會，就不可能碰到鄭先生；如果他們不談空軍的事，我也不會知道有這樣一本書，這真是天助也！在作協的會議上，我控制不住自己的情緒，特別發言感謝周愚和鄭立行先生，使我追尋堂兄岑慶賜烈士的夢得以早日實現。

鄭先生剛巧在車上還有一本《為自由而飛行》的書，就送給了我。我如獲至寶當即就翻閱、尋找堂兄的照片與他的事蹟。果然書中有對他的描述和幾張照片，使我對堂兄的模糊記憶回到了現實。在照片下還有他的英文名字「Sam Ho」，過去我打聽了不少熟悉他的人，都不知道他的英文名字。回想當年，我父親向姓何的同鄉買了出生紙，擔保堂兄出來，所以他的Last Name是「Ho」，「Sam」是「岑」姓的廣東話發音。我想這就是他英文名字的由來。

舊金山的朱安琪先生是活著的從美國到國內參加中華民國空軍抗戰的飛行官之一。堂兄岑慶賜好幾年都與他在一起。堂兄從小來美國就一直在洛杉磯，他的願望就是當飛行員，也曾請過私人教練學飛行。1938年7月，舊金山美洲中華航空學校第三屆向全美招生，堂兄也去投考被錄取。他和朱安琪都是這一屆的學生，於1939年4月畢業。

早在1924年，孫中山先生就很有眼光地提出「航空救國」的主張，並在廣東成立了中國空軍，華僑佔空軍的四分之三。當美國各地華僑獲悉日本帝國主義侵我中華的消息，都義憤填膺，華僑們為了愛國，紛紛慷慨解囊，有的捐錢，有的捐飛機，有的辦起了航空學校，先行者是俄勒岡州的波特蘭市，舊金山從1932-1939年間也培養了三屆學生。還有其他像芝加哥、底特律、紐約、匹茲堡、波士頓等華人聚集多的城市也先後辦過不同規模的航空學校。

我堂兄剛於四月初從第三屆航校畢業，四月下旬就被第一批派去中國，經香港轉昆明進入空軍軍官學校第十一期中級班受訓，一共十四名學員。他們的校訓是：「我們的身體、飛機和炸彈，當與敵人、兵艦、陣地同歸於盡。」這些熱血青年就是抱著這樣的信念，完全將生命置之度外，來參加空軍訓練保家衛國。

在訓練過程中，首先碰到的是語言問題。教官都講國語，這些飛行員幾乎都是第二代廣東華僑，有的在美國出生，僅會英文或者廣東話。因此還要請人翻譯，有時候教官祇能用手勢解決問題。

在為期兩年的飛行訓練結束後，1941年2月，十四名歸國華僑飛行員在畢業之際途經重慶時，曾受到蔣介石委員長在國府接見，個別點名，對他們勉勵有加。岑慶賜與朱安琪及其他飛行員又去新疆伊寧接受蘇聯戰機的訓練，經過一年多，正式成為一名中華民國的空軍少尉軍官。

從此可以想像，這批空軍健兒展開了對日本侵略者的空中搏擊。縱然我們老舊的戰機敵不過日本人的先進裝備，但是憑著他們年輕生命的智慧和勇敢，擊落多少敵機，炸毀多少車輛。他們協助陸軍破壞敵人陣地，攻擊敵佔領區、敵機場、敵艦艇、軍事設施及敵軍人馬。經歷了無數次的大大小小的戰役，有的成功有的失敗。眼看著身邊的戰友一個個殉國，他們擦乾眼淚繼續奮戰，直到最後獲得勝利。他們的目的就是要將敵人打垮，解救全中國人民。

還值得一提的是，當這些勇士們決定去參加中國空軍以後，就等於喪失了美國國籍，既不屬於美軍，也得不到美國軍人的福利，抗戰勝利後返美的飛行官，也享受不到國民政府的退伍軍人待遇。照朱先生的話說：「我回國是為了盡一個炎黃子孫的義務，為了中華民族的生存而喪失了在美國的福利，是絕對值得的。」的確，他們連尊貴的生命都可以獻上，還會計較這些得失嗎？

岑慶賜雖然犧牲了，但是他的英勇事蹟不會被埋沒。朱安琪、鄭立行先生正在努力尋找各方面的管道，將《為自由而飛行》這本書更趨完美地呈現在國人面前，可惜的是，還有很多無名英雄，沒有他們的照片，也沒有他們的文字資料，但是他們的功績是永世長存的！

我已經與朱安琪先生通過電話，九十歲的他嗓音宏亮，證明他身體尚佳。我要趁早去舊金山拜訪他，與他聊聊他的戰友岑慶賜烈士，使我能更具體地知道堂兄的點點滴滴，讓岑慶賜的形象變得有血有肉、生動鮮活起來，給後人追思緬懷！

註：余顯利本姓「岑」。十九世紀初，他的父親跟隨孫中山先生鬧革命，在廣州第九次起義失敗，受困於城內，當初在廣州比較有身分的親戚偷送便裝給他，幫助他逃走。這時清政府已經派兵追到廣東恩平鄉下，他妻子因此自殺，家不能回。他只得改姓為「余」，逃往香港，然後又去墨西哥，最後到美國定居下來，余顯利就在美國出生了， 姓「余」是這樣來的。

昆明巫家壩機場

南林

我是雲南人，雖然老家不在昆明，但是從1978年直到來美國唸書，十餘年間一直求學、工作、生活在昆明。大學時代沒有條件乘坐飛機，但是還是好奇想看看飛機長得什麼樣？有天晚上，聽說一個大學同學的朋友從思茅乘坐飛機來昆明，我就約這個同學一起坐公交車去機場，一是和他一起去迎接朋友，二是去看看飛機長得什麼樣。這是我平生第一次親臨昆明巫家壩機場，也是第一次看到飛機。記得當時看到的是蘇製安-24型飛機、還有什麼伊爾18型客機。參加工作以後第一次乘坐飛機去上海，也是在巫家壩機場登機下機。後來出國留學、幾次回國觀光探親，也都是在巫家壩機場出入境。

我身為雲南人也可以說是昆明人，以前對巫家壩機場的歷史也不是很瞭解。2012年6月據報導說：「六月二十八日零時，昆明巫家壩國際機場正式停運，晚上二十二點許，最後一架飛機飛離昆明，標誌著運行九十餘載的昆明巫家壩國際機場正式退出歷史舞臺。許多昆明市民和攝影愛好者，聚集巫家壩，紀錄巫家壩機場的謝幕時刻。」正是從這些報導和後來有關飛虎隊的閱讀中，我瞭解到昆明巫家壩機場的歷史，和這個地處中國雲南邊陲的機場在二戰和對日抗戰中，所起的作用和所立下的戰功。

昆明巫家壩機場位於昆明東南部，也就是滇池東南岸的城郊結合部。因為城市快速發展的緣故，到2012年正式關閉時，巫家壩機場已變為城市中的機場。一百多年前，這個機場的所在地，荒無人煙、雜草叢生，幾戶巫姓人家到此開荒定居，因而被稱為「巫家壩」（雲南人習慣把被山環繞的盆地取名叫「壩子」）。清光緒三十三年（1907年），雲貴總督衙門在巫家壩修建炮兵營房，開闢練兵場。1911年，雲南都督蔡鍔率革命軍發動「重九起義」，在巫家壩建立大本營。1922年，雲南督軍唐繼堯在昆明設立航空處，設飛機修理廠，把巫家壩兵營改建成飛機場，同時成立航空學校，招收培訓飛行員。之後又從法國駐越南空軍手中買了舊教練機和戰鬥機。這是雲南最早的空軍基地，也是亞洲最早的航空訓練機場。

抗日戰爭爆發後，雲南成了滇西抗戰和滇緬戰場的最前線。在中越鐵路和滇緬公路被日軍切斷後，在中國西南，空中補給線成為抗戰物資的唯一通道。1941年8月，國民政府決定重金聘用美國空軍飛行員，宋美齡設法與美國退役空軍上尉陳納德（Claire Lee Chennault）聯繫，他從美國招募了110名飛行員和150名機械師，組成「中國空軍美國志願援華航空隊」，又名「美籍志願大隊」（American Volunteer Group），簡稱AVG，總部設在昆明。在巫家壩機場設空軍基地。當時的機場跑道很簡陋，是在一片草地上鋪上小石子，再用石碾子以人工方式壓平。據說夜晚為防敵人發現機場位置，機場跑道也不開航標燈，戰鬥機降落時，是靠人工手持火把跑向跑道，指示飛機降落。估計當時的雷達設備也不是很先進，我後來在美國加州理工大學一個偶然的機會，遇見當時駐牧飛虎隊牧師的女兒，她說她哥哥那時只有七、八歲，有天晚上聽到飛機的轟隆聲，機場跑道未開燈，大人都辨認不出是敵機還是飛虎隊的飛機。這個小男孩從聲音聽出來是飛虎隊的飛機，他幾乎每天晚上都在聽飛機起降的隆隆聲。大人相信他的耳朵，便打開機場跑道導航燈，果然降落的是飛虎隊執行任務回來的戰機。飛行員都很感激這個小男孩。

1941年12月20日，日軍從越南河內出動十架轟炸機空襲昆明，空軍總隊的戰鬥機從巫家壩機場升空迎戰，擊落九架日機，只有一架得以逃離。而空軍總隊的戰鬥機只有一架因機翼受傷，油料耗盡，不得不降落。捷報傳來，昆明百姓誇耀空軍總隊英勇善戰，當地報紙媒體稱讚機頭畫有鯊魚的飛機為「飛虎」，美國駐華記者發往紐約的電訊也引用「Flying Tigers」這個名稱，「飛虎隊」的英名由此得來，傳揚至今。1942年中，昆明巫家壩至印度阿薩姆的航線開通，這條航線需飛越喜馬拉雅山的起伏疊巒猶如駝峰的高山峻嶺，故稱為「駝峰」航線。這條航線成為當時中國唯一的對外空中運輸通道，擔負著大量抗戰軍用物資和技術人員的往來運輸。這時的巫家壩機場日常空運任務繁重，平均每天起降運輸機七十架次。飛虎隊也使用巫家壩機場運輸軍用物資和人員，飛行了七萬多架次。飛虎隊在保衛滇緬公路、阻擊日軍於怒江、以及後來的桂林空戰中都起了關鍵作用。在整個抗戰期間，飛虎隊共擊落日機四百九十四架。在滇緬戰役中立下赫赫戰功。巫家壩機場也成為抗戰傳奇機場。

巫家壩機場不僅在抗戰中立下汗馬功勞，從巫家壩出發，還走出了中國一批抗日時期留美的科學精英。當時西南聯大留美的精英們，在1942年以後都只能從巫家壩出發，經駝峰航線飛到印度加爾各答，再乘海輪經印度洋，取道蘇伊士運河，最後到達美國。楊振寧教授在其回憶文章〈父親與我〉中也提到1945年8月28日那天：「清早，父親隻身陪我自昆明西北角，乘黃包車到東南郊拓東路等候趨巫家壩機場的公共汽車……，車中同去美國的同學很多。」後來楊振寧成為世界知名的物理學家。1945年8月底，陳香梅女士結束在昆明的工作，在飛虎將軍陳納德的協助下，也是從巫家壩機場搭乘美軍運輸機飛往上海的。

抗戰勝利以後，巫家壩機場轉為民用機場，也是全國首批民用機場之一，成為中國西南最繁忙的國際口岸機場。隨著城市的擴大發展，巫家壩機場漸漸變成城市中的機場，2012年6月28日巫家壩機場被新建的長水機場取代。

巫家壩機場已成為歷史，應昆明百姓的要求，政府計劃保留下當年抗戰期間最有歷史意義的一條老跑道和指揮塔。位於市區的飛虎隊總部大樓也得以保存。昆明市博物館在舉辦飛虎隊紀念展覽的同時，正在新建正式的飛虎隊紀念館。據2013年12月25日網絡報導：「百年歲月，滄桑輝煌。一部承載巫家壩歷史記憶的三集紀錄片《回望巫家壩》於12月25日15時20分在中央電視臺首播。」該片以巫家壩機場的起源、重九起義、航空創始、抗戰時期、兩航起義、外交舞臺、候機室變遷、空港騰飛等重要歷史時期為線索，真實紀錄了巫家壩機場的淵源、歷史、變遷和在民族危亡的時刻為抗戰的勝利所作出的傑出貢獻。飛虎隊與巫家壩機場、中國與美國聯合抗戰的故事，將銘記於中美兩國人民的心中。

彭南林（Arthur Peng），中國出生長大，大學畢業後從事文博編輯翻譯工作。美國加州伯克萊大學博士，華裔人類學者。著有《英漢人類學辭典》（繁體、簡體版）、《東南亞九國考古》及小說、詩歌，散文等。現任洛杉磯某國際貿易公司總經理，旅館小老闆並任大洛杉磯旅館協會副會長。夢想當作家，現為北美洛杉磯華文作家協會會長。

國殤墓園祭英魂

尹浩鏐

騰衝為雲南省西部重鎮，1942年被日本侵略軍佔領。1944年5月，為了完成打通中緬公路的戰略計畫，策應密支那駐印軍作戰，中國遠征軍第二十集團軍以六個師的兵力向佔據騰衝達兩年之久的侵華日軍發起反攻，經歷大小戰鬥八十餘次，於九月十四日收復騰衝城，全殲守城日軍六千餘人，我軍亦陣亡少將團長李頤、覃子斌等將士八千餘人，地方武裝陣亡官兵一千餘人，盟軍（美） 陣亡將士十九名。為紀念捐軀英烈，騰衝人民於1945年在騰衝古城郊外迭水河畔小坡下一座圓形小山上，修建了一座烈士陵園，作為「二戰」時為光復騰衝而壯烈殉國的中國遠征軍九千烈士的靈魂棲息地。烈士陵園于1945年7月7日（即盧溝橋事變八周年紀念日落成。由辛亥革命元老、愛國人士李根源先生取楚辭「國殤」之篇名，為國殤墓園。

國殤墓園埋葬著滇西抗戰中為國捐軀的八千名英烈的遺骨，這是目前全國最大的烈士陵園。旁邊建有「攻克騰衝陣亡將士紀念塔」、「騰衝戰區抗日烈士墓」、「抗日英烈紀念堂」。四月陽光耀眼，四海作家滇西采風團全體團員步行上山，由墓園大門循石級而上，兩旁松林密佈，及至第二級臺階，就可以看到李根源書、蔣中正題之「碧血千秋」石碑，再上則建有忠烈祠，祠堂正門上懸掛著國民黨元老于右任手書的「忠烈祠」匾額，祠的上簷則懸著蔣中正題「河岳英靈」字匾，祠內外立柱懸掛何應欽及遠征軍二十集團軍軍、師將領的題聯；走廊兩側有蔣中正簽署的保護國殤墓園的通告，祠內正面為孫中山像及遺囑，臺上擺著一排花盆，盆中都整整齊齊地種著黃菊，點綴著各色鮮花，兩旁擺放著多位國家領導人及國際友人送來的花圈，使整個大堂更顯莊嚴。

進了忠烈祠，旅美作家簡宛與新加坡作家尤今代表海外作家持大花圈祭獻，我們集體向烈士們行三鞠躬禮，儀式莊嚴隆重。

忠烈祠後小碑林立，碑下均葬有陣亡官兵骨灰罐。碑石共3168座，每塊碑石上刻有當年陣亡烈士的姓名、籍貫、軍銜、職務等。四周蒼松翠柏，草青花茂，長伴著我中華烈士的英靈。墓園偏側，有「倭塚」一座，埋日軍屍骨於其中，以示我之仁慈。

這讓我想起岳王墓門上刻著一副對聯：「青山有幸埋忠骨，白鐵無辜鑄佞臣。」「倭塚」裡的這些異鄉的亡魂，不也是當年瘋狂的日本戰爭狂人鐵締下的犧牲者嗎？是愚味無知的服從驅使他們成為殺人惡魔？抑或迫於無奈，或者兼而有之？若他們泉下有知，會為他們當年的罪行良心不安嗎？

日前筆者曾應促成中日和平條約的世界創價學會會長池田大作先生的邀請訪問了沖繩，發現那裡死於二戰者，占沖繩總人口的三分之一，其中不少青年婦女是被日本當局強迫自殺的。現今的日本人對戰爭深惡痛絕，為了不讓後人忘記戰爭的慘痛，池田大作先生在沖繩恩納村建立了一個和平紀念館。該館原址為美軍核導彈基地，基地內的核導彈專門指向中國，北京和上海等主要城市都在其射程之內。

1983年，這個基地被廢棄，池田大作買下了這塊土地。他是日本當代著名的思想家、教育家和社會活動家。當時，人們要把基地全部拆毀，池田大作卻要求永遠保留基地的遺跡，作為人類曾進行過戰爭這種愚蠢行為的一個活的見證。由此，摧毀人類的地獄變成了永遠和平的要塞。

儘管已經時隔六十四年，但是在這裡，你彷彿仍然可以看到當年戰爭的硝煙，那場戰役的慘烈和戰爭的猙獰依舊歷歷在目。這座和平紀念館，對於那場戰爭中暴露出的人性的罪惡，正在用自己的方式進行著控訴。

在和平紀念館的院子裡，座落著一座世界和平之碑。上面刻著池田大作寫的一篇碑文。他說：戰爭與核武沿於人的內心。因此，必須首先改變人的內心，使其向善。這個小島見證人類史上的悲劇，開發人類智力的源頭多是由災難來促成的，因此，人類史上從罪惡到善良也應該從此地開始。他又說：和平，絕不僅僅是戰爭的間歇，它更是人類和諧相處的必然。

沖繩島戰役美日陣亡的官兵和平民，不分敵我，包括所有死難者，傳達的資訊是：敵我雙方都是戰爭的受害者，和平是全人類的共同願望。我們從戰爭中得到了教訓，我們應在戰爭的慘痛中學習，修養，覺悟，從苦痛中發現我們的內蘊的寶藏，從苦痛中領會人生的真締。

步出墓園，豔麗的日輝從蒼松翠柏中透射進來，灑滿了我的全身，我彷彿在無窮的碧空中，在綠葉的光澤裡，看到了希望，希望將來不再有戰爭，人類保持永遠的和諧。（寄自美國拉斯維加斯）

尹浩鏐，加拿大麥基爾大學醫學院住院醫生及博士後研究，美國核子醫學及放射學專家，加拿大皇家內科學院院士，英國皇家醫學會會員，世界醫學名人會名譽會員。曾任美國多所大學醫院核子醫學主任，中山醫科大學客座教授，北美華人作家協會拉斯維加斯分會會長，世界華文作家聯會理事（香港），世界旅遊文學聯會副理事長（香港）。著有長篇小說：《情牽半生》、《我生命中的三個女人》，《月光下的拉斯維加斯》；散文集：《醫生手箚》、《飛翔的百靈》。詩集：《詩情畫意》。醫學保健：《人活百歲不稀奇》、《回復青春不是夢》、《與你談心》。

父親的照片

潘天良

父親一張發黃的照片保存了數十年，得益於電腦技術的發展，我將它掃描進軟體記憶裏，加工以後不僅比過去更清晰，還可以隨時在螢光屏上放大來看，越看越覺得，父親當年的模樣比我強多了。

你看，他穿著空軍便裝，一支左輪手槍掛在皮帶上，與一排六人並肩而立，英姿勃勃。背後的一架戰機，有兩排老虎大牙齒，好不嚇人！

照片裏有兩位是美國人，後來父親告訴我，中間那位高個子美軍名叫Bruce K. Holloway，戰後擔任了美國空軍總司令，那時他是十四航空隊（即援助中國抗日的飛虎隊）的一位中隊長。

父親潘澤光（右二）與飛虎分隊長Holloway（左三）——二戰後曾任美國空軍總司令。

看著這張照片，我不期然會回到童年的時代。那時我家住在空軍飛機場旁邊，父親是這個空軍基地的首長，飛虎隊就駐紮在這個機場。當時父親已從飛行員轉到地面任指揮員，負責指揮當地中國空軍與美國飛虎隊協同抗日。

飛虎隊叫日本人聞風喪膽的事，是我長大後才知道的，那時我記得的只是嗚嗚嗚的警報聲，隆隆隆的飛機聲，還有轟轟轟的炸彈聲，我們家眷都躲在防空洞裏，母親用手捂著我小小的嘴巴，以免敵機聽見我的哭聲？

如果不是警報，我最喜歡的是看飛機的起飛和降落，數著一架又一架飛機升上天空，每架飛機都長著一副大牙齒，那是何等樂趣的事！坐在那些飛機裏面的洋人叔叔，晚上常常到我家裏來做客吃飯。他們很喜歡喝酒，有時喝得醉醺醺的，就把我抱起來，使勁往空中舉得高高的，突然落下，又舉高……。母親這時就十分擔心，連忙要阻止，但我卻覺得十分有趣。

來美國與父親團聚後，我看到他更多的照片，穿著威武的軍裝或飛行裝，背後的飛機有不同的類型；最初是雙翼機，後來是螺旋槳戰鬥機，再後來是轟炸機，這些都是父親開過的飛機。有時跟他一道看舊照片，他會指著與他合照的人說，某人某人在哪場哪場空戰中犧牲了，說得很感傷，因為其實與他合照的人，八成已經戰死了，他說自己是因為閻羅王點錯名才留下來的。他們有個「大鵬會」常聚首，那時我還住在洛杉磯，父親有時要我跟他一道去參加他們的聚餐，介紹我認識那些閻羅王點漏了名的世叔世伯。他們都已年過古稀，卻有說不完的故事和笑話，我常常聽得津津有味，激動起來便拍著胸口說：「我要把你們的故事寫下來！」。只可惜打雷後不下雨，至今還沒有去寫，而世叔伯們都一個一個走了……。我實在有愧於這些曾經為國出生入死的空軍長輩。

在所有的舊照片中，我依然對塗有老虎巨牙那張情有獨鍾，並不是因為其中有後來的美國空軍老總，而是因為收藏這照片有過一段驚險。那時我在大陸一所中學當教員，當紅色風暴吹進學校的時候，這張照片成為我極大的負擔，倘若小將們看到上面不但有我的反動軍官父親，還有兇惡的美帝國主義者，後果怎了得？眼見抄家批鬥愈演愈烈，大難要臨頭，幾次想將這照片燒毀。然而每次看著父親微笑的臉孔，便會憶起他的慈愛和關懷，一股親情便湧上心頭。在餓肚皮水腫的年代，父親從香港源源寄來食物，生孩子後父親已從香港遷居美國，還匯錢來支持我們，我實在捨不得毀掉這張照片。在風聲鶴唳當中，我急忙將這照片藏到廚房的一個破罐子裏。不久小將果然來抄家，將我的書籍、信件、詩文搬到大操場，與其他同事被抄的東西堆在一起，放起熊熊大火衝破夜空，這張照片能保留下來算是一個奇跡。

父親已經去世多年了，每看他的照片依然引我幽思。父親名叫潘澤光，1936年從廣州空軍學校飛行科畢業，在南天王陳濟棠屬下的廣東空軍服役。當時兩廣與中央對抗，為顧全大局，一致抗日，他毅然與空軍同僚二十一人，首批駕機投向南京中央政府，蔣公單獨與每個人談話並重賞獎金，此舉促成了廣東與廣西軍閥的瓦解。後來父親先後作為飛行員和地面指揮員，在中國空軍服務二十餘年，抗戰時期曾創下一年立功八次的紀錄。

父親這張照片在那時代，曾造成我長期的精神壓力，只能偷偷去看，生怕別人憑此加罪給我：與「反動父親」未劃清界線，堅持反動階級立場。

那年頭做夢也不會想到，改革開放一些年後，父親回大陸探親訪友，意想不到地受到政府部門的熱烈歡迎接待。後來故鄉竟然掛出父親的照片，並附有光榮事蹟報導，他的頭銜也從「反動軍官」變成「中國抗日空軍名將」。

潘天良，旅美散文作家和詩人，現為拉斯維加斯華文作家協會執行會長。著作有《回聲——潘天良詩文集》、《奇幻之都——拉斯維加斯深度遊》、《美國萬花筒》、《天涯海角行旅心》、《居美隨筆》等。在美三十六年，立足平凡人生的角度，體察花旗大千世界的形形色色，將點點滴滴的人事和感受，融入真善美的篇章。《美國華裔名人年鑒》介紹他的作品特色為：「多方面反映美國社會林林總總，字裏行間洋溢著愛心和善意，強烈引發羈旅異域者感情共鳴」。曾在加州大學修讀電腦專業，在保險公司任電腦室主管多年。

抗戰勝利七十周年有感

林東

今年是抗戰勝利七十周年。這勝利二字太沉重了，為此付出的代價也太大了，是賠上了多少無辜中國人民的生命和先烈們的鮮血所換來的。

我出生於抗日戰爭中期烽煙四起、烽火連天的歲月裡。當時祖國大好河山，正被日寇侵佔蹂躪，上海淪為孤島。至現在我仍清晰地記得，印在幼小心靈裡的隆隆砲火聲。轟炸機來時，便要隨著家人躲進陰暗擁擠的防空洞裡。在街上見到日本兵要鞠躬行禮。記得家中有個保姆，她要麼終日沉默不語，要麼成天喃喃自語，雙目呆滯；皆因她夫婦倆帶著公婆和六名子女，一家十口從湖南逃難，一路上不是被炸死便是病死，或是餓死，最後剩下她孑身一人。於是她便像祥林嫂一樣終日唸著她的家人。祥林嫂唸的祇是她兒子阿毛和丈夫賀老六，可她唸的是慘死的九口冤魂，而且是一個接一個地倒在她面前，有的更死於她懷裡。經歷如此沉重的打擊，卻從未見到她掉過眼淚，因為她的淚水早巳哭乾了。有時能哭出來作為一種發洩反而好過些，像她這樣憋在心裡，更是難受。最後她鬱鬱而終。如其孤單一人痛苦地活在這個世上，死亡倒成了對她的解脫，她毋須再活在痛苦的回憶裡。像她如此因戰爭而導致家破人亡的受害者數之不盡。因此我從小就對戰爭無比憎恨。嗟嘆：「江山幾局殘，孤城重拾何年。」

抗日勝利那一年，我雖然還很小，但還清晰記得人們湧上大街小巷慶祝的歡樂情景。鑼鼓喧天夾雜著此起彼落的鞭炮聲，人們重展歡欣喜悅的笑容。還記得當飛機空降慶祝勝利的傳單、糖果、電影券時，我和兄姐妹們跑到天臺上去接這些禮品。此情此景，如今歷歷在目。幼小的心靈總記得最歡樂及最不愉快的事。

日寇侵佔上海後，因父親開設化工廠，同時因為日寇在我家找到我六叔的童子軍的制服，便硬說我父親是軍人、抵抗「皇軍」，要把他拉去槍斃。臨刑前喂他喝酒時，蒙眼布突然掉了下來。剛好一名翻譯員走過；他是一名日本商人，在中國經商多年，中日戰爭前曾與父親有過生意來往。他主動出面證明父親是名商人，而非軍人，父親這才得以化險為夷。過程宛如電影一般驚險動人。脫險後日軍要父親回化工廠替他們工作，父親當然不肯，唯有託辭體弱須在家養病。他寧可一家人過著清苦的日子，也不去替日本鬼子辦事。

記得我們由每餐吃大米飯轉為吃雜糧、稀飯。還記得常常咬到砂石；當時小孩子們也要幫忙把砂石從雜糧中挑出來。因此母親常囑咐我們進食時要慢慢吃，小心砂石。父親不肯去為日本鬼子幹活，寧可過如此艱苦的日子，我到懂事之後才明白「寧吃開眉粥，不吃愁眉飯」之意義。做人要有骨氣，特別是民族氣節。以前家中是僕役成群，如今祇留下已在我家多年且無家可歸的老傭工；我們已儼如一家人，患難與共，憂戚相關。雖然我們生活艱苦，但是許多從鄉下逃難來投靠我們的親友，父母親都接待他們，來者不拒，必有所予，甘苦與共。耳濡目染之下，使我們從小就培養起助人為樂的美德。

一晃眼，抗戰勝利已屆七十周年，這是用多少中華兒女的鮮血換來的勝利。往事已矣，但是我們不能忘卻這國仇家恨，要銘記於心，絕不允許這歷史悲劇重演。日本首相安倍企圖抹掉侵華史實，顛三倒四，睜著眼睛說瞎話，歷史不容篡改。中國人民已經站起來了，再不會忍受別人的欺淩。神聖國土絕不允許侵略者攫取半分。

林東，集影星、醫生、作家於一身。曾是香港邵氏電影公司演員，後因父母極力反對，棄影從醫。在美國行醫多年。退休後致力於往中國講學並從事寫作。大凡參與一些徵文比賽，總是鼇頭獨佔。將一生艱苦奮鬥的心路歷程，寫成勵志自傳《浮生若夢》，在國內出版、發行，被歸納入「文學小說」類。曾在國內各大城市巡迴簽售，反應熱烈，收益全數捐給慈善機構。目前正與國內多家影劇公司洽商，將之拍成電視劇和電影。曾兩度接受中央電視臺專訪，其他多個電視臺亦訪問過他。

《耿家村》故事簡介

羅興華

中日戰爭時期，在湖南省有一個小村莊——「耿家村」，崇山峻嶺，山路險道，日軍要進攻湖南和廣西，必須通過耿家村。村裡只有幾十戶人家，一共就百來人口。為了阻止日軍橫行，全村不分男女老少，強弱殘障，個個拋頭顱，灑熱血，群起反抗。

耿老爺世代住在耿家村，務農為業，娶妻大娘。育有二子一女。長子耿武，身體碩壯，孔武有力。次子耿文，文質彬彬，頗有先進思想。幺女耿麗，秀外慧中，聰明伶俐，人見人愛。耿武娶妻施惠，落落大方，懂得孝順及尊重丈夫，典型中國婦女。施惠有個結巴弟弟施同，跟著耿武習武作農。耿爺之長孫耿勇，生性剛烈，見義勇為，愛國不落後於人。

城裡有位老師佟誠，國難當頭，鼓勵知識青年，投筆從戎，響應蔣委員長號召「一寸山河一寸血」，「十萬青年十萬軍」。佟誠有妹佟芳，愛上同學耿文，雙雙從軍，報効國家，一去不返。日軍佔據縣城後，學校被關閉，佟誠躲在耿家村從事情報工作，與日軍身邊情婦安娜（實乃我方地下工作人員），互相聯絡，偷取日軍情報，由耿武帶領自衛隊，炸毀日方許多軍糧及武器。不幸後來事機敗露，雙雙為國犧牲；而耿武也炸斷雙手失蹤。日軍捉拿不到耿武，欲抓耿爺為人質以換取耿武，孫子耿勇深明大義，捨身代替耿爺為人質，受盡蹂躪與磨難。

村裡有個富商賈爺，生有獨子賈正，他們父子二人是耿爺從土匪手裡救出，出錢埋了孩子的娘，還留下他們給口飯吃。賈爺精打細算，能將村裡的收獲，換成花花綠綠的銀票來回報耿家村。賈正是個不學無術，遊手好閒的公子哥兒，對耿麗是垂涎多日，為取得美人歡心，不惜充當漢奸，出賣國家和鄉民，但被賈爺發現，大義滅親，殺掉親子而後自盡。

富商有個好友周苟，是賈府的常客，他們同流合污，專作見不得人的生意，諸如販毒、買賣槍械和人口等。周苟諂媚奉承日本人，助桀為虐，殘害中國人，但對耿麗則別具用心，為伊人所不齒。耿麗暗戀佟誠老師，處處為老師著想，自老師為國捐軀後，乃裝瘋賣傻，躲避周苟之魔掌，最後周苟死於非命。

安娜為我方女情報工作人員，埋伏在日軍少佐身邊，她有天使的臉孔，魔鬼的身材，沒有男人能逃過她的魅力，怪不得很多日軍的機密都落在她的手中。為了拯救佟老師，她使出渾身解數，終於闖進了監牢，雖然沒有救到佟老師，但能與心愛的人同年同月同日死在一起，也知足了。

耿武耿文二兄弟，一文一武，在佟誠老師的鼓吹下，爭先恐後要去從軍，幾乎演出一場與先烈俞培倫兄弟雷同的故事。最後在耿爺權衡輕重之後，決定讓耿文從軍，耿武留守家園，一場家庭倫理，夫妻相愛，兄弟相親的戲，展露無遺。 耿家兄弟先後為國家在戰場及家鄉與日軍作戰，生死未卜；而耿大娘和耿麗與鄉民們採取包子（炸彈）行動，與日寇正面衝突，全部壯烈犧牲。施惠懷孕在身，留在家鄉，為拯救小勇，遭日軍強暴，連腹中嬰兒一起被殺。施惠之弟施同，目睹－切，用劊子刺死暴徒，不幸遭另一日軍槍斃。一連串的悲慘事件發生，家破人亡，國危旦夕，耿家村只剩下一片斷垣殘壁。耿老爺帶著長工啞巴，淒涼地盼望著天明；經過八年艱苦抗戰，日本終於無條件投降；耿勇帶著國軍，舉著勝利的旗幟返回耿家村，一片新生的氣象，在歡愉中綻放花朵。中國地大物博，四億五仟萬人口，遭受日軍侵略，類似耿家村死守家園的故事，比比皆是。本劇雖屬杜撰，相信必有眾多雷同的故事。

羅興華，湖南省衡陽縣人。臺南空小、屏東中學、淡江大學畢業，奧利岡大學都市計劃系碩士。曾任政府機關要職，加州Cal Poly University Pomona教授，美國好萊塢哥倫比亞戲劇學院校長及巨業公司總裁，深愛文化及藝術。曾在中央電影公司當基本演員，先後拍過八部電影、四部電視劇及十餘部舞臺劇。並協助創辦「南加土風舞社」，「中美電影節」等。欣逢抗日戰爭勝利七十週年紀念，應伶倫劇坊之邀，編寫大型抗日舞臺劇《耿家村》，並參與主演。

為老師預備的婚紗

董國仁

抗戰時期一切從簡，連辦終身大事之婚禮亦在所難免，故「婚紗」和「花童」也就常在被減免之列。當空小（空軍子弟小學）小朋友們曉得了他們最喜歡的丁曼萍老師要結婚囉！大家都在高興之際，無意中卻聽到一位還沒結婚的女老師在嘆氣：「好可惜哦！新娘又沒有婚紗穿！」小朋友們都把這話放在心裏帶回了家，一放學媽媽們的心就都被孩子們對老師的關心所感動，竟然又都很快地照著一個「頑童」的提議，收集了飛行員爸爸們的白圍巾，請杭州藝專畢業的董媽媽（空軍第四大隊中央航校二期的董明德大隊長的太太）設計，把用過的報廢保險傘剪裁後，再請她大嫂縫製。兩天後由新郎好朋友的姐姐名小提琴家費曼爾阿姨（曾嫁四大隊隊員曾培孚烈士，七期遷昆明後改稱空軍軍官學校）陪同到董家試穿。那眷村大李家花園的空軍太太們齊聲稱讚新娘和婚紗禮服都好美！這些「媽媽們」還爭先恐後地自動要來幫忙辦這件喜事，眷村傳統的守望相助之情誼從此彰顯在大後方。後來在臺灣流行的「張媽媽」、「李媽媽」，就是我等空小小朋友在那時最先叫航校二期太太們，叫起的！

繼解決婚紗禮服難題之後，花童和花也都不成問題，校工常誇口我們校園的好花「多的很！」（川話），幼稚園和一二年級的老師們帶隊包下了「花童」大陣容；中、高年級童子軍也不甘示弱，放學後開始集合，勤練樂儀隊和合唱，真可說是全校總動員。在名畫家吳作人大師和音樂家費曼爾阿姨指導下，婚禮之盛大美滿——百名餘小朋友帶來兩三倍的大人道賀賓客——轟動了省城成都市；創意保險傘「克難婚紗」和兒童精美的表演一時傳為佳話！

一直還沒有忘記「婚紗往事」的丁曼萍老師，數十年後在在臺北市環亞大飯店，被邀請參加那「頑童」的女兒董怡美（畫展）婚宴。那「老頑童」不收畫家朋友的賀儀紅包，只收書畫篆刻作品，讓賓客們多個機會能欣賞到名家的創作，真的不少人到那天才知道紀政的毛筆字寫得那麼好！那晚丁老師以當年創意「婚紗」往事贏得了最多的、最熱烈的掌聲，使那婚宴的喜樂達到了高潮！從此那頑童和空小校友們各項宴會活動，都一定敬邀丁老師來參加，並請丁老師說說抗戰時期空小那許許多多生動感人的童年往事！

編者按：此文與下文〈我也跑過警報〉兩篇，內述諸多相同人物，為達到相互輝映之效，特以接連方式刊出。

董國仁，北美洛杉磯華文作家協會理事。空軍世家，空小理事，空小發起人之一。洛杉磯空軍大鵬聯誼會及榮光會前會長、監事長，兩岸和平文化藝術聯盟顧問，南加州音樂學會及美國中華藝術學會顧問，美國普林頓大學神學院及研究所教授。

我也跑過警報

董國仁

抗戰時期，大後方第一所「空小」是四川成都空軍軍士學校所附設的子弟小學，現簡稱「空小」。小朋友們大都跑過警報，就是日本鬼子飛機來轟炸時的「空襲警報」。士校座落在成都市南門外簇橋鎮，太平寺（地名）飛機場對面，其校門雄偉，禮堂高大，後面是各類運動場地及教室、寢室和辦公室，它們都是有地板的磚瓦房（那時鄉下多為草房，屋頂是草編的，牆壁是木框內竹片編好塗黃泥，外層加抹石灰。）一排排整整齊齊，很壯觀，空中鳥瞰長方形校區廣大，其圓周直徑延伸幅面含蓋空小，因此不僅機場和士校是日本飛機轟炸的大目標，若日本飛機向士校那所訓練空軍飛行作戰人員的學校校區投炸彈，波及空小的機率便很大，所以空襲警報的預行警報一響，士校總值星官就會立即打電話給空小校長，叫他下令趕快集合師生過空小後門口之木橋，繞過尼姑庵和廖家大院向南走過一條河流，再繞過我家住處李家花園（加上四週十多家空軍已具眷村之雛型）大門前，經過兩畝田就到了大河邊；那大片樹林和草地土坡下是躲警報疏散的好地方。士校學生大隊也常唱著雄壯的抗戰軍歌到這裡來挖防空壕躲警報，我們空小小朋友因而在此交到了不少大朋友，週末常和士校大哥哥們搭軍用大卡車進城看電影，散場後就去吃那有名好吃的「賴湯圓」、「吳抄手」、「牛肉麵」；那都是要排隊的，因為生意太好了。

跑警報時李家花園就成了大家喝水和方便的地方，李家花園為此還加蓋了幾間茅房——簡便茅坑廁所：坑上加兩塊長木板，二腳踏上，大號如「投彈」，水花四濺，成品便是那時的有機肥料。飛行員為保持適合高空飛行作戰任務，必需吃既營養又衛生、最好的「空勤伙食」，也叫「高空伙食」。飛行員是全國待遇最好的人員，因其所負的使命是全國最艱辛、最危險的工作，入校時填寫的第一張紙就是決心報國先立下的「遺囑」；投軍者若無堅決的忠勇之心，是下不了筆的。

跑警報時士校學生人人要背上自已在地上的第二生命——「步槍」；在天上的第一生命是飛機。班長還得拿著小黑板、教官帶著教材在野外繼續上課，空小學童則個個背著自己的書包在樹林裡上課。丁老師還請過士校教官和軍樂隊隊長來教我們唱抗戰軍歌；教官指導唱歌並改正學員們的演講和辯論，致使空小合唱團和演講都有了市鎮比賽一再榮獲第一名的紀錄！還記得那時士校學生用的是俄式步槍，刺刀是棍狀。空軍第三、四、五驅逐（機）大隊所使用的壹佰多架美製霍克三（Hawk-3）已剩不多，因此只好買比歐洲售價高的俄國E-15 &E-16，其性能遠不如零式日機，故犧牲慘重。

有一天在跑警報時，一個原是東北的流亡學生，現是士校學員，見日機低空而過，國仇家恨立即湧上心頭，他一咬牙便舉槍射擊日機，引來日機回頭一陣機槍掃射。在我們奔逃時，有幾個士校背著槍的學生，滑倒相撞而由橋上掉入河中；爬上岸時，發現一人步槍上的刺刀不見了。鬼子飛機的子彈把樹林打冒了煙，子彈掉在河裏好像川老鼠滅頂時一樣，發出狠狠的慘叫聲；最可怕的是驚心動魄地眼見身邊的泥土「咚！咚！咚！」被打翻了，四射的塵沙飛揚起來！泥巴射在身上疼痛無比，還以為被子彈打到了，幼稚園的小朋友都嚇哭了。那訓練有素的大哥哥們，在值星官的口令催促下，飛快地各自抱起小孩子們衝向防空壕，把小朋友們送進壕內，再將蓋子蓋好。幸好我們大家都沒有中彈。日機繞回來看不到我們的蹤影就飛走了，也許是汽油不讓飛機久留吧！

過了一陣子區隊長便叫丟刺刀的和開槍的脫下背包放下槍，和另幾個游泳好手在張教官帶領下，潛入水中去摸找那俄式棍狀刺刀。那天水流速度較急，沙也在流動，直到聽見一長聲「解除警報」的訊號，都還未找到刺刀，區隊長只好令學生大隊整隊集合。大隊長隨即下令要犯錯學員關禁閉四個週末（聽說管彈藥的班長關得更久）。各中隊值星官向大隊值星官報告人數後，唱著校歌返校：「錦城（成都）外，簇橋東，壯士飛，山河動，逐電追風征遠道，撥雲剪霧震蒼穹，一當十，十當百，百當千，艱難不計生死與共，一當十，十當百……。碧血灑瀛海，正氣貫長虹，我們是新空軍的前衛！我們是新空軍的英雄！前進！前進！掃蕩敵蹤保衛祖國的領空！前進！前進！粉碎敵巢，發揚民族的光榮！」好神氣！老百姓和孩子們也跟著唱。（士校到七期停辦併入官校。其校歌詞曲太優美雄壯，改名「新空軍的英雄」，後收留在空軍的歌本之中。）我們那所空小的好些校友，有了（統一）新校歌，就忘了自己的老校歌，但空軍士校之校歌卻還一直保（寶）存在口邊！

董國仁，生於空軍世家，喜愛美術音樂，得吳作人大師及費曼爾名家啟蒙；受教於黃君璧、胡克敏、劉慎、袁天一、祝祥等大師。創「姓名人物字畫」，1978年首展於臺南社教館。七十任空軍後勤司令部合唱團指揮、社團負責人，創軍中「有獎徵答」輔教活動，1984年退入中大。2000年當選洛杉磯空軍大鵬會長，現任中華民國藍天藝文協會會長、美國普林頓大學神學院及研究所教授、南加音樂學會及中華藝術學會等會顧問、兩岸文化藝術聯盟顧問。

楊仲安將軍二三事

楊錦文

楊仲安將軍生於1906年廣東寶安縣大鵬城，現屬廣東深圳市。幼時看見一架飛機在大鵬灣上低空盤旋呼嘯，驚為天神。便在左腕處針刺飛機圖型，以明其志。十二歲時隨舅父周氏赴美，定居於紐約，半工半讀完成學業，後與鄉親合夥在紐約、芝加哥經營餐飲業，頗為成功。經商之餘，在紐約長島學習飛機修護及飛行技藝，並與華僑青年同好集資購買中古飛機一架，加入當地的航空俱樂部，將飛行當成業餘之嗜好。那知擁有飛機還沒多久，便被一位新手朋友借飛，不幸人機俱毀。

1931年九一八事變後，日軍加快了侵華的步伐，楊仲安將軍響應了華僑航空救國會的號召，毅然放棄了個人的事業，考入美國華僑航空學校（Portland航校）第二期，1933年畢業後立即乘船返國，欲馬上投入對日抗戰。轉經香港到達上海回國，當時全國軍民同仇敵愾，戰鬥氣氛高昂，楊將軍將護照撕毀，扔入江中，以示其壯士不復返之決心。從此，楊將軍未曾有過以華僑身分返美的念頭。

楊將軍在上海待命時，某天去英國輪船公司探訪朋友，戰時的上海灘擠滿了欲往返國外的人潮，而且一票難求。當他看見大廳裡一位英姿風發的少壯軍官與船公司的外籍職員交涉未果，即自告奮勇拔刀相助，順利將軍官的家眷送返南方。這位軍官就是抗日戰爭中赫赫有名，第九戰區司令長官薛嶽將軍。兩位來自天南地北的同鄉，因戰爭在上海灘邂逅，發展為終生莫逆之交，並孕育出膾炙人口的故事。

返國後為加入中央空軍，遂又考入杭州筧橋中央航空學校第三期，同學中多為全國名校投筆從戎的青年學子，如羅英德等人。楊將軍的飛行教官為高志航（殉國），同組同學有鄭少愚（殉國）、樂以琴（殉國）及王世籜等。當時中央航校時有七位美國退休飛官任教，楊將軍自告奮勇，充當英文翻譯，但無人瞭解他的廣東官話。數十年後，三期同學間還流傳著：天不怕，地不怕，就怕老鏢說官話的笑談。楊將軍的英文名字叫Bill，同學們稱他為老鏢。

楊將軍在美學飛時曾研習真天氣儀器飛行，並具有使用先進裝備進行長途飛行能力。中央航校畢業後，即分發至儀器飛行學校（那時稱盲目飛行），負責訓練及提高新進人員的真天氣飛行能力。隨後分發至空軍第廿六偵察機隊，曾任中隊長，即是現空軍第四偵察中隊的前身。1936年奉命飛駐西安，西安事變時楊將軍及同僚遭受監禁，雖被東北軍以處決來威迫就範，但決不相從。楊將軍與同僚剪下飛行夾克內的羊毛貼在嘴上，並合照留念，以明其志。更雲：這麼年輕就要死了，閻王爺不肯收留，豈不變成孤魂野鬼，貼上白鬍鬚也許能蒙騙過關。西安事變平息後，蔣委員長奉頒楊將軍西安蒙難獎章乙枚。

1939年，日軍司令長官岡村寧次，率領第十一集團軍發動「湘贛會戰」，企圖以奔襲方式，消滅中方第九戰區戰力。戰區司令長官薛嶽將軍，指揮十六個軍團共四十萬人迎戰，會戰前風聲鶴唳，四處皆兵，對日軍動向諱莫如深。此時，楊將軍奉命偵察敵軍動向，單機低空，飛越千里，反覆在戰區偵察日軍部署情況，發現日軍趕築軍事道路，目標直指長沙。回程時油量不足，迫降重慶嘉陵江畔沙坪灞上。由於戰情緊急，蔣委員長立即派專人，接將軍至官邸匯報敵情。並由司令長官薛嶽將軍，佈下逐次抵抗誘敵深入的「天爐陣」，將日軍殲滅於長沙城外，此仍是名聞中外的第一次「長沙大捷」。當時報紙有「單槍匹馬戰長沙」的美譽。長沙三次會戰中，楊將軍均參與了空中偵察任務。單槍匹馬往返敵營，在空中參與昔日好友薛岳將軍指揮的長沙大捷，是楊將軍一生津津樂道的故事。

楊仲安將軍曾任空軍第一大隊大隊長，率隊轟炸日軍陣地、軍營屢建戰功。1942年楊將軍被派任中美混合大編隊空中總指揮官，率領中國空軍最新型SB-3遠程轟炸機十八架、美國飛虎隊（Fling Tiger）P-40戰鬥八架，共二十六機之編隊，轟炸越南嘉林機場日軍飛行部隊，此乃中國空軍首次越境出擊之紀錄。後又在飛虎隊掩護下率機轟炸緬甸日軍部隊。抗日戰爭後期，楊將軍多次赴美，帶領中國飛行員，接受新機換裝及戰技訓練，為中國空軍培育人才增添戰力。

筆者幼時曾有位伯伯告訴我：你老爸打仗時十分勇猛可畏。當時我並不瞭解此話的意思，但將它一直銘記於心。多年後，父親任某司令部副司令時，某仲夏之夜，家中來了夜客，被家父夜起驚走，夜賊無功而去。幾天後，夜半寧靜，突然一聲喝叱，接著奪門聲響，隨之而來的是追趕的腳步聲。原來，父親算準該夜賊近日必返。當小偷摸到父親的床頭櫃時，被父親一把抓住手臂，嚇得半死，奪門而逃。清晨父親抓賊未果，提著菜刀無功而回，若無其事在花園裡修花，看到我叱道：小孩子，沒你的事，上學去！

楊仲安將軍1933年棄僑歸國獻身軍旅，曾任軍機要職，於1958年退役，退休後兩袖清風，安貧樂道，毫無怨言，並深以酬其航空報國之志的軍旅生涯為榮。

紐約華埠廣東寶安同鄉會迄今尚供有楊仲安將軍的牌位。

楊錦文，籍貫廣東，成長於臺灣。為洛杉磯自由投稿人。畢業於中華民國空軍官校四十七期，曾任戰鬥機飛行官、作戰官、分隊長、雷虎特技小組組員、中校飛安官。退伍後赴美定居，經營過餐廳、加油站、汽車修理廠、汽車零件進口。現經營特殊食品進口公司，主要銷售海產及調理食品至全美食品供應商。喜烹飪、寫作、書法、唱歌、游泳、高爾夫球。

聽郭岱君教授演講

梁佩鳳

今年是抗戰勝利七十週年的紀念日，有幸聽到郭岱君教授到洛杉磯來演講。她是胡佛研究院的研究員，專長為中國政治、經濟發展、近現代中國歷史檔案研究等，曾擔任斯坦福東亞研究所講座教授。她講的主題是「對中華民國抗戰勝利七十週年的歷史定位」。

這樣一個主題，對於我一個從大陸來的人來說，是完全新鮮的概念，我認真地聽，仔細地紀錄，使我對這段歷史有一個重新的認識。因為郭教授對蔣介石的日記有閱讀有研究，從日記中有一個瞭解的脈絡，揭示了不少鮮為人知的歷史真相，要重看抗戰史。

她說：「1937年抗戰爆發的時候，中國與日本的國力懸殊，日本揚言，三個月之內就可以亡我，而中日必將一戰，我們是沒有能力跟日本對抗的。之前，蔣介石之所以遲遲沒有出戰，是要爭取時間，做好備戰。他在日記中寫道：『唯有忍痛、忍辱，要打持久戰。因為日本小，他們絕對經不起打持久戰。』他跑遍了西南地區，最後找到四川作為根據地。1934年開始，他請德國政府來幫助整頓軍隊，同時開展了『新生活運動』，實際上這些都是為了備戰。蔣介石認為衹要再有三年時間，備戰就差不多了。但是1936年12月12日的『西安事變』打壞了一盤棋。蔣介石在日記中說：『漢卿（張學良）誤我大事。』。因此，他就不得不馬上起來抗戰。於是蔣介石在上海另闢戰場。」

關於「西安事變」，我們大陸都知道張學良是英雄，共產黨對他的評價很高。而蔣介石卻說他誤了大事，所以張學良在臺灣被軟禁起來。歷史真相究竟如何，我們將拭目以待。

郭教授又說，戰爭中死了那麼多人，因為中國沒有重武器，衹有槍，日本人死一個，我們要死七個。這些兵既沒有文化也沒有營養，但是蔣介石的嫡系部隊，沒有一個怕死的。蔣介石面對這樣的情況，兩次想要自殺。很多將領都提出要和日本議和，每次和談都是日本提出的，但是都是有條件的，蔣介石拒不接受，他堅持國家統一「與其屈辱而亡，不如戰敗而亡。」這是他在日記中的記載，正是一種中華民族的精神。

經過四年的時間與日本呈僵持狀態，國民黨以戰養戰。1937年八一三改變了日本作戰軸線，日本進入了中國的泥沼之中。蔣介石一方面是領袖的堅持，大戰略正確，一方面期待國際形勢的變化。經過全國軍民的犧牲奮鬥，方得最後勝利。這次戰爭中國官兵犧牲了三百多萬，包括八位上將、四十一位中將、七十一位少將，六千多位空軍戰死，二千多架飛機被擊落，海軍及軍艦全部覆沒。國民政府贏了抗戰，輸了江山，所以蔣介石對抗戰勝利毫無歡悅，唯有憂辱。

最後郭教授總結說：「蔣介石是一個民族主義者，是一個愛國主義者。中華民國政府對於中華民族有三項貢獻：一、領導抗戰得到勝利。二、第一個率先簽署聯合國憲章。三、1945年二次大戰結束後，在重慶召開政治協商會議，通過了憲法草案（國共一起簽的）。臺灣有十八名代表出席。」

郭教授也提到共產黨領導的遊擊戰、地道戰也為抗戰作出了成績，這是不可否認的。

據郭教授說，大陸、日本還有一些外國的學者都在認真研究蔣介石的日記。總有一天會還原歷史，誠實面對歷史，同時共修抗戰史。她還說，日本的學者也在反省。大多數看書的人，讀歷史的人總會明白的。

我們等待著那一天的到來，等著日本政府的道歉，等著歷史的還原。

梁佩鳳，畢業於上海大學美術學院美術設計系。在美專職畫畫、開畫展、教學生。也喜歡寫文章，多篇作品在美報刊雜誌發表。曾榮獲美國上海人聯誼會舉辦的「2010迎世博上海文化周」〈我與上海〉徵文比賽三等獎。

紀錄片《恆傷》

居曉玉

這是一部關於二次大戰時的紀錄片，片中日本空軍飛到浙江省衢州市外的郊野，從軍機放出類似白雪片片的東西。飛機離去之後，村中有批人死亡，有些人沒死，存活下來的人，現已八十多歲了。現在知道，那些片片白雪，乃是生化武器。

電影中，讓這些八十幾歲的老人，講述當年往事，也讓他們掀起褲腳。在腳踝處，打開層層綳帶，露出可見的爛肉，經過了幾十年都不能痊癒，這是炭疽病。

七十年前，浙江省金華市曾爆發鼠疫，也應是細菌戰的結果。

拍攝小組中有一位是教師，她是翻譯義工，因為浙江土話實在太難懂了；另有一位義工是美籍猶太裔的退休西醫。拍攝者是洪子健，他是華裔美籍，出生在明尼蘇達州。當時，他在矽谷做軟體工程師，薪水不錯；然而，他卻把他所有的錢，都花在電影上了。他是請假去浙江實地拍攝此紀錄片的。他說：再過幾年，這些二次大戰倖存者都會去世。那麼到時候，日軍生化武器產生的災害，就死無對證了。他也是義工，而且是個賠錢的義工。

東北有個地方，在那裡日軍曾用中國人民作實驗。作實驗的建築物仍然存在。德軍在歐洲也曾用猶太人民作實驗。在戰爭中，人類的劣根性暴露無遺，無所謂東西文化之分了。

現在洛城市區的遊民，大多數是退伍軍人，其中有不少人夜不安枕，不能過正常的生活。因為他們忘不了戰場的情景。即使是正義之師，也會有後遺症，更何況是侵略之師。最好的辦法是不要有戰爭，以戰止戰，乃是下下策。

以倖存者們的口述，及他們身上永不痊癒的傷口來作歷史見證，希望子孫後代能汲取教訓，這也不失為服務社會的一種方式。

兩年前，這部紀錄片被選中參加柏林影展，不過，最後沒有得獎；但有些歐洲博物館曾欲出錢購買此影片。這部片子雖沒得獎，洪子健的其他有關種族歧視的電影曾得到2000年舊金山國際電影展的Golden Spire獎，得獎電影名為*Be Hold The Asian*；以及2007年在Jihlava International Documentary Film Festival得獎，電影名為*Two Versions of Hell*。

在科學不發達的時代，人類打仗用刀劍，後來科學發達了，改用槍炮，後來科學更發達了，就用生化武器。那麼再後來呢？如此下去，真是不堪設想，也不敢想。

從小，我就是個電影發燒友，從坐在小凳子看的露天電影到現代的3D電影院及近來看的電視連續劇，我都樂意捧場。記得剛看完*Platoon*（前進高棉）時，我心中想起兩句話，那是：「可憐無定河邊骨，猶是春閨夢裏人。」

導演兼製片人洪子健，於七年前已從矽谷電腦軟體公司辭職，目前正在替南韓電視臺拍攝有關亞洲的紀錄片。這仍然是一個嚴肅的主題。

我個人希望他的下部電影是具有娛樂性的。我相信一部好的娛樂片也可以潛移默化人們、也可以有價值，並不一定是紀錄片才對社會有意義。

居曉玉，真名是居維豫。出版過二本書；英文小說*Lotusville*及中文短篇小說集《危城的故事》，也曾為古詩詞譜曲五十餘首。現在加州從事教學工作。

和平萬歲（歌詞）

菊子

讓戰火泯滅
讓聖火高擎
讓世界明媚
讓白鴿飛翔
讓誓言唱響
讓理想點亮
讓我們手拉手
高唱和平萬歲
和平萬歲

讓陽光普照
讓綠樹成蔭
讓笑臉綻放
讓美夢成真
讓信念堅定
讓明天輝煌
讓我們手拉手
高唱和平萬歲
和平萬歲……

菊子，本名劉光菊。旅美作家、重彩龍鳳畫家、周易預測家。中國作家協會會員、北京齊白石藝術研究會會員、河北省美術家協會會員；世界龍鳳文化藝術聯合會、世界華文作家協會、世界美術家協會、世界易經協會、世界電影電視演出者協會、世界文化與企業聯盟會、世界鳳凰出版社等會長/社長：北美洛杉磯華文作家協會會員。發表小說、詩歌、散文、報告文學、紀實文學數百篇。創作四百餘萬字，出版十五部著作。其龍畫作《旭日東昇》，被選用於美國2012龍年生肖郵票首日封。

日本投降書全文

編輯部

降書

一　日本帝國政府及日本帝國大本營已向聯合國最高統帥無條件投降

二　聯合國最高統帥第一號命令規定「在中華民國（東三省除外）台灣與越南北緯十六度以北地區內之日本全部陸海空軍與輔助部隊應向蔣委員長投降」

三　吾等在上述區域內之全部日本陸海空軍及輔助部隊之將領願率領所屬部隊向蔣委員長無條件投降

四　本官當立即命令所有上第二款所述區域內之全部日本陸海空軍各級指揮官及其所屬部隊與所控制之部隊向蔣委員長特派受降代表中國戰區中國陸軍總司令何應欽上將及何應欽上將指定之各地區受降主官投降

五　投降之全部日本陸海空軍立即停止敵對行動暫留原地待命所有武器彈藥裝具器材補給品情報資料

地圖文獻檔案及其他一切資產等當暫時保管所有
航空器及飛行場一切設備艦艇船舶車輛碼頭工廠
倉庫及一切建築物以及現在上第二款所述地區內
日本陸海空軍或其控制之部隊所有或所控制之軍
用或民用財產亦均保持完整全部待繳於蔣委員長
及其代表何應欽上將所指定之部隊長及政府機關
代表接收

六 上第二款所述區域內日本陸海空軍所俘聯合國戰
俘及拘留之人民立予釋放並保護送至指定地點

七 自此以後所有上第二款所述區域內之日本陸海空
軍當即服從蔣委員長之節制並接受蔣委員長及其
代表何應欽上將所頒發之命令

八 本官對本降書所列各款及蔣委員長與其代表何應
欽上將以後對投降日軍所頒發之命令當立即對各
級軍官及士兵轉達遵照上第二款所述地區之所有
日本軍官佐士兵均須負有完全履行此類命令之責

九
投降之日本陸海空軍中任何人員對於本降書所列
各款及蔣委員長與其代表何應欽上將嗣後所授之
命令倘有未能履行或遲延情事各級負責官長及違
犯命令者願受懲罰

奉日本帝國政府及日本帝國大本營命簽字人中
國派遣軍總司令官陸軍大將　岡村寧次
昭和二十年（公曆一九四五年）九月九日午前
九時　分簽字於中華民國南京

代表中華民國美利堅合衆國大不列顛聯合王國
蘇維埃社會主義共和國聯邦並為對日本作戰之
其他聯合國之利益接受本降書於中華民國三十
四年（公曆一九四五年）九月九日午前九時
分在中華民國南京
中國戰區最高統帥特級上將蔣中正特派代表中
國陸軍總司令陸軍一級上將　何應欽

附錄

北美洛杉磯華文作家協會名錄（*永久會員）

職稱	姓名	筆名	英文名	性別	#
會長	彭南林*	山林之鷹	Arthur Peng	男	1
副會長/秘書長	周玉華		Yu Hua Chou	女	2
副會長/財務長	岑　霞*		Betty Cheung	女	3
副秘書長	楊　強		John Yang	男	4
理事	丁麗華*	谷蘭溪夢	Elaine Ding	女	5
理事	何念丹		Chris Ho	男	6
理事	蕭　萍	瀟　瀟	Angela Xiao	女	7
理事	董國仁	長白山人	John Tung	男	8
理事	張五星*		Wuxing Zhang	男	9
理事	朱凱湘*		Karen Hsiao	女	10
理事	張德匡		Edward Chang	男	11
理事	陳思寧	慈　林	Mark Chen	男	12
理事	羅興華		Paul Lo	男	13
理事	凌莉玫	凌　詠	Li-mei Baranoff	女	14
理事	林　東		Tony Lam	男	15
理事	葉宗貞		Jane Lu	女	16
理事	段金平*		Jinping Duan	女	17
理事	張炯烈		Ken Cheung	男	18
理事	趙玉蓮		Elaine Zhao	女	19

監事	游蓬丹	蓬　丹	Doris Yu	女	20
監事	周平之*	周　愚	Joe Chou	男	21
監事	張雯麗*	文　驪	Li-Wen Chang	女	22
監事	張袞平*	古　冬	Kwan P Cheung	男	23
監事	陳十美*	常　柏	May Chen	女	24
榮譽理事	何　森	新　生	Sam Ho	男	25
榮譽理事	酈掃疾	華之鷹	Saoji Li	男	26
榮譽理事	郎太碧*	小　郎	Tai Bi Lang	女	27
顧問	游芳憫		Fang Ming Yu	男	28
顧問	鄭惠芝		Hwei-Chih Cheng	女	29
顧問	趙嶽山	紀　剛	Chi Kang	男	30
顧問	黎錦揚		Chin Y Li	男	31
顧問	星雲大師			男	32
顧問	王慶麟	瘂　弦	Ching-ling Wang	男	33
顧問	劉鍾毅*		Zhong-Yi Liu	男	34
顧問	林元清		Matthew Lin	男	35
顧問	鄺鉅鈿		Peter Kwong	男	36
顧問	廖聰明		Tom Liaw	男	37
顧問	張儒和	如　禾	Ju-Ho Chang	男	38
顧問	陳文元		Wenyuan Chen	男	39
顧問	高立人		Li-Jen Kao	男	40
顧問	盧其宇		Chi Yu Lu	男	41
顧問	朱永寬		Yung Kuane Chu	男	42
會員	張瑞霞	丹　霞	Rose Z Herbst	女	43
會員	李　涵		Han Li	男	44
會員	劉耀中		Edward J Low	男	45
會員	劉詠平*	艾　玉	Amy Liu	女	46
會員	莊維敏		Wei-Ming Chu	女	47
會員	陳文輝		Henry H Tran	男	48
會員	張　棠		Una Kuan	女	49
會員	潘天良	方　云	Alan T Poon	男	50

會員	吳懷楚		Mongbie Ngo	男	51
會員	王世清		Anna Wang	女	52
會員	尹浩鏐		Raymond W Yin	男	53
會員	張繼仙		Ji Xian Zhang	女	54
會員	文　靖		Frank Wen	男	55
會員	周匀之	周友漁	Edmomd Chou	男	56
會員	蔡季男	岱　江	Jim Tsai	男	57
會員	王　智*	點　化	Zhi Wang	男	58
會員	馬黃思明		Linda Ma	女	59
會員	黃梨雲		Lois Huang	女	60
會員	張翠姝		Shirley Ho	女	61
會員	吳慧妮		Wennie Wu	女	62
會員	周殿芳	文　馨	Zhou Dian Fang	女	63
會員	龔　剴		Joe Kung	男	64
會員	何健行		Thomas C Ha	男	65
會員	劉光菊	菊　子	Ju Zi	女	66
會員	何　戎		Rong He	男	67
會員	張文文	文　文	Wendy Zhang	女	68
會員	劉　戎		April Liu	女	69
會員	李　峴		Maria L Gee	女	70
會員	葉拉拉		Lala Ye	女	71
會員	荻野目櫻*		Sakura Oginome	女	72
會員	居維豫	居曉玉	Vivi Chu	女	73
會員	趙愛紅	小　茉	Anny Zhao	女	74
會員	李　敏		Lily Li	女	75
會員	陳玄飛		Yan Fei Chen	男	76
會員	楊志平		Chih Ping Chen	女	77
會員	左　容	應　蓉	Grace Y Z	女	78
會員	戴　群		Ivy Day	女	79
會員	彭　鵬	月　月	Peng Peng	女	80
會員	唐宇晨	愚　人	Tony Tang	男	81

會員	楊錦文	賣魚郎	Spencer Young	男	82
會員	盧正華	凡　夫	Ward Lu	男	83
會員	田文蘭		Wen Lan Tien	女	84
會員	汪淑貞		Frances Wang	女	85
會員	曹箴卿		Zhen Qing Cao	女	86
會員	梁佩鳳		Pei Feng L Yee	女	87
會員	鍾希寅		Shiyun Chuang	男	88
會員	唐士琳	小　琳	Sally Tong	女	89
會員	樊亞東*		Adam Fang	男	90
會員	張啟群		Qi Qun Zhang	男	91
會員	譚惠瓊		Rosemary Chang	女	92
會員	譚惠珠		Joanne Chang	女	93
會員	洪文婷		Tina Hong	女	94
會員	張明巨		Steven Zhang	男	95
會員	李穎博	阿　卜	Lily Li	女	96
會員	李雄風	萬　峰	Hung Fung Lee	男	97
會員	李晨晨		Alice Keyes	女	98
會員	李克恭	李　克	Kegong Li	男	99
會員	沙紅芳	曼珠沙華	Hongfang Sha	女	10
會員	潘漢杰		Hanjie Pan	男	101
會員	黃肇鑣	朝　雨	John C P Hung	男	102
會員	孔一如	一如明月	Sophie Kung	女	103
會員	孫冰人	冰　人	Bingren Sun	女	104
會員	鄭文慶	修　齊	Wen Ching Cheng	男	105
會員	駱秀玲	秀　玲	Lisa Ling Luo	女	106
會員	鄭錦玉	君　玉	Henry Jeng	男	107
會員	金玉娟		Sabina Jin	女	108
會員	李彩霞		Sandy Ha Thai	女	109
會員	蔡麗雅		Olivia Thai	女	110
會員	尤　琴		Kim Yu	女	111
會員	丁　嵐		Jennifer Ding	女	112

會員	范允富		Roger Fan	男	113
會員	楊家淦		Kevin Yang	男	114
會員	楊玉良	雨　涼	Yang Yu Liang	男	115
會員	蔡明志		Mingzhi Cai	男	116
會員	胡　安	安　迪	Andy Hu	男	117
會員	張　冠		Guan Zhang	男	118
會員	黎　瑜		Yu Li	女	119
會員	吳美雲		Bernice Goh	女	120
會員	張良羽		Liang Yu Zhang	女	121
會員	韓書麟		Shulin Han	男	122
會員	張金翼		Jane Chang	女	123
會員	陳官愃			女	124
會員	徐永泰		Yungtai Hsu	男	125
會員	段建華		Jianhua Duan	男	126
會員	林良姿	季　筠	Sabrina Lin	女	127
會員	叢培欣		P. Cong	男	128
會員	陳　萍		Ping Chen	女	129
會員	孔憲詔		Hin-Chiu Hung	男	130
會員	蕭景紋		Margaret Hsiau	女	131
會員	黎　遂		Sui Li	男	132
會員	方　怡		Louise Fang	女	133
會員	劉東方		Donfang Liu	男	134
會員	蔣喆雯		Glendy Chiang	女	135
會員	賀珂婷		Katie He	女	136

北美洛杉磯華文作家協會章程

第一章　總則

第一條 名稱

本會定名為【北美洛杉磯華文作家協會】，英文名稱為：North America Chinese Writers' Association Los Angeles，係【世界華文作家協會】，【北美華文作家協會】一脈相承之地區性協會。

第二條 宗旨

本會秉承上述【世界作協】及【北美作協】之宗旨，以增加華文作家之聯繫，交換寫作經驗，提昇文學創作水準，推廣中華文化，促進文化交流，並以不涉及政治，種族，宗教為宗旨。

第三條

本會會址設在洛杉磯。除南加州外，居住於北美洲各地區之華文作家，認同本會宗旨者亦可加入為會員。

第二章　組織

第四條

本會採理監事制，由會員選舉理事十九人（以不超過會員人數三分之一為原則），選舉辦法列於附件一。

第五條

選舉理事之同時，另選候補理事三人，以備遞補出缺之理事。

第六條

理事如因本身工作或私務繁忙，無法兼顧本會會務，可申請退出理事會，由候補理事依序遞補。理事如連續三次不能出席理，監事會議，或在任期內累積五次不能出席會議（均不論任何原因），即自動喪失理事資格，由候補理事遞補。遞補者之任期以補足原任者為準。

第七條

理事會之職權如下：

一，籌措經費；

二，執行會員大會決議案；

三，計畫及發展會務。

第八條

理事任期二年，連選得連任，每次改選至少保留兩名新任理事名額。

第九條

本會設會長一人，副會長二名，會長由理事互選產生，副會長由會長提名，經理事會通過後產生。

第十條

會長及副會長任期均為二年，連選得連任，但最多以連任一次為限。

第十一條

本會設秘書長一人，副秘書長一人，由會長聘請，經理事會半數通過後出任，任期與會長同。但如獲新任會長續聘，且經理事會通過，則無任期之限制。

第十二條

本會設監事數名，由卸任會長直接轉任。

第十三條

監事會之職權如下：

一，稽核財政收支；

二，檢舉違法會員；

三，處理理事會交議事項。

第十四條

監事負監督之責，且具榮譽性質，無任期限制。

第十五條

本會設顧問若干人，由會長聘請，經理事會半數通過後出任，任期與會長同。但如獲新任會長續聘，且經理事會通過，則無任期之限制。

第十六條

本會設研究，出版，財務，活動，連絡，公關，檔案各工作小組，每組分請理事一至二人負責，會長負責全盤工作，副會長負責聯絡，協調及召集工作。

第十七條

本會最高權力機關為會員大會。

第三章　會員

第十八條

凡認同本會宗旨之華文作家，遵守本會章程，品行端正，不分性別，且合於本會會員資格者，均可申請入會。

第十九條

申請入會者，須經會員二人介紹，填寫申請表，經審核小組審查通過，並交繳會費，即成為本會會員。會長組成一個五人審核小組（現任會長為當然審核委員，其他成員由理事會中選舉），審查會員入會資格。

第廿條

會員資格：具以下任何一項：

一，著書一本（含翻譯）；

二，在國內外（含中國大陸）報刊，雜誌發表作品十篇以上者（小說，散文，報導，詩詞均可）；

三，發表作品不足十篇，但累積字數兩萬字以上者；

四，以上作品應具文藝或文化性質，不得涉及攻擊誹謗；

五，推薦或申請者應將以上任何一項和申請表格交給審核小組。

第四章　會員之權利及義務

第廿一條

本會會員（含顧問）享有以下之權利：

一，入會滿三個月後有選舉權；

二，入會滿一年後有被選舉權；

三，建議與革新事項；

四，參加本會舉辦之各種活動。

第廿二條

本會會員（含顧問）應負下列之義務：

一，服從本會之決議案；

二，繳納會費（顧問免交）。每年繳交會費期限是元月一號開始，最後期限為二月的年會。過期繳納會費者，需繳延遲費10元。拒不繳納會費者，依然保持會籍，但不能享受本會提供的會員服務。

三，為本會會刊《北美洛城作家》撰寫稿件，如有需要，並得被徵召擔任編輯及校對工作。

四，共同參與會務，遵守本會章程及規定。

第廿三條

會員如違反本會章程及規定，情節重大且妨礙本會名譽者，經理監事會通過，得取消其會籍。理，監事會討論時，應請當事人提出答辯，當事人如不到場則視同放棄。

第五章 會議及會務活動

第廿四條

一，會員大會每年召開一次，討論會務，並於隔年選舉新任工作人員；

二，理，監事會議每三個月舉行一次；

三，遇有臨時重大或緊急事故，得隨時召開會議；

四，每年預計舉辦春，夏，秋，冬四次會內主要活動或特別的大型文學活動。

北美洛杉磯華文作家協會選舉辦法

一、理事的產生

1，採無記名票選。

2，每人最少要選舉十人，最多可選十九人（如超過十九人視同廢票）。

3，統計選票，以得票最多之前十九人當選為理事（至少須有二人為新任），得票二十至二十二名者當選為候補理事（如有二人或二人以上得票數同為第二十二名，則均加選為候補理事，並以抽籤決定其順位）。

4，不能出席會員大會之會員，得於事前以委託書委託能出席之會員全權代理投票（委託書格式不拘，惟必須有中文簽名及日期）。入會未滿1年的會員，有選舉權，沒有被選舉權。監事不參與選舉與被選舉者之列，但具有監督職責。顧問團因屬榮譽職亦然。榮譽理事有選舉權，因已屬榮譽職無需再有被選舉權。

5，改選日期定為每屆的年終12月1日發函並寄選票，以兩周為截止日期，在年終的晚會中計票產生新任理事。

二、會長、副會長的產生

1，新任理事產生後，由原任會長於元月份立即召集理事會議，互選產生會長。

2，會長選出後，由會長提名第一及第二副會長，經理事會通過後出任。

3，於二月慶祝農曆春節的年會中交接新舊任期。

本會章程如有未盡事宜，得隨時修訂之。

語言文學類　PG1524

作家之家・2015年卷

編　　者／北美洛杉磯華文作家協會
總 編 輯／凌莉玫
責任編輯／杜國維
文字編輯／慈林、梁佩鳳、蔡季男
圖文排版／周政緯
封面設計／樊亞東
封面完稿／楊廣榕

發 行 人／宋政坤
法律顧問／毛國樑　律師
出版發行／北美洛杉磯華文作家協會、秀威資訊科技股份有限公司
114台北市內湖區瑞光路76巷65號1樓
電話：+886-2-2796-3638　傳真：+886-2-2796-1377
http://www.showwe.com.tw
劃撥帳號／19563868　戶名：秀威資訊科技股份有限公司
讀者服務信箱：service@showwe.com.tw
展售門市／國家書店（松江門市）
104台北市中山區松江路209號1樓
電話：+886-2-2518-0207　傳真：+886-2-2518-0778
網路訂購／秀威網路書店：http://www.bodbooks.com.tw
國家網路書店：http://www.govbooks.com.tw

2016年3月BOD一版
定價：530元

國家圖書館出版品預行編目

作家之家. 2015年卷 / 北美洛杉磯華文作家協會
編. -- 一版. -- 臺北市 : 秀威資訊科技, 北
美洛杉磯華文作家協會, 2016.03
面； 公分. -- (語言文學類 ; PG1524)
BOD版
ISBN 978-986-326-371-5(平裝)

874.3 105002111

讀者回函卡

感謝您購買本書，為提升服務品質，請填妥以下資料，將讀者回函卡直接寄回或傳真本公司，收到您的寶貴意見後，我們會收藏記錄及檢討，謝謝！
如您需要了解本公司最新出版書目、購書優惠或企劃活動，歡迎您上網查詢或下載相關資料：http:// www.showwe.com.tw

您購買的書名：________________________________

出生日期：________年________月________日

學歷：□高中（含）以下　□大專　□研究所（含）以上

職業：□製造業　□金融業　□資訊業　□軍警　□傳播業　□自由業
　　　□服務業　□公務員　□教職　□學生　□家管　□其它_____

購書地點：□網路書店　□實體書店　□書展　□郵購　□贈閱　□其他

您從何得知本書的消息？
　□網路書店　□實體書店　□網路搜尋　□電子報　□書訊　□雜誌
　□傳播媒體　□親友推薦　□網站推薦　□部落格　□其他__________

您對本書的評價：（請填代號　1.非常滿意　2.滿意　3.尚可　4.再改進）
　封面設計____　版面編排____　內容____　文／譯筆____　價格____

讀完書後您覺得：
　□很有收穫　□有收穫　□收穫不多　□沒收穫

對我們的建議：________________________________

____

____

____

請貼
郵票

11466
台北市內湖區瑞光路 76 巷 65 號 1 樓

秀威資訊科技股份有限公司 收

BOD 數位出版事業部

（請沿線對折寄回，謝謝！）

姓　　名：＿＿＿＿＿＿＿＿　年齡：＿＿＿＿　性別：□女　□男

郵遞區號：□□□□□

地　　址：＿＿＿＿＿＿＿＿＿＿＿＿＿＿＿＿

聯絡電話：(日)＿＿＿＿＿＿＿＿　(夜)＿＿＿＿＿＿＿＿

E-mail：＿＿＿＿＿＿＿＿＿＿＿＿＿＿＿＿